잃어버린
밤

GOLDPEN CLUB NOVEL 015

2014년 한국추리작가협회 13인의 공포 이야기

2014 올해의 추리소설

잃어버린 밤

김범석 · 김재성 · 김재희 · 김주동 · 반대인 · 성성명
양수련 · 이상우 · 이수광 · 장 량 · 조나단 · 조동신

:: 차례 ::

망자의 제보

반대인

전업 작가를 꿈꾸는 직장인.
2013년 〈시체는 엘리베이터를 타지 않는다〉로 한국추리작가협회 신인상을 수상하며 데뷔.
이후 〈바텐더 탐정-밀실의 열쇠〉를 비롯한 여러 편의 단편소설을 발표한 바 있다.
수수께끼 풀이라는 추리소설 본연의 가치에 주목하는 한편, 범죄 묘사를 통해 인간의 본성을 조명하는 미스터리를 추구한다. 필명 '반대인'은 '반전을 꿈꾸며 데가주망한 삶을 사는 인간이 되자'라는 작가로서의 각오에서 유래했다.

1

형사 생활 중 겪은 가장 기이한 체험은 한 통의 전화로 시작되었다.

당시 나는 지방경찰청 '미제사건 전담수사팀'에 근무 중이었다. 미제사건 전담수사팀, 약칭 미제팀 소속이라고 하면 일반인들은 외국 TV 시리즈물에서 본 세련되고 유능한 형사들을 떠올릴지 모르지만, 열악한 지원과 잦은 인원 교체 탓에 경찰 내에서는 기피 부서로 통한다.

아무튼 그날, 동료들이 점심식사를 하러 간 사이 난 혼자 사무실을 지키고 있었다. 슬슬 배가 고파져 식사를 주문하려던 차에 팀장 책상 위의 전화가 요란스럽게 울렸다.

"여보세요."

수화기에 대고 퉁명스레 내뱉자 전라도 억양의 남자 목소리가 들려왔다.

"거그가 해결 안 된 사건을 다루는 곳이지라?"

"네, 그렇습니다만."

"쪼까 드릴 말씀이 있어서요잉."

"말씀하십시오."

심드렁한 대꾸에 수화기 건너편 남자는 잠시 숨을 고르는 듯했다.

"그랑께… 지금으로부터 5년 전, ○○은행에서 일어난 사건 아실랑가 모르겄는디……."

남자가 입에 올린 건 그렇잖아도 미제팀의 주목을 받아온 사건이었다.

관할 지역 ○○은행에서 현금수송차에 실던 돈이 강탈당해 대대적인 수사를 펼쳤지만 범행에 사용된 도난 차량만 시 외곽에서 발견됐을 뿐 범인의 행방은 수년째 오리무중이다.

"알고 있습니다. 그런데 무슨 일 때문에 그러시나요?"

"지가 당시 돈을 훔친 범인인디요. 요새 맘이 쪼까 무거워서……."

어이가 없어 코웃음을 치고 싶은 걸 꾹 참은 채 전에 본 사건 기록을 떠올렸다.

"그러니까 ○○은행을, 혼자서 털었다는 겁니까?"

"그것이 아니지라. 친구 녀석이랑 둘이서 그랬당께요."

"뭘 어떻게 하셨다는 겁니까? 차근차근 말씀해 보십시오."

"그랑께 뭣이냐… ○○은행 주차장으로 차를 몰고 갔는디……."

남자가 늘어놓은 내용은 당시 사건 기록과 정확하게 일치했다.

은행 지하 주차장에 나타난 승용차에서 내린 복면 사내가 현금 수송차에 돈을 옮겨 싣던 보안업체 직원을 권총으로 위협해 6억 원 가량의 현금이 든 돈 가방 5개를 훔쳐 순식간에 달아났다. 범행 장면이 담긴 주차장 CCTV 화면을 분석해 본 결과 가방을 빼앗은 남자 외에 차를 운전한 공범이 더 있는 걸로 밝혀졌지만, 어찌나 용의주도한 놈들인지 주차장은 물론 나중에 발견된 용의 차량에서도 지문 한 점, 머리카락 한 올 발견하지 못했다.

그래 놓고 이제 와서 자수라도 하겠다는 건가? 손에 땀이 난 나는 수화기를 바꿔 쥐었다.

"알겠습니다. 그런데 권총은 어디서 난 건가요?"

"그것이……."

남자가 머뭇거렸다. 역시 장난 전화인가 싶었지만 내 짐작은 보기 좋게 빗나가고 말았다.

"사실은 친구 집 근처 파출소에서 훔쳤어라. 지나다 봉께 다들 어디 가불고, 혼자 있던 순경도 졸고 있응께 친구더러 망을 보라 하고는……."

은행 사건이 있기 전 관할 내 파출소에서 실제 권총이 도난당했다는 이야기를 들은 적이 있다. 뒤이어 총기를 사용한 현금 강탈 사건이 터지자 곤혹스러워진 경찰청이 이를 쉬쉬하는 바람에 다행히 밖으로 새어 나가진 않았다는 것이다.

그런 까닭에 파출소에서 총을 훔쳤다는 말을 흘려듣긴 어려웠다. 파출소 이름을 대보라고 하고 싶었지만 무턱대고 다그치면 전화를 끊어버릴지도 모른다는 생각이 뇌리를 스쳤다. 지금으로선 상대가 지껄이게 놔두는 게 상책이다.

"그런데 아까 마음이 무겁다는 말은 뭡니까?"

"오메, 내 정신 좀 보소. 그 말 할라고 전화해 놓고……. 실은 지랑 같이 그 짓을 한 친구를 보내버렸어라."

호들갑을 떨고 난 남자의 목소리가 착 가라앉았다.

"보내요? 어디로 말입니까?"

"아따, 참말 답답한 양반이구마잉. 저세상이지 어디겄소."

점점 더 모를 소리였다. 대꾸도 못한 채 그저 멍하니 귀를 기울일 수밖에 없었다.

"나가 은행을 턴 뒤 욕심에 눈이 멀어 돈을 나눠 갖기로 한 친구를 쥑여버렸당께요. 그 친구가 술을 먹고 잠든 새 집에 불을 싸질러서……."

당시 상황을 지껄이던 남자는 흥분했는지 친구의 이름을 입에 올렸다.

그제야 이 전화가 자동으로 통화 내용이 녹음되지 않는 사무실 직통 전화라는 걸 깨닫고 아차 싶었다. 지금이라도 상황실에 달려가 발신 위치를 추적해 달라고 해야 하나. 그렇지만 수상한 눈치를 보이면 상대는 바로 전화를 끊을지도 모른다.

"그런데 전화 거신 분 성함은 어떻게 되시죠?"

조심스레 문 쪽으로 다가가며 묻자 울먹이던 상대는 말을 돌렸다.

“그건 아직 말씀드리지 못하겠구만이라. 이렇게 털어놓고 나니 맘이 쬐까 편해지기는 하지만서도…….”

“자수를 하기 위해 전화를 거신 것 아닙니까?”

매달리듯 묻는 내게 상대는 갑자기 목소리를 바꿨다.

“맘이 갈대만치로 오락가락혀요. 오늘은 여기까지만 할라요.”

걸려올 때와 마찬가지로 전화는 돌연 끊기고 말았다.

2

보고를 받은 팀장은 반신반의했다.

그동안 적지 않은 허위 제보에 시달려 온 데다, 이제껏 용케 꼬리를 밟히지 않은 범인이 연락을 취해왔다는 게 믿기지 않는다는 반응이었다.

하지만 채 한나절도 지나지 않아 통화 내용을 뒷받침하는 사실들이 속속 드러났다. 우선 전화를 걸어온 남자가 언급한 친구라는 자가 ㅇㅇ은행 사건 직후 숨졌다는 것이다.

“노덕술, 당시 나이 28세. 전소된 집 안에서 사체로 발견됐는데, 소방서 기록에 따르면 술에 취해 석유난로를 피우고 잠을 자다 이불 등에 불이 옮겨 붙은 걸로 추정된답니다. 경찰 역시 방화는 아닌 걸로 결론지었고요. 초가 위에 슬레이트를 덮은 옛집이니 불이 붙자마자 삽시간에 번져 빠져나올 틈이 없었겠죠."
은행 사건 기록을 훑어보던 팀장이 몸을 돌렸다.
"화재 현장에 놈이 ○○은행 사건 공범이라고 의심할 만한 증거는 없었어?"
"글쎄요. 구들장 밑에서 타다 남은 현금 일부가 발견됐는데, 뒤늦게 집에 돌아온 노덕술의 처 말로는 남편이 평소 은행 같은 건 믿을 수 없다면서 돈을 거기 묻어놓곤 했답니다."
뭔가 수상한 낌새를 느꼈는지 팀장이 눈썹을 꿈틀거렸다.
"액수는?"
"소방서 기록에 따르면 재가 된 돈까지 합해봐야 백만 원 남짓으로 추산된답니다. 시골에서는 제법 큰돈일 수 있겠지만 이것만 가지고 은행 사건의 공범이라고 보기는 좀……."
팀장을 마주 본 동료가 미덥지 않지 않느냐는 표정을 지었다.
"전화를 걸어온 남자 말대로 돈을 가로채려고 화재를 위장해 살해했을 수도 있잖아."
두 사람의 대화를 듣고 있던 내가 끼어들었다.
"화재로 숨진 사람을 공범이라고 지목해 이름까지 흘린 점도 의심스럽고, 더군다나 거기서 멀지 않은 파출소에서 권총이 도난당한 것도 사실로 드러났으니까."
말문이 막힌 듯 동료는 나와 팀장을 번갈아 바라봤다.
"아내란 여자는 집에 불이 난 날 어디서 뭘 했대?"
"가까운 친정에 가 어머니랑 함께 있었답니다. 남편이 돈을 벌어오겠다면서 자주 집을 비워 혼자 있기 무서워서 그랬다더군요.

그 바람에 아궁이에 불을 피워놓지 않아 갑자기 집에 돌아온 남편이 석유난로를 켜고 잠을 자다 변을 당한 모양이라고 진술했습니다."

"남편이 집에서 죽은 날, 아내는 공교롭게도 집을 떠나 있었다?"

동료의 대답에 탐탁지 않은 표정을 지은 팀장이 물음을 이었다.

"연락처 알아?"

"아뇨. 집 전화를 걸어봤지만 없는 번호라는데요."

고개를 젓는 동료를 본 나는 팀장과 시선을 마주쳤다. 숨진 노덕술의 아내를 조사하면 뭔가 단서가 나오지 않을까. 팀장도 같은 생각을 하는 모양이었다.

"제보가 들어온 이상 어쨌든 수사를 해봐야 하는 것 아닙니까?"

옆자리의 후배까지 거들고 나섰다.

생각에 잠겨 있던 팀장이 내 쪽을 바라보며 입을 열었다.

"좋아, 그럼 자네가 곽 형사 데리고 여자 행방과 노덕술의 숨지기 전 행적에 관해 알아봐. 나는 이 형사랑 여기서 사건 관련 기록을 좀 더 검토해 볼 테니까. 그사이 혹시라도 범인한테 전화가 걸려오면 그땐 발신 위치를 추적해서 알려줄 테니 곧장 합류하도록 해."

알겠습니다, 하고 대꾸한 나는 후배와 함께 사무실을 빠져나왔다.

먼저 찾아간 곳은 숨진 노덕술이 살았다는 마을이었다.

파출소가 위치한 면에서 한참 들어간 그곳은 산으로 둘러싸인 비스듬한 분지에 드문드문 농가가 자리하고 있었다. 그중에서 노덕술의 집을 찾는 일은 어렵지 않았다. 구불구불 이어진 마을길을 지나다 보니 검게 그을린 집 한 채가 눈에 띄었기 때문이다.

불에 타 주저앉다시피 한 집은 잡초에 둘러싸여 있었다. 화재 이후 사람이 살지 않은 게 분명했다. 잿더미가 된 집 주변을 서성거리다 후배더러 차에서 기다리라고 한 뒤 제일 가까워 보이는 농가를 향해 걸음을 옮겼다.

협조를 요청하자 제복을 안 입은 경찰은 처음 본다는 눈빛으로 나를 훑고 난 중년 여인은 이웃에 살았던 부부에 관해 이야기를 늘어놓기 시작했다.

"몇 해 전 잠깐 살았는디 그 집 남정네는 허구한 날 대처로 싸돌아 댕기는 통에 얼굴 구경도 제대로 못했어라우. 사람들 말로는 공사판에서 무슨 쇳덩이를 운전하고 그랬다드만. 다들 아이도 없는 여편네가 혼자 밭일하며 버티는 게 용하다고 했당께요. 그러다 불이 나서 시어머니에 이어 서방까지 잡았다는 소리나 들어싸니 견디덜 못하고 친정으로 돌아갔겄지라우."

그러면서 아들이 식을 올리고 얼마 안 돼 노덕술의 노모는 세상을 떠났다고 덧붙였다.

화재가 나던 날 수상한 사람을 보지 못했냐는 물음에 여인은 고개를 저었다.

"그때가 한겨울 새벽녘이었는디 여그는 산속이라 해만 저물면 아무도 돌아댕기덜 않어요. 날도 겁나게 어둡기도 하고라."

몇 가지 더 물어봤지만 노덕술 아내의 친정이 있다는 마을 이름 빼고는 수사에 도움이 될 만한 정보는 얻지 못했다. 혹시나 해서 몇 집 더 돌아다녀봤지만 마찬가지였다.

어느새 주위가 어둑어둑해졌다.

차를 세워둔 곳으로 향하던 나는 길을 지나는 촌로와 마주쳤다.

숨진 노덕술에게 노모가 있었다는 게 떠올라 말을 붙여보기로 했다.

"저기 어르신, 말씀 좀 여쭙겠습니다."

수상쩍은 눈빛을 한 촌로가 걸음을 멈췄다.

불탄 폐가를 가리키며 저기 살던 사람들을 아느냐고 묻자 대뜸 촌로는 그건 왜 묻느냐고 되받았다. 사정을 설명하고 나서야 그 집 노모와는 가깝게 지내지 않아 아는 게 별로 없다면서 몇 해 전 불이 나 아들은 죽고 며느리는 그 후 친정으로 돌아간 모양이라고 말해줬다.

실망을 억누른 내가 고맙다는 인사를 건네고 돌아서려 할 때였다.

"저기 너무 가까이 가지 말어."

폐가 앞에 세워둔 차를 흘끔거린 촌로가 말을 이었다.

"머시 씌어 있당께. 사람이 죽은 데라 그런가 몰라도."

무슨 소리인지 물었지만 촌로는 불이 난 뒤로 동네 사람들조차 그 집 근처에 가길 꺼린다며 다가가지 않는 편이 좋을 거라는 말만 되풀이했다.

속으로 헛된 미신이라 웃어넘긴 나는 발길을 돌렸다. 그렇지만 고양이 눈처럼 어둠 속에서 반짝이는 농가 불빛을 보자 더 늦기 전에 여길 떠나야겠다고 마음먹었다.

차로 돌아와 보니 후배의 모습이 보이지 않았다.

볼일이라도 보러 간 걸까, 하고 두리번거리다 노인한테서 들은 말이 떠올랐다.

쓴웃음을 지은 나는 주머니를 뒤져 담뱃갑을 꺼냈다. 담배를 피워 물고 주위를 나는 날벌레들을 향해 연기를 내뿜으려 할 때였다.

"으아아악!"

느닷없는 비명 소리가 저녁 공기를 갈랐다.

문득 사라진 후배가 뇌리를 스쳤다. 피우던 담배를 내던진 나는 반사적으로 몸을 움직였다. 소리가 난 쪽으로 다가들자 폐가 안에서 시커먼 그림자가 뛰쳐나왔다.

순간 너무 놀라 머리카락이 쭈뼛 서는 느낌이었다. 어두워서 잘 보이진 않았지만 자세히 살피니 후배 같았다. 갑자기 나타난 그는 몸에 붙은 뭔가를 털어내듯이 팔을 휘저었다.

"곽 형사, 무슨 일이야?"

"앗, 뜨, 뜨… 거! 노덕술 이 개자시익!"

내 물음에도 아랑곳없이 후배는 비명을 지르며 펄쩍펄쩍 뛰었다.

보다 못한 내가 달려들어 날뛰는 후배를 붙잡아 세웠다.

"야, 인마!"

눈을 허옇게 뒤집은 후배는 날 알아보지 못했다. 게다가 뭘 했는지 온통 검댕투성이였다. 그의 어깨를 잡고 흔들던 나는 뺨을 갈겼다.

“정신 차려!”

따귀를 얻어맞은 후배는 맥이 풀린 것처럼 그대로 주저앉아 버렸다.

3

이튿날이 되어도 은행 사건의 범인이라고 주장한 남자에게서는 전화가 걸려오지 않았다.

어쨌거나 미제팀은 어제처럼 역할을 분담해 수사를 진행하기로 했다. 외근을 맡은 나와 후배는 오전 일찍 노덕술 전처 친정에 들러 그녀 어머니에게 딸의 행방에 관해 물었다.

치매기가 있어 보이는 노모는 함께 살던 딸이 재작년 결혼해 인근 도시에 산다고 말해줬다. 하지만 앞서 딸과 식을 올린 사위에 관해서는 아무것도 기억하지 못하는 듯했다.

하는 수 없이 이웃들에게 물어, 노덕술이 화재로 숨지기 전날 노모의 딸이 친정으로 찾아와 밤새 머물렀다는 사실을 알아냈다. 그들에 따르면 그녀와 전 남편과는 사이가 별로였던 것 같다고 했다. 돈을 번답시고 자주 집을 비운 남편은 어쩌다 돌아오면 술에 취해 행패를 부리기 일쑤였던 모양이라는 것이다. 그 같은 사실을 알게 된 노모는 혼자 밭농사를 지으면서 어렵게 생계를 꾸려나가는 딸이 걱정돼 시집보낸 걸 후회하곤 했다고 입을 모았다.

노모의 딸이 일러줬다는 집주소와 연락처를 알아낸 나는 곧장 만나러 가기 위해 운전대를 잡았다. 옆자리에 오른 후배는 어제 일 때문인지 기운이 없어 보였다.

"어제 물어보다 말았는데 혼자 그 집에는 왜 갔던 거야?"

그게… 하고 내 눈치를 살핀 후배가 말을 이었다.

"누군가 절 불렀습니다."

기억 속을 더듬은 그는 어제 겪은 일을 이야기하기 시작했다.

내가 사라지고 홀로 차에 앉아 있던 후배는 깜빡 잠이 들었다고 한다. 그런데 잠결에 부르는 소리가 들리더라는 것이다.

"어이."

탐문을 갔던 내가 부르는 줄 알고 차문을 열고 나섰지만 아무도 보이지 않았다.

"어이어이."

짙어지기 시작한 어둠 속에서 또다시 누군가의 목소리가 들려왔다.

소리가 난 폐가 쪽을 향해 후배는 무심코 걸음을 옮겼다.

날이 밝을 때 본 대로 까맣게 그을린 집은 어느새 빛바랜 산의 녹음을 배경으로 서 있었다. 하지만 목소리의 임자는 눈에 띄지 않았다.

잘못 들었나, 하고 돌아서려는데 이번에는 폐가 안에서 소리가 났다.

"여기야, 여기."

깨진 창문 사이로 얼핏 그림자 같은 게 스쳤다.

위태롭게 서 있는 폐가를 바라본 후배는 미간을 찌푸렸다.

"거기 계시면 위험합니다. 얼른 나오세요."

동네 사람인 줄 알고 손짓해 봤지만 창가의 그림자는 꼼짝도 하지 않았다.

한숨을 내쉰 후배는 폐가로 다가가 어둠 속으로 몸을 디밀었다.

"이런 데서 뭘 하시는… 어?"

희미한 잔광이 비쳐드는 창가 근처에는 아무도 없었다.

뭔가에 홀린 기분이 든 후배는 집 안을 살폈지만 불에 탄 살림살이만 너저분하게 뒹굴고 있을 뿐이었다. 그때 별안간 등 뒤가 서늘했다.

"어이."

귓가에 속삭이는 소리를 들은 후배는 그대로 몸이 굳어버렸다.

가까스로 뒤를 돌아본 순간 뭔가 타는 냄새가 나면서 그대로 정신을 잃고 말았다는 것이다. 깨어났을 때는 내가 내려다보고 있었다면서 도리어 무슨 일이 있었냐고 되물었다.

"그 집 마당에서 날뛴 건 전혀 기억이 나지 않는단 말이야?"

마치 불에 덴 사람처럼 이리 뛰고 저리 뛰며 숨진 노덕술의 이름을 불렀다고 들려주자 후배는 얼굴이 굳어졌다. 그리고는 뭔가 말하려다 입을 닫는 것처럼 보였다.

도대체 후배가 들은 목소리는 뭐고, 폐가에 어른거렸다는 그림자는 또 뭘까? 아니, 그보다 후배의 알 수 없는 행동이 무의식중에 일어났다니 도무지 믿을 수가 없었다. 주말이라 일찌감치 막히기 시작한 고속도로로 접어들어 한참을 달리는 동안 차 안에는 침묵만이 흘렀다.

“실은 전에도 이런 경험을 한 적이 있습니다.”

생각에 잠겨 있던 후배가 입술을 뗐다.

운전석 쪽을 돌아보는 그의 눈동자가 흔들리고 있었다. 무슨 말인지 물으려는데 주머니 속 휴대폰이 끼어들듯 울렸다.

“여보세요.”

“박 형사, 어디야?”

팀장의 목소리였다.

숨진 노덕술의 아내를 만나러 가는 중이라고 대꾸하자 팀장은 말을 가로막았다.

“거긴 됐고, 당장 내가 불러주는 주소로 달려와.”

“네? 지금요?”

“은행 사건의 범인이라는 놈이 또 전화를 걸어왔어.”

상황이 어떻게 돌아가고 있느냐고 물을 새도 없이 팀장이 말을 이었다.

“자수를 설득하니까 교도소로 돌아가기 싫다면서 목숨을 끊겠다는 거야. 발신 위치를 추적해 전화를 건 곳을 찾아가고 있으니까 빨리 합류해. 아무래도 감이 안 좋아.”

갓길에 차를 세운 나는 팀장이 불러주는 주소를 받아 적었다.

차가 막혀 생각보다 늦게 도착한 현장 주변은 매캐한 냄새가 진동했다.

창고처럼 생긴 건물 앞에 어지럽게 주차된 소방차와 경찰차들이 눈에 띄었다. 갓길에 차를 세우고 달려가 보니 팀장은 소방관들이 들락거리는 입구에 코를 감싸 쥔 채 서 있었다.

"어떻게 된 겁니까?"

"놈이 불을 질러 목숨을 끊었어."

통화 위치를 추적해 달려와 봤지만 한발 늦었다면서 팀장은 아쉬운 표정을 지었다.

때마침 마스크를 쓴 응급요원들이 무언가를 들고 나왔다. 하얀 천이 덮인 들것을 본 나는 왠지 분한 생각이 들었다.

"그럼 ○○은행 사건은 이대로 묻히는 겁니까?"

"아니, 신원을 확인하기 위해 사체를 뒤지다가 이걸 발견했지."

팀장은 비닐 백 안에 든 권총과 신분증을 들어 보였다. 창고 안에서 불에 탄 돈 가방까지 나온 점으로 보아 숨진 남자가 전화를 걸어온 범인이 틀림없다고 덧붙였다.

다행스런 기분이 들었지만, 증거물을 지닌 범인이 공범을 살해한 것과 똑같은 방법으로 목숨을 끊었다는 게 어딘지 부자연스럽다는 생각이 들었다.

"좀 봐도 되겠습니까, 팀장님?"

함께 온 후배가 팀장에게서 비닐 백을 건네받았다.

그리고는 안에 든 증거물들을 뚫어져라 바라봤다. 마치 아는 사람의 물건을 살피듯이.

조금 있자 화재가 완전히 진압됐는지 소방차가 하나둘 철수하기 시작했다. 그 자리를 대신하듯 현장 감식을 위해 출동한 본청 과학수사계 차량이 건물 앞에 멈춰 섰다.

장비를 챙겨 안으로 들어서는 과학수사계원들과 인사를 주고받은 나와 팀장은 조금 떨어진 곳으로 가 담배를 꺼내 물었다.

"자살한 범인의 행적을 조사하면 미제로 남아 있던 ○○은행 사건의 전모가 드러나겠군."

"숨진 노덕술과의 관계도 확인할 필요가 있지 않을까요?"

그의 전처를 조사해 봐야 하는 것 아니냐고 하자 팀장은 증거물까지 확보한 마당에 서두를 필요가 있느냐고 대꾸했다. 그때였다.

"여기 누가 쓰러졌습니다, 빨리 와보세요!"

창고 입구에 선 과학수사계원 하나가 이쪽을 향해 손짓했다.

이상한 느낌이 들어 주위를 둘러보자 조금 전까지 곁에 있던 후배가 보이지 않았다.

팀장과 시선을 마주친 나는 창고로 달리기 시작했다.

4

병원에서 의식을 되찾은 후배는 폐가에서 그랬던 것처럼 한바탕 소동을 피웠다고 한다.

후배가 내게 했던 말을 전해 들은 의사는 원인은 잘 모르겠지만 외상 후 스트레스 증후군이 의심된다며 정신과 치료가 필요할 것 같다는 소견을 피력했다.

병실로 찾아가 보니 침대에서 일어나 불안한 시선을 굴리는 후배의 모습은 확실히 정상이 아닌 것처럼 보였다. 그렇지만 차마

의사의 말은 전하지 못한 채 피곤해서 그런 모양이니 며칠 푹 쉬라면서 팀장한테도 허락을 받아놨다고 말해줬다.

"창고 안에 다른 사람의 흔적은 없었나요?"

신경 쓰지 말라고 대꾸했지만 후배는 막무가내였다.

"숨진 남자는 자살한 게 아닐 겁니다."

무슨 근거로 그런 소리를 하느냐고 묻자 할 말을 찾듯 머뭇거리던 후배는 입을 다물었다.

며칠 사이 수척해진 그의 얼굴을 바라본 나는 그만 가줘야겠다고 마음먹었다.

"딴생각 말고 몸조리나 잘해."

짤막하게 내뱉고 자리를 뜨려 할 때였다.

"○○은행 사건의 진짜 범인은 따로 있어요."

왠지 그 말이 걸려 병실 문을 나설 수 없었다. 멈춰 선 나는 천천히 몸을 돌렸다.

"무슨 소리야?"

"범인은 살아 있다고요."

"공범 두 명 모두 죽었잖아? 곽 형사, 너 혹시……."

폐가에서 누군가를 만났느냐고 물었지만, 후배는 머리를 흔들었다.

"지난번 차 안에서 제가 이런 일 겪는 게 처음이 아니라고 했던 말 기억하십니까?"

그랬지, 하는 것처럼 내가 고개를 까딱했다. 대답을 기다린 후배는 조심스레 입을 열었다.

"믿으실지 모르겠지만… 전 남들이 보지 못하는 걸 볼 수 있습니다."

그러면서 친할머니가 무당이셨다고 한 그는 그 피를 이어받아 그런지 어릴 때부터 남들 눈에는 보이지 않는 것들이 보이거나 연상돼 두려움을 느끼곤 했다고 털어놓았다. 게다가 요즘은 보이지 않는 어떤 존재가 자기 몸을 빌려 무언가를 말하려는 것 같다고 설명했다.

곧이곧대로 받아들이기는 힘들었지만 그렇다면 지난번 불탄 폐가에서 한 후배의 행동에는 어떤 의미가 담겨 있는 걸까? 그의 말처럼 어떤 존재가 자신의 의지와는 상관없이 그런 행동을 하게 만들었다면 왜 살해당한 노덕술의 이름을 입에 올리며 욕설을 퍼부어댔을까?

그러다 의사의 말을 떠올린 나는 병상의 후배 말에 귀 기울이고 있는 내 자신이 우스꽝스럽게 느껴졌다. 사체 부검과 증거물 분석 결과가 나오는 대로 또 다른 공범이나 제삼자가 있을 가능성에 대해서도 알아보겠다고 후배를 달랜 나는 서둘러 병실을 빠져나왔다.

사무실로 들어서자 이 형사와 뭔가 상의 중이던 팀장이 어딜 다녀오느냐면서 불러 세웠다.

"과학수사팀 말이 확인 결과 권총은 전에 파출소에서 도난당한 게 맞는다는데, 불탄 가방 안에 들어 있던 지폐 상당수는 종이라는 거야."

어떻게 생각하느냐고 묻듯, 팀장은 내 얼굴을 빤히 쳐다봤다.

"게다가 이판석 가족들 말로는 이 년 전 차량 절도로 복역하고 나온 녀석이 최근까지 대리운전을 하면서 착실하게 살아왔다는군."

이판석은 창고에서 숨진 남자의 이름이다. 머릿속을 맴돌던 의혹이 입 밖으로 뛰쳐나왔다.

"발견된 사체가 이판석이 맞는지는 확인했습니까?"

"응, 지문 대조 결과 틀림없대."

공범 몫까지 30억 가까운 돈을 가로챈 그가 왜 취객들 차나 몰아주면서 살았을까. 단지 남들 눈을 속이기 위해서? 아니면 가로챈 돈을 벌써 다 썼다는 소린가? 그래놓고 종이가 담긴 가방을 곁에 둔 채 목숨을 끊은 건 또 무슨 코미디란 말인가? 문득 후배 말이 떠올랐다.

"또 다른 공범이 있거나 제삼자에게 살해됐을 가능성은요?"

"글쎄, 그건 부검 결과가 나와 봐야 알 수 있겠지……."

선뜻 동조하진 않았지만 팀장도 그 점이 의심스러운 기색이었다.

동료까지 합세해 세 명이서 머리를 맞댄 끝에 더 늦기 전에 보강 수사를 벌이자는 쪽으로 의견이 모아졌다. 자살한 이판석의 행적은 물론, 숨진 노덕술과의 관계에 대해서도 조사하기로 하고, 이판석의 가족과 직장은 팀장과 동료가, 노덕술의 전처는 내가 맡기로 했다.

사무실을 나서려는 내게 팀장은 책상 서랍에서 꺼낸 레코더를 건넸다.

"이판석이 숨지기 전 걸어온 전화 목소리를 녹음한 거야. 노덕술 전처한테 들려주고 아는 사람인지 물어봐. 그리고… 혹시 그 둘과 가까웠던 누군가가 있었는지도."

전남편에 대해 묻자 여자는 대뜸 손사래를 쳤다.

"전 그 사람이 누구랑 뭘 하고 다녔는지 몰라요."

먼 친척의 소개로 똑같이 홀어머니를 모시는 처지인 노덕술을 만나 결혼까지 했지만, 정작 같이 살고부터는 얼굴을 마주한 날도 많지 않았다고 했다. 그러면서 시어머니가 돌아가시기 전 며느리 맞는 모습을 보여드리기 위해 그가 원치도 않는 결혼을 한 것 같다고 덧붙였다.

재혼한 남자와의 사이에서 낳은 아이를 키우며 제법 시골 아낙티를 벗은 여자는 현재의 생활에 만족하는 것처럼 보였다. 그런 그녀에게 전남편이 살해당한 것 같다며 이판석에게서 들은 화재 당시 상황을 이야기해 주자 얼굴빛이 창백해졌다.

"혹시 이 목소리를 들은 적 있습니까?"

레코더에 녹음된 음성을 듣고 난 여자는 두려운 눈빛으로 내 눈치를 살폈다.

"아는 사람입니까?"

"네? 아, 아뇨."

내 물음에 놀란 그녀가 몸을 움찔했다. 뭔가 숨기고 있는 게 분명했다.

"정말 모르는 사람 목소리입니까?

여자는 시선을 외면한 채 힘주어 고개를 끄덕였다.

"거짓말하면 전 남편 살해와 관련된 혐의로 조사받을 수도 있습니다."

은근한 위협에도 불구하고 단서가 될 만한 대답을 이끌어내지는 못했다.

하는 수 없이 화재가 일어난 날의 행적과 전남편과의 관계에 대해 집중적으로 캐물었지만 그녀 어머니나 동네 사람들로부터 들은 내용뿐이었다. 창고에서 이판석이 숨지던 날 뭘 했느냐는 물음에도 주말이라 재혼한 남편과 하루 종일 함께 있었다는 대답이 돌아왔다.

집을 나서면서도 어쩐지 개운치가 않았다.

녹음된 음성을 듣고 보기 안쓰러울 정도로 몸을 떨던 여자는 대체 뭘 감추는 걸까? 혹시 자살한 이판석과 공모해 전 남편 노덕술을 화재로 위장해 살해한 건 아닐까?

이런 생각이 든 나는 팀장과 동료가 맡은 수사가 궁금해졌다. 지금쯤 그들이 여자와 이판석과의 어떤 접점을 찾아내지는 않았을까, 하고 주머니를 뒤져 휴대폰을 꺼내 들었다.

"어, 박 형사. 그쪽 일은 어때?"

여자가 진술한 내용과 의심스러운 점을 들려주자 팀장은 흥미롭다는 반응이었다.

"공범의 아내와 이판석이 그렇고 그런 사이였을 수도 있단 말이지, 흠……."

"아무튼 뭔가 말 못할 사정인 건 틀림없습니다."

"알았어. 참, 거기. 대충 마무리 지었으면 이쪽으로 합류해."

"무슨 일이라도 있습니까?"

"그건 아니고 수사 상황 보고 때문에 사무실에 들어가 봐야 할 것 같아. 이판석 가족들과는 이야기 나눴는데 놈이 다닌 직장이 문제야. 이 형사랑 같이 수고 좀 해."

통화를 마친 나는 팀장이 알려준 장소를 향해 차를 몰았다.

5

자신이 운영한다는 식당에서 만난 여자는 삼십 대 중반쯤으로 보였다.

어딘지 묘한 분위기가 풍겼다. 식당 주인보다는 술집 마담이 더 어울릴 것 같은.

며칠 전 대리운전을 시키지 않았느냐는 질문에 여자는 그런 적 없다고 딱 잡아뗐다. 그러더니 아, 하고 뭔가 떠오른 표정을 지었다.

"남자 친구가 그랬을지도 모르겠네요. 가끔 제 휴대폰을 들고 다니니까."

뉘앙스로 보아 동거남을 가리키는 것 같았다.

숨지기 며칠 전부터 이판석은 과거 자신한테 빚을 진 친구를 만나 돈을 받게 생겼다며 대리운전 일을 나오지 않은 걸로 드러났다. 나름 기대에 들떠 있던 그가 돌연 목숨을 끊었다니. 수상한 생각이 든 나와 이 형사는 이판석의 동료들을 탐문하기 시작했다. 하지만 교도소를 들락거린 탓인지 사람들과 어울리지 못했다는 그의 행적에 관해 아는 사람은 거의 없었다. 지푸라기라도 잡는 심정으로, 이판석이 일을 그만두기 직전 대리운전을 시킨 사람들의 전화번호를 확보해 조사해 보기로 했다. 여자의 번호 역시 그중 하나였다.

멀쩡한 남자가 여자 친구 명의의 휴대폰을 쓴다는 게 흔한 일은 아닌 것 같아 나는 고개를 갸웃했다.

"실례지만 남자 친구 분 하시는 일이 뭡니까?"

"일은 무슨… 백수나 마찬가지예요."

한심하다는 듯 말하면서도 여자는 남자에 대한 불만은 없어 보였다.

우연히 만나 가까워진 둘은 얼마 전부터 식당을 운영하면서 함께 지내고 있단다. 직장에 다니는 것도 아닌데 휴대폰이 무슨 필요가 있느냐고 했다는 남자는 돌아가신 부모한테 물려받은 땅 덕분에 팔자가 늘어진 모양이라고 조잘거렸다.

여자의 이야기를 듣고 있는데 식당 앞에 승용차가 멈춰 섰다.

뒤이어 안으로 들어선 남자를 가리킨 그녀는 자기 남자 친구라고 소개했다.

가까이서 보니 이목구비는 거슬릴 정도로 뚜렷했지만 타고 온 외제차가 아니었다면 궁티가 흘러 보였을 인상이었다. 그 불협화음 같은 조화가 내 시선을 끌었다.

그에게 이름과 주소를 묻고 난 나와 이 형사는 며칠 전 대리운전 기사를 불렀는지 물었다.

당황한 듯 기억이 나지 않는다고 발뺌하던 남자는 곁에 앉은 여자가 며칠 전 한창 손님들이 몰리는 시간에 혼자 차를 몰고 나갔다가 밤늦게 취해 돌아오지 않았느냐고 하자 그제야 생각난 것처럼 대리운전 사실을 인정했다.

"술은 어디서 누구랑 마셨습니까?"

"혼자 자주 들리는 식당에서 반주 겸 한잔했습니다."

남자는 식당 이름과 대략적인 위치를 말해줬다. 그날 부른 대리운전 기사한테서 이상한 점을 못 느꼈냐고 묻자 취기 때문에 잘 보지 못했다고 얼버무렸다.

"시골에는 무슨 일로?"

"그냥 답답해서요. 농장도 둘러볼 겸."

"대리운전 회사 번호는 어떻게 안 겁니까?"

여자 친구 휴대폰에 저장돼 있더라고 대꾸한 남자가 궁금한 듯 물었다.

"그런데 갑자기 이런 건 왜들 물으시는 거죠?"

그날 차를 몬 대리운전 기사가 숨진 채 발견됐다고 하자 깜짝 놀란 표정을 지은 그는 안 됐다는 것처럼 혀를 끌끌 찼다. 종업원이 차를 내오는 바람에 대화가 잠시 끊겼다.

"드셔보세요. 저희 집에서 직접 담근 매실차예요."

여자의 권유에 나와 동료는 고맙다는 인사를 건넸다. 함께 차를 마시던 남자가 슬그머니 잔을 내려놨다. 그리고는 입술 자국을 지우듯 손을 댔던 곳을 엄지로 쓱 문질러 닦았다.

저녁시간인지 손님들이 하나둘 들어섰다. 몇 가지 더 묻고 난 나와 동료는 몸을 일으켰다.

함께 사무실로 향하는 길에 이 형사는 후배의 안부를 물었다. 퇴근시간이라 꽉 막힌 도로를 지나면서 나는 폐가에서 있었던 일을 들려줬다. 잠자코 듣던 그가 운전석 쪽을 돌아봤다.

"혹시 빙의 아냐?"

빙의가 뭐냐고 묻자 사람들이 흔히 얘기하는 귀신에 들리는 거라면서 과학적으로 설명하자면 잠재의식에서 비롯된 갈등을 자신이 아닌 다른 어떤 존재의 탓으로 돌림으로써 마음이 스스로를 방어하는 기술이라고 했다.

"그런 게 정말 가능할까?"

"모르지. 인간의 마음이란 현대 과학으로도 풀 수 없는 영역이잖아."

그는 잠재의식이 귀신같은 가상의 존재를 만들어 고통을 받는다면 가상의 퇴마, 또는 제마 의식을 함으로써 심리적으로 안정시키면 되지 않느냐고 했다. 그런 게 최면이라면서.

원체 이것저것 아는 게 많은 친구인 데다 틀린 말도 아닌 것 같아 나는 고개를 끄덕거렸다.

"그거 알아? 과학수사계에도 비슷한 일을 하는 최면수사관이 있다는 거."

그런 사람이 정말 있느냐고 하자 이 형사는 언제 내게 소개시켜 주겠다고 했다.

그때만 해도 그날 만난 사람들을 떠올리느라 한 귀로 흘려듣고 말았다. 하지만 동료가 언급한 인물과 대면할 기회는 예상보다 일찍 찾아왔다.

후배가 사라졌다는 연락을 받은 건 다음 날 오전이었다.

휴대폰도 챙기지 않은 채 몸만 빠져나간 모양이라고 했다. 심리적으로 불안정한 상태여서 자해나 자살 등의 행동을 할 수 있다는 의사의 말을 들은 나는 겁이 덜컥 났다. 가족한테 연락을 해봤지만 소식을 전혀 모르고 있어 하는 수 없이 파출소에 인상착의를 알려주고 도움을 요청할 수밖에 없었다.

반나절이 지나도록 아무런 소식도 들려오지 않자 내 불안감은 점점 고조됐다.

의사 말마따나 정신과 같은 곳에 가두고 치료를 받게 했더라면 이런 일이 생기지 않았을 거라는 후회가 밀려들었다. 그러다 문득 폐가에서의 일이 생각났다. 설마 하고 고개를 저으려다 누군가 자신을 불렀다는 후배의 말을 곰곰이 되새겼다.

뭔가에 홀린 사람처럼 경찰청을 빠져나온 나는 전속력으로 차를 몰았다. 녀석 말이 사실이라면, 아니, 그런 일이 반복된다면 지금 향하는 곳으로 찾아갔을지도 모른다. 혹시나 반대편 차선을 달려오는 구급차가 보이지 않을까 조마조마해하며 전에 왔던 길을 달려갔다.

며칠 전 불이 났던 창고가 시야에 들어왔다.

주위를 지나는 사람은 찾을 수 없었다. 잘못 짚었나, 하고 시선을 돌리는데 수사 중임을 알리기 위해 창고에 쳐뒀던 테이프가 바람에 날리는 게 눈에 띄었다. 그러고 보니 문이 열려 있었다. 누군가 드나든 게 분명했다.

몸이 확 쏠리도록 차를 세우자마자 밖으로 뛰쳐나갔다.

후배의 이름을 소리쳐 불러봤지만 대꾸는 들리지 않았다. 열린 문으로 다가선 나는 어두컴컴한 창고 안으로 발을 디뎠다.

탁한 공기에 숨이 턱 막혔다. 깨진 창문으로 비쳐드는 햇살이 마치 종교화 같은 분위기를 자아냈다. 그렇지만 경건하다기보다는 음울하기 짝이 없었다.

어둠에 눈이 익기를 기다려 그을린 창고 안을 살피는데 어디선가 인기척이 났다.

“곽 형사, 너 거기 있냐?”

“자네 왔는가?”

구석에서 들려온 목소리를 듣는 순간 나는 으스스한 기분이 들었다.

시커먼 그림자가 천천히 빛 속으로 걸어 나왔다. 짐작대로 후배였다. 하지만 환자복 차림의 그는 날 알아보지 못하는 듯했다. 게다가 전에는 쓰지 않던 사투리를 지껄여 댔다.

“나한테 그라면 안 되지.”

“무슨 소리야? 몸은 괜찮아?”

대답 대신 내게 달려든 후배가 멱살을 움켜쥐었다.

“그 돈 다 가로챌 때는 좋았겠지?”

“너 왜 이래? 정신 차려.”

후배한테 밀려 뒷걸음치는 순간 갑자기 주위가 홱 뒤집어졌다.

바닥에 쓰러진 나는 머리를 찧고 말았다.

"혼자만 살자고 날 죽이면 쓰냐? 이 개만도 못한 놈아!"

악을 쓰며 후배는 내 위로 올라탔다. 그의 눈에서 살기가 느껴졌다.

"너도 죽어봐야 혀!"

"으. 나래도, 나……."

숨이 막혔다. 머리로 피가 몰리는 느낌이었다.

버둥거려 봤지만 무릎으로 날 누른 후배는 온 힘을 다해 목을 졸랐다. 눈앞이 흐릿해졌다.

"…크윽, 과, 곽 형… 사……."

"거기 누구야!"

누군가의 목소리가 입구 쪽에서 들렸다.

뒤이어 발소리와 함께 다가든 그림자가 후배를 밀쳐냈다. 제복 차림의 순경이었다.

또 다른 순경 하나가 다가서 나를 내려다봤다.

"괜찮으십니까?"

힘겹게 몸을 가눈 나는 그를 향해 손을 내저었다.

내게 달려들려는 후배를 가로막은 순경들이 수갑을 채웠다. 숨을 몰아쉬며 그 모습을 지켜보던 나는 주머니를 뒤져 휴대폰을 꺼내 들었다.

떨리는 손으로 버튼을 누르자 한물 간 노랫소리가 흐르더니 얼마 안 있어 이 형사의 목소리가 들렸다. 헐떡거리는 내 목소리가 심상치 않았는지 그는 무슨 일이냐고 물었다.

"지난번에… 말한 그 최면수사관… 지, 지금 당장 만날 수 있어?"

6

의식을 되찾은 후배는 예상대로 자기가 한 일을 기억하지 못했다.

안정을 되찾길 기다려 나는 최면을 한번 받아보자고 했다. 처음에는 망설이던 후배도 그가 겪는 현상의 사건과의 관련성을 알아보자는 내 설득에 결국 고개를 끄덕였다. 나는 후배와 함께 이 형사가 말해준 최면수사관을 찾았다.

편한 자세로 후배를 의자에 앉게 한 최면수사관은 그가 불안해하지 않도록 최면 과정에 대해 설명했다. 그리고 암시를 걸듯 나직이 무언가를 중얼거렸다.

곁에서 지켜보던 나는 과연 후배한테 무슨 일이 생길지 궁금했다. 잠시 후, 눈을 감은 그는 마치 잠이 든 것처럼 보였다. 그 상태로 최면수사관과 이야기를 주고받았다. 얼마쯤 시간이 흐르자 최면수사관은 나와 후배가 알고 싶어 하는 것들을 본격적으로 묻기 시작했다.

"이 청년 안에 계신 분하고 대화하고 싶습니다. 가능하십니까?"

네, 하고 후배가 졸린 듯한 목소리로 대답했다.

"당신은 누구십니까?"

"주, 죽은 사람……."

후배의 대꾸를 들은 나는 귀를 의심했다.

"왜 거기 들어가 있습니까?"

"분하고 억울혀서……."

"뭐가요?"

"돈을 준다고 속여 날 죽여뿌렸어."

"어떻게요?"

"약을 먹이고 불을 질러서……."

두 사람의 대화를 듣고 있다 보니 소름이 끼쳤다.

사체 부검 결과 창고 안에서 숨진 이판석의 기도에서 그을음이 발견돼 연기에 질식해 숨진 걸로 판명됐지만, 체내에서 수면제 성분이 검출되어 타살 가능성도 배제할 수 없었다. 게다가 평소 그는 수면제를 복용한 사실이 없는 걸로 드러났다.

정말 억울하게 죽은 자가 후배의 입을 빌어 제보라도 하는 걸까?

"당신을 죽인 사람은 누구죠?"

"전에 같이 돈을 훔친 친구……."

"아까는 돈을 준다고 했다면서요?"

"훔친 돈을 가로채구선… 날 만나니께 돌려주겄다고……."

"어디서 만났습니까?"

"차를 몰다가……."

숨진 이판석이 대리운전을 했다는 사실이 떠올랐다. 자살한 게 아니라 그는 손님 중 한 명에게 살해됐다는 소린가. 그런데 왜 함께 돈을 훔친 공범이 자기를 죽였다고 하지?

"당신 말고 거기 다른 사람도 있습니까?"

최면수사관의 물음에 머뭇거리던 후배가 대꾸했다.

"응, 있어. 한 사람……."

"누굽니까?"

"몰러. 온통 불에 끄슬렸어."

순간 머리털이 곤두서는 것 같았다. 폐가에서 화재로 숨진 노덕술이 생각났기 때문이다.

"그럼 그분에게 묻겠습니다. 당신은 왜 거기 있습니까?"

"원통해서……."

"뭐가요?"

"죽어서도 객지를 떠도니까……."

"당신은 어떻게 죽었습니까?"

후배의 얼굴이 일그러졌다. 내 쪽을 흘끔 쳐다보고 난 최면수사관이 재빨리 물었다.

"누구한테 어떻게 죽음을 당했는지 말해줄 수 있나요?"

"술 먹자고 집에 불러놓고 불을 질러서……."

"그 사람이 누굽니까?"

괴로운 듯 후배가 몸을 들썩였다. 더 이상 진행하기 어렵겠다는 것처럼 내 쪽을 바라본 최면수사관이 고개를 저어 보였다.

"노 씨… 포크레인 기사 노 씨……."

"자, 셋을 세면 아무 일도 없었던 것처럼 편안해집니다. 하나, 둘……."

후배의 입에서 새어 나온 이름을 듣는 순간 나는 한 대 얻어맞은 것처럼 멍해졌다.

그제야 사건의 정황을 어렴풋하게나마 파악할 수 있었다.

최면에서 깨어나 어리둥절해하는 후배에게 괜찮으냐고 묻고 난 나는 최면수사관에게 그를 부탁한 뒤 밖으로 나왔다. 당장 전화를 걸어 확인해야 할 일이 떠올랐기 때문이다.

휴대폰 신호음이 느릿느릿 울렸다.

"여보세요."

다행히 여자가 전화를 받았다. 신분을 밝히자 그녀는 의아한 듯 무슨 일이냐고 물었다. 단도직입적으로 나는 용건을 말했다.

"그날 제가 들려준 목소리, 전 남편 맞죠?"

숨을 삼키는 소리가 수화기 너머에서 들려왔다.

요란한 기계음이 어둠 속에 울려 퍼졌다.

어른 키보다 조금 높은 철책을 넘어 안으로 내려섰다. 축사처럼 생긴 건물 뒤편에서 소음과 함께 불빛이 반짝이고 있었다.

식당 여주인이 알려준 농장으로 향하는 길에 나는 그동안 보고 들은 것들을 꿰맞춰 보았다.

예상치 못한 범인의 제보 전화, 방화로 숨진 남자의 죽음, 그리고 돈을 가로채려고 공범을 살해한 뒤 결국 자살을 택한 범인. 최면 상태에서 그것들을 진술한 후배와 불이 난 창고에서 발견된 증거물들, 마지막으로 부검 결과와 대조하자 뜻밖의 퍼즐이 완성됐다.

어느새 주위가 조용해졌다.

텅 빈 축사 뒤로 돌아가 보니 흔히들 포크레인이라 부르는 굴삭기가 멈춰 서 있었다.

거기 달린 조명이 파헤쳐진 구덩이를 비췄다. 그 안에 그림자가 어른거렸다.

조금 있자 비닐에 싸인 뭔가를 든 사내가 밖으로 나왔다.

권총을 꺼내 들고 다가가 소리쳤다.

"노덕술!"

움찔한 상대는 나와 눈이 마주치자 아는 척을 했다.

"전에 식당에서 본 형사님 아니십니까?"

"움직이지 마. 머리 위로 손 올려."

"아니, 왜 이러시는 겁니까?"

"네가 5년 전 ○○은행을 턴 거 다 알고 왔어. 다른 사람을 너인 것처럼 위장해 불을 질러 살해하고 성형수술까지 받았다는 것도. 지금 쓰고 있는 이름도 아마 그 사람 거겠지."

안색이 변한 노덕술은 짐짓 딴청을 부렸다.

"도대체 무슨 소리세요? 저는 그런 짓 한 적 없습니다."

"너랑 결혼했던 여자가 확인해 줬어. 경찰에 전화를 걸어온 게 전 남편 목소리라고."

"어떤 여자인지는 모르겠지만, 그 말만 믿고 이러셔도 되는 겁니까?"

"그럼 손에 든 건 뭐야? 돈을 챙겨 또 어디로 내뺄 작정이었어?"

내 물음에 손을 내려다본 노덕술이 우물쭈물 대꾸했다.

"이거… 요? 아, 식당을 해서 모은 겁니다."

"그 말을 지금 나더러 믿으라는 거야?"

코웃음을 친 내가 말을 이었다.

"함께 사는 여자를 내세워 신분을 감추고 지문 같은 흔적을 남기지 않으면 언제까지나 잡히지 않을 줄 알았나, 응? 여자한테 수면제를 지어 오라고 시켜 몰래 이판석에게 먹였지?"

"아닙니다. 도무지 무슨 소린지… 이판석은 또 누굽니까?"

답답하다는 듯 노덕술이 목소리를 높였다.

"대리운전 기사 말이야. 하긴 5년 전 화재로 죽은 척 위장해 감쪽같이 속였던 공범을 다시 만났으니 기겁을 할 수밖에 없었겠지. 왜 죽였어? 놈이 신고하겠다고 협박이라도 했나?"

"아니, 긍께 그것이 뭔 소리……."

흥분한 노덕술의 입에서 사투리가 흘러나왔다.

자신도 아차 싶었는지 당황스런 기색으로 내 표정을 살폈다.

"이제 그만 포기해. 손에 든 거 내려놓고 뒤로 돌아."

체념한 듯 가방을 떨군 노덕술은 몸을 돌렸다.

권총을 집어넣은 내가 다가설 때였다.

느닷없이 돌아선 노덕술이 뭔가를 휘둘렀다. 바로 앞 굴삭기에 기대 놨던 삽인 모양이었다.

날아드는 삽날을 반사적으로 피한 나는 주먹을 뻗었다. 뒤이어 배를 움켜쥔 채 고꾸라진 그에게 달려들어 수갑을 채웠다.

며칠 뒤, 신문과 방송에서는 미제로 남아 있던 ○○은행 사건의 전모를 일제히 보도했다. 증거물 보관 창고 한 옆에 마련된 미제팀 사무실에 모처럼 격려 전화가 쏟아진 날이었다.

그 일이 있고 나서 교통계로 자리를 옮긴 후배는 얼마 지나지 않아 경찰을 그만뒀다고 한다. 듣기로는 내림굿을 받고 서울 어딘가에서 신당을 열었다나. 형사 출신 무당이라고 하면 그 바닥에서는 꽤 유명하단다. 요즘도 어려운 사건과 맞닥뜨리면 녀석 생각을 하곤 한다. 창고 안에서 겪은 일이 함께 떠올라 소름이 끼치긴 하지만.

진격의 미친 여자

이수광

1983년 〈중앙일보〉에 〈바람이여 넋이여〉가 당선되어 문단에 나왔다. 제14회 삼성문학상 소설 부문, 미스터리클럽 제2회 독자상, 제10회 한국추리문학 대상을 수상. 장편에 〈정도전〉, 〈나는 조선의 국모다〉, 〈유유한 푸른 하늘아〉, 〈초원의 제국〉, 〈소설 미아리〉, 〈떠돌이 살인마 해리〉, 〈천년의 향기〉, 〈신의 이제마〉, 〈고려무인시대〉 등이 있고 〈조선을 뒤흔든 16가지 연애사건〉, 〈조선을 뒤흔든 16가지 살인 사건〉, 〈나는 조선의 의사다〉 등이 있다.

공동묘지라서 그럴까. 초여름의 햇살이 고즈넉한 가운데 잡초가 무성한 묘지 주위에 서늘한 기운이 감돌고 있었다. 마치 알 수 없는 어떤 영적인 존재가 묘지 주위에 떠돌고 있는 듯한 기분이었다. 그러나 묘지 아래는 수초가 무성하여 물고기가 모여 있는 포인트라는 것을 오랜 강태공 경험으로 한눈에 알아볼 수 있었다. 다만 등 뒤로 오래된 공동묘지가 있고 찻길에서도 제법 떨어진 장소라는 점이 꺼림칙했다.

케이는 포인트를 고르면서 알 수 없는 공포를 느꼈다. 가슴이 뛰고 누군가 뒤에서 자신을 살피고 있는 듯한 기분이었다. 그래도 수양버들이 휘휘 늘어져 있어서 운치를 돕고 있었다.

'사방이 조용해서 그런 거야.'

등 뒤에서 이상한 기운이 느껴지는 것은 당연한 일이라고 생각했다.

아직 늦은 오후였으나 일기예보에 의하면 저녁에는 비가 내릴 것이고, 비가 내리면 텐트를 친다고 해도 으스스할 것이다.

'좀 무서운 기운이 있어야 더 좋지.'

케이는 속으로 헐헐대고 웃으면서 양쪽 어깨에 둘러멘 텐트 가방과 낚시 가방을 풀숲에 내려놓았다. 이런 장소와 분위기라면 몇 달 동안 공을 들여온 제이가 거부하지 못하고 그의 품속에 안길 것이라고 생각했다.

유부녀 제이를 생각하자 기분이 좋아졌다. 호젓한 저수지에서 밤낚시를 하면서 그녀와 정사를 나누는 상상을 하자 몸이 달아올랐다.

제이는 퇴근하고 내려오기로 했으므로 빨라야 밤 8시에나 도착할 것이다. 케이는 사방을 둘러본 뒤에 낚시 도구를 먼저 펼쳤다. 저수지는 끝이 보이지 않을 정도로 넓었는데 해가 기울 무렵이 되어서인지 한두 사람씩 낚싯대를 거두고 있었다.

'흐흐… 물고기도 잡고… 제이도 잡고…….'

케이는 음흉한 미소를 지었다. 텐트를 치고 낚시용 의자에 앉아 캔 맥주를 하나 딴 것은 얼추 오후 5시가 되었을 때였다. 텐트는 유부녀인 제이와 정사를 벌이기 위해 준비한 것이다.

'벌써 입질을 하는 것인가?'

미끼를 달고 낚시를 던진 지 10분도 되지 않아 찌가 움직이기 시작했다. 케이는 바짝 긴장하여 전방의 찌를 노려보았다. 바람도 없고 물결은 잔잔했다.

'요놈들이 물지는 않고 입질만 하는군.'

케이는 낚시 의자에 등을 기댔다. 입질만 하고 걸려들지 않는 것이 제이와 비슷하다고 생각했다. 제이는 서른여섯 살의 유부녀다. 남편과 사이가 좋지 않아 케이에게 살갑게 눈웃음을 치면서 교태를 부렸다. 여자가 먼저 꼬리를 치는데 모른 체하는 남자는 마른하늘에서 날벼락을 맞아 죽을 놈이다. 오죽하면 여자가 교태를 부리겠는가. 그 간절한 욕망을 무시하는 것은 죄악이라고 생각했다.

강태공들은 낚시를 하면서 명상을 한다고 하는데 케이는 제이와 살을 섞을 생각만 했다.

제이는 유부녀니 섹스에 대해 잘 알 것이다. 삼십 대는 삼삼하게 섹스를 하고 사십 대는 섹스에 사족을 못 쓴다는 말도 있지 않은가. 제이는 남편과 원만하지 못해 섹스를 하고 싶어 안달을 할 것이라고 생각했다. 혈기 왕성한 20대 남자가 같은 사무실에 근무하니 견디기 어려울 것이다. 그러나 포옹도 하고 키스도 했으나 결정적인 순간에 거부 의사를 분명하게 표시했다.

'이걸 어떻게 하지? 억지로 깔고 누를 수도 없고…….'

케이는 그럴 때마다 안달을 해야 했다. 케이가 제이에게 집중하는 것은 연상녀이기 때문이었다. 그는 아직도 연상녀와 정사를 나눈 일이 없었다.

'만지는 것은 허락하고 몸을 거부하는 것은 무슨 속셈이야?'

케이는 제이가 입에서 열기를 내뿜고 숨이 가빠서 어쩔 줄을 모르면서도 거부하는 이유를 짐작할 수 없었다. 그래서 분위기를 바꿀 생각으로 밤낚시에 초대한 것이다.

'오늘은 기어이 먹어치운다.'

케이는 강제로라도 제이를 해치울 생각이었다. 아직 유부녀와 바람을 피운 일은 한 번도 없다.

'유과기처'라고 하니…….'

케이는 그 말을 떠올리고 미소를 지었다. 바람을 피우는 남자가 여자를 평가할 때 가장 좋은 순서가 유부녀, 과부, 기생, 처녀라는 뜻이다. 그 말을 한 것은 사무실에서 넉살 좋기로 유명한 엠이었다.

"그런데 그것보다 더 좋은 것은 미친년 엎어놓고 뒤에서 하는 맛이라더군."

케이는 엠이 미친놈이 아닌가 하고 생각했으나 때때로 그 말이 떠올라 혼자서 피식 웃고는 했다. 술자리에서 그 말을 하면 사람들이 모두 배를 잡고 웃었다.

'후후. 거절해도 강제로 먹어치운다. 저항하는 유부녀를 강제로 따먹는 것은…….'

케이는 이상한 생각에 사로잡혔다. 그때 풀숲을 밟는 소리가 등 뒤에서 들리고 담배 냄새가 풍겼다.

"밤낚시 할 거요?"

저수지 관리인 영감이 그의 등 뒤에서 다가왔다. 밤낚시를 하는데 2만 원의 사용료를 냈다. 낮에는 5천 원, 밤에는 1만 원을 받는데 제이의 몫까지 2만 원을 선불로 낸 것이다.

"예."

케이는 건성으로 대답했다. 밤낚시 값을 냈으니 당연한 일인데 묻는 수작을 알 수 없었다. 관리인 영감은 60대 초반의 노인이었다. 허리가 굽지는 않았으나 몸은 바짝 마른 편이었다.

"어째 혼자서 밤낚시를 하려는 거요? 일행은 안 왔소?"

관리인 영감이 옆에 앉아서 질문을 던졌다. 그가 케이를 향해 담배 연기를 길게 내뿜었다. 케이는 손으로 부채질을 하여 담배 연기를 쫓는 시늉을 했다. 가만히 보니 관리인 영감은 줄담배를 피우고 있었다.

"퇴근하고 오기로 했습니다. 이 저수지에 물고기가 많이 나오나요?"

"잘 나오지. 가끔 엉뚱한 것이 나오기는 하지만……."

"엉뚱한 게 뭔데요?"

"시체……."

"예?"

케이는 관리인 영감을 곁눈으로 쏘아보았다. 이 영감이 농담 따먹기를 하자는 수작인가. 팔뚝으로 소름이 돋았다. 아직 해가 떨어지지 않았지만 묘하게 기분 나쁜 말이었다.

"저수지에서 나올 게 뭐가 있어? 물고기 아니면 시체지."

저수지에서 물고기가 나오는 것은 당연했으나 시체가 나온다는 말은 황당했다.

"시체가 몇 구나 나왔는데요?"

"서너 구 나왔을라나? 나도 말만 들었어. 작년에 나온 시체는 직접 봤고……."

케이는 공연히 오싹한 기분이 들었다. 관리인 영감이 가버렸으면 싶었으나 엉덩이를 붙이고 앉아서 꿈쩍도 하지 않았다. 그때 십오륙 세 정도 되어 보이는 소녀가 작대기로 풀숲을 때리며 가까이 오기 시작했다. 키에 비해 옷이 작다. 아니, 옷이 작은 것이 아니라 옷에 비해 키가 큰 것인지 모른다고 생각했다. 옷과 소녀가 기묘하게 언밸런스였다. 관리인 영감이 소녀에게 돌아가라고 손을 내저었다.

"누굽니까?"

소녀는 관리인 영감을 보자 가까이 오지 못하고 망설이고 있었다. 소녀는 허름한 흰색 민소매 셔츠에 낡고 얇은 하늘색 치마를 입고 있었다. 소녀의 등 뒤에서 기우는 태양이 있어서 역광이 강렬했다. 얼굴은 역광 때문에 보이지 않았으나 치마 안에 두 개의 지체가 분리되어 있는 모습이 환하게 비쳤다. 치마는 속이 훤히 비치는, 슈미즈 같은 잠옷 종류로 보였다.

"미친년……."

관리인 영감이 씹어뱉듯이 퉁명스럽게 내뱉었다. 케이는 관리인 영감을 힐끗 쏘아보고는 소녀에게 시선을 돌렸다. 그러자 소녀가 보이지 않았다.

사라졌다!

케이는 어리둥절하여 사방을 휘둘러보았으나 소녀의 모습을 찾을 수 없었다.

"한 번은 어떤 사람이 밤낚시를 하는데 하얀 물체가 낚시에 걸려 올라왔어. 건져 내고 보니 20대 여자 시체였어. 교통사고로 죽은 여자라는데 시체를 저수지에 버리고 뺑소니를 친 사건이라는군."

저수지에서 밤낚시를 할 때 여자 시체가 낚시를 따라 올라왔다는 것은 흔하게 듣는 이야기였다. 그런데도 등줄기가 서늘해져 왔다.

"그런데 이상한 게 있었어."

"뭐가 이상한데요?"

"낚시꾼이 건져 올린 여자 시체에 속옷이 없었어."

"물결이 흔들리면서 벗겨졌겠지요. 물속에서 여자 속옷을 어떻게 찾겠어요? 물결에 떠내려가면 못 찾아요."

"아니야. 경찰이 잠수부를 동원해서 물속을 샅샅이 수색했는데 못 찾았어."

"다른 옷은요?"

"치마는 그대로 입고 있었어. 속옷만 없어진 거지."

"속옷을 안 입을 수도 있지요."

"경찰과 똑같은 말을 하는군. 여자를 저기 공동묘지에 묻었어."

관리인 영감이 손가락으로 공동묘지를 가리켰다. 케이는 관리인 영감의 말을 믿지 않았다. 슬금슬금 짜증이 밀려왔다.

"그 뒤에 저수지에서 자살한 여자도 있고……. 저수지에서 죽은 여자가 여럿이야. 저수지도 제법 많은 사연을 갖고 있는 셈이지."

"핑계 없는 무덤이 어디 있겠습니까?"

"그렇지. 무덤이라니까 생각이 나는데 저기 무덤에서도 여자가 죽었어."

"무덤에서요?"

"젊은 여자가 강간을 당한 뒤에 살해된 거야. 위에는 옷이 입혀져 있었으나 아래는 치마도 속옷도 없었어. 나도 직접 봤거든. 대체 속옷은 어디로 간 건지……."

관리인 영감이 혀를 찼다.

"왜 여자 시체에 속옷이 없는지 알아?"

"그걸 어떻게 알겠어요?"

"총각 귀신이 여자 속옷을 벗긴다는 거야."

케이는 관리인 영감의 말에 피식 웃었다. 관리인 영감의 말이 허무맹랑했으나 묘한 분위기를 자아내고 있었다. 관리인 영감은 케이의 옆에서 담배를 세 대나 피우고 돌아갔다. 그때 찌가 갑자기 솟아올랐다. 케이는 재빨리 낚시를 잡아챘다.

'이게 뭐야?'

케이가 건져 올린 것은 뜻밖에 삼각형의 여자 속옷이었다. 케이는 공동묘지 쪽을 쳐다보았다. 그곳 어딘가에 묻혀 있다는 여자의 속옷일지도 모른다는 생각을 하자 소태를 씹은 듯한 기분이었다. 케이는 여자의 속옷을 낚시 바늘에서 빼내 풀숲에 던지고 다시 낚싯대를 드리웠다.

해가 서서히 기울기 시작했다. 바람이 불면서 수양버들이 나부끼고 물결이 잔잔하게 밀려왔다. 찌도 제법 사납게 흔들렸다. 그러나 물고기는 좀처럼 잡히지 않고 있었다.

케이는 감자 칩을 꺼내서 먹기 시작했다. 시장기가 들지는 않았으나 심심풀이였다. 시간은 지루하게 흘러가고 있었다.

케이는 낚시 의자에 등을 기대고 눈을 감았다. 햇살은 따뜻하고 바람은 서늘했다. 그때 인기척이 있어서 눈을 뜨자 언제 왔는지 소녀가 풀숲에서 붉은 속옷을 두 다리에 꿰어 엉덩이로 끌어올리고 있었다. 케이가 풀숲을 살피자 붉은 속옷이 보이지 않았다.

'허…….'

소녀는 케이가 건져 올려서 풀숲에 버린 넝마 같은 여자 속옷을 입고 있는 것이다. 다리도 빈약하고 엉덩이에 살도 오르지 않은 말라깽이였다. 관리인 영감이 미친년이라고 하더니 하는 짓이 수상쩍었다. 옷을 다 입은 소녀는 케이의 감자 칩을 힐끔힐끔 살피고 있었다.

"먹을래?"

케이는 감자 칩을 소녀에게 주었다. 소녀의 나이가 몇 살이나 되는지 짐작을 할 수 없었다. 나이는 들어 보이는데 입은 옷은 초등학생 것이었다. 소녀가 쪼그리고 앉아서 감자 칩을 먹기 시작했다. 소녀는 어딘지 모르게 지능이 낮아 보였다. 나이도 짐작을 할 수 없었다. 얼핏 보았을 때는 소녀처럼 보였으나 눈가에 주름이 있었다. 흰 셔츠와 하늘색 치마는 언제 빨아 입었는지 더러워서 저절로 눈살이 찌푸려졌다. 빈약한 허벅지 사이로 붉은 속옷 자락이 드러났다.

'미친년하고 하는 게 제일 좋대.'

문득 엠의 말이 머릿속을 스치고 지나갔다. 케이는 재빨리 주위를 둘러보았다. 어둠이 서서히 내리기 시작하는 저수지 주위에 인적이 보이지 않았다. 케이는 다시 소녀에게 시선을 보냈다. 소녀는 마치 케이를 유혹하기라도 하듯이 붉은 속옷을 함부로 드러내 놓고 있었다.

'저걸 주워 입다니……. 그럼 속옷을 입지 않고 있었다는 건가?'

케이는 못 볼 것을 본 것처럼 고개를 돌렸다. 감자 칩을 먹던 소녀가 그를 힐끗 쳐다보았다. 눈자위가 기이하게 하얗게 올라가 있었다.

"몇 살이니?"

소녀는 백치처럼 웃기만 했다.

"이름이 뭐야?"

"우리 집에 인형이 있다. 아빠 인형… 엄마 인형… 언니 인형… 오빠 인형……."

소녀가 노래를 부르듯이 동문서답을 했다. 그녀는 나이가 많은 케이에게 함부로 반말을 하고 있었다.

"인형이 많은가 보구나."

"우리 집에 인형 보러 갈래?"

"됐어. 난 인형을 좋아하지 않아."

케이의 말에 소녀의 눈빛이 확 변했다. 그녀의 눈에서 어떤 광기 같은 이상한 빛이 뿜어졌다. 케이는 흰자위가 가득한 소녀의 눈을 대하기 싫어 외면했다.

풍덩!

소녀가 저수지에 돌멩이를 버리고 달아났다.

'저런 미친년!'

케이는 소녀가 달아나는 풀숲을 노려보면서 침을 칵 뱉었다.

*　　　　*　　　　*

와이는 현장의 유류품을 살피면서 가슴이 섬뜩했다. 도끼가 머리를 때린 모양으로 핏자국이 선명했고 머리카락까지 도끼날에 달라붙어 있었다. 밤에 사건이 벌어졌다면 목격자도 없을 것이다. 저수지 건너편에서 낚시를 하던 사람들은 너무나 멀리 떨어져 있어서 이쪽을 볼 수 없고 소리도 들을 수 없었다고 했다. 가로등이 없는 저수지의 밤중이라 당연히 본 사람이 없을 것이다.

'여기가 살인 사건 현장이 맞는 것인가?'

핏자국이 있고 흉기로 추정되는 손도끼가 나왔으니 살인 사건으로 추정이 되었다. 그러나 시체가 없다. 낚시를 하던 사내가 가지고 온 것으로 추정되는 텐트와 낚시 도구만 어지럽게 흩어져 있었다.

와이는 주위를 둘러보았다. 멀리 야산에서 수색을 하는 한 무리의 전경이 보였다. 비까지 부슬부슬 내리고 있어서 저수지 주위가 더욱 음산하게 느껴졌다.

'저수지라 목격자도 없으니…….'

와이는 낚시 의자 주위를 꼼꼼하게 살피기 시작했다. 낚시 의자 주위에 과자 부스러기가 흩어져 있고 라면을 끓여 먹은 듯 코펠과 휴대용 가스렌지 따위가 여기저기 놓여 있었다.

감식반의 여형사 에이치가 과자 부스러기를 수거하여 유류품 비닐봉지에 담았다.

"족적은 없어?"

와이가 에이치에게 물었다.

"풀숲에 무슨 족적이 남아 있겠어요? 혈흔은 흥건한 것 같아요."

"그래도 시체를 찾아야지."

"경찰 2백 명이 인근 야산과 들판을 샅샅이 뒤지고 있어요."

"시체가 없으면 살인 사건이 아니야. 우선 시체를 찾는 데 전력을 기울여."

와이는 현장 주변을 서성거리는 형사들에게 지시했다.

"반장님, 질질 끌고 갔는데요. 여기 흔적이 있습니다."

여형사 에이치가 잡초가 쓰러져 있는 길섶을 살피면서 말했다. 와이도 풀숲으로 가서 흔적을 자세히 살폈다. 풀이 한쪽으로 쓸려 있는 것을 보면 누군가 시체를 질질 끌고 간 것 같았다. 와이는 쓰러져 있는 풀숲을 살피면서 범행을 추리하기 시작했다.

낚시 의자에 튀어 있는 피의 흔적을 분석해 보면 사내는 낚시 의자에 앉아 있다가 변을 당한 것이 틀림없어 보였다. 사내는 낚시 의자에 앉아서 졸았고 범인은 뒤로 다가와서 손도끼로 뒤통수를 때렸다. 그때 낚시를 하던 사람은 얼마나 무서웠을까. 피는 사방으로 튀었고 그는 처절한 비명을 질렀을 것이다.

와이는 범인이 손도끼로 사내의 뒤통수를 때리는 모습을 상상하자 소름이 끼쳤다. 범인은 한 번으로 만족하지 않고 사내의 머리를 때리고 또 때렸을 것이다.

*　　*　　*

하늘은 캄캄하게 어두웠고 빗방울이 떨어지고 있었다. 목덜미를 때리는 빗방울이 차가웠다. 저수지 옆은 포도밭이고 저수지 둑길에는 수양버들이 드문드문 서 있었다. 수양버들이 마치 머리를 풀어헤친 귀신 같았다. 수양버들 때문이었을까. 이상하게 서늘한 느낌이 들었다. 큰길을 따라 집으로 돌아올 것을 공연히 저수지 둑길로 들어왔다고 생각했다. 밤에는 시골길이 다 마찬가지지만 그래도 큰길에는 가로등도 드문드문 있고 지나가는 차들도 있어서 무섭지는 않았을 것이다. 그러나 저수지 둑길은 지름길이었다.

스커트 아래 스타킹을 신었으나 비에 젖은 풀숲에서 축축한 기운이 올라오는 것 같았다. 문득 공포 영화의 한 장면이 떠올랐다. 여자가 지나가는데 뼈다귀만 있는 손이 발목을 움켜잡는 장면이 뚜렷하게 떠올랐다. 영화의 한 장면처럼 누군가 자신의 발목을 움켜잡을 것 같아 무서웠다.

'시체가 없으니 살인 사건은 아니야.'

유는 저수지 둑길을 걸으면서 몇 달 전에 일어난 살인 사건을 생각했다. 저수지에서 낚시를 하던 사내가 살해되었다. 그러나 시체가 없었다. 시체는 어디로 간 것일까. 아니면 사내가 죽지 않은 것일까. 전경 수백 명이 동원되어 샅샅이 수색했으나 끝내 찾을 수 없었다.

저수지에는 몇 번이나 사건이 있었다.

첫 번째는 저수지에서 떠오른 여자 시체였다. 교통사고로 죽은 여자가 저수지에서 발견된 것이다. 그 후에 낚시를 하던 사람이 술에 취해 물에 빠져 죽은 일도 있었다. 경찰은 술 때문에 죽은 것이라고 했으나 사람들은 물귀신에게 홀려서 죽은 것이라고 했다.

"저수지에 물귀신이 있대."

"요즘 세상에 무슨 귀신이야?"

마을 사람들은 수군거리면서 돌아다녔다. 여름에는 마을 사람들이 때때로 저수지에 가서 멱을 감고는 했다. 한여름에는 낚시꾼이 거의 없었기 때문에 여자들이 몰려가서 얕은 곳에서 몸을 담갔다가 나오고는 했다.

언젠가 유도 여자들과 함께 저수지에 가서 멱을 감은 일이 있었다. 그런데 물속에 몸을 담그자마자 누군가 그녀의 발목을 잡아끌고 깊은 물속으로 들어갔다.

'엄마야!'

유는 필사적으로 팔다리를 휘저으면서 비명을 질렀다. 그러나 그녀는 점점 깊은 물속으로 끌려 들어갔다. 어느 순간 그녀가 물속에서 눈을 뜨자 흰옷을 입은 여자가 하얗게 웃고 있었다.

유는 경악하여 의식을 잃었다. 다행히 멱을 감던 여자들이 그녀가 물에 빠져 허우적거리는 것을 보고 간신히 건져서 살아날 수 있었다. 그 뒤로 유는 두 번 다시 저수지에서 멱을 감지 않았다. 그때가 고등학교 2학년 때였고 3년 전의 일이었다.

유는 고등학교를 졸업한 뒤에 대학에 진학하지 못하고 읍내의 제과점에 다녔다. 유는 지금 제과점 일이 끝나 집으로 돌아가고 있는 것이다. 마지막 버스에서 내린 뒤 농로로 들어가야 했으나 집으로 가는 길이 10분 정도 빠른 저수지 둑길을 택했다.

둑길을 자박자박 걷는데 평소와 다른 기운이 느껴졌다. 무엇인가 둑길에서 영적인 존재라든가 괴물 같은 것이 나타날 것 같은 기분이었다.

'뭔가 있는 것 같아.'

유는 저수지 둑길을 걸으면서 공포가 엄습해 왔다. 유는 빠르게 걷기 시작했다. 빗줄기가 추적대는 저수지 둑길이 오늘따라 한없이 길게 느껴졌다.

유가 저수지 둑길을 정신없이 걷고 있을 때 검은 그림자가 땅에서 불쑥 솟아올랐다. 유는 깜짝 놀라 가슴이 세차게 뛰었다.

허깨비야, 나는 허깨비를 보고 있는 거야.

유는 너무나 무서워 헛것을 본 것이라고 생각했다. 헛것이 아니면 어떻게 이런 일이 일어날 수 있는가. 유는 침착해야 한다고 생각했다. 모든 것이 마음에서 일어나는 것이 아닌가. 눈에 보이는 모든 것이 허상이라는 말을 어디선가 들은 기억이 났다. 집착이란 결국 마음에서 오는 것이다. 집착을 버리자. 공포도 집착이다…….

그러자 거짓말처럼 검은 그림자가 사라지고 사방이 조용해졌다. 검푸르게 출렁대는 저수지의 수면과 포도 넝쿨을 비바람이 쓸고 지나갔다. 그 소리 외에는 사방이 고즈넉할 정도로 조용했다.

그때 풀숲을 스치고 무엇인가 걸어오고 있는 듯한 기분이 들었다. 유는 머리끝이 쭈뼛해 왔다. 격렬한 공포 때문에 숨을 쉴 수가 없었다. 발자국 소리가 더욱 크게 들렸다.

유는 눈을 똑바로 뜨고 전방을 노려보았다. 눈앞에는 아무것도 없었다. 칠흑 같은 어둠과 어둠 속을 헤집고 희끗희끗 날아다니는 빗방울뿐이었다. 유는 치맛자락을 말아 쥐고 빠르게 걸었다. 그때 무엇인가 수양버들 뒤에서 불쑥 튀어나왔다. 유는 너무나 놀라서 걸음을 멈췄다.

'아…….'

유는 소름이 오싹 끼쳐 왔다. 그것은 풀을 벨 때 쓰는 낫을 손에 들고 있었다. 유는 그것이 현실인지 상상인지 분간이 되지 않았다.

'엄마!'

유는 속으로 부르짖었다. 도망을 쳐야 했으나 걸음이 떨어지지 않았다.

'엄마 나 좀 살려줘!'

유는 그것에 저항하기 위해 필사적으로 발버둥을 치면서 울부짖었다. 그것이 허공에 낫을 휘둘렀다. 유는 처절한 비명을 질렀다. 얼굴이 화끈하면서 피가 사방으로 튀었다.

* * *

어떻게 이런 일이 일어난 것일까. 시체는 대체 어디로 간 것일까. 처음에는 단순하게 가출 사건으로 생각했다. 제과점에 다니는 21세의 여점원 유가 돌아오지 않았다고 가족들이 신고를 했을 때도 남자친구와 가출을 한 사건으로 처리했다. 그러나 저수지 둑길에서 유의 구두가 발견되면서 사건은 가출이 아니라 납치 쪽으로 기울었다. 사건 현장 근처에는 가방까지 떨어져 있었다. 가방에는 지갑과 화장품 등과 카드와 현찰이 그대로 있었다.

구두가 발견된 지점을 수색하고 루미놀 시약을 뿌리자 다량의 형광 빛이 나타났다. 사건이 일어나던 날 비가 주룩주룩 내린 탓에 혈흔이 씻겨 내려가기는 했으나 흙과 풀에서 채취한 혈흔으로 유전자까지 추출할 수 있었다.

'증거물이 비에 씻겨 내려갔으니…….'

살인 사건이라는 사실이 분명하지 않아 와이는 곤혹스러웠다. 저수지 인근을 대대적으로 수색했으나 유를 찾을 수 없었다.

"목격자도 없는데 풀숲에서 뭘 찾으라는 거야?"

형사들이 투덜거리면서 현장 주위를 배회했다. 와이는 저수지 관리인과 함께 저수지 주변의 마을을 탐문하기 시작했다. 벌써 몇 번이나 주변 마을을 수색했으나 수상한 자를 찾을 수 없었다. 와이는 저수지 둑길을 천천히 걸었다. 인천광역시 강화군에 있는 저수지는 16만 평방미터가 넘는 담수호로 차가 아니면 한 바퀴 돌아볼 수 없을 정도로 넓었다. 여러 마을이 저수지 둘레에 있었다.

'살인인지 아닌지도 분명하지 않으니…….'

와이는 심정적으로는 살인이라고 생각했으나 시체가 없었다.

"저 집에는 누가 삽니까?"

와이는 저수지에서 가까운 양철 지붕 집을 가리키면서 저수지 관리인 영감에게 물었다. 관리인 영감은 지난번 사건 때도 만났었다. 저수지에서 4, 50미터 떨어진 산자락에 요즘 보기 드문 고풍스러운 양철 지붕 집이 있었다.

"계집애가 혼자 살지요. 어디서 왔는지 몇 해 전에 와서 눌러 살고 있습니다."

"빈집이었나요?"

집은 금방이라도 무너질 것처럼 허름했다.

"예."

"한 번 가볼까요?"

와이는 양철 지붕 집을 향해 걷기 시작했다.

"볼 필요도 없습니다. 애가 지능이 낮아서… 심신상실자입니다. 동네 부랑자들도 기웃거리고… 마을에서 쫓아내야 할 것 같습니다."

관리인 영감의 말에 의하면 심신상실자가 혼자 사니까 동네 남자들이 기웃거리고, 일부 부랑자는 계집애와 그 짓을 하고 있는 눈치라고 했다. 계집애에게 먹을 것을 갖다 주면 다리를 벌리고 누워서 히죽히죽 웃는다는 소문이 나돌고 있다는 것이었다.

"사람들이 추하군요."

와이는 얼굴을 찡그렸다. 정신박약아나 심신상실자를 추행하는 자들에게 역겨움을 느꼈다.

"심신상실자가 사는데 오죽하겠습니까?"

양철 지붕 집 마당에는 잡다한 고물들이 쌓여 있고, 저수지에서 주워 온 듯한 페트병과 아무짝에도 쓸모없을 것 같은 스티로폼 박스, 부탄가스, 비닐 봉다리, 헌 옷가지 등이 어지럽게 쌓여 있었다.

계집애는 마당에 쪼그리고 앉아서 무엇인가 고기 같은 것을 뜯어 먹고 있었다. 흰 셔츠에 하늘색 치마가 더러웠다. 머리는 잔뜩 헝클어져 온전하지 않은 그녀의 정신 상태를 엿볼 수 있을 것 같았다.

"몇 살입니까?"

"글쎄. 나이는 어려 보이는데 열여섯이나 열일곱이라는 말도 있고… 생긴 거보다는 나이가 많아서 스무 살이 넘었다는 말도 있고… 모르겠소."

관리인 영감이 고개를 갸우뚱했다. 와이와 관리인 영감이 마당으로 들어서자 여자가 경계하는 듯한 표정을 지었다.

'제대로 먹지 못해 몸은 말라깽이인데 유난히 젖통이 크군. 부랑자들 손을 탄 탓인가?'

와이는 여자를 힐끗 쏘아본 뒤에 집안을 천천히 살폈다. 양철지붕 집은 〈ㄱ〉자 구조로 방 두 개와 부엌, 헛간이 하나 있었다. 방 안에는 너저분한 옷가지들이 가득했고, 헛간에도 고물과 쓰레기, 헌 옷가지들이 가득했다.

"많이도 주워 모았군. 저수지 쓰레기가 다 여기 와 있네. 이런 것들을 뭐하러 주워 모아?"

관리인 영감이 혀를 찼다. 와이는 헛간 쪽도 살펴보았다. 그때 관리인 영감에게 전화가 오더니 갑자기 저수지에 가보아야 한다고 서둘러 돌아갔다.

와이는 문 앞에서 천천히 헛간 안을 살폈다. 헛간 안에 너저분한 것이 너무나 많이 널려 있어서 안으로 들어가고 싶지 않았다. 헛간에서 무엇인가 썩는 냄새가 풍기는 것 같았다. 그때 여자가 백치처럼 웃으면서 와이에게 다가와서 말을 건넸다.

"우리 집에 인형 있다."

"무슨 인형?"

와이는 얼굴을 찡그리고 물었다. 여자의 말투는 정신박약아답게 어눌했다.

"아빠 인형… 엄마 인형… 오빠 인형… 손님들 인형도 있어……. 내가 구경시켜 줄까?"

여자가 와이의 옷자락을 잡아당기면서 물었다.

"필요 없어."

와이는 여자의 손을 뿌리치면서 싸늘하게 내뱉었다.

"나쁜 놈."

여자의 입에서 갑자기 욕설이 튀어나왔다. 와이는 깜짝 놀라 여자를 쏘아보았다. 여자의 눈이 기이하게 번들거렸다. 와이의 눈이 차갑게 변했다.

'어른에게 함부로 욕을 하다니 못된 계집애군.'

와이는 불쾌했으나 지능이 낮은 여자를 상대하고 싶지 않았다. 여자의 눈에 흰자위가 가득해졌다. 와이는 여자의 눈이 징그러운 파충류를 보는 것 같았다. 와이는 헛간을 대충 살핀 뒤에 밖으로 나왔다.

빗줄기가 굵어지기 시작하고 있었다. 와이는 양철 지붕 집 처마 밑에서 비가 그치기를 기다렸다. 양철 지붕에 떨어지는 빗소리가 총을 쏘는 소리처럼 요란했다.

"나 술 마시는 거 좋아하는데……."

여자가 와이를 향해 눈웃음을 쳤다. 여자가 노골적으로 와이를 유혹하고 있었다. 양철 지붕을 때리는 빗소리에 섞여 땅속 깊은 곳에서 아수라의 비명 소리가 들려오는 것 같았다.

"이거 보여줄까?"

여자가 히죽히죽 웃으면서 치마를 걷어 올렸다. 여자의 붉은 속옷이 눈앞에서 흔들렸다.

'이거 미친년 아니야?'

와이는 여자에게 대꾸하지 않고 재빨리 시선을 돌렸다. 정신박약아가 유혹을 한다고 해도 손을 댈 수가 없었다. 비가 쏟아지고 있었으나 와이는 서둘러 저수지 쪽으로 돌아가기 시작했다. 빗줄기가 사정없이 몸으로 들이쳤다. 한참을 걷다가 뒤를 돌아보자 여자가 마당 앞에 오도카니 서 있었다.

*　　*　　*

불빛이 어떻게 지하로 들어오는지 알 수 없었다. 엘은 통증과 한기 때문에 몸을 부르르 떨었다. 이빨이 딱딱 부딪치고 턱이 덜덜 떨렸다. 지하에는 시체 썩는 냄새가 풍기고 있었다. 계집애는 이해할 수 없는 노래를 흥얼거리고 있었다. 엘은 계집애가 기분이 나쁘지 않은 것 같아 다행이라고 생각했다. 그녀가 기분이 나쁘면 엘에게 잔인하게 화풀이를 한다. 도끼로 등을 찍고 칼로 손가락을 잘랐다.

"엄마… 아빠… 우리 식구가 더 많아졌네."

계집애가 또 가족 놀이를 하고 있었다.

오늘의 주제는 텔레비전 시청이다. 엄마는 연속극을 보기를 원하고 아빠는 토론 프로그램을 보려고 하고 있다.

"그까짓 토론 프로그램을 보면 뭘 해?"

계집애가 중년 여자의 뒤에 가서 소리를 질렀다. 목소리가 중년 여자처럼 찢어질 듯이 지하실을 울렸다.

"하아, 그까짓 드라마는 봐서 뭘 하는데? 밥이 나와? 돈이 나와? 맨날 출생의 비밀 어쩌고저쩌고……."

계집애가 이번에는 남자 시체의 뒤에 가서 소리를 질렀다. 굵고 낮게 깔리는 저음이었다.

'완전히 미쳤어.'

엘은 계집애가 시체를 가지고 가족 놀이를 하는 것을 보고 소름이 끼쳤다. 아아, 그런데 이 계집애는 왜 나를 살려두는 것일까. 계집애를 만난 것이 잘못이라고 생각했다. 엘은 그날의 일을 생각할 때마다 슬픔을 참을 수가 없었다.

그날은 비가 왔다. 엘은 친구인 엠의 차를 타고 저수지 옆길을 달리고 있었다. 그런데 저수지 길가에 한 여자가 비를 맞고 서 있었다.

"저 계집애는 뭐야? 왜 비를 맞고 있지?"

"귀신인가 보지."

엠의 말에 엘이 낄낄대고 웃으면서 대꾸했다.

"탈래?"

엘이 계집애 옆에 차를 세우고 물었다. 치마가 짧은데 유난히 가슴이 큰 계집애였다. 계집애가 고개를 살래살래 흔들었다.

"웃네."

계집애는 백치처럼 웃고 있었다. 비를 맞아 착 달라붙은 옷을 입은 계집애가 눈웃음을 치자 묘하게 도발적이었다. 유난히 커 보이는 가슴이 엘의 시선을 끌었다. 계집애가 양철 지붕 집에 사는, 조금 모자라는 계집애라는 것을 안 것은 오랜 시간이 걸리지 않았다. 이런 계집애와 그 짓을 한다고 해도 사람들이 모를 것이라는 생각이 뇌리를 스쳤다. 이심전심, 엠이 엘을 향해 눈을 찡긋했다.

"우리 집에 가서 인형 놀이 할래?"

계집애가 눈웃음을 치면서 물었다.

"한 번 주면 인형 놀이 해주지."

엠이 낄낄대고 웃었다.

"따라와."

계집애가 팔랑거리고 양철 지붕 집으로 달려갔다. 그것이 잘못된 일의 시초였다. 어쩐지 꺼림칙한 기분을 떨쳐 버릴 수 없었으나 엘은 엠과 차에서 내려 양철 지붕 집으로 달려갔다. 계집애와 술을 마시면서 시시덕거리고 이야기를 하다가 눕히고 몸을 실었다. 계집애는 기다렸다는 듯이 다리를 벌린 채 손뼉을 치면서 좋아했다. 엘은 여자가 건네주는 드링크를 마시고 의식을 잃었다. 엘이 깨어나자 엠은 피투성이가 되어 죽어 있었고 엘은 손발이 묶여 있었다.

'사, 살인마…….'

엘은 소름이 끼쳤다. 지하실은 거실처럼 꾸며져 있고 소파에 중년 남자와 여자, 그리고 젊은 남자와 여자 시체가 둘러앉혀져 있었다. 마치 단란한 가족이 거실에 둘러앉아 있는 것 같은 기괴한 모습이었다.

"아빠… 엄마… 오빠… 언니… 너는 오빠 친구야……."

엠은 계집애의 오빠가 되어 있었다. 언니라는 여자의 시체는 제과점에 다니다가 실종이 된 유라는 여자였다. 가족 놀이는 무섭지 않았으나 병원 놀이는 너무나 끔찍했다. 계집애는 스스로 의사가 되어 시체의 손발을 절단하고 수술을 한답시고 꿰매기도 했다.

"마취를 해서 아프지 않아. 나는 마취를 안 하고도 수술하는 의사야."

계집애는 엘을 상대로 병원 놀이를 할 때도 있었다. 그의 살가죽을 찢어서 비명을 지르게 한 뒤에 상처를 꿰맸다. 엘은 처절한 비명을 지르다가 의식을 잃고는 했다. 계집애의 병원 놀이 때문에 해체된 시체도 여럿이었다.

"우리 가족 놀이 할까?"

계집애가 엘에게 물었다.

"우리가 가족은 아니지만… 너도 여기에 앉아야지."

계집애가 망치를 들고 엘에게 다가오기 시작했다.

*　　　*　　　*

경찰특공대가 수색견을 데리고 왔을 때 와이는 반신반의했다. 이 넓은 저수지 일대에서 실종된 유와 낚시꾼 케이를 찾는 것은 불가능할 것이라고 생각했다. 그러나 유의 가족들이 강력하게 요청했고, 어쩔 수 없이 수색견을 훈련시키는 경찰특공대에 지원을 요청했던 것이다. 시체라도 찾아야 살인 사건으로 발전하기 때문에 형사들도 찬성했다.

"시간이 꽤 오래되었는데 찾을 수 있을까?"

"밑져야 본전인데 맡겨보자구."

형사들은 킁킁거리고 냄새를 맡는 수색견을 살피면서 웅성거렸다. 수색견이 냄새를 맡았는지 갑자기 저수지 둑길을 따라 달리고 있었다. 형사들이 우르르 뒤를 따라 뛰었다. 와이도 수색견의 뒤를 쫓아 빠르게 걷기 시작했다. 그때 수색견이 달음질을 멈추고 풀숲에 코를 들이박고 킁킁거렸다. 와이는 전신이 팽팽하게 긴장되었다.

"뭐야?"

"찾은 거야?"

형사들이 웅성거릴 때 수색견이 다시 달리기 시작했다.

"에이."

형사들이 실망하는 표정을 지었다. 수색견이 양철 지붕 집을 향해 달려가고 있었다. 양철 지붕 집에는 지능이 낮은 여자가 살고 있었다.

"개가 왜 여기로 온 거지?"

에이치가 이해할 수 없다는 표정을 했다. 양철 지붕 집은 고즈넉하고 여자는 보이지 않았다. 와이는 스스로 치마를 걷어 올리던 여자를 잠깐 생각했다.

"여길 왜 와?"

"여기에 시체라도 있는 거야?"

형사들은 실망한 표정으로 잡동사니가 가득한 마당에서 서성거렸다. 수색견이 킁킁거리고 냄새를 맡더니 헛간으로 뛰어 들어갔다. 와이는 마당에 서서 담배를 피워 물었다. 썩는 냄새가 지독한 헛간에 따라 들어가고 싶지 않았다.

"반장님, 헛간에 지하실이 있습니다."

형사의 말에 와이는 가슴이 철렁했다. 그동안 수많은 형사가 양철 지붕 집을 들여다보았으나 지하실을 찾지 못했던 것이다.

"수색해 봐."

와이는 담배를 끄면서 형사에게 지시했다. 불길한 예감이 뒤통수를 엄습해 왔다. 지능이 낮은 여자는 어디로 간 것일까. 수십 명의 형사와 경찰이 몰려든 양철 지붕 집은 햇살이 고즈넉했다. 마을 사람들도 어슬렁거리고 나타났다.

"찾았습니다."

형사가 소리를 질렀다. 와이는 밑도 끝도 없는 말이라 짜증이 났다.

"뭘?"

"시체입니다."

와이는 눈앞이 캄캄해지는 기분이었다.

*　　*　　*

사건은 해결되었으나 범인은 잡지 못했다. 양철 지붕 집 헛간의 지하실에는 자그마치 일곱 구의 시체가 있었다. 저수지 주위의 마을과 경찰이 발칵 뒤집히고 방송과 신문이 대대적으로 보도했다. 여자는 지하에서 시체로 가족 놀이를 하고 있었는데 경찰은 짐작조차 못했다. 여러 차례 수색을 했으나 실마리를 찾지 못한 경찰에 언론의 비난이 쏟아졌다. 와이도 시말서를 써야 했다.

'대체 여자는 어디로 사라진 것일까?'

와이는 여자의 행방을 짐작할 수 없었다. 경찰이 들이닥쳤을 때 여자는 이미 어디론가 사라지고 없었다.

여자의 이름은 알, 나이는 스물두 살이었으나 초등학생이나 중학생 같은 옷을 입어 나이를 어려 보이게 위장하고 있었다.

*　　*　　*

강원도 인제군에 있는 저수지였다. 여학생이 눈웃음을 쳤다. 티 없이 맑은 웃음이다. 엔은 음흉한 눈빛으로 여학생을 응시했다. 남색의 스커트는 짧고 흰색의 세라복은 낡고 바랜 느낌이었다. 전체적으로 빈약한 인상인데 하얀색의 블라우스가 터질 것처럼 가슴이 유난히 팽팽했다.

'요즘 학생들은 치마가 너무 짧아.'

엔은 여학생이 눈치 안 채게 그녀의 매끈한 허벅지를 눈으로 더듬었다. 여학생은 저수지 근처에 혼자 살고 있었다. 빗방울이 뿌리고 몇 시간 동안 찌가 움직이지 않자 낚싯대를 거두고 돌아가려고 하는데 불빛이 눈에 띄었다.

'민박을 하고 새벽에 다시 낚시를 할까?'

그런 생각으로 찾아온 집인데 여학생밖에 없었다. 방 값을 후하게 치르고 라면을 끓여달라고 부탁했다.

빗줄기는 점점 굵어지고 있었다. 슬레이트 지붕을 때리는 빗소리가 요란했다. 밤낚시를 하면서 소주를 마신 탓인지 아른아른 잠이 쏟아져 왔다. 여학생이 라면을 끓이는 동안 엔은 벽에 등을 기대고 눈을 붙였다. 어디선가 지옥의 악귀가 울부짖는 것 같은 소리가 희미하게 들렸다. 환청인가. 밤낚시를 할 때도 저수지에서 이상한 소리가 들렸었다.

"라면 끓였어."

여학생이 김이 오르는 라면 냄비를 가지고 방으로 들어왔다.

'건방지게 어른에게 반말을 하다니…….'

엔은 약간 불쾌한 생각이 들었다. 여학생 교복을 입고 있기는 했으나 어른이 아이들 옷을 입고 있는 듯한 기분이었다.

엔은 고맙다고 사례하고 라면을 먹기 시작했다. 여학생은 벽 쪽에 쪼그리고 앉아 있었다. 스커트가 짧아 속옷이 들여다보였다. 엔은 마른침을 꼴깍 삼켰다.

"우리 집에 인형이 있다."

여학생이 엔을 향해 눈웃음을 쳤다. 인형이 있다니. 이 학생은 왜 느닷없이 귀신 씻나락 까먹는 소리를 하고 있는 것일까.

"그래?"

엔은 여학생을 향해 미소를 날렸다. 여학생은 지능이 낮아 보였고 몸가짐도 흐트러져 있었다.

"우리 인형 놀이 할까?"

"좋지."

엔은 여학생을 향해 미소를 지었다. 여학생에게서 기묘하게 술집 여자 같은 퇴폐적인 분위기가 느껴졌다. 흰 세라복은 빛이 바래어 있고 김치 국물까지 묻어 있었다.

'여학생이 아니야.'

엔은 그렇게 생각했다.

"눈 감아라."

여자가 말했다.

"눈은 왜?"

엔이 여자에게 끈적거리는 눈길을 보냈다.

"인형 놀이 하려면 눈을 감아야지. 눈 감으면 내가 옷을 벗는다."

여자가 노골적으로 그를 유혹하고 있었다. 엔은 모르는 체하고 눈을 감았다. 여자가 무엇을 하는지 부스럭거리는 소리가 들렸다.

'아…….'

엔은 슬며시 눈을 뜨다가 경악했다. 여자가 망치를 들고 있다가 그의 머리를 향해 내려치고 있었다. 엔은 처절한 비명을 질러댔다.

밖에는 빗줄기가 더욱 굵어지고 있었고 어디선가 악귀가 울부짖는 소리가 희미하게 들리고 있었다.

이상한 처녀 귀신

조나단

장르드라마와 장르시나리오를 쓴다. 그리고 장르소설을 쓴다.
경인방송 범죄수사 재연극 〈리얼스토리:실제상황〉 1년간 집필. 공포단막극 〈자장가 부르는 아기〉 KBS 드라마극본공모 우수작 당선. HDTV문학관 〈봄, 봄봄〉 공동극본.
장르소설로는 단편 〈목격담, UFO는 어디서 오는가〉, 〈사고〉, 〈여자를 믿지 마라〉, 〈다윈과 나〉, 〈내 남자의 이야기〉 등 발표. 2013년 〈곶자왈에서〉 한국추리작가협회 신인상.

누가 어떤 부류의 사람인가를 알아보려면, 그이가 특별한 상황에 처한 때를 관찰해 보면 된다. 예를 들어 자신감 넘치는 샐러리맨이 대로에서 칼 든 강도를 만났을 때의 행동이라든가, 아니면 우리의 상우 씨가 처녀귀신을 만났을 때의 반응이라든가 하는 것들 말이다.

혹여 상우 씨를 모르는 이들을 위해 설명하자면, 그는 소를 떠올리면 된다. 굼뜨듯 느리게 끔벅거리는 커다란 두 눈과 길가다 날아온 야구공에 뒤통수를 맞아도 이 초 후에나 '아, 공이 날아왔네… 아프다' 하는 반응이 꼭 소다. 그렇다고 광우병 걸린 미국 소를 연상해선 안 된다. 상우 씨는 우리 땅에서 나고 자란 토종 한우다. 그러니 그의 느림을 LTE 시대에 어울리지 않는다며 안쓰러워하거나 그가 사회생활은 제대로 할까 걱정하며 딱하니 보아서는 아니 될 것이다. 오히려 그 반대의 마음으로 미소 지으며 지켜볼 일이다.

사실 상우 씨는 귀신을 만난 시점도 제대로 기억 못한다. 어느 날부턴가 매일 밤 으슥한 시간에, 창밖에서 자신의 이름을 부르는 여자 목소리가 들려왔다는 것만 기억할 뿐이다.

상우 씨… 상우 씨… 하고 말이다.

그에 대한 상우 씨의 주장은 이렇다. 그것이 자신의 이름은 맞지만 자기를 부른다고는 생각 못했다는 것이다. 세상에 상우라는 이름은 흔하디 흔하고 자신을 불러줄 여자라곤 엄마와 누이 외에 전무하며 무엇보다 자신의 집은 4층 옥탑방이라는 것이 가장 큰 이유다. 매일 밤 야심한 시각에, 4층 옥탑방 창밖에서, 구슬프게 상우 씨 이름을 불러줄 여자란 있을 수 없다는 것이 그가 강조하는 주장이다.

그러나 그를 아는 이들은 한결같이 말한다. 그 어떤 이유를 댄다 하더라도 상우 씨가 창밖의 소리에 관심을 보이지 않았던 이유는 한가지로밖에 설명할 수 없다고. 바로 잠자리에서 굼뜬 게 일어나 창문을 열어보기가, 귀찮았다는 것이다.

어쨌거나 상우 씨를 부르는 여자 목소리는 매일 밤 들려왔다. 상우 씨는 이불 속으로 기어들어가 리모컨으로 TV 채널들을 돌려대거나 불도 끄기 귀찮아 켜놓은 채 잠이 들면서 그 목소리를 들었다. 여자의 목소리는 하루도 거르지 않고 끈질기게 찾아왔고, 그럼에도 상우 씨가 대꾸하지 않자 언젠가부터는 존대를 버리고 “상우 씨… 상우야… 너! 진짜 이럴 거야?” 했다. 그 목소리는 오기가 든 것처럼 들리기도 했고, 불러도불러도 대답 없는 상우 씨의 무정함에 낙담한 듯 슬퍼 보이기도 했다. 그럴 때면 상우 씨는 잠결에 생각했단다. 거, 소리에 가락이 있네.

여자의 목소리가 2주 넘게 계속되자 상우 씨도 반응을 보일 수밖에 없었다. 히트곡도 허구한 날 듣다 보면 질리게 마련이니까. 상우 씨가 귀찮은 한숨을 쉬고 굼뜬 몸을 일으켜 창문을 열어보니 밖에 여자가 서 있었다. 드디어 창문을 열고 내다보는 상우 씨를 보며, 여자는 감격스러운 듯 몸을 부르르 떨었단다.

상우 씨는 여자에게 물었다.

"누구세요?"

이미 말했듯이 상우 씨 집은 4층 옥탑방이니 창밖에 서 있는, 아니, 허공에 떠있는 여자는 귀신이라고밖에 설명할 방도가 없다. 젊은 여자 귀신이었으니 처녀 귀신으로 부르는 것이 옳다. 그렇다고 그 처녀 귀신이 당신들이 이미 알고 있는 것처럼 긴 머리를 산발하고 소복 차림이었다는 것은 아니다. 산발한 것은 맞지만 커트머리였고 소복 대신 흰 블라우스에 검은 스커트를 입고 있었단다. 아래로는 살색 스타킹을 신고 하이힐은 어디에 벗어두었는지 맨발이었단다. 가느다란 발목 뒤꿈치 스타킹 안에 붙은 대일밴드도 볼 수 있었다고 상우 씨는 증언한다. 아마도 여자는, 생전에 샐러리우먼이었던 것이 분명하다.

어쨌든 상우 씨는 무던한 두 눈을 끔벅거리며 다시 물었다.

"누구냐고요."

여자는 말없이, 처음 느낀 감격 그대로 몸을 떨며 상우 씨를 노려보기만 했단다.

상우 씨는 이제껏 자신을 불러대던 존재의 실체를(그것이 귀신일지 모른다고 어느 정도 예상은 하고 있었다) 확인했고, 그녀가 더 이상 그의 이름을 부르지 않고 노려보기만 하기에 다시 창문을 닫으려 했단다. 볼일이 끝났다고 생각한 것이다.

그러자 여자가 놀라 허둥대며 손을 내저었다.

"야, 야! 상우야!"

상우 씨는 '왜요?' 하는 표정으로 쳐다보았다.

그러자 여자는 스윽 하고 다가왔고, 창가에 붙어 서선 실눈으로 상우 씨를 노려보더니, 창틀을 잡고 꾸역꾸역 안으로 들어왔단다. 여자가 스커트가 말려 올라갈까 조심하며 다리를 접고 창문을 넘어오는 모습을 보면서, 상우 씨는 앞으로 귀신영화의 여주인공들 의상이 전부 바뀌어야 한다고 생각했단다. 비록 귀신치고는 어정쩡하니 등장하고 있었지만, 그래도 21세기에 소복을 입고 나타나는 것보다는 현실적으로 보였다고 한다. 그래도 그녀가 귀신임에는 분명했다. 방 안에 들어와서도 발이 방바닥에서 1, 2센티 정도 허공에 둥실 떠 있었으니까.

자신의 방에 들어와 버린 처녀 귀신을 난처하니 보면서 상우 씨는 생각했단다. 아무래도, 창문을 괜히 열어준 것 같아.

여자는 자기 손으로 손수 들어온 창문을 닫고는, 상우 씨를 노려보며 말했다.

"어디까지 도망칠 수 있을 줄 알았니."

여자는 이제 대놓고 분노를 드러냈다.

"이런 곳에 숨어 산다고, 네가 내게서 벗어날 줄 알았니?"

충분히 짐작할 수 있겠지만, 조금 굼뜨고 느림의 미학이 몸에 밴 상우 씨는 그녀의 눈초리가 어떤 의미인지 알지 못했다. 그래서 자기 방식대로 대답했다.

"저는 어… 주욱 여기 살았는데요?"

그러자 여자가 입꼬리를 올리며 비웃었다. 그럴 때는 제법 처녀 귀신처럼 보였단다.

"네가 나를 부정하는 거야? 나는 너 때문에 온전히 죽지도 못하고 이렇게 구천을 떠돌고 있는데!"

"나 때문에 귀신이 됐다면 어……."

무슨 말을 해야 할지 몰랐지만, 상우 씨는 순진하게 자기감정을 말했다.

"미안하게 생각해요."

누군가 구천을 떠돌게 된 이유가 자기 때문이라면 사과부터 하는 것이 옳다. 그렇지만 여자는 그런 상우 씨 태도에 더욱 화가 난 듯했다.

"그따위 사과 한마디로 내 한이 풀어질 것 같니? 난 너에게 몸과 마음과 재산까지 다 바쳤어, 그런데도 헌신짝처럼 내팽개치고선! 이제 와서 고작 미안하다고!"

"정말 미안해요."

상우 씨는 나름 진심을 담아 말했다. 그리고 물었다.

"그런데요, 누구세요?"

"허!"

여자는 어이가 없는 모양이었다.

"누구세요? 누구세요! 그것 봐, 넌 하나도 변하지 않았어. 날 버리고 떠난 그 모습 그대로라고!"

상우 씨가 의도한 것은 아니었지만 그녀는 온몸으로 분노를 발산했고, 그 유명한 드라마 대사까지 터뜨렸단다.

"내가, 내가 널 부숴놓고 말겠어!"

여자는 생전에 드라마 광이었음이 분명하다.

고작 창문을 열어준 것 때문에 야밤에 외간 여자를, 아니, 낯선 처녀 귀신을 들이게 되고 일이 이상한 방향으로 커지는 중임을 깨달은 상우 씨는 비로소 수습을 해야겠다고 생각했다. 그래서 다시 한 번 진심을 담아 말했어.

"나는 정말 당신이 누군지 모르는데요?"

그 말에 여자는 눈을 감았고 다시 몸을 부르르, 떨었단다. 상황 파악에 둔한 상우 씨도 여자가 스스로를 자제하며 다잡는 중이라는 것 정도는 알 수 있었다.

이윽고 다시 눈을 뜬 여자는 진정한 눈으로, 그러나 여전히 노려보면서 말했다.

"좋아, 너는 비록 나를 외면하고 잊고 싶겠지만, 내가 기억을 되살려 주지. 10년 전 우리가 처음 만났던 그날 그 순간부터 말이야!"

여자의 말에 상우 씨는 길지 않은 자신의 인생에서 그녀를 찾아 기억을 되짚어봐야 했단다.

그녀의 사연은 안타깝게도, 충분히 예상 가능한 것이었다. 물론 그녀가 처녀 귀신이 될 수밖에 없었던 기구한 사연을 폄하해

선 안 되겠지만, 그렇다 하더라도 그녀의 사연이 다른 사연으로 처녀 귀신이 된 여자들의 것과 별반 다르지 않았다는 것이다.

일단 대학시절. 그녀는 그 꽃다운 나이에 안경을 맞추려 교내 안경점을 찾았다가 그곳에서 아르바이트 중인 상우 씨를 보자마자 그에게 반해 버렸다. 해서 매일같이 별별 이유를 대며 안경점에 A/S를 받으러 찾아갔고, 그런 우연과 필연이(그것은 전적으로 그녀의 표현이다) 겹쳐 교내에서 소문난 커플이 되었다. 상우 씨가 군에 입대했을 때는 2주가 멀다하고 면회를 갔고 제대하고 학업을 계속할 때에도 먼저 졸업하고 취업한 그녀는 온 정성으로 그를 뒷바라지 해주었다는 것이다. 그런 뻔한 사연을 말하면서 그녀는 자신이 얼마나 상우 씨를 사랑했고 자신은 한순간도 흔들린 적이 없다는 점을 누누이 강조했다.

그녀의 안타까운 사연은 그 이후에 본격적으로 시작된다.

예비역 상우 씨가 한눈을 팔기 시작한 것이다. 풋풋하고 싱싱한 새내기 여자애들과 사귀고 헤어지기를 반복하며 그녀에게 깊은 마음의 상처를 주었단다. 그래도 상우 씨를 향한 마음이 너무도 지고지순했던 그녀는 매번 그를 용서하고 보듬어 안아주었다. 그녀의 이야기를 들으며 상우 씨는 스스로에 대해 다시 생각하게 되었단다. 나는 얼마나 쓰레기 같은 삶을 살아왔던가, 하고 말이다.

그러나 그 후, 그녀가 도저히 용서할 수 없는 일이 발생했다.

학교를 졸업한 상우 씨가 두 번의 입사 낙방 뒤에(요즘 같은 시절에 그 같은 전력은 상당히 전설적인 것이며, 그것이 그녀가 상우 씨를 계속 사랑할 수밖에 없었던 이유이기도 하다), 그녀가 다니던 회사에 입사한 것이 불행의 시작이었다. 그때만 해도 그녀는 두 사람 사이의 시련은 끝났다고 생각했단다. 온갖 역경 끝에, 우리나라 굴지의 500위권 기업 안에서, 두 사람의 사랑이 행복한 결말로 완성되리라 믿었던 것이다.

하지만 그것은 그녀만의 바람일 뿐이었고, 여자 경험이 늘어나면서 대가리도 커진 상우 씨는 이제 노골적으로 뻔뻔해졌다. 사내에서는 선후배 관계를 유지하자며 그녀를 멀리했고, 그러면서 다른 여직원에게 집적거리는 것을 멈추지 않았다. 급기야 비서실에 근무하는 그녀의 동기와 사내커플을 선언해 버린 것이다! 아, 생각해 보라. 얼마나 신파적이고 예측 가능하며, 그렇기 때문에 상우 씨가 얼마나 나쁜 녀석일 수밖에 없는지를.

비로소 그녀는 콩깍지를 벗고 상우 씨의 본모습을 볼 수 있었고, 그때마다 그런 쓰레기 같은 녀석에게 자신의 모든 것을 주어버린 스스로가 저주스러웠단다. 그리고 그녀의 여자 동기, 너무도 예쁘고 똘기가 넘쳐 비서실에 근무할 수밖에 없었던 그 썅년이 기어이 상우 씨와의 결혼 사실을 발표했을 때, 두 사람이 독일 수제맥주전문 호프집에서 직원들에게 축하주를 받던 그날 밤에, 그녀는 자신의 작은 원룸에서 카스라이트 캔맥주에 약을 타고 있었다. 기어이, 마지막 결심을 한 것이다.

여기까지가 그녀에게는 안타깝지만, 우리로서는 조금 신파적으로 느껴지는, 그녀가 처녀 귀신이 될 수밖에 없었던 사연이다.

멍청하니 듣던 상우 씨는 잠시 굼뜬 눈을 끔뻑거리다 소감을 말했다.

"아침드라마 한 편을 요약해서 본 것 같네요."

"그렇지? 그리고 넌 아줌마들에게 욕먹어 마땅한 나쁜 남자주인공이고!"

그녀는 자신의 사연에 감정이입이라도 됐는지, 이제 눈에 광기를 내뿜었다.

"그러니 내 어떻게 한을 품지 않겠어, 어떻게 이렇게 구천을 떠돌지 않을 수 있겠냐고! 오늘 너에게 내 모든 한을 발산하겠어. 그 말은, 내 너를 죽여 네 영혼을 지옥 불길 속으로 떨어뜨리겠단 말이다!"

"저기요, 잠깐만요."

상우 씨가 두 눈을 끔벅이며 말하자 여자는 흠칫 놀라는 듯했다. 자신의 한과 분노에 대한 상우 씨의 반응에 전혀 긴장감이 느껴지지 않았던 것이다.

상우 씨가 말했다.

"저기, 사람 잘못 찾아오신 것 같은데요?"

"허."

여자는 이제 가소롭지도 않다는 표정이었다.

"정말이에요. 당신의 그 안타까운 사연은 정말 잘, 아니, 조금 진부하긴 하지만, 어쨌든 한마디도 빠뜨리지 않고 다 들었어요. 그러면서 내 과거를 반추해 보았죠. 내가 과연 33년간 얼마나 나쁜 놈으로 살아왔던가, 하고 말이에요. 그런데 말이죠,"

상우 씨는 한 번 더 그녀의 사연을 복기하고 자신의 과거를 돌아본 후에, 확신을 가지고 말했다.

"아무리 생각해 봐도, 나는 당신을 모르겠어요."

여자는 참지 못하고 기어이 폭발했다. 눈에서 시뻘건 광기가 번쩍이며 분노로 산발한 커트머리가 쭈뼛 일어섰다.

"네놈이 정녕, 나를 모른다고!"

상우 씨가 비록 굼뜨고 반응이 느리긴 했지만, 한과 분노를 발산하는 그녀의 귀기에는 겁을 먹고 잔털이 모두 일어섰단다. 그래도 상우 씨는 소신을 굽히지 않았다.

"예, 정말 모르겠어요."

"우리의 첫 만남, 서강대학교 교내 안경점에서의 그 필연적인 만남을 부정하겠다고!"

"저는, 전문대 나왔는데요?"

"도망치려 하지 마! 네가 군대 2년 동안 그렇게 면회를 갔는데, 그 추억의 시간들을 모두 지울 수 있을 것 같니? 네가 제대한 뒤에도 나는……."

"전 방위, 그러니까 소집해제인데요?"

"거짓말! 난 네가 쫓아다니던 새내기 계집애들 이름도 모두 기억하고 있어. 미선이, 영란이 그리고……."

"저는요, 이제껏 연애 한 번 못해봤다고요."

"나보고 그 말을 믿으라고? 너는 날 버리고 회사에서 가장 예쁜 그년을 후려서 결혼까지 한 놈이야!"

상우 씨는 고집을 버리지 않는 그녀를 보며 한숨을 쉬고는 말했다.

"흥분하신 건 잘 알겠는데, 제발 이성을 찾으세요. 다시 한 번 잘 보라고요, 내가 결혼한 사람처럼 보여요?"

여자는 비로소 쭈뼛 일어선 머리카락을 가라앉혔다. 그리고는 상우 씨의 좁은 옥탑방 안을 둘러보았다.

"당신 말대로 내가 굴지의 500위 안에 드는 대기업에, 그런 회사들에 굴지라는 말을 써도 되는지 모르겠지만, 어쨌든 그런 회사에 입사해서 비서실에서 일하는 가장 예쁜 여자를 꼬셔서 결혼할 놈으로 보이냐고요."

여자는 상우 씨를 노려보며 다시 몸을 부르르 떨었는데, 아까와는 좀 다른 떨림이었다.

"나는 취업도 못한, 나 스스로 이런 말 하기는 창피하지만 백수, 그러니까 취업준비생일 뿐이라고요."

여자는 이제 말없이 노려보기만 했고, 그러면서도 여전히 몸을 떨었다. 잠시 후 부웅 떠서 다가오더니 상우 씨 얼굴 앞에 그 창백한 얼굴을 들이댔다. 그리고는 말했다.

"그, 그러네요."

상우 씨는 그녀의 말이 어떤 의미일까 잠시 생각했고, 그의 성향대로 조금 늦게 이해한 뒤에 말했다.

"다행이네요, 알아들었다니."

이제 분위기가 바뀌었고, 원한 서린 두 눈을 부릅뜨던 여자는 상우 씨와 눈을 마주치지 못했다. 괜히 뭉그적거리며 주위를 훔쳐보았다. 여자는 한결 작아진 목소리로, 그러니까 기어들어가는 목소리로 말했다.

"귀, 귀신이 된 몸이라… 안경을 쓸 수 없어서……."

여자는 부끄러운 것인지 아니면 다른 이유에선지 창백한 얼굴에 홍조를 띠더니, 그것을 감추려는 듯 몸을 휙 돌려 부랴부랴 창가로 부웅 떠갔다. 그러나 도망치듯 나가려던 여자는 자신이 손수 닫아놓았던 창유리에 텅 부딪치더니 아이 씨 하며 휘청거렸다.

당신이라면 풋 웃음이 터졌겠지만, 말했지만 우리의 상우 씨는 상황을 이해하는 데 조금 느린 사람이었기에 자기 일처럼 느끼고는 혼자 생각했단다. 아프겠다…….

여자는 그런 내색도 못하고 허둥지둥 창문을 열더니 들어오던 어정쩡한 자세 그대로 창문으로 빠져나갔다. 그리고는 상우 씨를 돌아보더니 실눈을 뜨고는 말했다.

"저기, 미안해요."

여자는 휙 사라졌고, 든 자리는 몰라도 난 자리는 안다고, 상우 씨는 한결 넓어지고 썰렁해진 방 안에 잠시 서 있었다. 그리고는 창문을 닫고 자리에 들어 잠을 청했다. 그는 잠시 여자와 나눈 대화를 생각해 보다가 혼자서 중얼거렸다.

"거, 이상한 처녀 귀신일세."

음, 그러니까. 누가 어떤 부류의 사람인가를 알아보려면 그이가 특별한 상황에 처했을 때를 관찰해 보면 된다. 예를 들어 어느 날 이상한 처녀 귀신을 만난 우리의 상우 씨가 보인 반응 같은 것들 말이다.

아니면 자신의 의지와는 다르게 다른 상우 씨를 찾아오게 된 그 처녀 귀신을 생각해도 되겠다.

일곱 소녀의 집

성성명

추리소설가. 한국추리작가협회 계간미스터리 2012년 겨울호 〈흐린 날의 오후〉로 신인상 당선. 금요 추리문학회 회원. 단편 〈산행〉, 2013년 올해의 추리소설 단편 〈악마의 은둔〉 등 집필.

1

고속버스 차창을 스쳐 지나가는 나무 사이로 바다의 푸른 언저리가 언뜻 보이다 사라지기를 반복했다. 몇 시간 만에 바다를 본 그들은 환호성부터 질렀다.

"야! 드디어 도착하는구나!"

간신히 눈만 가린 작은 레이벤을 낀 20대 초반의 덩치 큰 남자가 바다를 처음 본 것처럼 호들갑을 떨었다. 갈색 렌즈의 레이벤은 그의 덩치와 전혀 어울리지 않았다. 그와 어울리지 않는 것은 레이벤뿐만 아니었다. 목소리도 가늘었고 피둥피둥 찐 살결은 여자처럼 희었다.

"도착하려면 아직 멀었어. 30분은 족히 더 가야 될걸?"

앞좌석에 앉은, 덩치보다 한참 왜소한 또래의 남자가 퉁명스럽게 내뱉었다. 금발로 염색한 머리칼이 어깨까지 내려와 있었다.

"이제 태안을 지났어. 아직 안면대교도 안 지났는데… 안면대교에서 콘도까지 30분이야! 느긋하게 경치 감상이나 해!"

금발의 부연설명이 추가되자, 덩치는 창밖으로 내다보던 시선을 거두었다. 보통의 경우라면 버스 창가 쪽은 여자가, 바깥 통로 쪽은 남자가 앉는 것이 의례적이지만 그들은 예외였다. 덩치가 이기적인 것인지, 여자가 배려심이 많은 것인지 알 수가 없었다. 덩치 옆에 앉은 앳된 여자는 자신과 그의 입에 훈제오징어 조각을 넣기 위해 부지런히 손을 놀리고 있었다. 밝은 하늘색 민소매 티셔츠와 베이지색 미니스커트를 입고 있었는데, 덩치의 눈이 자주 그녀의 허벅지를 스쳤다.

"이런 곳에 저게 뭐야?"

덩치의 짜증 섞인 한마디에 일행은 다시 창밖으로 시선을 돌렸다. 멀리 울창한 숲 사이에 자리 잡고 있는 거대한 콘크리트 조각이 보였던 것이다. 아니, 엄밀하게 말하면 흉물스럽게 콘크리트만 드러나 있는 거대한 건물이었다. 대충 봐도 6-7층은 되어 보임직한 건물은 시멘트 속살만 그대로 보여주고 있었다. 그 주변을 넓게 빙 둘러 건축공사에 쓰이는 EGI 펜스가 높다랗게 둘러쳐져 있었다. 펜스 중간에는 아주 오랜 시간 동안 풍우에 시달린 색 바랜 현수막이 춤추듯이 너덜거리며 그들에게 손짓했다.

'유치권 행사 중.'

너덜거리는 현수막에는 붉은색 페인트로 아무렇게나 갈겨쓴 듯한 글자가 크게 적혀 있었다.

"유치권이 뭐야?"

오징어를 씹던 여자가 덩치에게 물었다.

"나도 몰라!"

덩치의 대답은 간단명료했다.

"공사를 하다가 공사대금을 못 받으면 공사비 받을 때까지 채권자가 대신 가지고 있는 걸 말하는 거야."

반대편에 앉은 사십 대 중반의 남자가 친절하게 설명해 주었다. 여자는 고개를 주억거리며 이해한다는 표정이었지만, 덩치는 떨떠름한 표정으로 중년 남자를 쏘아보았다.

"그런데 왜 반말이세요?"

중년 남자는 덩치를 한번 힐끗 살피고는 입을 다물어 버렸다. 젊은 애들과 괜한 시빗거리에 휘말려 봤자 자신만 피곤해질 뿐이라는 것을 알았기 때문이었다.

서울에서 안면도까지 가는 몇 시간 동안 공중도덕이라고는 눈곱만큼도 찾아볼 수 없었다. 버스 안에서 큰 소리로 휴대폰을 사용한 것은 애교에 속했다. 자기네들끼리 웃고, 싸우면서 다른 승객의 수면을 방해하는 일은 안중에도 없던 그들이었다. 대화 내용을 들으니 올해 대학에 입학한 새내기들로 짐작되었다. 부모가 얼마나 엉망으로 키웠기에 저렇게 싸가지가 없을까? 버스를 타고 오면서 내내 불쾌감이 치밀어 올랐지만 공연히 문제를 일으키고 싶지 않아 꾹 참았었다. 이런 그들에게 과잉 친절을 베푼 자신을 탓하기에는 이미 늦어버렸다. 중년 남자는 창밖으로 고개를 돌리고선 그들을 애써 무시했다.

덩치도 중년 남자가 아무 대꾸를 하지 않자 다시 힐끔 쏘아보고는 옆자리의 오징어와 시시덕거리기 시작했다.

고속버스는 마침내 안면읍에 도착했다. 덩치와 시비가 붙은 중년 남자는 서둘러 버스에서 내리고, 덩치와 금발 일행도 그의 뒤를 따라 버스에서 하차했다. 버스에서 내리자마자 덮치는 살인적인 더위와 따가운 햇볕에 너 나 할 것 없이 미간을 찌푸렸다.

그들은 미니스커트를 입고서 몸맵시를 자랑하는 여자 두 명과 남자 두 명이었다. 일행은 바닷가에서 며칠 묵을 요량인지 짐을 바리바리 싸들고 택시 승강장으로 향했다.

2

"예약을 했는데 방이 없다는 게 무슨 말이에요?"

대리석으로 만든 로비 바닥을 따라 큰소리가 실내로 울러 퍼졌다. 덩치는 어떻게 된 영문이냐는 표정으로 옆에 서 있는 금발을 응시했다. 금발의 얼굴에 당황한 기색이 역력히 나타났다.

안면도에서 시설 면으로 손가락 안에 들어가는 이 콘도의 로비는 여느 곳과는 달리 넓고 화려하게 치장돼 있었다. 주로 가족단위의 여행객들이 투숙하는 고급 콘도였기에 주 고객층의 콘셉트에 맞춰 꾸며진 형태였다. 벽면에는 이태리에서 수입한 고급 대리석이 은은한 광택을 발산했다. 로비 곳곳에 심은 조경수 주변으로 화사한 생화가 꽂혀 있었다.

특급호텔처럼 장방형으로 길게 뻗어진 프런트 데스크에는 흰색 유니폼의 키가 큰 미모의 여직원이 그들을 상대하고 있는 중이었다. 그녀의 왼쪽 가슴에 달린 금색 명찰에는 '전유리' 라는 이름이 새겨져 있었다.

덩치의 큰소리에 유리도 당황했는지, 다시 조근조근 설명하기 시작했다.

"고객님께서 예약을 하셨지만, 결제를 하지 않으셨어요. 결제가 안 되면 예약이 자동 취소됩니다. 예약 약관에도 그렇게 명시되어 있어요."

"분명히 결제를 했는데, 결제가 안 됐다니 말이 되요? 난 분명히 인터넷으로 카드결제를 했다 말입니다. 그쪽 전산이 잘못된 걸 왜 우리가 피해를 봐야죠?"

금발은 흥분한 목소리로 유리에게 따져 물었다.

"고객님! 전산으로는 결제를 하시다가 취소한 걸로 나와 있어요. 혹시 ISP인증까지 받으셨나요? 결제가 안 되서 예약 취소된 고객분들 대부분이 카드결제까지 하고 ISP인증을 안 받아서 취소된 경우가 많거든요."

유리의 말을 듣는 순간 금발의 표정이 굳어졌다. 그러고 보니 무슨 비밀번호를 입력하라는 메시지가 뜬 것 같은데, 뭔지 몰라 창을 닫은 기억이 났다. 금발은 카드번호와 유효기간만 입력하면 카드결제가 되는 줄 알고 있었던 것이다. 덩치와 오징어, 금발과 팔짱을 끼고 있던 말라깽이 여자 친구까지 금발을 노려보고 있었다.

"아무튼 여기까지 왔으니 일단 방을 주세요!"

말라깽이가 금발을 거들기 위해 다부지게 나섰다.

"요즘은 시즌이라 방이 하나도 없어요."

짜증이 살짝 치밀어 오른 유리는 말라깽이의 부탁을 단호하게 거절했다. 안 그래도 바쁜 성수기 시즌에 이 철부지 젊은 청년들이 생떼를 써봤자 자기가 할 수 있는 일이 없을뿐더러, 뒤에는 다른 투숙객들이 길게 줄을 서 있기 때문이었다.

"고객님! 다른 분 체크인을 해야 되니 잠시 옆으로 비켜나 주시겠어요? 다음 고객님, 이쪽으로 와주세요."

유리는 눈을 내리깔고 전산을 보는 척하며 그들을 외면했다.

금발 일행은 마지못해 프런트 한쪽으로 비켜섰다. 겉으로는 계속 미련이 남아 숙박할 방법을 찾느라 머리를 맞대는 모습이었지만 실상은 그렇지 않았다. 금발을 향해 일방적인 화풀이를 해대고 있는 중이었다.

병신이라는 욕지거리가 들리는가 싶더니 말라깽이 여자의 앙칼진 목소리도 들렸다. 금발은 손짓을 섞어가며 이리저리 변명을 하는가 싶더니 다시 프런트의 유리에게 다가왔다.

"누나! 한 번만 도와주세요. 여기 방을 못 잡으면 우린 오늘 잘 데가 없어요."

금발은 어느새 공손한 자세로 바뀌어 있었다. 데스크 위에 양손을 맞잡은 채 올려놓고 유리에게 간절하게 사정했다.

"주변에 있는 민박이나 펜션을 한번 찾아보시지 그러세요. 하긴 요즘 같은 시즌에 방이 다 찼을 것 같은데…….”

금발이 갖춘 외모가 껄렁하게 보인다 하더라도 앳된 얼굴까지 그런 것은 아니었다. 유리는 대학 신입생 시절을 문득 떠올리며 금발 일행이 측은해져 한결 마음이 누그러졌다. 그렇다고 해도 그녀로서는 당장 도움을 줄 마땅한 방법이 떠오르지 않았다. 방금 자신이 말한 대로 지금 펜션이나 민박을 찾는 것은 너무 무모해 보였다. 이 콘도에서 만 5년을 근무하면서 여름 시즌에 방 구하기는 그야말로 하늘의 별따기라는 것을 알기 때문이었다. 더욱이 4명이나 되는 청춘 남녀들이라면 각각 따로 묶을 방이 필요하지 않겠는가.

유리는 다시 POS 모니터를 들여다보았다. 아무리 황금 시즌이라고 해도 숙박 시설에서 풀 예약이 되는 경우는 없다. 일반적으로 호텔이든 콘도든 사내 임직원용이나 VIP용으로 항상 예비룸을 확보해 놓고 있다. 물론 프런트의 여직원이 예비 룸을 임의로 고객에게 배정해 줄 수 있는 권한은 없지만 서도……. 그래도 유리에게 한 가지 믿는 구석이 있어 모니터를 들여다봤지만 예비룸까지도 마감이 된 상태였다. 금발 일행에게는 불행하게도 하필 오늘 오전에 회사 임원이 방을 배정받아 버렸던 것이다. 내일 날짜를 클릭하니 다행히도 예비 룸 두 개가 남아 있었다. 유리는 수화기를 들어 누군가와 몇 마디 나눈 뒤 금발을 향해 살짝 미소를 띠었다.

“고객님! 오늘은 정말 체크인이 불가능하구요. 내일은 24평짜리가 가능해요. 어떻게 할까요? 룸을 잡아드릴까요?”

"잠시만요! 친구들과 상의 좀 할게요."

금발은 다소 미련스러운 부분이 없지 않아 있어 보였다. 내일 예약도 하늘의 별 따기인 것을 알았다면 말이다. 유리가 가진 특권으로 예비 룸을 예약해 준다는 걸 알았다면 금발은 조금도 지체하지 않고 예약했을 것이다.

유리는 잠시 어이없어 하면서도 세상 물정 모르는 학생이라는 생각에 웃음으로 넘겼다.

"야! 오늘은 어떻게 할 거야?"

딩치가 금발에게 타박하듯 무안을 주었다.

"일단 오늘은 돌아다니면서 방을 찾아보지 뭐… 참! 그러지 말고 우리 아까 버스 타고 올 때 봤던 그 짓다 만 건물에서 하룻밤 보내는 건 어때? 불필요한 짐은 여기다 맡기고, 거기서 밤새도록 달리면 되잖아!"

금발의 제안에 누구도 선뜻 반대하지 못했다. 그들은 은연중 호기심까지 가지게 되었다.

프런트 너머에 있던 유리는 그들의 대화를 말없이 듣고 있었다.

"지금 예약할게."

다시 기세가 오른 금발은 성큼 유리에게 다가와 다음 날 정오 이후 체크인이 가능한 24평 콘도를 선불로 예약했다. 그들은 프런트에 몇 가지 짐을 맡긴 후 시끌벅적하게 떠들면서 그곳을 떠났다.

3

다음 날 정오가 훨씬 넘어서도 그들은 콘도에 나타나지 않았다.

"유리야!"

예약총괄인 임석규 과장이 프런트를 지나치면서 유리를 불렀다. 목소리가 부드럽게 귓전을 울렸다.

"네! 과장님!"

유리는 주변의 눈치를 힐끔 살핀 다음 재빨리 석규의 부름에 대답했다.

"어제 부탁한 예비 룸 체크인이 아직 안 되어 있던데? 이형목 이사가 방 빼달라고 난리야! 혹시 펑크 난 거면 룸을 이사에게 배정하자고."

"과장님! 어제 고객님이 챠지(charge)를 완불했어요. 펑크 나더라도 방을 못 빼요. 어떻게 하죠?"

"그래? 그럼 좀 더 기다려 보자. 수고해!"

석규는 유리에게 한쪽 눈을 찡긋해 보인 다음 자리를 떴다. 그의 뒷모습을 물끄러미 쳐다보던 유리는 다시 고개를 숙이고 뭔가에 열중하기 시작했다.

오후 5시가 되어도 그들의 모습은 보이지 않았다. 퇴근 시간이 다된 유리는 야간 데스크 담당에게 인수인계할 업무를 정리하고 있었다. 문득 고개를 돌려 프런트 뒤에 달린 세계 각국의 시계들 중 Seoul이라고 적힌 시계를 들여다보았다. 까맣게 잊고 있었던 금발 일행이 생각났던 것이다.

잠시 생각에 잠긴 유리는 휴대폰으로 석규를 호출했다. 주변에 누가 듣는 사람이 없는데도 손으로 입 부분을 가리고선 나지막이 속삭였다.

"오빠! 오늘 예비 룸 예약한 손님들이 아직 안 왔어! 그런데 어제 M콘도에서 잔다는 얘길 들었거든. 혹시 무슨 일 있는 건 아닌가해서."

유리는 석규와 몇 마디 더 주고받더니 전화를 끊었다. 잠시 뒤 석규가 로비에 나타나 프런트에 다가왔다.

"어제 M콘도에 간다는 말 확실히 들었어?"

"응. 오빠! 지금까지 안 오는 것 보면 혹시 거기서 사고라도 당한 거 아냐? 아무래도 예감이 이상해. 그 사람들 좀 천방지축이던데……."

괜히 애먼 사람들, 아니, 자신이 응대했던 그들을 느낌만으로 평가한다는 생각에 말꼬리를 흘렸다. 본능적인 직업의식이 고객에 대한 근거 없는 험담을 경고해 주었다.

"글쎄, 그렇게 걱정되면 퇴근하고 같이 가든가."

석규와 유리는 비공인 사내커플이었다. 관광숙박시설에 종사하는 서비스 업종의 특성상 사내 연애는 엄격히 금지되어 있었다. 더구나 석규는 숙박시설의 꽃이라고 할 수 있는 예약과장이었다. 회사의 핵심부서장이 자기 부하 여직원과 연애를 한다는 것은 회사의 입장에서 볼 때 용납하기 힘든 사안이었다. 둘이 사귄지는 벌써 햇수로 3년이지만, 그동안 누구에게도 들키지 않고 그들만의 밀회를 즐겨왔다. 더구나 내년에는 결혼까지 염두에 두고 있었다. 두 사람이 연애한다는 사실이 회사에 발각되면 사규 위반으로 권고사직 당할 수밖에 없었다. 그래서 그동안 극히 조심스럽게 사귀어왔던 것이다.

그런 입장의 유리가 석규에게 부탁해서 예비 룸을 배정했는데, 그들이 나타나지 않으니 당연히 관심을 가질 수밖에 없는 처지가 돼버렸다. 예비 룸을 배정해서 체크인을 안 하면 별도의 절차를 거쳐 전산처리를 해야 했다. 당연히 프런트 담당자인 유리에게 업무적으로 부담이 갈 수밖에 없는 일이었다. 예약자가 사전에 숙박비를 전액 완불했다 하더라도 말이다. 석규도 유리의 입장과 크게 다를 바 없었기에 어쩔 수 없이 그들을 찾으러 나서야만 했다.

퇴근 후 밖에서 만난 그들은 석규의 승용차를 타고 M콘도로 향했다. 그들이 근무하는 콘도와 차로 10분 거리에 있었다.

M콘도는 그야말로 이 지역의 골치 덩이었다. 콘도를 짓다가 부도가 나버려 시공업체가 유치권을 행사하는 바람에 꽤 오랜 시간 동안 그대로 방치된 상태였다. 더구나 흉물스러운 것은 둘째 치더라도 거기에 들어가기만 하면 모두 주검으로 발견된다는 소름 끼치는 소문 때문이었다. 지역 주민들은 관광산업에 악영향을 미칠까 모두들 쉬쉬하고 있었지만, 실제로 원인도 다양하게 사고자, 자살자, 변사체 등이 끊임없이 발견되던 곳이었다. 주변 사람들은 벌건 대낮이라도 여간해선 가까이 가지 않는 곳이었다.

"사람들이 죽었던 곳이라고 말해주지 그랬어?"

석규는 그곳에 가는 것이 못내 찜찜했다. 특전사에서 부사관으로 오랫동안 몸담았다고 해도 십 년이 지난 과거의 경력이었다. 평범한 소시민이 돼버린 석규로서는 계속해서 생기는 꺼림칙한 일에 불길한 마음을 떨쳐버릴 수가 없었다. 그런 면에서 유리는 석규와 전혀 딴판이었다. 독실한 기독교 신자인 유리는 평소에도 죽음이나 공포, 유령, 귀신 따위 같은 것은 생각지도 않았다.

"뭐, 어때? 살인 사건 일어난 곳도 아니고, 다 자살이나, 사고사로 발견되었을 뿐인데. 네 명이 그곳에서 잔다한들 무슨 일이 있겠나 싶었지."

석규는 피식 웃었다.

'이 아가씨가 간이 부었나? 무서운 것을 몰라!'

석규는 속으로 고개를 절레절레 흔들었다.

승용차는 곧 도로변에 세워졌다. M콘도까지 가려면 도로에서 숲을 헤치고 한참을 걸어가야 했다. 석규와 유리는 처음 온 곳이라 길을 찾는데 애를 먹었다. 길이라고 할 것도 없이 밀림처럼 우거진 숲을 힘겹게 헤치며 콘도 가까이 이르자 높다란 EGI 펜스가 그들을 가로막았다.

석규는 주변을 둘러보다 조그마한 개구멍을 발견하고 그곳으로 기어들어갔다. 석규를 따라 유리도 개구멍을 향해 몸을 넣었다.

휀스 안은 생각보다 매우 넓었다. 건물 앞의 널찍한 광장에는 깨진 시멘트 포장사이로 온갖 잡초가 무성하게 자라나 있었다. 건물 하단에는 가시넝쿨이 원시림처럼 겹겹이 둘러쳐져 있어 건물 안으로 진입하기는 어려워 보였다.

건물은 전체적으로 조적공사만 되어 있는 상태였다. 높다란 벽

사이사이로 벌건 철근이 그대로 드러나 있는 이런 건물에 하룻밤을 보낸다는 것은 매우 어리석은 짓이라고 생각했다. 아마 금발 일행도 건물 상태를 보고는 다시 발길을 돌렸을 것 같았다.

석규가 이곳을 나가자고 유리에게 말하는 순간 건물 밑 가시넝쿨 사이로 노란색 천이 눈에 띄었다. 혹시나 하는 마음에 그곳으로 천천히 다가갔다. 유리는 석규의 행동을 보고 아무 말 없이 그 자리에 서 있었다.

건물 밑에는 덩치 큰 남자가 깨어진 머리에서 많은 피를 흘리고 눈알은 튀어나올 것처럼 동그랗게 뜬 채 죽어 있었다. 시체 주변에 번져 있는 말라버린 혈액 위로 여러 마리의 파리가 윙윙거리며 돌아다녔다.

석규는 유리에게 가까이 다가오지 말라고 손짓을 한 다음 침착하게 휴대폰을 꺼내 들었다. 소방서와 경찰서에 차례대로 신고한 뒤 시체에서 멀찌감치 물러나 건물 외부를 샅샅이 훑어보았다. 혹시라도 나머지 일행들이 보이나 해서였다.

“거기 아무도 없어요?”

큰소리로 몇 번을 불러봤지만 아무런 대답이 없었다. 해가 주황색으로 물들면서 콘도 옥상 귀퉁이에 걸쳐질 무렵이 되자 119구조대와 경찰이 동시에 도착했다. 지역이 지역인지라 몇몇 안면이 있는 얼굴도 보였다.

잠시 후 형사들도 속속 도착하면서 본격적인 건물 수색이 시작되었다. 현장을 최초로 발견했다는 점과 안면 있는 경찰간부의 입김이 작용해서 지원해 준다는 명분하에 석규도 수색에 동참했다.

아파트형 콘도라 입구가 다섯 군데나 되었다. 건물을 바라봤을 때 맨 오른쪽에서 두 번째 입구가 석규가 맡은 수색지역이었다. 6층까지 좌우측으로 각 한 개씩의 콘도를 수색해야 되니 총 12군데의 방을 둘러봐야 했다.

정복경찰과 119구조대, 석규까지 3명이 한 조가 되어 움직였다. 뼈대만 덩그러니 있는 건물이라 수색은 오래 걸리지 않았다. 10여 분 만에 3층까지 올라갔지만 온몸은 땀으로 뒤범벅이 되었다. 4층에 올라가서 우측 방으로 들어섰을 때, 땀방울이 눈으로 스며들어 왔지만 석규는 꼼짝 못하고 그 자리에 얼어붙은 듯 서 버리고 말았다.

눈에 스며든 땀방울 사이로 보인 현장은 너무나 처참했다.

말라깽이는 경악스러울 정도로 기괴한 모습이었다. 여자는 팔과 다리를 벌린 대자 형태로 간신히 벽에 붙어 있었다. 거실 벽사이로 삐져나온 녹슨 철근 몇 개가 등 뒤를 관통한 상태라서 시체가 바닥으로 떨어지지 않은 것 같았다. 거꾸로 매달린 여자의 머리는 바닥에서 겨우 한 뼘 정도 뜬 상태였는데, 짧은 머리카락이 밑으로 쏠려 하얀 이마를 훤히 보여주었다. 미니스커트도 흘러내려 여자의 핑크빛 속옷이 적나라하게 드러나 있었다.

금발은 더 참혹했다. 머리 가죽이 완전히 벗겨졌는지, 피가 송골송골 맺힌 대머리 시체는 베란다에 가까운 바닥에 엎어진 자세로 발견되었다. 피가 흥건한 금발의 머리 가죽은 앵글 없는 베란다 앞 시멘트 턱에 놓여 있었다.

석규 앞에 서 있던 119구조대 대원과 경찰도 입만 벌린 채 현장을 바라만 볼 뿐이었다. 그들은 현장을 눈으로 쫓다가 자신들의 발밑에 넓게 펴진 핏 자국이 길게 이어진 것을 보게 되었다. 그 핏자국은 중앙 복도를 따라 좌측 방으로 향해 있었다.

먼저 119구조대원이 멈칫멈칫하며 좌측 방으로 향했다. 구조대원은 방 입구에서 다시 꼼짝 않고 서버렸다. 뒤따라 온 석규도 눈 한 번 깜짝하지 못하고 현장만 바라볼 뿐이었다. 나신의 여자는 콘크리트 바닥 위에 온몸이 성한 곳 하나 없이 난도질당해 피칠갑이 되어 있었다. 현장 이곳저곳에 우악스럽게 찢겨진 옷 조각들이 흐트러져 바람에 굴러다녔다.

"도대체 무슨 일이 일어난 거야?"

정복경찰이 떨리는 목소리로 혼자 말하더니 허리춤에서 무전기를 꺼내 들었다. 곧 사람들이 웅성거리며 올라왔다.

"밑에 내려가 있는 게 좋겠네요."

석규의 어깨를 툭 치며 말한 사람은 김행진 경위였다. 평소 석규와 친분이 있던 김 경위는 서산경찰서 지역형사팀 강력계에 근무하고 있었다. 안면도는 서산경찰서 관할이었다.

"언제 왔어요?"

석규는 김 경위를 돌아보며 무표정하게 물었다.

"방금."

대답하는 김 경위의 표정은 매우 심각했다.

사건현장에 기가 질린 석규는 별다른 말없이 아래로 내려갔다. 다리에 힘이 풀러 계단에서 몇 번이나 발을 헛디뎌 넘어질 뻔했다. 식은땀을 흘리며 후줄근하게 건물을 나서니 저만치서 유리가 달려왔다.

"어떻게 됐어?"

"다 죽었어."

"왜? 어떻게?"

유리는 동그랗게 뜬 눈으로 석규를 다그쳤지만, 그저 손만 내젓고 말았다. 아직도 충격이 가시지 않아 아무 말도 할 수 없었다. 그저 정신이 멍멍한 가운데 계속 몸만 떨려온 뿐이었다. 그 험한 특전사에서 5년을 버텼는데도 지금의 상황에 비할 바가 못 되는 것 같았다. 반면에 유리는 꽤 침착했다. 물론 현장을 보지 못해서 그럴 수도 있지만 원래 이 여자가 강심장이었다. 팔짱을 끼고 목을 빼면서 심각하게 현장을 바라보고 있었다.

한참 시간이 흐른 뒤 김행진 경위가 딱딱하게 굳은 얼굴로 그들에게 다가왔다.

"목격자 진술을 받아야 되는데, 여기서 할래요? …아니면 자리를 옮길까요?"

그들을 배려해 주고자 장소 선택을 제안했지만, 석규는 그럴 여력이 없었다.

"여기서 하지요. 그렇게 길게 진술할 것도 없어요."

석규와 김 경위는 몇 년 전에 업무관계로 우연히 알게 되었다가 지금은 친밀한 사이로 바뀌어 있었다. 비슷한 나이와 성격, 특전사 부사관과 공군 부사관 출신이라는 공통된 부분도 있어서 쉽게 친해질 수가 있었다.

먼저 이곳까지 오게 된 이유를 유리가 차분하게 설명했다. 유리의 진술을 꼼꼼하게 기록한 김 경위는 혼자말로 중얼거렸다.

"경찰생활 십수 년 만에 이런 현장은 처음이네. 열세 명이라……."

"뭐가 열세 명이에요?"

유리는 김 경위의 말을 놓치지 않고 되물었다.

"아, 지금까지 여기서 죽은 사람들 숫자요."

"그렇게 많았어요? 그 사람들은 다 자살 아니면, 사고사였다던데?"

"자살도 있고, 사고사도 있고, 변사자도 있었죠."

그제야 어느 정도 정신이 돌아온 석규가 유리와 김 경위의 대화에 끼어들었다.

"이번에는 누가 죽이지 않고서야 저 지경까지 됐겠어요?"

석규는 아직도 긴장하고 있는지 들뜬 목소리로 김 경위에게 따지듯이 물었다.

"글쎄요……. 감식을 해봐야 알겠지만, 이해할 수 없는 사건현장인 것만은 분명하군요."

김 경위는 다시 심각한 표정으로 골똘히 생각에 잠겼다.

사건현장을 보지 못한 유리는 그저 답답한 마음만 들었다. 어제 만났던 사람들이 모두 사체로 발견된 것만 해도 유리에게는 큰 충격이었다. 겉으로는 침착했지만 어깨가 미세하게 떨리는 것은 어쩔 수 없었다.

어느 여름날의 태양은 콘도 너머로 완전히 넘어가 있었다.

4

서산경찰서는 초동수사로 며칠 동안 매우 분주했지만, 사건의 정황조차 파악하지 못했다. 여자들을 부검한 결과 강간당한 흔적이 없었고, 네 명의 금품 또한 현장에 그대로 있어서 강도강간 혐의는 일단 배제되었다. 그러나 일행들끼리 우발적으로 벌어진 살인 사건인지, 신병을 비관한 집단자살인지는 알 수가 없었다.

변사자에 대한 탐문수사 끝에 집단자살도 배제가 되었다. 그 이유는 그들이 올해 초에 입학한 대학 새내기들로 각각 캠퍼스 커플이었다는 점, 모두 유복한 가정에서 부족한 것 없이 자랐다는 것과 콘도 예약과정을 봤을 때 폐건물에는 우연히 들어갔다는 점이 크게 작용되었다.

경찰은 수사개시 열흘 만에 피해자들끼리 폐건물에서 술을 마시다 원인불상의 다툼으로 인한 우발적인 살인 사건으로 종결지었다. 피해자는 금발과 오징어, 말라깽이이며, 살인자는 덩치로 지목되었다. 경찰이 발표한 살인 방법은 덩치가 말라깽이를 벽에 집어던져 철근이 신체를 관통하게 만들어서 사망케 했다는 것이다. 이후 깨진 맥주병으로 금발의 머리 가죽을 벗겨내 잔인하게 살해한 후, 잠을 자고 있던 오징어를 다시 맥주병으로 난자하고 옆방으로 옮겨놓았다. 덩치는 그렇게 살인을 저지르고 4층에서 뛰어내려 자살했다는 것이 경찰의 수사결과였다.

네 명의 젊은 청춘 남녀가 아주 잔인한 사체로 발견 된 전례 없는 엽기적인 사건은 전국을 떠들썩하게 만들었다. 한여름의 공포

영화과도 같은 사건에 전국 각지의 젊은이들이 성지순례하기 위해 M콘도로 몰려들었다. M콘도는 졸지에 관광명소가 돼버리고 말았다.

"난 그렇게 생각 안 해요!"

김행진 경위는 탁자 위에 놓인 얼음물을 벌컥 들이켜며 단호하게 말했다.

"그런데 어차피 수사는 그쪽에서 했던 거 아뇨? 김 경위님이 아니라고 해도 결과가 그렇게 나왔다면서요?"

석규는 김 경위의 말이 도무지 이해되지 않았다. 경찰에서 수사하고 발표까지 해서 종결된 사건인데, 김 경위는 그것이 잘못됐다고 부정하고 있는 것이다. 다른 사람도 아니고 김 경위가 소속된 강력계에서 수사한 결과를 가지고 말이다.

그들은 석규가 근무하는 콘도 로비에 있는 고객 휴게실에서 마주앉아 두 시간째 대화를 나누고 있는 중이었다. 그러려고 해서 온 것이 아닌데 그들의 만남은 김 경위의 푸념 장으로 바뀌고 말았다. 친분이 있는 석규와 유리가 최초 목격자이기에 인사도 할 겸, 바람도 쏘일 겸해서 찾아왔었다. 자연스럽게 사건에 관한 얘기를 하다 보니 김 경위가 격앙되게 자신의 주장을 펼치게 되었다.

"아니! 경찰은 김 경위님이잖아요. 수사를 다 해놓고 이제 와서 그렇게 말하면 어떻게 해요?"

석규는 김 경위가 딱하다는 듯이 혀를 차며 말했다.

"아무리 강력계라고 해도 분위기를 뒤집을 수는 없어요. 윗선에서 그런 방향으로 흐르는데 난들 어떻게 해요?"

"참으로 답답한 소리 하시네? 도대체 뭐가 문제라는 거요?"

석규의 질문에 김 경위는 주변을 둘러보더니 갑자기 말소리를 낮췄다.

"아니, 남자가 아무리 덩치가 좋고, 힘이 좋아도 여자를 무슨 수로 벽에다 던져? 그게 말이 된다고 생각해요? 외부에서 침입한 흔적이 없는 것은 맞아요. 그건 나도 인정해요. 그런데 갓 21살 먹은 학생이 말다툼을 했다고 친구들 3명을 그 자리에서 죽여? 나머지 3명은 그냥 당하고만 있어? 반항한 흔적조차 없는데."

"술이 많이 취해서 그럴 수도 있는 거 아니겠어요?"

"아뇨, 혈액채취해서 혈중 알코올 농도를 측정했지만, 미미한 수준이에요. 그 정도 마시고 인사불성이 될 순 없어요. 전국적으로 주목받는 사건이라서 미제사건으로 남을 가능성이 있으니까, 보이는 증거만 가지고 서둘러 종결한 거지."

김 경위의 말에 석규는 답답하다는 듯이 그를 쳐다보았다.

"그럼 왜 죽었는데요? 수사결과를 반박할 증거나 정황이 있어요? 있으면 그걸 들이밀면 되잖아요."

석규의 말에 김 경위는 한숨부터 내쉬면서 밑도 끝도 없이 말했다.

"그러니까 말이지. 그게 없으니까 답답한 거죠."

"그럼 김 경위님은 이 사건에 대해서 어떻게 유추하고 있는지 한번 들어나 봅시다."

"그게, 아무래도 사람이 저지른 소행 같지 않단 말이지. 지금까지 한 장소에서 열세 명이나 죽은 것도 그렇고……."

겸연쩍게 말하는 김 경위의 말을 듣고 석규는 그 자리에서 박장대소하고 말았다.

"경찰이 공포소설 써요?"

석규는 한참을 웃은 뒤에 김 경위에게 한심하다는 듯이 핀잔을 주었다.

"그렇게 부정적으로 생각만 할 게 아니라 너무 이상하단 말이요. 일단 내 생각을 잘 들어봐요. 여자 몸에 녹슨 철근 몇 개가 완전히 관통하려면 벽 바로 앞에서 던져서는 안 되죠. 적어도 몇 미터 앞에서 아주 힘껏 던져야 해요. 떨어져 죽은 그 친구는 덩치만 컸지 비곗덩어린데 그런 힘이 당연히 없죠. 그리고 머리 가죽이 벗겨진 친구는 사체의 발견 위치상 도망가다 죽었는데, 만약 뒤에서 잡아서 유리병으로 머리를 벗기려면 순순히 가만있었겠어요? 고통에 몸부림치고 반항을 했어야지. 그런데 그런 흔적이 전혀 없어요. 그냥 예리한 그 무언가에 의해서 벗겨진 거예요."

"그럼 벌거벗고 죽은 여자애는?"

석규는 자신도 모르게 마른침을 꿀꺽 삼키면서 프론트 데스크에 서 있는 유리를 힐끔 쳐다보았다. 도무지 겁이 없는 유리의 성격상 이런 이야기를 들으면 당장 달려와서 끼어들려고 했을 것이다.

"그냥 누운 채로 죽었어요. 아무리 자고 있더라도 누가 자신을 해치려고 하면 하다못해 손톱에 바닥을 긁은 자국이라도 있어야 하는데 아무것도 없어요. 그렇게 온몸을 난자당했는데도 반항의 흔적이 전혀 없으니 도무지 이해가 안 돼요."

김 경위의 말을 들어보니 그럴 만도 하다 싶어 이해는 되었다. 그렇지만 김 경위의 말을 뒷받침할 증거는 어디에도 없는 것 아닌가? 단지 추론일 뿐이었다. 워낙 잔인한 사건이다 보니 김 경위가 좀 오버하는 면도 없지 않아 있었을 거라고 편하게 생각했다. 외부침입의 흔적이 전혀 없는데 자기네들끼리 싸우다가 죽이지 않았다면 누가 죽였단 말인가. 무슨 유령이라도 나타나서 죽인건가? 석규는 이런 생각까지 하게 되자 어이가 없었는지 피식 웃고 말았다.

"이제 종결된 사건인데 너무 과민반응하지 말아요. 며칠 좀 쉬다 보면 정리가 되겠죠. 김 경위님 얘길 들어봐도 사건 결과를 뒤집을 만한 증거는 어디에도 없네요."

석규에 말에 김 경위는 아무런 대답도 하지 않았다. 그저 몇 마디의 시답잖은 대화만 주고받은 뒤 자리에서 일어났다.

'사건이 종결된 지금에 와서 어떻게 할 수가 없겠지' 라는 측은한 생각에 석규는 그를 배웅하러 주차장까지 따라나섰다.

5

"오빠! 좀 이상하지 않아? 난 김 경위님 말이 일리가 있다고 생각해. 걔네들이 좀 철이 없다뿐이지 절대 사람을 죽일 애들은 아니었어."

예상했던 대로 유리는 석규로부터 김 경위와 나눈 대화를 들은 뒤에 심각하게 반응했다. 그녀에게 괜히 얘기했다는 후회가 물밀듯이 밀려왔지만 겉으로 내색하지 않았다.

김 경위가 돌아간 그날 저녁, 석규와 유리는 태안 읍내에 있는 고급 일식집에서 오랜만에 둘만의 오붓한 식사를 즐기고 있었다.

"분명히 뭔가 있어! 지금까지 그곳에서 수많은 사람이 죽은 것도 그렇고……. 오빠! 우리 그러지 말고 거기서 하룻밤만 보내보자. 엉? 하룻밤 있다 보면 어떤 분위기인지 알 수도 있잖아. 또 휴가도 못 가는데 그런 데서라도 오싹한 피서를 즐겨보게."

도대체 유리는 무서움이라곤 모르는 여자였다. 유리의 말도 안 되는 부탁을 들어줄 수 없는 석규는 고개를 숙이고 묵묵히 수저만 놀렸다. 하긴 관광숙박시설이나 서비스 업종의 특성상 여름휴가는 꿈도 꿀 수 없었다. 콘도 직원들은 주로 비수기에만 휴가를 갈 수 있었다. 무더운 여름날 오싹한 피서 경험을 해보자는 유리를 이해하지만, 받아들일 수 없는 부탁이었다. 거기가 어디라고.

며칠 동안 회사든 밖이든 가리지 않고 징징거리는 유리를 도무지 이길 재간이 없었다. 석규가 공포심을 유발하면서 무던히도 겁주면 '우리는 하나님이 지켜주신단 말이야' 라는 말로 석규가 반박하지 못하게 만들었다. 석규도 유리와 같은 교회 다니는 독실한 신자였다.

석규는 그곳에서 하룻밤을 보낸다는 상상만 해도 온몸에 소름이 돋았고, 오싹한 공포를 느꼈다. 유리는 이런 석규에게 '특수부대까지 나온 사람이 무슨 이 모양이야' 라는 말로 자존심을 건드리기도 했다.

유리에게 시달릴 대로 시달린 석규는 마침내 굴복하고 말았다. 그들은 바로 그날 밤에 단단히 준비물을 챙긴 후 M콘도로 향했다. 준비물은 꽤 많았다. 깔고 누울 두툼한 매트에 담요, 먹거리, 랜턴까지 빠짐없이 챙겼다. 석규는 유리 몰래 경비회사에 다니는 친구에게서 빌린 호신봉까지 가방에 숨겨서 가지고 갔다. 그래도 찜찜해서 네 명이 숨진 곳과는 다른 통로로 올라가 맨 꼭대기 층에 자리를 잡았다. 사방으로 확 터져 있어 시원한 바람이 계속 불어와 오늘 밤 더위 걱정은 안 해도 되겠다 싶었다.

간단한 간식을 먹으며 도란도란 얘기를 주고 받다보니 시간은 금방 흘러갔다.

"스릴도 있고, 시원하고, 또 오빠랑 단둘만 있으니 정말 좋아!"

석규와 아홉 살이나 차이 나는 유리는 이럴 때 보면 꼭 어린애 같기도 했다. 교회에서 만나 일방적인 석규의 구애에 많은 나이 차를 극복하고 사랑하는 사이로 발전했다. 자신의 마음을 받아준 유리이기에 그녀가 좋아하는, 원하는 모든 것을 해주고 싶은 것이 석규의 마음이기도 했다. 두 사람은 나란히 붙어 앉아 앞날에 대한 행복을 도화지에 그리듯이 차곡차곡 그려 나갔다. 결혼식은 언제 할 것인지, 신혼 여행지는 어디로 갈 것인지, 아기는 두 명만 낳자는 등의 끝없는 대화가 이어졌다.

"난 여기에서 여러 사람이 죽은 것은 환경 자체가 충분한 조건이 되었기 때문이라고 봐."

잠시 침묵이 흐른 후, 애써 피하려고 했던 대화의 소재를 유리가 화두로 삼아버렸다.

"꼭 여기서 그런 얘기를 해야 되겠니?"

대화를 나누면서도 계속 긴장을 풀지 않고 있던 석규는 화제를 돌리려고 했다.

"내 말은 여기에 이런 건물이 있기 때문에 자살하는 사람들이 오고, 건물 자체가 위험하니까 사고도 일어나고 그랬던 거지, 보이지 않는 그 무엇이 있어서 사람들이 죽은 것은 아니라는 얘기지."

유리는 석규의 마음을 전혀 개의치 않고 자기가 하고 싶은 말만 했다. 유리가 그렇게 태연할 수 있었던 이유는 경험과 종교에 대한 신념의 차이였다. 석규가 특전사에서 부사관으로 복무하면서 온갖 험한 일을 겪었기 때문에 무서움, 즉 공포가 뭔지를 알고 있었다. 반면 무남독녀로 집에서 귀하게 자란 유리는 온실 속의 화초처럼 공포를 겪어보질 못했다. 그런 차이로 석규는 긴장하고 있었고, 유리는 놀이공원에서 바이킹을 타는 것과 같은 스릴을 즐기고 있는 것이다. 석규도 김 경위의 말 때문에 긴장하고 있는 것은 아니었다. 사람이 무서웠다. 동네 불량배나 금품을 노린 불순한 사람들이 이런 곳에 지내지 않을까. 여길 찾아온 자신들을 발견하고 위해하지 않을까 하는 걱정 때문이었다. 그런데 이 시간까지 있어 보니 그런 걱정은 하지 않아도 될 것 같아 조금씩 안심이 되었다.

자정이 조금 넘은 시간이 되자 누구라 할 것 없이 조금씩 졸리기 시작했다.

"그래… 요즘 세상에 무슨 일이 있겠어! 김 경위님도 참 상상력이 기발하셔."

농담처럼 내뱉으며 유리는 매트에 자리를 깔고 누웠다. 석규도 옆에 나란히 누워 베란다 너머 밤하늘을 쳐다보다가 까무룩 잠이 들었다.

6

형광등 불빛처럼 밝은 빛이 눈앞에 환히 켜졌다. 처음에는 꿈이려니 했다. 깊은 잠에 빠져 있던 석규는 계속 감고 있던 눈에 밝은 빛이 비춰지자 서서히 잠에서 깨어났다. 그래도 잠에 취해 쉽사리 눈이 떠지지 않았다. 누군가가 자신을 보고 있다는 느낌이 들자 그때서야 게슴츠레 눈을 뜨게 되었다. 처음에는 무슨 영문인지 알지 못했다. 잠결에 취해 잠시 어리둥절하다 곧 눈앞의 광경을 알아 볼 수 있었다.

석규는 비명조차 지르지 못하고 부들부들 떨었다. 바른 자세로 누워 있던 그의 얼굴 바로 위에서 일곱 명의 소녀가 그를 내려다보고 있었다. 얼굴에서 빛을 발산하는 소녀들은 피부가 투명하리만치 희었다. 십 대 중반 정도로 보이는 소녀들은 짧은 흰색 원피스를 입고 있었다. 역시 새하얀, 그러면서도 아주 비쩍 마른 다리들이 치마 밖으로 가지런히 나와 있었다. 소녀들은 눈앞 허공에서 서로 어깨동무를 한 채 피 묻은 치아를 드러내고 그들을 바라보고 있는 중이었다.

석규와 눈이 마주치자 소녀들은 몸을 바로세우고 뒤로 물러섰다. 옆에서 모로 누워 자고 있던 유리를 급하게 흔들어 깨웠다. 석규의 거친 행동에 화들짝 놀라 일어난 유리도 소녀들을 보고 입을 다물지 못했다.

"오빠……."

유리가 석규의 팔을 세차게 움켜잡았다.

소녀들의 몸에서 나온 푸른 광채가 온 주변을 밝혀주고 있었다. 소녀들은 그들로부터 거리를 두고 물러난 뒤 어깨동무를 풀지 않고 원형으로 빙빙 돌며 춤을 추기 시작했다. 춤을 추면서도 그들을 보며 계속 웃고 있었다. 그 웃음은 절대 호의적이지 않는, 적대감을 그대로 드러낸 의사표현이었다.

한 소녀가 유리를 향해 손가락질하기도 했고, 또 한 소녀는 고개를 뒤로 젖히며 깔깔 웃기도 했다. 소녀들이 웃음소리를 낸다고 생각했지만, 이상하게도 웃음소리는 물론이거니와 옷자락 스치는 소리조차 들리지 않았다. 세상의 모든 소리가 소녀들에 의해 묻혀버린 것인지, 석규의 귀가 잘못된 것인지 알 수가 없었다.

석규는 본능적으로 주머니에서 넣어둔 나무 십자가를 꺼냈다. 이런 상황을 예감하고 주머니에 넣어둔 것은 절대 아니었다. 오늘 낮에 승용차 룸미러에 걸어두었던 십자가 끈이 툭하고 끊어졌다. 그것을 유리가 무심코 가지고 있다가 석규에게 건네준 것이었다. 그렇다고 지금 들고 있는 십자가에 석규의 종교적인 믿음이 반영된 것은 아니었다. 그저 본능이라고 보는 것이 옳을 듯싶다. 극한의 공포감에 고작 할 수 있는 것이라고는 이것밖에는 없다고 생각했기 때문이다. 그래서 손바닥 반 뼘 정도 되는 나무 십자가를 손에 들고 일어나 소녀들을 향해 드밀었다.

소녀들은 십자가에 눈길조차 주지 않았다. 어떤 의식을 행하고 있는지 계속 원을 그리며 어지러울 만큼 빙글빙글 돌고 있을 뿐이었다.

석규의 본능이 무조건 도망가라는 경종을 울리지만, 두려움과 공포만 머릿속을 가득 채우고 있었다. 그는 유리의 손을 다시 잡아끌었다. 계단으로 가기 위해서는 소녀들이 있는 곳을 지나가야만 했다. 두려움으로 몸이 절로 떨렸다. 유리의 손도 바들바들 떨리고 있음을 느꼈다.

석규는 용기를 내어 십자가를 높이 쳐들고 소녀들에게 천천히 다가갔다. 죽음에 대한 두려움이 눈앞에 나타난 비현실적인 공포를 넘어서게 만들었다.

소녀들은 어깨동무를 한 채 허공에서 빙글빙글 돌다 그 자리에 멈춰 섰다. 나무 십자가가 가까이 다가오자 일곱 소녀 모두 입가에 한껏 비웃음을 머금은 채 베란다 바깥으로 천천히 이동했다. 그녀들의 행동은 십자가를 전혀 개의치 않는 모습이었다.

일곱 명은 베란다 밖 허공에서 다시 어깨동무를 하고 원형으로 돌며 춤을 추었다. 더 끔찍한 것은 소녀들의 몸이 한데 어우러져 원형으로 도는데도 목은 돌아가지 않았다. 소녀들의 시선은 모두 석규와 유리를 쳐다보고 있는데도 몸만 움직이고 있는 것이었다. 소녀들의 기괴한 모습에 한 발걸음조차 떼기 어려울 정도로 충격을 받았다. 이번에는 유리가 석규의 손을 세차게 잡아당겼다.

"오빠! 빨리!"

유리의 나직한 목소리에는 공포와 울음이 함께 담겨 있었다. 그때서야 정신을 차린 석규는 유리와 함께 계단으로 내달렸다. 계단에서 멈칫하며 뒤를 돌아보니 소녀들은 어깨동무를 풀고 모두 흩어지면서 거실로 향하는 중이었다. 한 명도 놓치지 않겠다는 흉악스러운 표정으로 그들 뒤에 다가왔다.

5층까지 채 가기도 전에 차가운 손이 유리의 목덜미를 낚아챘다.

"악!"

유리는 뒤로 넘어지며 외마디 비명을 질렀다. 무엇인가 목에서 빠져나가는 것과 동시에 허전함을 느꼈다. 석규가 유리를 부축하면서 쳐다보니 한 소녀의 손에 십자가 금목걸이가 걸려 있었다. 유리를 낚아챌 때 손에 걸려 떨어져 나간 것 같았다. 십자가가 소녀의 몸에 직접 닿자 소녀는 소스라치게 놀라며 뒤로 물러섰다. 십자가는 소녀의 손에서 쉽게 떨어지지 않았다. 나머지 소녀들도 십자가를 든 소녀 때문에 계단이 막혀 더 이상 다가오지 못했다. 그 틈을 타서 석규는 다시 유리의 손을 잡고 있는 힘을 다해 계단을 뛰어 내려갔다.

거의 구르다시피 단숨에 1층까지 내려와 현관문을 나섰다. 현관문을 나섰어도 뒤를 돌아보지 않고 울타리 밖까지 뛰쳐나갔다. EGI 휀스 밖에서 겨우 숨을 돌리고 콘도를 쳐다보니 그들이 머물렀던 6층에서 푸른 불빛이 이리저리 휘날리는 것이 눈에 띄었다. 잠시 뒤, 아니, 잠시라고 생각하는 것은 그만큼 시간이 오래 걸린 것처럼 느꼈을 뿐이었다. 정확하게 따지자면 찰나의 순간이었다. 그곳을 향해 눈을 돌린 그 순간 푸른빛은 곧 사그라졌다.

불빛이 없어졌지만, 석규와 유리는 잡았던 손을 놓지 않고 다시 도로를 향해 뛰어갔다. 그 시간만큼은 그들에게 있어서 영겁의 시간이었다.

7

아침에 그들은 정상적으로 출근하지 못했다.

두 사람은 M콘도를 나온 후 석규의 아파트에 들어갔다. 오전 내내 한숨도 자지 못하고 서로 부둥켜 안고서 부들부들 떨었다. 깜빡 잠이 들었다가 소스라쳐 깨기도 하면서 정오까지 움직이질 못했다. 낮 12시가 넘어서자 석규는 겨우 정신을 수습하고 휴대폰을 꺼내 들었다.

어느 누구에게라도 오늘 새벽에 있었던 일을 얘기할 순 없었다. 말을 꺼내는 순간 정신병자 취급 받거나 거짓말쟁이로 몰릴 게 뻔했다. 유리는 아직도 공포가 가시지 않았는지 이불을 뒤집어 쓴 채 꼼짝도 안 하고 누워 있었다.

김 경위가 전화를 받자마자 석규는 자초지종 없이 바로 질문을 던졌다. 뭔가 짐작 가는 바가 있어서였다.

"꽤 오래전에 여학생들이 한꺼번에 실종된 사건이 있었죠? 어렴풋이 기억나는데……."

석규는 아직도 떨리는 목소리를 애써 잠재웠다.

"아! 기억날 것 같기도 해요. 그런데 그건 왜요?

"그냥 궁금해서요. 김 경위님이 아는 대로 좀 알려줘요."

"그 사건이 아주 유명했었지? 지금 기억이 가물가물한데… 아마도 여중생하고 여고생들이었을 거야. 면 소재지 내에서 몇 달에 걸쳐 일곱 명이 실종된 걸로 기억하는데. 우리 관내가 아니라서 자세히는 몰라요."

김 경위는 평소와 다른 석규의 목소리에 적잖이 당황한 것 같았다.

"김 경위님! 그 사건에 대해서 자세히 좀 알아봐 주실래요? 꼭 부탁드려요!"

처음에는 인간의 한계를 넘어선 공포감에 아무런 생각도 하지 못했다. 아파트에 도착해서 어느 정도 마음이 안정되자 불현듯 옛날에 발생한 사건이 떠올랐다. 비록 희미한 기억이었지만 일곱 명의 숫자에 짐작되는 부분이 있었던 거였다.

작은 시골 면에서 삼 개월에 걸쳐 일곱 명의 여학생이 차례로 실종된 사건이었다. 처음에는 경찰도 단순 가출사건으로 가볍게 생각했다. 연이어 모범적인 여학생들이 흔적도 없이 한 명씩 사라지자 그제야 경찰도 심각성을 느꼈다. 뒤늦게 공개수사를 하고 부산을 떨었지만 결국 한 명도 찾아내지 못했다. 그 사건은 아직도 미제사건으로 남아 있었다.

"그렇게 하죠. 오래 걸리진 않을 테니, 알아보고 전화를 줄게요."

저녁 무렵이 되자 김 경위로부터 전화가 걸려왔다.

"회사에 전화를 하니 출근을 안 하셨더구먼. 어디 아파요?"

석규는 몸살이 났다는 핑계를 둘러대고 김 경위로부터 사건에 대해 자세한 내막을 들었다.

"5년이 훌쩍 넘었네요. 사건이 일어난 지. 중학교 2학년생 두 명, 3학년 한 명, 여고 2, 3학년생 네 명이 실종됐는데, 그때 당시 수사 기록을 보니 면에서 버스나 택시로 나간 흔적이 없어서 차로 납치된 것으로 추정하고 있어요. 그때는 방범용 CCTV도 그렇게 많이 없었으니 흔적을 찾기가 어려웠겠죠."

김 경위가 알고 있는 것은 그 정도였다. 석규 입장에서는 그 정도도 충분하다고 생각했다.

"그럼 혹시 M콘도에 대해서 알고 있는 대로 좀 알려줘요."

관내에 있는 부도난 콘도이니 김 경위가 자세히 알고 있을 거라는 생각으로 물어본 거였다.

"그게… 이야기가 좀 긴데, 아니, 그런데 임 과장이 그걸 왜 물어요?"

"그냥 우리가 사고현장을 발견했고, 동종 업계라 궁금해서 물어보는 거예요."

"M콘도 사장은 원래 이 지역 사람인데 한참 관광지를 개발하던 시기라서 PF 대출 일으키고, 여기저기서 돈 끌어 들여 콘도를 지으려고 했었던가 봐요. 막상 사업을 벌려놨다가 자금이 없어 공사비를 못줘서 부도난 거지요. 참! 그것보다 그 사건 때문에 투자자를 끌어들이지 못한 게 더 큰 이유겠지요. 원래 사업하는 사람이 자기 돈으로 사업하나요?"

"그 사건이라뇨?"

김 경위는 뭔가 중요한 사건인 것처럼 잠시 뜸을 들였다.

"당시에 한참 이 지역에서 관광 인프라를 구축하는 와중에 이미지 나빠질까 봐 쉬쉬해서 겉으로 드러나지 않은 사건이 하나 있지요. 그 양반이 성도착증이 좀 있었나 봐요. M콘도를 짓고 있을 때 바로 옆에 낡은 별장이 하나 있었어요. 어디서 어린 여중생을 꼬드겨서 거기에 데려다 놓고 성노리개로 삼았던 거죠. 여중생이 며칠 만에 간신히 탈출해서 경찰에 신고를 했었는데 죄질이 무거워서 5년형 정도 받았던가? 아마 그랬을 거요."

그 말을 들은 석규는 진지하게 한 가지 더 부탁했다.

"마지막으로 하나만 더 물어봅시다. 여학생들이 실종된 시점하고 콘도를 짓기 시작한 시기가 어떻게 되는지 좀 알아봐 줘요. 꼭 부탁해요!"

"그럽시다. 뭐 어려운 일이라고… 오늘은 늦어서 안 되고 내일 콘도로 갈 테니 시원한 아이스커피나 한 잔 줘요."

석규는 김 경위와 전화를 끊고 유리에게 다가갔다. 유리는 이제야 겨우 안정을 찾아가고 있었다.

"오빠! 오늘 새벽에 우리가 본 거 꿈은 아니지? 오빠도 실제로 본거지?"

그는 대답 대신 가만히 유리를 보듬어주었다. 그녀에게 아무런 말도 할 수 없었다. 오늘은 어떻게 하든지 마음을 추스르고 내일은 출근을 해야 될 터였다.

8

"형사라는 직업이 말입니다. 육감이란 게 없으면 할 수 없는 일이죠. 임 과장님은 제가 모르는 뭔가를 알고 있어요? 그렇죠?"

김 경위는 오자마자 넉살좋게 자리를 잡고 앉았다.

"그냥 궁금해서요."

침울한 표정으로 대답하는 석규를 한참 동안 미심쩍은 눈길로 쳐다보았다.

"할 수 없죠. 임 과장님이 얘기를 안 하는 데 강요할 수는 없죠. 하지만 평소에도 임 과장님은 나를 믿는다고 생각해 왔어요. 그러니까 적어도 나한테 만큼은 숨김이 없을 거라는 거죠."

김 경위는 의미 있는 미소를 띠며 석규가 궁금했던 내용을 말해 주었다.

"땅은 자기 땅이라서 토지 비용은 안 들어갔다고 하더군요, 그렇지만 성범죄자가 콘도 사장이라고 하니 건축 비용을 댈 투자자가 등을 돌리고 말았어요. 은행에 PF 대출을 계속 내려고 해도 당사자가 감옥에 갔는데 오죽하겠어요. 사업자체가 무산돼 버린 거죠. 공사판이 다 그렇지만 초기 투자금으로 기초공사는 했는데, 골조공사비를 못 주니 건축업자가 유치권 행사를 해버려 폐건물이 된 거예요. 그리고 임 과장님이 궁금해했던 거는 별거 없어요. 마지막으로 여고생이 실종된 날짜로부터 석 달 뒤에 M콘도 조성공사가 시작됐으니, 뭐 특별한 인과관계는 없다고 봐요. 이제 궁금한 거 다 풀렸어요?"

석규는 뭔가를 말하려고 했으나 쉽게 입이 떨어지지 않았다. 고개를 들어 프론트에서 근무 중인 유리를 쳐다보았다. 하루 만에 유리의 얼굴은 핼쑥하게 반쪽이 되어 있었다. 어두운 표정으로 이쪽을 향해 눈길도 주지 않는 그녀를 보면서 김 경위에게 하고 싶었던 말을 속으로 되삼켰다.

"참! 한 가지 빠뜨렸네. M콘도 사장이 한 달 전에 가석방으로 출소했다고 그러네요. 성범죄자 전자발찌를 차고, 감시대상에 포함되어서 알게 됐지요. 아마 주요 거주지를 이 지역으로 해 놓은 것 같던데."

그 말을 마치고 김 경위는 돌아갔다.

석규는 더 이상 놀라지 않았다. 자신이 짐작했던 바가 맞아떨어지는 것에 대해서 말이다. 김 경위가 떠나간 뒤에도 석규는 그 자리에 한참을 앉아 있었다. 로비 창문에 비치던 햇살이 없어질 때쯤 자리에서 일어났다. 유리를 애처롭게 바라보던 석규는 영원히 풀지 못할 숙제를 안고 살아가야 된다고 느꼈다.

'어쩌면 일곱 소녀의 집은 바로 그곳이 아닐까.'

소녀들은 콘도를 통째로 들어내고 땅을 파지 않는 한, 영원히 그곳을 벗어날 수 없다는 것을 알았을 것이다. 원한에 쌓여 이승을 떠나 저승으로 갈 수 없는 그녀들이기에 이방인들의 방문을 허락하지 않았을 것 같다. 평생을 따라다닐 마음의 고통이 석규에게 엄습해 오는 것을 느끼고 몸서리쳐지는 소녀들의 모습에 몸을 떨어야 했다.

달빛이 소나무 숲에 걸려 있었다. 승용차 한 대가 스르르 길가에 멈춰 섰다. 중년 남자가 차에서 내려 멀찍이 선 M콘도를 물끄러미 바라보았다. 달빛에 드러난 그의 모습은 덩치가 고속버스 안에서 시비를 걸었던 중년남자였다. 그는 줄담배를 피우며 아쉬운 표정으로 한참 동안 그 자리에서 움직이지 않았다.

남자가 승용차에서 내렸을 때부터 콘도 안에서 일곱 개의 푸른 불빛이 세차게 이리저리 움직이고 있었다. 그물에 갇힌 물고기마냥 퍼덕거리는 불빛들은 남자를 향해 증오를 발산하고 있었다.

자신을 향한 일곱 개의 푸른 불빛을 보지 못한 남자는 승용차를 타고 유유히 그곳을 떠났다.

잃어 버린 밤

김주동

악몽이란 환상이 현실이 되려 할 때,
악몽에 관한 이야기를 문자로 펼쳐내는 시도를 한다.
추격 스릴러 〈동성로〉로 데뷔한 이후 비슷하지만 다른 얘기들을 써왔다.

갈까 말까. 전화를 끊었다. 친구 아빠의 죽음. 엄마는 그 죽음을 아무렇지 않은 담담한 말투로 알렸다. 고약했다. 온전히 선택권이 주어진 상황에서 정미가 어떻게 나올지 엄마는 이미 알고 있을지도 모른다. 우물쭈물. 그녀는 이런 상황이 미치도록 싫었다.

몇 년이나 발길을 끊은 고향. 특별히 집이 싫어 가지 않은 건 아니었다. 엄마는 이번 기회에 몇 년 동안 고향에 오지 않은 딸을 보려는 건 아닐까. 경북 북부에 위치한 명호 북곡리.

친구와는 학창 시절을 함께 보냈고 대학 입학을 앞두고 헤어졌다. 친구는 고향에 남았고 그녀는 대구로 나왔다. 초반에는 친구와 자주 통화를 했지만 정해진 수순처럼 연락은 뜸해졌다.

거실로 걸어가 냉장고 문을 열고 물을 한 컵 가득 따라 들이켰다. 머리가 말똥해졌다. 그녀는 식탁에 놓인 휴대폰을 보았다. 실은 기다리는 전화가 있었다. 엄마의 뜻하지 않은 전화 말고. 그는 며칠째 연락이 없다. 그는 아내 핑계를 댔다. 아내가 아프다고, 양심의 가책을 받는다고. 그녀는 휴대폰 전원을 껐다. 그가 다시 연락할 것으로 확신했기에. 자신이 전화를 받지 않는다면 그는 무척 초조해할 것이다. 유치하지만 그렇게 그를 괴롭혀주고 싶었다. 더욱이 그는 그녀가 고향으로 갔을 거라곤 상상도 못할 것이다. 그는 이 집으로 찾아올 것이지만 잔인한 초인종 소리만 듣게 될 것이다. 그녀가 없는 며칠이 그에게는 지옥일 것이다. 그녀는 사라질 때만을 기다리고 있었고, 엄마가 마침 사라질 곳을 알려줬다.

집을 나서기 전 그녀는 으레 거울을 보았다.

정미는 창문에 비친 자신의 모습을 봤다. 지하철 안 사람들은 제각각의 모습으로 시간을 보내고 있었다. 졸거나 휴대폰에 고개를 묻고 있거나 책을 보거나.

그녀가 가만히 있으면 그는 이렇게 묻곤 했다. 무슨 생각 하느냐고. 아무런 생각도 하지 않았지만 그녀는 이것저것 생각한다고 대꾸했다.

버스 터미널 안은 어두웠다. 형광등 불빛뿐만 아니라 사람들의 기운 없는 표정까지도.

그녀는 봉화로 가는 표를 끊었다. 명호로 가기 위해서는 우선 봉화까지 가야 했다. 봉화 터미널에서 내려 명호로 들어가는 버스를 타야 한다.

버스에 올라 좁은 통로를 지나 지정석에 몸을 숨겼다. 창문에 기댔다. 그의 모습이 몽롱한 기억 가운데 떠올랐다.

수증기로 흐릿한 욕실. 그 안에서 그녀를 부르던 그의 모습. 그는 맨몸으로 그녀에게 다가왔다. 그의 손은 그녀의 등줄기를 타고 부드럽게 스쳐 갔다. 그녀는 거울에 손을 댄다. 그는 무릎을 꿇었다. 그녀는 벽에 몸을 기댔다. 그의 목덜미를 그녀는 두 손으로 감쌌다. 그가 한 팔 뻗어 그녀의 손을 잡았다. 구멍으로 물이 빨려들었다. 그 물은 수도관을 타고 지하로 흘러들어 그의 집으로 달려가겠지. 아내는 돌아오지 않는 남편을 기다리며 수도꼭지에서 흘러나오는 물을 얼굴에 끼얹겠지. 흐릿해진 시선으로 거울 속 자신의 모습을 바라보겠지. 그리고 느끼겠지. 남편에게 다른 여자가 있다는 걸.

그런 상상을 하니 정미는 묘하게 기분이 좋아졌다. 실은 그녀가 그를 지배했다. 그는 다시 돌아올 수밖에 없다.

그녀는 솟아오르는 자신감에 우쭐해졌다. 창문에 희미한 형체가 어른거렸다. 그녀는 고개를 돌렸다. 늙은 남자가 그녀를 보고 있었다. 그 눈길은 그녀의 몸을 훑고 있었다. 그녀와 눈이 마주쳤지만 늙은 남자는 눈을 돌리지 않았다. 남자의 입가에 옅은 웃음이 비쳤다.

터미널에서 내렸다. 어둠이 내려앉아 있었다. 명호로 들어가는 버스는 이미 끊긴 지 오래였다.

정미는 승강장에 서 있던 택시 한 대를 탔다.

기사는 중년의 남자로 택시만큼이나 평범한 남자였다. 어디로 가느냐고 뒤돌아보며 물었다. 세상의 아버지들처럼 무뚝뚝한 표정이었다. 북곡. 그가 고개를 끄덕였다. 택시 안은 조용했고 도로는 평온했다.

어둠 가운데를 택시는 달렸다. 한참을 달려 불 꺼진 봉성면을 지났다. 기사는 운전만 했다. 정미가 보는 걸 신경 쓰지도 않는 듯했다. 그녀는 창으로 시선을 뒀다.

'바르게 살자.'

길쭉한 돌에 새겨진 문구. 길을 가리키는 표지판.

저 앞에서 고라니 한 마리가 이쪽을 보며 우두커니 서 있었다. 붉게 빛나는 눈빛. 도망갈 생각을 하지 않았다. 눈 깜짝할 사이 그것은 숲 속으로 사라졌다.

가름고개를 지났다. 어둠의 폐교. 길이 휘어졌다.

그 길을 따라 택시가 달렸다. 직진하려는데 무엇인가 휙.

택시가 급정거했다. 정미가 눈을 동그랗게 떴다.

전조등 불빛 끝에 쓰러져 있는 물체. 기사가 황급히 내려 그쪽으로 다가갔다. 그녀는 겁이 나 내리지 못했다. 하지만 기사가 돌아오지 않자 그녀는 차에서 내렸다.

어느 노파가 쓰러져 있었다.

허연 머리 주변으로 핏물이 보였다. 노파는 움직임이 전혀 없다.

기사가 정미에게 시선을 던졌다. 그녀는 어찌해야 좋을지 몰랐다.

그녀가 택시로 서둘러 돌아와 신고하려 휴대폰을 찾았다. 쫓아온 기사가 홱 휴대폰을 뺏어 어둠에 휩싸인 수풀 쪽으로 던져 버렸다.

"왜 이랫!"

놀란 정미가 휴대폰이 사라진 수풀 쪽을 봤다.

그녀가 걸음을 떼자 그가 그녀의 팔을 세게 비틀었다. 정미의 몸이 움츠러졌다. 고통스레 그를 보았다. 그는 매서운 눈초리로 그녀의 팔을 더 세게 비틀었다.

"이미 늦었어."

그가 중얼거렸다.

정미의 입에서 외마디 비명이 새어나왔다.

그가 그녀를 택시로 데려갔다.

택시 안으로 그녀가 들어가니 그가 뒤따라 밀고 들어왔다. 그녀가 기우뚱 쓰러졌다. 그가 그녀의 다리를 자기 쪽으로 잡아끌었다. 그녀는 용케 버텼다. 큼직한 손이 그녀의 뺨을 힘껏 쳐올렸다. 거대한 힘이 그녀를 덮쳤다. 핸들 사이에 낀 발에 핸들이 돌았다.

그녀의 눈물 맺힌 눈에 차 열쇠가 들어왔다. 그녀는 열쇠만 보고 왼쪽 무릎을 쳐들었다. 그녀가 열쇠를 돌렸다. 죽었던 차가 살아난다. 엑셀을 밟았다. 전조등이 노파를 비춘다. 다시 노파를 쳐버릴 것이다. 그녀가 핸들을 있는 힘껏 옆으로 틀었다.

휘청거리던 차가 도로를 벗어났고, 뒤이어 충격이 쏟아졌다. 그녀의 머리에서는 뜨끈한 액체가 흘러내렸다.

그가 욕을 해대곤 밖으로 나가 침을 뱉었다. 그사이 그녀가 차

문을 닫으려 했고 그가 제지하려 차로 들어오려 했다. 그녀가 차를 출발시켰다. 그런데 핸들이 말을 듣지 않는다.

차는 중심을 잃고 중앙선을 넘나든다. 오른쪽으로 살짝 틀었는데 차는 도로를 휙 벗어나 수풀 가운데를 달렸다.

당황한 그녀가 엑셀을 밟아버렸다. 차가 크게 요동쳤다. 그때 달려오는 그의 모습이 사이드미러에 잡혔다. 흙더미가 있어 앞으로 나가기 힘들었다. 정미는 후진 상태로 엑셀을 밟았다. 차가 뒤로 쏠리듯 움직였으나 무엇인가에 부딪쳐 멈춰 섰다.

그녀는 밖을 두리번거렸다.

그가 창문을 쳐댔다. 그녀가 귀를 틀어막고 고개를 수그렸다. 주위가 조용해졌고, 조심스레 고개를 쳐들었다. 밖을 살피려 창문으로 얼굴을 가까이 댔다. 돌덩이 하나가 창문으로 날아왔다. 돌에 찍히는 창문 소리가 끊이지 않았다.

"자, 잘못했어요."

누구한테 하는지도 모르는 말.

그녀는 라디오를 틀었다. 음악이 공포를 덜어줄 수 있을까. 여자 아나운서의 부드러운 음성이 차내를 채웠다.

비틀즈의 '예스터데이'.

그를 처음 만났을 때 들었던 노래. 그날은 정말 그녀의 인생에 있어 완벽한 날이었다. 지루하게 흘러가던 시간 속에서 음반 가게에서 시디를 고르다 돌아섰는데 키가 큰 그가 있었다. 그녀는 그와 부딪쳤다. 매장 거울에 반사된 그의 모습.

"괜찮아요?"

그가 물었다.

그녀는 당황해서 괜찮다고 답했다.

창문을 집요하게 찧어대는 기사에게 그녀가 맞설 수 있는 방법. 경적. 경적은 밤새도록 울릴 것이다. 경적 소리는 그의 신경을 긁어댈 것이고, 그럴수록 그는 더욱 다급해지겠지. 지나가는 이방인이 한밤중의 소음을 들을지도 몰라. 소리가 지속될수록 그의 손놀림도 다급해졌다. 기사의 손에서 피가 흘러내렸다. 깨진 창문으로 피 묻은 손이 쑥 들어왔다. 그녀는 반대쪽으로 잽싸게 몸을 옮겨 밖으로 내렸다. 지면에 발이 닿았다. 그때 그녀의 발목이 잡혔다. 피범벅인 노파였다.

노파의 벌어진 입에서 희미한 소리가 들렸다.

"사, 살려줘."

그녀는 마비된 듯 꼼짝할 수 없었다. 두툼한 돌주먹이 날아왔고, 그녀는 벌러덩 차 뒷좌석으로 나자빠졌다.

눈이 힘없이 떠졌고, 흐릿한 사물들이 둥둥 떠다녔다.

그녀는 반쯤 몸을 일으켰다. 남자가 그녀의 상체를 짓눌렀다. 그녀는 일어나려다 엄습하는 고통에 다시 쓰러지고 말았다.

그는 지금쯤 나를 기다리고 있을까. 내가 사라진 걸 알고 애태울까. 그와 식당에서 저녁을 먹는데 그의 아내가 들어왔다. 그는 두 여자 앞에서 태연히 밥을 먹었다. 그는 나를 학교 후배라고 소개했다. 나는 자존심이 상했다. 그 앞에서 나와의 관계를 폭로하고 싶었다. 그의 아내는 모든 걸 눈치챘을 것이다. 남편의 입에서 학교 후배라는 말이 나온 순간. 나는 여자의 시선을 피하지 않았고, 고개까지 혼자 끄덕여 보였다. 그의 아내는 시선을 돌려 이번엔 남편을 보았다. 날 보던 그가 내 시선을 피했다.

그녀는 불길한 기운에 고개를 슬쩍 들었다. 그녀는 눈을 감아 버렸다. 그의 얼굴이 보이는 건 끔찍했다. 차라리 어둠이 나았다.

그도 불안하겠지. 노파의 생명을 완전히 끊어놓았으니. 사람을 죽였다는 불안. 그 모습을 보고 두려워하고 있는 여자에게로 그 감정은 불길처럼 옮겨 왔겠지. 그는 여자를 붙들고 지옥까지 내려갈 테지.

참을 수 없는 욕정과 불만이 나를 가만히 놔두지 않으리라. 그에게서 벗어나지 못하면 차디찬 죽음뿐이라고. 벌거벗겨져 어둠 숲에 내버려지겠지. 멧돼지 같은 산짐승이 갈기갈기 찢어놓겠지. 얼굴이 참혹하게 터지고 형체도 알아볼 수 없을 때가 되면 누군가에 의해 발견되겠지. 그러면 경찰은 수사에 나설 것이고, 기사는 잡힐 수도, 잡히지 않을 수도 있겠지. 잡힌다고 해도 그에게는 차라리 옥살이가 편할지도 모르지. 그는 사라진 나를 찾을 것이다. 하지만 내가 죽었다는 걸 안 뒤에 그는 어떠할까. 내 방에 있던 그의 흔적은 그 역시 용의선상에 올려놓을 것이고 그는 경찰 수사를 받겠지. 그는 피하려고 몸부림치겠지. 그는 아내에게 자신의 죄를 들킬 것이고, 난처해진 그는 자신은 죽이지 않았다고 한사코 부인하겠지.

다리가 저리고 배가 아프다. 그녀는 한 손으로 바닥을 짚었다. 살기로 등등한 조용한 시간이 흘렀다.

그때 그가 덤벼들었다.

그녀의 셔츠가 벗겨졌고 목덜미가 눌렸다. 억, 억 비명이 샜다. 바지 속으로 서늘한 손이 엄습했다. 끈적끈적한 물고기 몸통. 벨트가 풀리고 바지가 벗겨졌다. 무릎까지, 정강이까지 벗겨졌다. 허벅지 안쪽이 벌려졌다. 쉬쉬. 그녀는 시트를 쥐어 잡았다. 큼직한 손바닥이 그녀의 얼굴을 짓눌렀다. 찬 기운이 맡살에 닿았다. 역한 콧바람이 그녀의 내부로 들어왔다. 난폭한 날개가 그녀의 팬티 안쪽을 휘저었다. 본능적으로 그녀가 몸을 틀었다. 그러다 바닥으로 미끄러졌다. 그녀가 밖을 향해 기었다. 한 번만 가면. 그녀의 머리가 뒤로 확 젖혀졌다. 그때 그녀의 손에 무엇인가 잡힌다. 안전벨트를 확 당겨 남자의 목에 감아댔다. 남자가 여자의 목젖을 졸라댔다. 그의 얼굴이 일그러진다. 그녀의 얼굴도 일그러진다. 그녀는 마지막 몸부림으로 그의 귓바퀴를 쥐어뜯었다.

그녀는 내려온 바지를 올려 입고 미친 듯 내달렸다.

어둠의 밤 가운데를.

하늘은 새까맣다. 짐승 같은 자신의 숨소리가 밤공기를 휘저었다. 눈물이 볼을 타고 흘러내렸다. 개가 울부짖는 소리. 갈라지는 달빛. 흐느낌 소리. 공중에 날리는 검고 긴 머리카락. 환한 불빛에 찌푸려진 눈. 달려온 차는 중앙선을 넘었다. 그녀를 용케 피한 차는 부리나케 달아났다. 그녀는 차 쪽을 돌아보았으나 차는 이미 떠나 버리고 없다. 떠난 차 뒤에 그가 서 있다.

음주 운전 집중 단속. 현수막이 쳐진 갈래길에서 그녀는 몸을 돌려 강을 낀 도로를 절망적으로 달렸다.

그녀 뒤로 불규칙한 호흡 소리가 따라왔다. 그것은 당장에라도 그녀를 빨아들일 듯 기다란 혓바닥을 뻗었다. 그녀를 유혹하던 그의 혀. 날름거리던 혀는 그녀의 입술을 빨아댔고 목덜미를 훔쳤고 셔츠 속 젖가슴을 핥아댔다. 혀는 배꼽을 돌고 한 점이 되어 중심으로 모여들었다. 침이 고인 끈적끈적한 혀. 혀는 그녀의 몸 속으로 들어왔다. 비늘처럼 싸고돌았다. 그녀는 수치심에 달아나고 싶었다. 공포심에 달렸다.

그녀를 보던 고라니. 비켜선 택시. 재수 없는 밤.

숨이 목구멍까지 찼다.

불 꺼진 명호 주유소로 달려가 문을 두드렸다. 아무런 인기척이 없다. 도로로 다시 올라섰다. 어디로 갈지 방향을 잡지 못했다.

그녀는 얼굴을 찡그렸다. 도로로 뛰었다. 그가 나타났다.

이건 꿈이 아닐까. 그녀는 사고 난 차 안에 쓰러져 있다. 그녀는 구조되기만을 기다리고 있다. 뛰어든 고라니 때문에 단순 사고가 났다. 이건 모두 꿈일 거야. 난 꿈을 꾸고 있어.

그와 마주쳤다. 그는 이쪽으로 다가왔다.

그는 그녀를 붙잡았고, 그가 목을 졸랐다. 전조등 불빛이 번쩍. 그의 억센 손아귀에 몸부림쳤다. 살려달라는 울먹임을 그는 묵살했다. 그녀는 그를 밀쳐내고 뛰었다. 도로로 튀어나와 달려오는 차 앞에서 손을 흔들었다. 차는 그녀를 피해 저 앞에서 멈췄다. 정적이 닥쳤고 그가 달려왔다. 비상등. 그녀는 차로 달렸다. 죽을 힘을 다해 달렸고, 트럭 위로 기어오르려다 미끄러졌다. 트럭은 시끄러운 소음을 내며 가버렸다. 트럭의 모습은 차츰 줄어들다가 사라졌다. 트럭은 산으로 뒤덮인 북곡으로 사라졌다.

나는 왜 이럴까. 내 인생은 왜 이럴까. 아, 모든 걸 잊고 싶다. 무엇이 나를 삼키려는가. 숨어 지내지 말고 세상 밖으로 나와야 했다. 그의 품에서 벗어나서. 언제나 죽고 싶었지. 그래, 맞아. 꿈에서조차 생각지 않았던 죽음을 맞으려니 어리석게도 깨달았다. 죽고 싶지 않다고. 나는 관념에서 나와야 한다. 그와의 관계를 끝내고.

신발이 벗겨졌다. 시야가 흔들렸고, 초점이 맞지 않았다. 한계를 느꼈다. 그러나 불끈 쥔 주먹은 살고 싶다는 의지로 불탔다.

버스 정류소가 흐릿하게 보였고 그 밑에 불 꺼진 풀 마트가 있었다. 그녀는 마지막 힘을 냈다. 후닥닥 그곳으로 달렸다. 마트로 내려가는 내리막길에서 미끄러졌다. 그녀는 일어나 손잡이를 당겼다. 그런데 잠겨 있었다. 문을 세차게 두드렸다. 하지만 문 저쪽에서는 아무도 나타나지 않았다. 그녀가 돌아섰을 때 그가 서 있었다. 그는 고개를 저었다. 그녀는 마트에서 벗어나 안쪽 길로 접어들었다. 가게들이 늘어서 있었다.

우리 다방, 우리 식당은 굳게 닫혔다. 벽에 세워둔 녹슨 가스통은 비스듬하게 기대 있다. 명호 정육점, 카네기 주점. 둘 다 불은 꺼져 있다. 그녀는 면사무소 방향으로 뛰기 시작했다.

'신바람' 노래 교실 현수막. 미친 인간들의 발악에 가까운 노래가 들리는 듯했다. 굳게 닫힌 방앗간. 붉은 십자가가 덩그렇게 솟은 교회. 주차된 차들. 고양이로 변해 차 아래로 숨었으면. 시야를 덮치는 거대하고 음울한 느티나무.

면사무소 샛길로 뛰어 또다시 도로. 어지러운 미로. 같은 방향으로만 나오는. 돌고 도는. 물소리가 따라 들린다. 강. 낙동강의 시발점.

그가 거친 숨을 내뱉으며 모습을 드러냈다. 그의 손에는 어디서 구했는지 야구 방망이가 들려 있다. 반질한 방망이. 그녀는 뒤로 물러나 달렸다. 다시 차가 있던 방향으로 달렸으나 곧 붙잡히고 말았다. 살려달라는 말이 혀끝에서 맴돌았다. 그는 방망이를 쳐들어 그녀의 허벅지로 내리쳤다. 몸 곳곳을 건드리며 그는 히죽거렸다. 방망이로 여기저기를 찔러댔다. 몸서리쳐졌다. 방망이를 놓은 그가 그녀의 몸 위로 올라왔다.

시선을 돌리자 자신과 남자의 모습이 거울에 비치고 있었다. 가요 살롱 벽에 세워진 낡은 거울. 그녀는 남자가 자신에게 하고 있는 짓을 거울로 봤다. 거울은 먼지로 더럽혀져 있었고, 거미줄마냥 여러 갈래 금이 흐트러져 있었다. 거미줄은 그녀의 눈동자를 포위하고 억세게 옥죄어왔다. 핏발 선 눈동자. 코와 볼을 뒤덮은 주름. 땀범벅인 머리카락. 낙하하는 몸. 칼날처럼 거울은 그들의 모습을 예리하게 비추고 있었다.

그도 그녀의 시선을 따라 거울 쪽으로 고개를 돌렸다. 거울에 비친 자신의 모습을 보고 그가 흠칫하는 듯했다. 그리고 거울 위를 따라 가게 출입문 위에 붙어 있는 감시 카메라. 그는 눈을 떼지 못하고 그것을 보고 있었다. 그것이 제대로 작동하는지 살피는 듯. 그녀는 자신의 손끝에 닿은 방망이 쪽으로 몸을 틀었고 그것을 붙잡았다. 턱을 세게 강타당한 그가 자빠졌다.

벽에는 자전거가 세워져 있었다. 그녀는 자전거에 올랐다. 페달을 세게 내밟았다. 그녀의 종아리에 힘이 들어갔다. 그녀가 뒤돌아봤다. 그를 따돌릴 수 있을 것 같았다. 쐐쐐. 세워둔 차 옆을 지났고, 트렁크 속 노파를 지나쳤다. 모든 것이 꿈처럼 지나간다. 시간은 모든 걸 무너뜨리며 지나간다. 그녀는 시간의 일부분이고 그녀는 그 속으로 사라진다. 그녀는 말 없는 도로 위로 금속성 소리를 내며 페달을 밟아나갔다.

그녀의 입에서 기나긴 숨이 새어나왔다. 그런데 그녀 뒤로 환한 불이 느껴졌다.

돌아봤을 때 택시가 움직이고 있었다. 고장 난 줄만 알았던 택시가 움직이고 있었던 것이다. 아뿔싸. 오, 하나님. 그녀는 빌어먹을 욕이 튀어나왔다. 차는 덜컹거리며 그녀 뒤로 붙었다. 이대로라면 끝장이다. 그녀는 갓길로 달리다 길 밖으로 자전거 핸들을 틀었다.

자전거는 비탈로 미끄러져 들었다. 어느 밭에 처박혔다. 그가 차에서 내려 밭으로 왔다. 그녀는 나무들을 피해, 가지들을 피해 듬성듬성 땅이 파헤쳐진 곳으로 방향을 잃은 채 달려갔다. 절망과 침묵. 그 두 말이 어울렸다

그를 만났을 때도 그랬다. 기쁨 뒤에 찾아온 절망과 침묵. 창백한 달빛, 눈길. 그는 자기 기분만 차리고 그녀를 내버려 두고 집으로 갔다. 그는 아내와도 사랑을 나눴겠지. 누가 더 큰 즐거움을 그에게 안겨주었을까. 그녀는 질투에 사로잡혔다. 그의 아내가 죽길 바랐다. 아니, 그도 죽길 바랐다. 그 때문에 그녀는 벌이라도 달게 받고 있는 걸까. 그의 아내는 남편의 내연녀에게 저주를

퍼부었겠지. 남의 것을 앗아간 창녀에게. 남의 것을 탐하지 말라. 교회 젊은 여선생은 어린 소녀에게 윽박질렀다. 지옥불로 떨어질 거라고. 머리핀을 훔친 어린 여자아이에게. 어린아이나 그런 위협에 겁먹을 테지.

아이는 그날 밤 한 잠도 못자고 무서움에 떨었었지. 어두운 방으로 새어 들어오는 불빛. 아이는 머리끝까지 이불을 덮어썼다. 그가 들어오는 게 무서웠다. 무슨 못된 짓을 할까 하고 감시하는 눈. 혼자서 무슨 쾌락을 즐길지 감시하는 눈. 다시 문이 닫히고, 아이는 올렸던 이불을 살짝 내리고 온 정신을 집중해 귀를 기울였다. 그리고 살금살금 방을 나와 이번엔 금기의 방을 훔쳐봤다. 엄마는 벌을 받고 있었다. 터럭 선 도깨비에게. 엄마는 이상한 표정을 짓고 있다. 그 도깨비는 언젠가는 그녀의 방에도 조용히 들어오겠지. 그녀는 두려움에 떨며 그 도깨비를 기다렸다. 정말 어린아이 같은 말도 안 되는 벌을 떠올리다니. 세상은 그렇게 공정한 곳이 못 돼. 그걸 모르지 않잖아. 남의 것을 탐했다고 이런 벌을 받는 건 아니겠지. 어쩌면 쫓아오는 그도 그녀의 음탕함을 알게 된 건 아닐까. 버스 안에서 자신의 사타구니를 쓸며 끈적거리던 눈길을 보내던 남자처럼. 그녀는 지옥에 살고 있는 세상 모든 남자의 여자란 걸. 넌 내 거야. 널 본 순간 딱 알았지. 네가 어떤 년이란 걸. 그걸 알고 죽을힘으로 쫓아오는 것인가. 그는 죄인가. 죄 그 자체인가. 그녀의 죄가 투사된 괴물. 그 괴물은 그녀를 삼킬 것이고 와그작와그작 살점을 씹어 삼키고 썩어 들어가는 악취의 시궁창에 얼굴을 박고 만족한 듯 고개 끄덕이겠지. 그 괴물은 그녀의 속으로 들어와 끝내 완전히 그녀를 삼켜 버리고 그녀와 하나 되어 한바탕 춤을 추겠지. 그녀를 태우고 죽음의 강을 건너겠지. 북곡으로 달리는 길이 꼬불꼬불 출렁였던 것처럼. 택시는 그 출렁거리는 길을 따라 헤드라이트를 밝히며 달려간다.

삐죽삐죽 솟은 나뭇가지와 음습한 대지. 붉은 어둠. 그때 가까이서 들려오는 성난 소리. 개 짖는 소리. 그녀는 가까이 인가가 있다는 걸 알고 미친 듯 웃어댔다.

한 마리 개였다. 광기를 내뿜으며 사납게 짖어대는 개. 개는 사슬을 끊을 듯 빳빳하게 일어나 증오에 차서 이방인을 향해 짖어댔다. 목줄은 팽팽하게 당장에라도 끊어질 듯 흔들흔들.

그녀는 무력했다. 개가 더 크게 짖어댈수록 잠에서 깬 누군가가 문을 열고 나올 것이라 생각했다. 그녀는 달려드는 개를 밀치고 집 안으로 뛰어들었다. 어떤 남자가 이불을 반쯤 덮고 그녀 쪽을 보고 있었다. 그의 방에는 엎어진 요강이 있었고, 역겨운 내가 온 방을 진동했다. 그는 웅얼웅얼 무슨 소리를 지껄였다. 갑자기 그녀를 보고 히죽히죽 웃어댔다. 그녀에게 누런 이를 드러냈다. 그녀는 마당으로 물러났다. 개가 달려들었다. 개는 맹렬히 덤벼들었다. 그녀는 넘어졌다. 개가 그녀를 덮쳤다. 날카롭고 굵은 이. 침이 흐르는 혀. 긴 얼굴. 개가 앞발을 쳐들었다. 그녀는 두 팔로 덮쳐 오는 개를 필사적으로 막았다. 그때 개가 깨갱 물러났다. 그녀가 휙 보니 그가 있었다. 그는 웃고 있었다.

그녀는 벌떡 일어나 열린 부엌으로 뛰어들었다. 들어가 문을 잠그려 했으나 고장이 나서 잠글 수 없었다. 그녀는 마침 찬장에 놓인 식칼을 봤다. 부엌문이 스르르 열렸다. 그녀는 칼을 가슴에 세운 채 문 바로 옆에 서 있었다. 그가 부엌으로 들어왔다. 그와 눈이 마주쳤다. 그녀는 칼로 그의 얼굴을 공격했다. 피가 튀었다. 그녀는 그의 얼굴에 다시 칼질을 했다. 그는 쓰러졌으나 그녀는 계속 그의 얼굴로 칼을 찔렀다. 그가 칼을 막으려 손을 뻗었다. 그녀는 밖으로 튀어나왔다. 개는 웅크려 있었다.

그녀는 허겁지겁 달렸다. 나뭇가지들이 손등과 얼굴을 훔쳤다. 갈퀴 같은 손. 조각조각 찢겨진 손마디. 비탈을 기어올라 차로 들어갔다. 울부짖는 숲. 적막한 도로. 차가 으르렁거린다. 그녀는 눈물을 쏟아냈다. 내가 잘못했어. 내가.

후진. 다시 전진 기어.

기사는 피투성이로 헤드라이트 앞에 서 있었다.

그가 달려들었다. 차가 홱 방향을 틀었고, 그가 열린 문으로 해서 차로 뛰어들었다. 차로 쑤셔 들어온 그가 그녀의 다리를 붙잡았다. 그녀는 악을 쓰며 엑셀을 밟았다. 차는 비틀거리며 앞으로만 달려갔다. 중앙선을 넘나들었다. 그녀는 그를 떼어내기 위해 엑셀을 밟았다. 속도계가 100을 넘고 120을 넘었다. 잠시 후 차는 중심을 잃고 미끄러졌다. 그녀는 핸들에 매달렸다.

차는 보호난간을 박고 돌았다.

고향 방문을 환영합니다. 엄마의 전화 한 통. 네 친구 아빠가 죽었단다. 넌 와야 해. 날 보러. 사람들의 곡소리. 왔니. 잘 왔다. 네가 올 줄 알았어. 상복 차림의 사람들이 그녀를 반갑게 끌어들인다. 죽은 자는 무섭게 그녀를 보고 있다. 검은 사람들이 그녀를 둘러싼다.

친구는 없다. 친구 같은 건 애초 없었다. 자기 얘기 할 때면 죄 없는 친구를 끌어들인다. 내 친구 얘긴데 하며. 아빠의 죽음을 알린 엄마. 나 대신 이상한 표정을 지으며 벌을 받던 엄마. 넌 엄마처럼 살면 안 돼. 죽은 엄마에게서 걸려온 전화 한 통.

네 아빠가 죽었다.

형사들의 추적을 피해 도망가던 아빠는 두려움에 떨다 입속으로 농약을 털어 넣었다.

그녀는 절을 한 채로 고개를 들지 못했다. 사람들은 그녀를 양옆에서 붙들고 영정 사진 뒤편으로 끌고 갔다. 그녀는 몸부림쳤다. 안 돼. 살려줘. 검은 관. 관 뚜껑이 열렸다. 아빠가 있어야 할 관은 비어 있었다.

차는 가까이 있던 다리 난간에 가 처박혔다.

차 안은 엉망진창이었다. 축축한 기운에 숨이 막혔다. 그녀는 허리가 접혀져 의자 뒤로 고꾸라져 있었다. 기사가 그녀의 허벅지를 붙들고 있었다. 그가 그녀의 허리를 붙들고, 가슴을 붙들고, 정수리를 누르며 그녀에게 들러붙었다. 머리가 터진 피범벅인 그의 얼굴. 그녀는 그에게서 벗어나려 몸부림쳤다. 식칼이 바닥에서 잡혔다. 그 칼로 그를 찔러댔다. 목, 이마, 눈. 피가 튀었다. 뜨듯한 수증기가 피어오른다. 발기된 날개가 그녀의 음부를 파고든다. 그녀는 들뜬 쾌락 속에 기분 좋은 기운에 만족스러운 한숨을 뱉어냈다. 수증기로 흐릿한 욕실. 피 냄새로 가득한 차 안. 남자의 발기한 갈퀴가 그녀의 얼굴을 훑으며 내려갔다. 피가 번져

갔고, 그가 시트로 쓰러졌다.

그녀가 기어 나왔다. 열린 트렁크 쪽이 보였다. 노파가 눈을 뜬 채 그녀를 보고 있었다. 차에서 흘러나오는 엄마. 그녀는 소스라쳐서 물러났다. 생생한 망상이 그녀를 둘러쌌다.

힘겹게 일어나 다리에 가 몸을 기댔다.

몸은 천근만근. 쩍쩍 들러붙는 청바지와 셔츠. 그녀는 푹 주저앉았다. 세상은 아득했다. 조용한 매호교에서 그녀는 요동치는 강을 보았다. 하늘에는 별이 흘렀다. 강은 어둠을 담아 흐르고 있었다.

그때 강 속에 누군가 있었다. 그녀는 놀랐다.

그녀는 그것이 자신을 따라온 죽음의 존재라고 생각했다. 그것이 자신을 닮았다고 느꼈다. 낯설고 두려운 존재가 그녀를 보고 있었다.

거울에 비친 그녀의 모습. 그녀는 으레 거울을 보았다.

그는 그녀에게 오지 않을 것이다. 그 누구도 그녀의 집을 방문하지 않을 것이다.

죽은, 아니 어떻게든 존재하는 엄마에게서 걸려온 전화 한 통을 받았다.

아빠한테 죽기 직전 엄마는 딸에게 전화를 걸었었다. 하나밖에 없는 딸에게.

"사, 살려줘."

엄마는 시를 썼다. 아빠는 엄마의 시를 찢고 엄마를 모욕했고 죽였다. 쓸데없는 짓을 했다고. 생산적인 걸 좋아하던 짐승 같던 아빠. 그와는 반대였던 엄마. 남자는 욕실 문 앞에 서서 샤워 중인 여자를 지켜보고 있었다. 엄마로부터 걸려온 전화는 끊어지고. 여자는 남자의 시선을 받으며 샤워를 즐겼다. 물길이 흐르는 둔부로 손을 가져가 그의 반응을 이끌어냈다. 거품이 그녀의 피부를 번쩍이게 했다. 뜨거운 김이 피어나는 욕조로 그녀는 한 발 밀어 넣었다. 그녀는 물이 좋았다. 따뜻한 물이. 따뜻한 손길이. 그 손길이 그녀의 목을 조르고 그녀를 강하게 압박해 왔다. 피가 쏠린다. 붉은 피가 번져간다.

욕실 앞으로 온 여자. 바닥은 핏물로 흥건했다. 차가운 욕조 속에 잠겨 있는 엄마. 아빠는 욕조 속에서 엄마의 몸을 갈랐다. 붉게 물든 욕실. 욕실을 뒤덮은 싸늘한 물. 엄마는 얼마나 추웠을까. 차 트렁크에 엄마를 쑤셔 넣은 아빠. 강에 버려진 엄마의 차. 낯선 사내들이 그녀를 거칠게 밀쳐 냈다.

사건이 일어났을 때 어디 있었습니까. 마지막으로 따님한테 전화를 걸었네요. 살려줘. 그녀의 발목을 붙잡던 노파. 엄마. 엄마는 알고 있잖아요. 이제 모르는 게 없잖아요. 아빠가 어디 있는지. 엄마를 버려두고 어디로 도망갔는지.

남자는 벌거벗고 욕조로 들어왔다. 뜨거운 욕조 속에서 남자와 여자는 뒤엉켰다. 물은 그녀의 몸으로 밀려들었다. 그녀는 물이 좋았다. 따뜻한 물이. 아빠가 발견됐다고 걸려온 전화 한 통. 집을 나서기 전 출입문에 붙은 거울 속 낯선 여자가 그녀를 보고 있었다. 거울은 안으로 꺼져들었고 내부에서 출렁거리며 죽음의 길을 열었다.

그는 그녀를 잔인스레 괴롭혔다. 자신의 법적인 여자로부터는 결코 기대할 수 없는. 그녀는 막무가내로 덤벼드는 그를 밀어내고 있었다. 그가 그녀의 뺨을 후려갈겼다. 겉옷을 벗겼다. 그녀가 쓰러지자 그가 그녀의 안쪽 허벅지를 벌렸다. 그는 그녀의 가슴을 팔꿈치로 억누르고 속으로 밀고 들어왔다. 그녀의 턱이 덜덜 떨려왔다.

잠시 뒤 그가 하는 대로 그녀는 내버려 뒀다. 그를 받아들였다. 그때 그녀는 저기 열린 문틈으로 누군가 차갑게 자신을 응시하고 있음을 느꼈다. 엄마였다.

톡톡

김재희

〈훈민정음 암살사건〉, 〈백제결사단〉, 〈황금보검〉, 〈색 샤라쿠〉, 〈경성 탐정 이상〉 등의 장편소설을 집필하였다. 역사와 추리가 결합된 역사추리소설 집필뿐 아니라, 한국추리작가협회에서 발간하는 〈계간 미스터리〉 잡지에 〈명품 탐정 김고로〉라는 본격 퍼즐 미스터리 추리소설도 연재하였다. 현재 한국추리작가협회 이사.

지숙은 조심스럽게 앞에 놓인 커피 잔을 집어 들었다. 입가에 대려는 순간, 앞자리에 앉은 여자가 사각형의 뿔테 안경을 집게 손가락으로 지그시 누르면서 중저음의 목소리로 말하였다.

"우리 학교에는 알다시피 일진이나 학교폭력 이런 문제는 전혀 없습니다. 작년 졸업생의 과반수 넘게 미국 아이비리그에 진학하였고, 이외 국내 명문대에도 상당수 진학하였죠. 일반 고등학교와는 차원 자체가 다르다고 보시면 됩니다."

오십 대로 보이는 교장은 명문가의 장녀로 독신이라고 들었다. 쪽을 진 머리에 검은색 샤넬 정장이 무척이나 잘 어울려 보였고, 사람을 대하는 일에 있어 능수능란해 보였다. 지숙은 책상 위에 놓인 학생 명단을 훑어보았다. 남학생 12명과 여학생 13명인 25명의 학생 중 중간 즈음에 위치한 이준민이라는 학생 이름에 붉은 줄이 그어져 있었다. 교장이 입을 열었다.

"한연주 선생 출산 휴가 때까지 임시 담임을 부탁드리겠습니다. 계약이 연장되면 저희 학교의 정교사 채용도 고려해 보죠. 신지숙 선생님."

"여기 줄이 그어져 있는데, 이준민 학생은 전학 간 겁니까? 오늘 수업 시간에 자리도 비어 있고 해서요."

"아, 그 학생은 아마 자퇴를 할 겁니다."

"네?"

"여름방학이 끝나고 학교에 돌아오지 않았는데, 자퇴로 알고 처리할 예정입니다. 그리고 기숙사 학생들을 감독하는 경비업체를 교체하는 중이어서 선생님들이 돌아가면서 수고를 하십니다. 오늘은 신지숙 선생님이 수고하시는 거 알고 계시죠? 번거롭겠지만, 기숙사 학교다 보니 선생님들의 감독이 절실합니다."

"네, 알겠습니다."

지숙은 교장과의 면담을 끝마치고 교장실을 나와서 학교를 둘러보았다. 이전 담임이 양수가 터져서 예정보다 먼저 출산 휴가에 들어가는 바람에 작년에 교사 채용 공고에 원서를 넣었던 지숙에게 다급한 연락이 왔다. 휴가 기간 동안 기간제 교사로 근무해 달라는 것이었다. 지숙은 망설임 없이 오케이를 했고, 다음 날 충남 금산으로 향하는 버스에 올랐다. 대형 캐리어 하나가 전부였다. 부승고등학교는 세워진 지 5년밖에 안 되었지만, 졸업생 전원을 명문 대학에 합격시키고 절반 넘게 유학을 보내서 전국에서 명문고 서열 5위 안에 드는 학교로 부상하였다. 전원이 기숙사에서 합숙하면서 밤늦게까지 실험과 공부 지도를 받고 있으며, 현재 학년별로 100명의 학생이 있었다. 지숙은 1학년 1반의 임시 담임이 되어서 첫 근무를 마치고 교장과 면담을 하였다. 어느덧 저녁이 되었다. 학생들이 식당에서 식사를 끝마치고 삼삼오오 무리를 지어 수다를 떨거나, 휴대폰을 들고 통화를 하고 있었다. 휴대폰은 저녁에 일정 시간에만 쓸 수 있는 것으로 알고 있었다.

운동장으로 나와 돌아보니 축구나 농구 등의 운동을 하는 학생들도 보였다. 정문에서 중앙에는 수업을 받는 건물인 교사가 있었다. 1층에 교무실과 교장실, 상담실 등이 있다. 교사 왼편으로는 두 개의 기숙사 건물이 있는데, 남녀 기숙사 건물이 분리되어서 두 동 중에 왼편에 여학생 동이 있었고, 오른편에 남학생 동이 있었다. 교실 건물 오른편에는 자그마한 별관 건물이 있는데, 1층에는 미술실과 과학실이, 2층과 3층에는 도서관이 있었다. 아담한 교정이었지만 신축 건물이어서 깨끗하였다. 다만 교실 건물이 전면 유리창으로 되어 있었고, 기숙사 건물도 하얀 대리석으로 마감되어서 좀 차갑고 현대적인 느낌이 들었다.

"선생님, 오늘 저희 기숙사 방에 놀러오세요."

지숙에게 여학생 둘이 인사하며 다정하게 말을 걸었다. 여자 회장인 유소민과 그 단짝 친구 안미영이었다. 만난 지 이틀밖에 안 된 학생들이었지만 외진 곳에 학교가 있다 보니 친화도가 높았다.

"오늘은 좀 그렇고 나중에 갈게. 저어 그런데, 이준민 언제부터 안 나온 거니?"

누군가에게는 자세하게 물어봐야겠다는 생각이 들었다. 유소민의 얼굴이 하얗게 질렸고 안미영은 시선을 땅으로 향했다.

"그게, 저."

"방학 지나고부터 안 나왔던데, 교장 선생님은 자퇴할 거 같다 그러시는데 왜 안 나오는 거지?"

안미영이 단호하게 답하였다.

"선생님, 이준민 2학기에 9월 23일까지는 나왔어요."

지금은 9월 26일이다.

"그런데?"

"갑자기 실종됐어요."

"어? 실종이라니? 경찰에 신고는 한 거야?"

"그게, 저, 준민이는 부모님께 연락하기가 힘들어서 실종 신고가 늦어지고 있대요."

"연락하기 힘들다니?"

"더 이상은 모르겠어요. 가자 소민아."

유소민과 안미영이 다급하게 기숙사 동으로 향하고 혼자 남겨진 지숙은 난감했다.

그날 밤, 지숙은 여학생 기숙사 동 맨 꼭대기에 위치한 선생님 방에서 나와서 플래시 하나와 경비 일지를 들고서 학교 운동장으로 나갔다. 부임한 지 이틀 만에 경비를 서라니 화도 날 법했지만 산속에 들어앉은 학교 교정에 가로등 세 개가 뿌옇게 빛을 내고 있는 풍광을 보자니 아름다운 자연의 기운이 물씬 느껴졌다. 어디선가 구슬피 우는 벌레 소리가 고즈넉한 기분이 들게 하였다.

밤 11시까지는 교실 건물 각 장소에서 실험과 학습이 진행되었고 11시 30분 전에는 기숙사 동으로 학생들이 입실하였다. 학생들이 기숙사 정문에 있는 판독기계에 지문을 찍으면 서울이나 타 지역에 있는 부모들 휴대폰으로 학생들이 입실하였다는 메시지가 전달되었다. 그리고 아침에 퇴실을 하면서 지문을 찍게 되면 기숙사를 퇴실하였다는 메시지가 전달되었다. 학생들의 관리를 위해 경비 회사가 개발한 시스템이라고 들었다. 선생님들도 지문을 통해서 드나들었고, 경비를 서는 선생은 마스터키로 전 건물을 자유롭게 드나들 수 있었다.

지숙은 학교 교실들 문이 잠겨 있는지, 전기가 켜져 있는지 확인을 하면서 지나다녔다. 1학년 1반 교실로 들어가 보았다. 내일 아침 8시 30분이 되면 어김없이 들어가 조회를 하고 나서 학생들 출결 상황을 확인해 볼 터였다. 칠판 앞 교탁을 어루만져 보고 창가로 달빛이 비쳐 들어오는 교실을 둘러보았다. 이준민의 자리에 시선이 머물렀다. 앞에서 두 번째 줄 창가 쪽 책상, 키가 작은 아이였다는 생각이 들었다.

천천히 준민의 자리로 갔다. 책상 사물함에 교과서가 들어 있었다. 그리고 의자 밑에 있는 사각형의 하얀 박스 안에는 풀과 가위나 각종 문구류가 들어 있었다. 순간 섬뜩한 기분이 들었다. 이준민이 전학이나 자퇴를 염두에 두었다면 개인 소지품을 깔끔하게 챙겨갔을 것이다. 교실 뒤로 가서 사물함을 살펴보았다. 이준민 이름이 적힌 사물함을 열어보았다. 자물쇠가 맥없이 열렸다. 애초에 잠가놓지 않았던 것인가 하는 의문이 들었다. 각종 참고

서와 실험 도구들이 가득 들어 있었다. 참고서 하나를 꺼내서 살펴보았다. 앞표지가 거칠게 찢겨진 책이었는데, 드러난 속지에 빨간 사인펜으로 이렇게 써 있었다.

'가난한 사배자 이준민 멋진걸.'

사배자. 사회적배려대상자, 한 부모 가정을 포함한 결손 가정, 국가 유공자 가정 또는 형편이 어려운 가정에서 특수목적고에 지원할 때 혜택을 받는 대상자로 알고 있었다. 지숙은 이상한 기분이 들었다. 교실의 잠금장치를 확인하고 나와서는 계단을 내려와 얼른 1층 교무실로 옮겼다. 불 하나를 켜려다가 혹시 누군가 보게 되면 안 좋을까 싶어서 플래시 불로 밝혀놓고 자리에 앉아서 서랍을 열었다. 학생들 가정환경조사표를 모아놓은 파일을 어디에선가 본 적이 있었다. 학생들 이름을 뒤적이다가 중간 즈음에서 이준민의 조사표를 찾았다. 특기란에 사배자 전형 입학이라는 글씨가 적혀 있었다. 가족은 아버지, 어머니, 할머니로 되어 있으나 같이 주거하는 사람에는 할머니 이름 이순금만 올라 있었다. 할머니의 전화번호를 휴대폰에 입력하였다. 내일 당장 전화를 걸어보아야겠다는 생각이 들었다.

휴대폰 시계를 보니 어느덧 새벽 1시였다. 어서 경비를 끝내고 싶었다. 마지막으로 별관의 도서관과 과학실, 미술실만 들러보면 끝이 나게 된다. 지숙은 별관으로 이동하였다. 불 꺼진 별관의 외관을 훑어보고 나서 마스터키로 문을 열고 들어가 미술실과 과학실을 둘러보았다. 밤에 보는 각종 동물들의 표본은 섬뜩하게 느껴졌다. 2층 도서관으로 계단을 통해 올라갔다. 2층 열람실을 둘러보고 3층 열람실로 향하려는데 어디선가 소리가 들렸다.

톡톡, 톡톡, 톡톡, 톡톡.

지숙의 뒷덜미가 누군가 잡아당기는 것처럼 서늘해지면서 온몸에 소름이 돋았다.

"누, 누구 거기 있, 있어요?"

말을 더듬게 되면서 발이 얼어붙었다.

톡톡, 톡톡, 톡톡, 톡톡.

무언가를 부딪는 소리인가. 방문을 노크하는 소리인가. 손가락으로 베니어합판을 지속적으로 두드리는 소리인가 감이 오지 않았다. 하지만 3층 열람실에서 집요하게 나는 두드리는 소리에 더 이상 계단을 올라갈 수 없었다.

"누구야, 거기? 이리 나와."

계단참에서 지숙이 용기를 내서 목소리를 높였지만 노크 소리는 잠시 멈췄을 뿐 다시 시작되었다. 악, 지숙은 비어져 나오려는 비명을 손으로 틀어막으면서 계단을 황급하게 내려왔다. 별관 건물을 뛰쳐나와서 운동장을 가로질러 뛰어가려는데 누군가와 강하게 부딪혔다. 검은색 등산복 재킷을 입은 남자였다. 지숙은 뒤로 나자빠져서 엉금엉금 물러났다.

"괜찮으세요?"

후드 모자를 걸쳐 썼던 남자가 모자를 내리자 젊은 남자 얼굴이 드러났다.

"새로 오신 국어과 신지숙 선생님이시죠? 저 과학과 임현우입니다."

"아, 선생님."

첫날 인사한 선생님 중에 유독 말간 피부에 웃는 인상이 기억에 남던 선생이었다.

"무슨 일이세요? 저는 오늘 새벽 기숙사 전 동을 살펴보는 경비 일을 맡고 나오려던 중이었습니다."

"저기, 아무것도 아네요."

지숙은 차마 괴상한 소리에 도서관이 있는 별관을 뛰어나왔다는 소리를 입 밖에 낼 수 없었다. 그렇게 벼르고 별렀던 정식 교사 임용이 어쩌면 코앞에 있을지 모르는데 학생들과 선생님들 사이에 소문이 도는 것을 원치 않았다. 그리고 이상한 소리도 귀뚜라미나 나뭇가지가 바람에 부딪혀 나는 소음일 수 있는데 확인도 안 해본 터였다.

"많이 힘드시죠? 어서 경비업체가 나서야 될 텐데요."

지숙은 임현우와 함께 기숙사로 걸어가면서 질문을 던졌다.

"왜 경비업체가 바뀌게 된 거죠?"

"말하기 좀 그런데, 사실은 이준민 학생이 퇴실을 하지 않았는데 9월 23일 밤에 기숙사에서 완전하게 사라져 버려서 그렇습니다. 분명 학생이 기숙사를 빠져나가려면 마스터키나 지문을 찍어야 하는데 그 아무것도 남겨진 증거가 없었죠. 쥐도 새도 모르게 증발해 버렸어요."

"선생님들도 모두 기숙사에 머무시나요?"

"아뇨. 근처 아파트 사시는 분들도 계시죠. 이곳에 머물다 보면 귀찮은 일이 많이 생기니까요. 이럴 때 경비도 서야 되고요.

학생들 관리도 해야 되니까 주로 싱글들이 머물죠. 하여간 여기 있다 보면 연애도 결혼도 못 한다니까요. 후후."

현우가 해말간 미소를 보여주자 지숙의 놀란 가슴이 잠시 진정되었다.

"이준민 학생은 왜 찾아보지 않는 거죠? 모두들 산이라도 뒤져봐야 되는 거 아닌가요?"

"왜요? 자살이라도 할까 봐요?"

현우의 날선 말에 지숙은 깜짝 놀랐다.

"여기는 일진이나 학교폭력을 휘두르는 학생은 없어요. 한마디로 그런 공부 관심 없는 학생들이 걸러져서 들어온 거죠."

지숙의 꽁한 심정이 발동되었다. 누군가 강하게 고집을 피우거나 의견을 밀어붙이면 반대편에서 응수하는 습관이 있었다.

"이준민 학생 사물함에서 '가난한 사배자 이준민 멋진걸' 이라고 적힌 글을 봤어요. 그건 뭐죠?"

임현우는 고개를 저었다.

"때린 거는 아니잖습니까. 돈을 빼앗거나 한 것도 아니고요. 우리 학교에는 대기업 재벌 삼 세도 있고, 의사나 변호사, 교수 등 사회 지도층을 부모님으로 둔 학생이 많죠. 사배자 학생들은 쉬쉬한다고 해도 알게 모르게 알려지고, 또 스스로 열등감이 들 수도 있고 그런 낙서 할 수 있습니다. 그 낙서가 본인이 쓴 것인지도 모르죠."

"네? 본인이 썼다고요?"

"하여간 왕따, 학교폭력 운운하지 마세요. 학교 명예를 실추하신 분께는 명예훼손 혐의로 고소장 날리시는 분이 바로 우리 교장선생님이니까요."

지숙의 고개가 숙여졌다.

"네, 잘 알겠습니다."

지숙은 말없이 임현우와 기숙사 동 앞에서 헤어졌다. 임현우는 남학생들 기숙사 정문을 마스터키로 열고 들어갔다. 지숙은 여학생 기숙사로 들어가서 학생들 자는 방들을 지나 계단을 통해 5층 끝머리 방에 들어갔다. 쥐죽은 듯 조용한 복도를 지나서 방으로 들어가자 그제야 긴장이 풀리면서 침대에 드러누웠다. 열린 커튼 사이로 들어오는 은은한 달빛을 보며 잠깐 '톡톡' 거리던 소음이 귓가에 울렸다. 지속적으로 들리던 괴이한 소리가 과연 무엇이었을까, 하는 생각도 잠시 온몸이 나른해지면서 잊어버리고 잠에 빠져들었다.

다음 날 오전 조회 시간, 비어 있는 이준민의 자리가 신경 쓰였다. 앞에서 두 번째 줄 창가 책상.

"차렷, 경례."

남학생 회장 심영후가 구령을 붙이자 학생들이 인사를 하였다.

1교시부터 3교시까지 연달아 수업이 있었다. 지숙은 피곤한 몸을 이끌고 교무실로 돌아와 잠시 커피 한 잔을 마셨다. 교무실로 누군가의 안내를 받아 들어서는 노부인이 있었다. 하얀 백발 머리를 단정하게 쪽을 지고, 낡았지만 제법 값을 주었을 법한 니트 정장을 입은 노부인은 지숙의 앞에 와서 인사를 하였다.

"안녕하세요. 저는 이준민이 할미 되는 사람입니다."

지숙은 깜짝 놀라서 벌떡 일어났다.

"안녕하세요. 당분간 학급을 맡게 된 신임 교사 신지숙입니다."

지숙과 이준민의 할머니 이순금은 상담실로 자리를 옮겼다. 지숙이 녹차를 건네며 그 앞에 앉았다.

"심려가 크시겠습니다. 정말 면목이 없습니다."

"아들에게 친권이 있어서 실종 신고 하나 내 맘대로 하기 어려워요. 처음에 서울 경찰서에서 신고 접수를 안 받아서 금산에 내려와 접수를 하였고, 좀 기다려 보라는 형사님 말씀에 어제까지 대기하고 있다가 도저히 연락도 안 되고 해서 다시 금산경찰서 다녀오는 길이랍니다. 다행히 오늘 내로 접수 받아준다고 했으니 모레 즘에는 수사가 시작될 거라 합니다."

이순금은 차분한 어조로 말을 마치고 두 주먹을 불끈 쥐었다.

"준민이 휴대폰 신호가 잡히는 곳을 기지국 통해 알아봤어요. 마지막 신호가 나고 끊긴 곳은 바로 이 학교입니다. 23일 밤 12시경에 휴대폰이 꺼진 게 마지막이지만 바로 이 학교 건물 반경 100미터 부근이었어요. 학교 안에 있거나 이 근처 산에 숨어 있다고 예상합니다."

이순금 여사에게서는 지적인 교양미가 느껴졌다.

"내 아들이 교통사고를 당하고 며느리가 그 힘든 수발을 들다가 이혼을 신청하였죠, 어쩌다 보니 그렇게 되었죠. 그 후에 아들도 집을 나가 연락이 안 되고, 하나 있는 손주 녀석 공부는 곧잘 하기에 무리를 하여서라도 사배자 전형으로 이 학교에 입시를 치러서 당당히 들어왔어요."

이순금은 목에 메는지 잠시 틈을 두었다.

"그런데 준민이가 주말에 집에 와도 말이 없고, 공부에 대해 학교에 대해 뭘 물어보려고 해도 짜증만 내고 날카롭고 그랬죠. 그러다가 여름방학 때 큰 사건이 있었어요."

"큰 사건이라뇨?"

"유럽 여행을 700만원을 들여서 가는 수학여행이 잡혀 있었는데 학교에서 준민이만 못 가게 되었죠. 도저히 그 비용을 댈 수 없었습니다. 저도 국민연금과 국가보조금으로 생활을 하는데, 수준을 초과하는 비용은 댈 수가 없었습니다."

"학비와 기숙사비는 사배자 전형 학생에게 지원되는 줄 알고 있었는데요."

지숙이 물었다. 순금은 천천히 고개를 끄덕였다.

"하지만 그 외에 수업 외 특기적성 과학교실 준비물 비용과 보충학습 비용이나 수학여행 등의 비용은 모든 학생이 내게 되어 있죠. 다 제 잘못인 것 같습니다. 집에서 끙끙대는 아들 녀석이 못나 보여서, 네가 그러니까 이혼당한 것 아니냐고 폭언을 퍼붓고는 했는데, 어느 날 집을 나갔죠. 준민이 애비가 휴대폰도 두고 나갔어요. 연락 끊어진 지 2년이 되었구요. 그런데 준민이 녀석 저녁 밥 챙겨 먹이고 학원비 내는 게 너무 힘들어서 여기 기숙사 학교 보내서 짐을 덜려고 했는데 산 넘어 산인 거죠. 저희도 예전에 이렇지는 않았어요. 저도 공무원 생활도 하고 그래서 한 때 잘 살아서 아들도 명문대 보내놓고 그랬는데 이렇게 인생이 꼬이게 될지 아무도 모르는 겁니다. 암요."

이순금은 말끝에 한숨을 푹 내쉬었지만 이내 허리를 꼬장꼬장하게 펴고 두 눈에 빛을 내며 물었다.

"그런데 선생님… 실종 신고로 며칠간이나 경찰서 드나들다 듣게 된 이야기가 있는데……."

이순금은 여기서 잠깐 목이 메는지 녹차를 들어서 한 모금 마시고 다시 지숙을 보았다.

"실종이 길어지다 보면 죽어서 발견되는 경우가 허다하다던데, 흐흑흑. 죄, 죄송합니다."

이순금은 기어이 눈물을 터뜨렸다. 지숙이 당황하여 손을 잡아주었다.

"아녜요. 준민이 할머니, 걱정 마세요. 준민이 잠깐 힘들어서 어디 몸 숨기고 있는 것 같아요. 제가 힘써볼게요. 경찰 와도 적극 협조하구요."

"감, 감사합니다. 흐흑, 선생님. 준민이한테 못 해준 게 너무 많아요. 학부모들이 컴퓨터로 업무 처리 해줄 것도 많았는데, 제가 너무나 무지해서 처리도 못 해준 게 많고 돈도 이것저것 밀리고 해서 아마 학교에서도 지 입장이 난처했을 거예요."

이순금은 회한 섞인 말들을 풀어내고 자리에서 일어났다. 침잠했던 표정에 언뜻 미소가 내비쳤다. 지숙은 교문까지 순금을 배웅했다. 버스를 타고 금산터미널로 가서 고속버스를 타고 서울로 올라간다고 하였다. 중간 높이 굽을 신고 돌 비탈길을 조심스레 걷는 순금의 뒷모습이 애처로워 보였다.

지숙은 답답하였다. 실종된 지 닷새가 지났다. 그런데 학교 차원에서 수색하는 움직임도 없었고 담임인 자신에게도 어제 간신히 학생들을 통해 진상이 파악되었다. 너무한다 싶어 답답한 마음에 전 담임에게 전화를 해보았지만 불통이었다. 다시 걸어보려다 이것도 출산을 앞둔 분께 예의가 아니란 생각이 들어 마음을 접었다.

오후에 반에 한 번 들러서 수업 관련 책을 가져가야겠다는 생각에 1반 교실로 향했다. 교실 앞문에 도착하기 전에 소란스런 기색이 느껴졌다. 열린 앞문을 통해 슬쩍 들여다보니 이준민의 자리에 안미영이 앉아서 침울한 표정으로 고개를 푹 숙이고 있었다. 안미영을 둘러싼 아이들은 쿡쿡거리면서 휴대폰에 몰두하고 있었다. 유소민도 아이들 틈에서 안타까운 얼굴로 안미영을 지켜보기만 할 뿐, 아무런 제지도 못하였다. 안미영이 벌떡 일어나더니 교실 뒷문 쪽으로 달려나갔다. 그런데 미영의 발을 누군가 탁 걸어서 엎어졌다.

"너희들 왜 이러는 거야! 흐흑."

미영은 울면서 벌떡 일어나 뒷문을 열고 뛰쳐나갔고, 아이들은 아무 일도 없다는 듯이 자리로 돌아갔다. 유소민이 망설이다가 뒷문으로 향해 달려나갔다. 지숙은 안미영이 발 걸려 넘어진 곳에 서 있는 남자 회장 심영후를 노려보았다. 큰 키의 심영후는 아무렇지도 않다는 어깨를 으쓱하는 제스처와 함께 휴대폰을 뒷주머니에 넣고 자리에 가 앉았다.

지숙은 운동장으로 나가서 안미영과 유소민을 찾았다. 운동장 구석의 바위에 앉아서 우는 안미영을 유소민이 달래주었다. 지숙은 천천히 다가가서 그 옆 바위에 앉았다.

“아까 교실에서 좀 지켜봤는데 이게 다 무슨 일이니?”

“미영이가 준민이에 이어서 카따를 당해서 너무 힘들어해요, 선생님.”

“카따라니?”

“카톡에 초대해 놓고 단체 채팅하면서 한 사람 욕만 하는 거예요, 저는 막아주고 싶었는데, 영후가 너무 무서워서 함부로 껴들지 못했지만 정말 영후 너무해요.”

안미영은 유소민의 무릎에 얼굴을 묻고 엉엉 울고 있었다. 울음소리가 잦아들 즈음 지숙은 유소민을 잠시 나무 뒤로 불러 다시 물었다. 저만치 안미영이 마음을 다잡고 휴대폰을 들여다보고 있었다.

“심영후가 왜, 이준민에 이어 안미영을 카따시키는 데 앞장서는 거니?”

“영후는 좀 문제가 있는 아이예요, 제가 심리학에 관심 있어 책도 좀 읽었는데 영후는 제 생각에는요, 성적은 우수할지 모르지만 행동은 완전히 경계성 장애가 의심되는 이상한 애예요. 폭력적인데 들키지 않게 폭력을 잘 저질러요. 신체적 폭력보다는 언어폭력이나 카따처럼 은근한 폭력을 행사해요. 미영이도 준민이처럼 사배자 전형으로 들어왔어요. 그런 사정이 있는 애들을 영후는 귀신같이 알아내서 집요하게 괴롭혀요. 아버지가 SA그룹 사장이신데, 굉장히 엄격하다고 들었어요, 그래서 저러는 게 아닐까 싶지만 그래도 해도 해도 너무해요.”

지숙은 안미영을 잘 달래서 교실로 돌아왔다. 종례 시간이 되자 지숙은 학생들 휴대폰을 수거했다. 학생들의 원성이 높았다.

"학교 규칙에는 휴대폰을 방과 후에 부모님과 통화 용도로만 쓸 수 있다고 들었는데 점심시간에 사용하는 것은 규칙 위반 아닌가요? 휴대폰을 내일 돌려주겠어요."

심영후가 불만스런 표정으로 벌떡 일어났다.

"휴대폰 압수는 교칙에 위반됩니다. 저희는 서울에 계시는 부모님과 떨어져 있기 때문에 방과 후에 연락이 안 되면 불안해 하실 수 있단 말입니다."

잘생겼다고 생각했던 영후의 얼굴이 이때만큼 이지러지게 보인 적은 없었다. 광기 비슷한 잔인성이 엿보였다면 너무 과장하는 것일까? 지숙은 심호흡을 하고 말을 이었다.

"자아, 앞으로는 우리 반의 새로운 규칙을 만들자. 그렇게 한다면 이 휴대폰을 돌려주지."

지숙은 심영후가 나서서 휴대폰을 받아가서 급우들에게 돌려주는 것을 기다린 후에 입을 열었다.

"'멈춰' 제도가 있는 거야. 우리 학교에는 학교폭력은 없다고 들었어. 실제적인 폭행에 의한 사건은 없었지만 인신공격이나 카카오톡 대화나 SNS 대화에서 누군가 한 아이를 일방적으로 몰아붙이는 행위도 폭력에 해당돼. 그러니까, 누군가 한 학생이 다른 학생을 일방적인 폭력을 행사한다면 지켜본 학생은 누구라도 '멈춰'를 외쳐줘. 그렇게 하면 가해학생은 반드시 그 행동을 멈춰야 해. 이건 노르웨이의 학교폭력 예방 프로그램에서 나온 제도야. 올베우스라는 노르웨이 심리학 교수가 만든 폭력방지 프로그램에서 파생된 제도지. 자아, 이 약속을 지켜준다면 휴대폰을 압수하는 것은 미룰게."

학생들은 뿌루퉁한 표정으로 고개를 끄덕였다. 심영후는 알 듯 모를 듯 묘한 미소만 지었다. 심영후의 입모양이 '멈춰'를 천천히 내뱉는 것처럼 보였다. 지숙은 참을 수 없어서 그만 고개를 복도 창가로 돌렸다.

저녁 식사 후에 지숙은 임현우를 찾았다. 물어보고 싶은 게 있었다. 지숙은 임현우에게 전화를 해서 그가 별관에 있는 과학실에 있다는 것을 알아보았다. 어젯밤에 톡톡 소리가 났던 별관에 간다는 게 부담되었다. 1층에서 계단 너머 2층에 있을 도서관을 잠깐 생각해 보다가 1층 복도 끝의 과학실로 들어갔다. 인체 해골 모형, 각종 장기 표본이 들어 있는 유리병들을 지나서 과학실 구석 선반에서 실험을 진행하고 있던 임현우에게 다가갔다.

"선생님."

"오셨어요?"

실험 가운을 입고 뒤돌아보는 임현우의 손에 스포이트와 동물털로 만든 붓이 들려 있었다.

"실험 진행하시나 봐요?"

"네, 다양한 실험을 준비 중인데 실제로 과학수사 경찰들이 지문을 찾아내는 닌힌드린 용액 실험을 진행해 보려구요, 법의학에 관심 있는 친구들도 꽤 있거든요."

"선생님, 심영후와 이준민의 관계에 대해 묻고 싶어요."

임현우의 표정이 잠시 굳었다.

"영후가 아이들을 선동해서 누군가를 왕따시키는 것 같아요. 이준민도 그 희생자였을 가능성이 있고요."

임현우는 과학 실험 도구를 내려놓고 심각한 표정을 지으며 답했다.

"심영후는 신성불가침 같은 존재죠. 영후를 입학시켜 주는 대신 엄청난 기부금을 냈고, 아버지 심학 사장님은 우리나라 전자 분야에서 일, 이 위를 다투는 기업을 운영하시죠."

"영후가 만약 친구들을 괴롭히는 폭력성이 있다면 심리 치료를 위해서라도 바로잡아 주어야 되고, 이준민이 어디에 있는지 알아낼 단서를 얻어낼 수 있을지 몰라요."

"아뇨, 무슨 일이 있어도 영후는 괴롭히지 말아야 됩니다. 제가 드릴 말씀은 이것입니다."

임현우는 돌아서서 모의실험을 진행하였고 지숙은 더 이상 답을 듣지 못하고 별관을 나왔다. 기숙사 동의 방으로 올라온 지숙은 노트북으로 서울시에서 구축한 '교육행정정보시스템 나이스(www.neis.go.kr)'로 들어가 로그인했다. 교사 아이디로 들어가서 교육비 납입이나 기타 학생 관련에 관한 정보를 클릭하였다. 이준민은 보충수업비나 기타 준비물 비 등이 납입되지 않은 상태였고, 아울러 학비에서 사배자 할인으로 교육비 전액 지원을 받고 있었다. 성적은 중간 정도의 성적이였다. 이번에는 심영후를 클릭하였다. 영후는 성적은 우수하였지만, 학생 평가 부분에서 중학교 때에 전학 조치를 받은 적이 있는 것으로 나와 있었다.

전학이라. 중학교 3학년 때에는 웬만해서는 전학을 가지 않는다. 특히나 요즘 같은 때에는 학교폭력 가해자가 강제 전학되는 경우가 있어서 전학을 갔다가는 괜한 오해를 사기도 한다. 하물며 중학교 3학년 2학기 때의 전학이라.

지숙은 짚이는 것이 있었다. 심영후라는 이름을 포털시스템에서 입력하였다. 교수나 방송인이 검색되었다. 이번에는 심영후와 다니던 중학교 이름을 같이 검색하였다. 문건을 죽 훑어보다가 충격적인 것을 발견하였다.

'학교폭력 살인마 심영후! 너 같은 살인자가 아직도 이 땅에 살고 있다는 게 수치다.'

문건을 클릭하니 심현호라는 이름이 영후 사진 밑에 붙어 있었다. 그리고 이름을 심현호에서 심영후로 개명하였다는 설명도 있었다. 작년 봄에 입력된 문서였다. 문서에는 심현호가 장난으로 학생 하나를 밖으로 불러내 친구들과 때리다가 응급실에 실려 가게 하였고 결국 뇌출혈과 장파열로 죽었다고 나와 있었다. 또 심현호가 사건 이후에도 뉘우치지 않고 친구들과 페이스북과 트위터로 피해 학생에 대하여 욕한 것이 캡쳐되어 있었다.

'심현호와 그 친구들은 살인마 쓰레기다. 사건 이후에 소년원에도 안 가고, 유학 갔다 다시 우리나라 들어와 어딘가에 살고 있다고 들었다. 그 아버지가 대기업 사장이라서 이 글도 알바 써서 지우겠지만 성토한다! 우리의 친구 오민기를 죽음에 이르게 한 심현호, 개명 이름 심영후를 처단하라!'

지숙은 충격적인 문서에 치를 떨었다. 이 문서가 사실이라는 것도 장담 못하겠지만 그렇다고 아주 전혀 근거가 없지도 않을 것 같았다. 하지만 지나간 일을 문제 삼을 수는 없었다. 심영후도 그렇지만 이 문건을 올려 그의 뒤에 살인자 꼬리를 달아놓은 네티즌들도 무섭기는 마찬가지였다.

머리가 어지러웠다. 잠시 컴퓨터를 끄고 샤워라도 할 요량으로 옷장을 열었다. 벽에 붙박이식으로 된 옷장은 여닫는 방식으로 열게 되어 있었다. 문을 당겼다.

어라? 몇 가지는 옷걸이에 걸어두었지만 여벌 속옷 등은 아직 대형 캐리어 가방 안에 두었는데 장롱 안에 두었던 붉은색 캐리어가 없어졌다. 지숙은 방안 곳곳을 살펴보았지만 어디에도 없었다. 방을 빠져나왔다. 복도를 살폈다. 전등이 들어왔다 나갔다 하는 게 시원찮았다. 사위가 어두웠다. 지숙은 복도를 살피다가 휴대폰을 가지러 들어가려고 방 문고리를 잡았다. 아, 지문을 입력해야 문이 열린다. 검지 지문을 대고 문이 열리고 들어가서 휴대폰과 지갑을 가지고 나왔다.

기숙사 1층으로 내려와 정문에 지문을 대고 빠져나왔다. 학교 건물을 경비 서던 날은 마스터키가 있었지만 평소에는 지문으로 나와야 했다. 기숙사 최종 입실 시간 11시 30분 데드라인 이후에는 학생들은 지문을 대도 나올 수 없지만 선생들은 지문인식으로 나올 수 있었다. 11시 50분이 넘어 있었다. 누군가에게 뭔가를 묻기에는 너무 어두운 시간이었다. 산으로 둘러싸인 교정과 운동장이 가로등 몇 개에 의지해 모습을 간간이 드러냈지만 너무도 고요하고 어두웠다.

이걸 어떻게 해결을 해야 하나 잠시 기숙사 건물 앞에서 머뭇거리며 생각하다가 학교 교무실이 생각났다. 분명 방에다 두었지만 무슨 착오가 생겨 청소하시는 아주머니가 교무실에 가져다 두었을 지도 모르겠다는 생각에 미쳤다. 학교 건물 1층 정문에 지문을 대고 들어갔다. 교무실 문을 열고 불을 켜려다 경비를 서는 선생님이 깜짝 놀라 달려올까 하는 마음에 휴대폰 불빛에 의지해 몸을 움직여 나갔다. 중간에 있는 책상자리로 갔다. 캐리어가 보이지 않았다. 주변을 둘러보는데 어두컴컴한 구석에 붉은색 희끄무레한 물체가 보였다. 지숙은 서둘러 구석으로 갔다. 창가 아래 정수기가 놓여 있는 구석에 붉은색 캐리어가 서 있었다. 캐리어에는 검은색 하늘거리는 것이 지퍼 사이에 끼어 있었다. 순간 섬뜩한 기분이 들었다. 어디선가 톡톡 하는 소리가 들렸다. 지숙은 뒤를 돌아보았다. 아무도 없었다. 하지만 어디에선가 톡톡 소리가 나는 것 같았다.

'실종이 길어지다 보면 죽어서 발견되는 경우가 허다하다던데.'

준민의 할머니가 하던 이야기가 귓가에 울렸다. 소름이 끼쳤다.

심영후, 아니 심현호는 신성불가침 영역입니다. 심현호는 친구를 살인한 살인자인데 이름을 영후로 개명했답니다.

여러 목소리가 뒤섞이면서 지숙의 머리를 어지럽게 하였다. 임현우가 하던 이야기, 인터넷에서 보게 된 심영후의 과거가 지숙을 덜덜 떨리게 하면서도 캐리어 지퍼에 손을 대게 하였다.

아주 천천히 지퍼를 열었다. 무언가에 걸렸는지 묵직하니 열리지 않았다. 지퍼 고리를 붙잡고 손가락에 힘을 주니 우지끈 소리와 함께 지퍼가 열리면서 끼었던 검은색 하늘거리는 것이 드러났다. 지숙은 뒤로 주저앉았다. 캐리어가 덜컹 소리를 내며 쓰러져 열렸다. 그 안에서 지숙의 속옷가지와 미세한 검은색 실로 엮여진 솔이 나왔다. 지숙은 가슴을 쓸어내렸다.

쓸데없는 생각에 사로잡혀 있는 본인이 우스웠다. 그때였다. 지속적인 톡톡 소리가 났다. 어젯밤에 들었던 바로 그 소리였다. 쇠막대를 부닥치는 듯한 소리. 딱딱이는 소리. 별관에서 들었던 소리가 여기 학교 본관에서 나고 있었다. 지숙은 발걸음을 교무실 밖으로 향했다. 계단 위쪽에서 나고 있었다. 2층으로 올라가자 1학년 1반을 가리키는 팻말이 보였다.

"거기 누구 있어요?"

지숙은 입 밖으로 소리를 냈지만 겁에 질려 있었다. 발걸음을 한 발짝 한 발짝 떼면서 물었다.

"거, 거기 누구 있어? 누구니? 나와, 대체 누구야?"

소리는 1학년 1반에서 나고 있었다. 지숙은 톡톡 소리에 이끌려서 한 걸음씩 나갔다. 1반 교실 문을 열고 들어서는 순간, 톡톡 소리가 멈췄다. 1반 교실을 둘러보았다. 준민의 자리가 걸렸다. 자리까지 가서 책상을 보는데 그 위에 붉은 글씨로 '이준민은 죽었다' 라고 적혀 있었다. 뒷덜미가 선득하였다. 지숙이 깜짝 놀라 뒤돌아보는데 교실 밖에서 톡톡 소리가 울렸다. 교실을 뛰쳐나갔다. 누군가 재빠르게 계단으로 향하는 소리가 들렸다. 지숙이 뛰어 달려갔다.

"거기 누구야! 이런 장난치는 게 대체 누구야! 나와!"

지숙이 계단을 급하게 내려가다가 발이 걸려 넘어져 저 밑에 1층에 나동그라졌다. 그 앞에 검은색 구두 발이 멈췄다.

“선생님, 대체 뭐하시는 겁니까?”

교장이었다. 단정한 검은색 정장 차림으로 밤 12시 되는 상황에 쪽을 지고 뿔테 안경 낀 얼굴로 지숙을 자세하게 들여다보고 있었다.

“아, 죄, 죄송합니다. 여행 가방이 없어져서 교무실에서 찾다가 이상한 소리가 나서 반에 올라갔다가 둘러보고 계단을 내려오다 그만 이렇게 넘어졌어요. 죄송합니다.”

“어서 기숙사로 돌아가 주셔야겠습니다.”

교장은 그 말을 남기고 천천히 교장실을 향했다. 이 밤에 저렇게 단정하게 차려입고 누굴 만나러 가기라도 한단 말인가?

지숙은 의아했지만 일단 기숙사로 이동하기로 결심했다.

다음 날, 지숙은 오전 수업을 마치고 교무실에서 쉬고 있는데 교장이 부른다는 말을 전달받았다. 지숙은 긴장된 표정으로 교장실 문을 노크했다.

“들어와요.”

“부르셨어요? 지난 밤 일이라면 말씀드리겠습니다.”

“아뇨. 지난밤이 아니라 오늘 새벽에 교무실에 왔더군요.”

교장은 지숙을 서게 둔 채로 대뜸 말을 하였다.

“네? 새벽이라고 말씀하시면.”

“정확하게 새벽 5시 30분에 교무실에 지문을 찍고 처음으로 들어선 분이 바로 신지숙 선생님입니다.”

"아뇨, 정상적으로 8시에 출근해서 업무 보았는데요."

"경비 시스템에 그렇게 찍혀 있어요. 보여 드릴까요."

"무슨 말씀이신지 모르겠습니다."

"왜 오늘 제가 경비 시스템을 확인하고 새벽에 누가 먼저 교무실에 들어갔는지 확인했는지 그 이유를 들어보시겠어요?"

교장은 격앙된 목소리로 안경을 들어 올리고 냉랭한 시선으로 보았다.

"교무실에 보관하던 공금이 35만 원가량 빈다고 공금 관리하던 교직원이 알려주었어요. 오늘부로 가르치시는 일 그만두어 주셔야겠습니다."

"뭐라고요? 있을 수 없는 일입니다. 이렇게 불명예스럽게 갈 수는 없습니다."

"아뇨, 문제 삼지 않을 테니 그냥 오늘자로 서울로 올라가 주세요. 한 달가량 근무하신 걸로 급여도 보내 드리겠습니다. 그만 더 묻지 마시고 올라가 주세요."

이건, 모함이다.

지숙은 이 고등학교를 둘러싸고 있는 질식할 것 같은 압박감에 떠밀려 쫓겨나는 것이라고 직감하였다. 그리고 그 핵심에는 분명히 감춰야만 되는 비밀이 찰흙처럼 똘똘 뭉쳐서 바깥으로 드러나지 않는 것이라 여겨졌다.

교장실에서 떠밀리듯이 나온 지숙은 오후 수업에 들어갔지만 아이들 가르치는 일이 손에 잡히지 않았다. 두 손이 덜덜 떨렸고 목소리도 제대로 나오지 않았다. 반발하는 지숙에게 교장은 다음

주 초까지는 반드시 이 학교를 떠나야 한다고 하였다. 지숙은 이 학교를 떠나기 전에 해야 될 일이 있다고 여겼다. 반드시 이준민의 생사 여부를 알아내야 했다. 지숙은 잠시 운동장 뒤쪽 바위에 앉아서 운동하는 학생들을 보면서 마음을 다잡고 있었다. 이때 휴대전화가 울렸다.

"여보세요?"

"여보세요, 부재중 전화가 걸려와서 그런데, 저는 한연주라고 합니다."

지숙이 잘못 걸린 것 같다고 말하려다 뇌리에 스치는 기억이 있었다.

"아, 선생님. 저는 1학년 1반 임시 담임 신지숙입니다. 출산 잘 하셨나요?"

"아, 네. 고맙습니다. 아들 낳았어요."

"축하드립니다. 다름 아니라 이준민 학생이 연락 안 돼서 그러는데 혹시 아시는 부분이 있으면 듣고 싶습니다."

"어머나, 아직도 연락 두절인가요? 걱정되네요. 그렇잖아도 출산 휴가 가서도 준민이 걱정 많이 했는데. 내성적이고 성실한 학생입니다. 집에도 안 갔대요?"

"네, 할머니도 찾아오셨어요. 저어, 혹시 학교 내에서 준민이가 친했던 친구라거나, 잘 가는 장소가 있을까요?"

"친한 친구는 못 보았던 것 같고요. 좀 혼자서 조용히 있는 친구였어요. 마음이 불편하면 학교 도서관이나 운동장 뒤편 같은 그런데 홀로 가서 조용히 책만 읽다 오곤 했습니다."

"준민이가 왕따를 당하거나 했습니까?"

지숙은 결정적인 문제를 드러냈다. 잠시 침묵이 있었다.

"그 부분은 조심스럽네요. 하지만 물리적인 폭력은 없었습니다."

지숙은 한연주가 더 이상 이야기를 하고 싶지 않아 한다는 느낌을 받았다.

"네, 감사합니다. 몸조리 잘하세요."

"잠깐만요. 혹시 학교 체육 비품을 모아두는 창고에 가보셨나요? 한 번은 비품을 꺼내오려다 준민이가 거기서 웅크리고 멍하니 앉아 있는 모습을 보았거든요. 정말 미안하네요. 제가 준민이 마음을 깊게 헤아리지 못해 이 일이 일어난 것 같아요. 부탁드려요. 거기 가봐주세요."

"네, 알겠습니다."

지숙은 전화를 끊고 학교 비품을 모아두는 창고 위치를 교직원을 통하여 알아냈다. 지숙은 운동장 뒤편 후문 근처에 위치한 허름한 건물을 찾아냈다. 산과 인접한 창고는 오래된 농가를 고쳐 만든 것으로 허물어져 가는 기와와 담벼락이 신축 건물과 어울리지 않았다. 외진 곳에 있었지만 혹시나 하는 마음으로 창고 문을 열었다. 자물쇠가 걸려 있었지만 잡아당기자 맥없이 열렸다. 어둑어둑 캄캄한 구덩이가 아가리를 벌리고 있는 것처럼 암흑뿐이었다. 발걸음을 들여놓기가 쉽지 않았다. 문가 벽을 더듬었지만 전등 스위치를 못 찾아냈고, 문을 활짝 열려고 해도 경첩이 고장 났는지 더 이상 벌려지지 않았다.

"거기 누구 있어요? 준민아. 이준민 학생."

지숙은 천천히 흑막 속으로 발을 들여놓았다. 휴대폰 불빛으로 밝히고 가는데 어둠에 적응된 눈에 체육 수업에 쓰이는 비품들이 어지러이 널려 있는 게 보였다. 발에 툭 차이는 게 있었다. 농구공이었다. 뒤쪽으로 뜀틀 기구와 매트리스 등이 가득 쌓여 있는 게 설핏 보였다. 아무래도 암흑과 암전뿐이었다. 그냥 발걸음을 돌리려는데, 어디선가 부싯거리는 소리가 났다.

지숙의 몸이 갑자기 뒤로 돌려졌다.

"거기, 누구 있니?"

톡톡, 소리가 났다.

지숙은 온 신경이 곤두서면서 소름이 주룩 끼쳤다.

"누, 누구야?"

지숙이 천천히 돌아보았다. 뜀틀과 농구대, 배구공과 훌라후프 등의 체육 비품만 가득할 뿐 인기척은 없었다. 지숙이 나오려는데 다시 톡톡 신경을 거슬리는 소리가 났다. 지숙은 말없이 몸을 돌려서 서서히 걸어서 뜀틀이 가득 쌓인 구석으로 갔다. 발끝에 채는 먼지에 목에 매캐한 기운이 느껴졌다. 외진 구석에 방치된 비품을 들추며 고개를 숙여 그 사이로 자세히 보려는데 누군가와 시선이 마주쳤다.

"엄, 엄마야!"

지숙은 뒤로 넘어져 엉덩방아를 찧었다.

"누구야!"

낑낑대는 신음이 희미하게 났다. 오줌도 지린 듯한 냄새도 났다. 지숙은 뜀틀을 붙잡아서 뒤로 치웠다. 초인적 힘을 발휘하여 구석을 가로막던 비품을 모두 치웠다. 한 남자아이가 절망적인 눈빛으로 지숙을 올려다보고 있었다. 재갈, 묶인 손과 발. 남자아이는 비참한 몰골로 벽에 등을 기대고 지숙에게 무언의 구조 신호를 보냈다.

"이준민! 준민이 맞지? 아니, 대체 누가 이렇게 한 거야?"

지숙은 준민의 입에 물린 손수건 재갈을 풀어주고 나일론 끈으로 묶인 두 손목과 발목을 풀어주었다. 준민은 손에 쥐인 이어달리기 바통을 그제야 바닥에 내려놓았다.

"전 이준민 맞아요. 누, 누구세요?"

"난 신지숙이야. 1학년 1반에 새로 온 선생님이야. 누가 너를 여기에 가둔 거니?"

이준민은 심각한 표정으로 지숙의 등 너머를 넘겨다보았다. 지숙이 고개를 돌려서 뒤를 보았다. 창고 안 어둠 속에서 눈빛들이 형형하게 빛을 내고 있었다.

잔인한 눈빛을 하며 다가오는 심영후 뒤로 덩치 큰 남학생들이 위압적으로 뒤따라왔다.

"선생님, 우리는 선생님들 지문으로 학교를 마음대로 들락날락했어요. 밤 12시가 넘어도 선생님 지문으로 가고 싶은 데를 갔죠. 23일 밤에 기숙사 화장실에서 이준민이 나와 몇몇을 학교폭력 가해자로 몰아붙이는 유서를 써놓고 자살을 하려다 우리한테 딱 들켰죠. 우리는 12시에 임현우 선생님 지문으로 기숙사를 나와서 준민이를 도서관에 가뒀어요. 지문을 어떻게 뜨냐구요? 법의학 실험에 배웠는데 아주 쉽더군요. 초강력접착제를 지문 위에 발라서 건조시킨 후 수분이 발산되고, 기름기가 걷히면 지문 자국이 선명하게 드러나죠. 그걸 디지털 카메라로 찍어서 컴퓨터로 옮겨서 콘트라스트를 최대로 하여 파일을 새로 만들어요. 밝은 부분과 어두운 부분이 대조되면서 선명한 음화를 얻어내죠. 파일을 투명 아세테이트지에 사진 인화해서 인화지에 목공용 접착제를 발라서 말린 후에 투명한 양각 지문을 얻어내죠."

심영후는 차분하게 설명을 하면서 지숙이 준민을 껴안고 앉아 있는 바닥까지 접근해 왔다. 심영후는 무릎을 꿇고 앉아서 지숙을 노려보면서 갑자기 거세게 고함쳤다.

"그렇게 신지숙 당신 지문도 얻어냈다구! 우리한테 휴대폰을 돌려줄 때 뒷면에 확실하게 찍힌 지문들을 찾아냈지. 후하하하! 용돈 줘서 고마워, 응? 그것 때문에 잘렸다면서."

심영후는 다시 낮은 목소리로 물었다.

"그러게, 왜 나를 건드리냐구요. 안 그래?"

지숙은 문답을 해서라도 시간을 벌어야겠다는 생각이 들었다. 심영후와 아이들의 험상궂은 표정을 보아서는 무슨 일이 일어날지 몰랐다.

"준민이를 이렇게까지 해서 얻어내는 게 뭐야?"

"하나는 확실하죠. 학교폭력에 연루되면 대학에 갈 수 없게 생활기록부에 붉은 줄이 그어지게 되죠. 아버지를 두 번 다시 실망시켜 드리고 싶지 않다구요! 첫날은 도서관, 그 다음 날 아침은 체육 비품과 기물이 든 창고, 그리고 밤에는 도서관, 낮에는 창고. 번갈아 숨기다가 당신이 경비를 선 날 다음 날에는 급하게 교장실로 옮길 수밖에 없었어. 이 녀석이 하도 이 따위 걸 두드려 대고 있으니까!"

심영후는 바지 주머니에서 나무 막대기와 녹슨 못들을 꺼내서 바닥에 던졌다.

"왜, 교장실에 감춘 거지? 어떻게 그럴 수 있는 거지?"

이때 창고 문이 천천히 열리면서 누군가 또각또각 힐 소리를 내며 들어왔다.

"내가 그렇게 시켰어요. 경비업체에 전화를 걸어서 선생님들이 돌아다니지 않는데도 누군가 지문을 위조해서 돌아다닌다는 것을 캐치하고 심영후와 아이들을 불러다 상황을 알아냈어요. 난 우리 학교가 허물어져 가는 것을 보고 싶지 않아요. 이준민은 배신잡니다. 확실하지 않은 학교폭력 증거를 들이대면서 함부로 목숨을 버려서 우리 모두를 위기에 빠뜨릴 뻔했어요. 때리지도 않았어요. 단순하게 자신이 사배자라고 차별받는다는 피해 의식에 우리를 물고 늘어지는 겁니다. 난 준민의 자살 시도 사건과 유서를 접하고 놀라움을 금치 못했어요. 있을 수 없는 일입니다. 이 사실에 관하여 추호도 다른 곳에 발설하지 않는다는 각서만 쓴다면 자퇴서를 받은 다음에 학교에서 영원히 퇴출하려고 했습니다. 그러기 위해서는 부득이하게 감금했어야 되었고요. 신지숙 선생님, 당신은 나를 이해할 거라고 생각합니다. 우리 학교에 남아 계시게 조치를 할 테니 협조해 주세요."

지숙은 고개를 도리질 쳤다.

"이건 엄연한 감금과 불법적인 강요 행동입니다. 거기에 교장 선생님께서 동의하셨다는 데 놀라움을 금치 못하겠습니다."

교장은 안경을 바로 쓰고 흩뜨러진 머리 한 올을 하나하나 정밀하게 정리한 후에 말했다.

"당신은 교육에 대해서 아무것도 몰라. 학교폭력은 가해자도 피해자가 된다는 사실도 모를 거야. 그런 당신이 선생님이 되겠다는 것은 참으로 아이러니하군요."

지숙은 지지 않고 말했다.

"그래요? 하지만 당신도 마찬가지입니다. 피해자에게 진상을 먼저 묻고 그에 상응하는 조치를 취해야 한다는 제일원칙도 바르게 실행하지 않았다구요!"

"제일원칙? 훗, 그게 뭔데?"

"바로 이겁니다! 멈춰! 멈추라고!"

교장이 지숙의 말을 듣고 멈칫한 순간 지숙은 준민의 손을 붙잡고 냅다 뛰면서 교장을 그대로 들이받았다. 교장이 비명을 지르며 뒤로 넘어졌고 지숙은 준민과 함께 창고 문을 향해 뛰어갔다. 뒤를 쫓아오는 심영후와 남학생들을 피해서 이준민과 함께 슬쩍 열린 창고 문을 비집고 밖으로 뛰쳐나가는데 누군가 앞을 가로막았다.

임현우였다. 진지한 얼굴을 본 순간 지숙의 발이 얼어붙었다.

"신지숙 선생님, 금산경찰서에서 형사님들 오셨습니다."

임현우의 뒤로 건장한 남자 둘이 다부지게 서 있는 모습이 보였다.

지숙이 가슴을 쓸어내리고 그대로 힘이 빠져서 그 자리에 털썩 주저앉았다. 이준민도 마찬가지였다. 지숙은 뒤를 돌아보았다.

심영후와 아이들, 그리고 교장 선생의 위악적인 시선과 함께 그들의 얼어붙은 부동자세가 그대로 카메라 사진처럼 머릿속에 찰칵 박혔다.

인간의 비정함.

학교폭력은 그 자체로 폭력이 아니었다. 인격 살인이었다. 인간성을 말살시키는 닫힌 공간, 폐쇄된 공간에서의 살인이었다. 그 폭력에 길들여지게 되면 다시는 헤어 나올 수 없는 깊은 늪에 빠져 조력도 구조도 요청할 수 없는 무력자가 되는 것이었다. 이준민은 그에 반하여 끝없이 톡톡 소리를 내고 구조를 요청하였다.

형사들이 교장 선생과 심영후를 비롯한 학생들을 경찰서로 임의동행하여 면담한다는 이야기를 들었다. 그날 밤, 늦게 소식을 전달받은 이순금이 준민을 서울로 데려가려고 내려오고 있다는 전화를 받았다. 이순금을 기다리는 동안 달빛 찬연한 교정에 여행 가방을 사이에 두고 지숙과 준민이 도란도란 말을 나누었다.

"준민아, 네가 보내려던 신호는 뭐였니?"

"과학 시간에 배웠던 모르스 부호예요. 117 학교폭력신고전화를 해달라고 계속 117을 보냈어요. 묶인 손에 잡히는 나무막대기든, 쇠못이든 무조건 붙잡아서 두드렸어요. 입에는 재갈이 물렸으니까요."

지숙은 가슴이 뭉클해졌다. 떨리는 두 손으로 준민을 붙잡고 직시하며 말을 건넸다.

"이겨내야 한다. 내가 도와줄게. 다른 학생들을 위해서라도 진실을 말하자꾸나.”

“네, 선생님.”

준민의 눈에는 밝은 희망의 빛이 감돌았다. 지숙은 준민을 꽉 껴안아주며 환한 달빛을 올려다보았다.

왕산장 사건

김범석

2012년 계간 미스터리 여름호에 〈찰리 채플린 죽이기〉로 등단. 〈죽마고우〉, 〈재간둥이〉, 〈챔피언〉, 〈범죄와 피해의 상관관계에 대한 연구〉 등의 단편소설들을 발표.

프롤로그

내가 아는 기자가 블로그에 비공개로 기사를 올렸다. 친구로 등록된 나는 그 기사를 읽어볼 수 있었는데, 그 기사의 내용은 다음과 같다.

1994년 5월 17일. 하루 종일 비가 내린 날이다. 왕산장이라는 허름한 여관에서 살인 사건이 발생했다. 당시로서는 이름이 알려지지 않은 젊은 초보 탐정이 우연히 그 사건 현장에 있었고, 사건에 휘말리게 되었다.

그는 20년 동안 끈질기게 진범을 추적하여 범인을 마주했다. 하지만 탐정은 범인을 경찰에 인도하는 대신, 짧은 대화만 나누고 그 자리를 떴다고 한다.

도대체 범인의 정체는 누구이며, 이 사건의 전말은 무엇일까? 하필 기사 내용에는 사건 발생 장소, 등장인물이 죄다 익명이나 가명으로 표기되어 있어서, 내 나름대로 전말을 알아내려 해도 알 수가 없었다.

남아 있는 의문을 해결하고 싶었다. 나는 기자에게 사정사정을 해서 그 기사의 주인공인 탐정의 연락처를 물었다. 어렵게 탐정과 연락이 된 나는 그와의 인터뷰 약속을 잡았다. 통화 상의 탐정은 다소 꺼려하는 기색이었지만, 내 간곡한 부탁으로 만남이 성사되었다.

우리는 싸구려 도넛 가게에서 마주 앉았다. 서로 인사를 나누는데, 그는 본명을 밝히길 거부하고 그저 탐정이라 불러 달라고 했다. 그리고 인터뷰 도중의 촬영이나 녹음은 절대 금해 달라는 당부를 했다. 나는 동의했다.

커피와 도넛을 시키고 다시 자리에 앉고 나서야 나는 탐정의 외모를 똑바로 볼 수 있었다. 탐정의 얼굴과 분위기는 기묘했다. 중학생이 갑자기 나이를 먹은 것 같은 얼굴, 짧게 깎은 회색의 머리카락과 수염 자국, 그리고 냉소적인 눈빛의 소유자였다.

"그렇게 뚫어져라 쳐다보면 민망한데."

탐정이 웃으며 말했다. 나는 허둥거리다가 바로 사건에 대해 묻기로 했다.

"설마 진범을 마주하기까지 20년이나 걸릴 줄은 나도 몰랐지."

탐정이 말했다.

"사실 사건 자체는 단순해 보였어. 제한된 공간, 제한된 인원이었으니까. 그런 경우 답은 이미 봤으며, 보고 지나친 답이 지닌 의미를 분석하면 되는 것이었지. 그런데 그렇지가 않았더란 말이야. 설마, 그런 비밀이 숨겨져 있을 줄은 몰랐어."

나는 그 사건의 구체적인 정황을 물었다. 그러자 탐정은 오히려 역으로 내게 물었다.

"자네는 그 사건이 어떤 것인지 제대로 알고 있나?"

마치 노스승이 제자에게, 가르침을 받기 전에 미리 예습을 해 왔냐고 묻는 것과 같았다. 나는 신문 기사를 통해 스크랩했던 내용과 내 지인인 기자를 통해 들었던 내용을 바탕으로 더듬더듬 설명했다.

"1994년 5월 17일. 한 여관에서 매춘부가 잔혹하게 살해당한 사건이었지요? 신체의 일부는 여관방에서 발견되었지만 나머지 시체는 찾지도 못했다고……."

"방에서 발견된 신체의 일부가 어느 부위였는지는 알고 있나?"

탐정은 그것이 가장 중요하다는 듯이 물었다.

"분명히 범인이 칼로 매춘부의 가슴을 난도질했다고 했던가요……."

"난도질이 아니라, 도려낸 거야."

탐정이 손가락으로 허공에 동그라미를 두 개 그렸다.

"이렇게 유방 두 개를, 도려낸 것이지."

나는 구역질이 치밀었다. 살인 사건이라고 하면 대부분의 동기는 원한, 치정, 금전 때문이라고 한다. 그런데 이걸 원한, 치정, 금전 때문에 발생한 살인이라고 할 수 있을까? 아니, 이건 분명히 변태 살인범에 의한 계획 살인일 것이다. 그렇다면…….

"도대체 범인은 왜 그런 짓을?"

"범인이 그런 짓을 한 이유는 우연의 힘 덕분에 알아냈지. 삼류 탐정에게나 필요한 그런 막판의 우연이."

탐정은 손으로 입가를 문질렀다.

"처음부터 설명해 주시겠습니까?"

"그보다, 당신 직업이 기자라고 했던가?"

"아뇨. 실은 작가 지망생입니다."

"아아, 그래요. 내가 헛짚었군. 아까 통화할 때 취재를 하고 싶다고 해서 기자인 줄 알았지. 그래, 소설 쓰려고 취재하는 건가?"

"네. 가능하다면 꼭 쓰고 싶습니다."

"쓰는 건 그렇다 쳐도, 세상의 빛을 보긴 어려울 거야."

"왜죠?"

"있는 그대로 쓰기엔 너무 잔혹하고 추악한 이야기라, 편집부에서 거절할 테니까."

전율하는 나를 무시하고, 탐정은 이야기를 시작했다.

〈탐정이 들려 준 이야기〉

1

서울시 낙정구 왕산동 뒷골목에는 낡은 여관 하나가 있다. 외관은 빨간 시멘트 블록 벽돌로 된 2층짜리 건물인데, 옥상 대신 지붕이 얹혀 있었다. 지붕의 한쪽 끝에는 기능을 하지 않는 오래되고 뭉툭한 굴뚝 하나가 얹혀 있다.

이 건물이 얼마나 낡았느냐면, 동네 양아치나 술주정꾼이 홧김에 벽을 냅다 걷어차면 금이 하나씩 쩍쩍 간다는 말이 나돌 정도였다. 건물 여기저기에는 이가 빠진 것처럼 빨간 벽돌이 몇 개나 쏙쏙 빠져 있었다. 그리고 빈틈에는 누군가 쑤셔 박은 맥주 캔이며, 오줌을 싸 갈기고 간 흔적 따위가 있었다. 여관의 주인 여자인 왕숙자는, 그걸 발견할 때마다 눈에 핏발을 세우고 욕설을 내지른다.

여관을 방문하는 사내들은, 해도 해도 너무 낡고 더러운 건물에 혀를 내두르며, 왕숙자에게 리모델링이라도 하는 것이 어떻겠느냐고 말한다. 하지만 그때마다 왕숙자는 건물 자체가 너무 낡아서 리모델링조차 어렵다고 답한다. 사실 그것은 낡은 건물을 탓하는 여관 주인 여자의 핑계일 뿐이다. 실제로 리모델링을 하지 않는 이유는, 이 음침하고 저주받은 여관 건물에 비싼 돈을 들여 리모델링을 해도 손님이 늘어나지 않을 게 뻔하기 때문이다.

등산로가 막히기 전에는 여관 앞을 오고 가는 사람들이 제법 있었다. 그런데 1990년 무렵에 산 주인과 개발업자들 간에 이런저런 이권 문제가 겹치면서 개발은 무산되고 애꿎은 등산로만 폐쇄되었는데, 그 이후로는 이 일대가 죽어나가기 시작했다. 아니, 이 낡아 빠진 여관만 제외하고 다른 이들은 떠난 지 오래다. 주변에는 그 흔한 기념품 가게나 구멍가게, 음식점도 없었다. 여관의 서편에 있는 가파른 물살의 계곡은 시원한 느낌을 주기보다는 물소리를 듣는 사람을 위협하는 것 같았으며, 여관의 동쪽에는 망한 건지 영업을 하는 건지 모를 구멍가게가 하나 있을 뿐이다. 가로등 불빛조차도 빛이 쇠약하다. 보통 사람이라면 이 근처를 지나갈 일이 없다.

그럼에도 이 여관이 살아남은 것은 이 여관을 일부러 찾아오는 사람들이 있기 때문이다. 이런 음침한 곳에 위치한, 더욱 음침한 여관으로 찾아오는 자들은 다른 목적을 가진 자들이었다. 그렇다. 이 여관은 언젠가부터 전통적인 숙박업소의 기능보다는 성매매 알선업소의 역할을 하고 있었던 것이다.

성매매 알선업소, 라고 하면 야한 옷을 입은 아름다운 여인들이 웃음과 몸을 파는 그런 곳을 떠올리겠지만, 천만의 말씀. 정상적인 남자라면 이런 곳에 오게 된 자신에 대해 혐오감이나 후회, 공포를 느낄 만한 곳이다. 이런 곳까지 굴러오게 된 업소 여성들은 바닥 중의 바닥으로 떨어진 여성들로, 몸에 장애가 있거나 병에 걸린 여자, 마약 중독자, 혹은 오랫동안 성매매를 했으나 돈을 모으지 못해 어쩔 수 없이 늦은 나이에도 몸을 파는 여성들이 대부분이다. 이런 여자를 일부러 찾아오는 남자들도 그리 훌륭한 삶을 살지 못한 것은 마찬가지. 가장 싼 값으로 밑바닥 여성들에게 성욕을 배설하러 온 자들이니 이래저래 따져 봐도 좋은 인생들은 아니다.

이 음산한 여관의 이름은 왕산 여관. 단골들에게는 왕산장이라고 알려진 곳인데, 간판은 두 가지를 다 쓴다. 허름한 앞문에는 왕산 여관, 더욱 허름한 녹슨 셔터 달린 뒷문에는 왕산장.

이렇듯, 사건이 일어나기 전의 왕산장 주변 분위기는 이미 축축하고 을씨년스러웠다.

5월 17일 토요일. 아침부터 부슬부슬 내리던 이슬비는 오후가 되어도 그치지 않았다. 비가 내리는 날이면 왕산장의 단골들은 결코 찾아오지 않는다. 다른 날보다 상태가 나쁘다는 걸 알기 때문이다. 화장실에서 역류해 오는 하수구 냄새는 비위를 상하게 한다. 게다가 진동하는 곰팡이 냄새는 마치 숨을 쉴 때마다 뱃속에 곰팡이가 맺히는 것 같은 느낌이 들게 한다. 한번 그 냄새에 시달리며 쉰 냄새 나는 창녀들의 살을 맛보고 나면, 다시는 비 오는 날에 발길을 향하기가 싫어지는 것이다.

굳이 하수도와 곰팡이 냄새가 아니더라도, 왕산장 주변에 감도는 끈적끈적하고 음산한 기운은 비가 오는 날 더욱 강해져서 사람의 기분을 나쁘게 한다. 주체하지 못할 정도로 성욕에 굶주리는 사내가 아니면 비 오는 날 일부러 찾아오는 손님은 없었다. 굳이 예외를 더 들라면, 왕산장에 와본 적이 없는 사람이거나, 방문자가 뜸한 날을 일부러 고른 사람일 것이다.

오후 8시가 되기 조금 전, 세 사람이 왕산 여관을 방문했다. 가장 먼저 온 사람은 지친 기색이 얼굴에 묻어나는 노동자. 노동자는 근육질에 키가 크며 인상이 사나웠다. 그의 뒤를 잇듯이 한쪽 팔이 없고 수염이 희끗한 중년 남자가 들어왔다. 팔이 없는 쪽의 상의 소매는 바지 주머니에 쑤셔 박은 상태다. 한쪽 손으로만 머리의 빗물을 털며 들어왔다. 마지막으로 허름한 양복 차림의 청년이 우산을 접으며 들어왔다. 허름한 양복에 어울리지 않게 등산 가방을 한 그는, 주위 눈이 유난히 신경 쓰이는지 눈빛이 불안했다. 거의 동시에 이어서 들어온 세 사람은 서로를 힐끔거리며 겸연쩍어 했다.

카운터 안쪽에 앉아 있던 뚱뚱한 여관 주인인 왕숙자가 찡그린 웃음을 지으며 방문객들을 맞이했다. 쉰 살이 넘으면서 앉았다 일어날 때마다 무릎이 깨질 것처럼 아팠지만 앉아 있을 수만은 없었다. 일어나면서 카운터 안쪽과 연결된 생활방 문을 똑똑 두드리고 방문객들을 맞이했다. 생활방 안쪽의 창녀들은 몽롱하니 잠에 취해 있거나, TV를 작은 소리로 보고 있거나 했다. 그날 생활방에서 손님을 기다리던 창녀는 모두 두 명. 각각 유나와 명선이라는 예명을 갖고 있었다. 금요일 밤에는 네 명, 다섯 명이 쉬지 않고 일하는 날도 있지만, 비가 내리는 습한 날에는 손님은 물론 창녀들도 온갖 핑계를 대고 일을 쉬려고 했다.

이날엔 빚을 남겨 둔 두 사람만이 남아 있었다. 유나는 낮에 잠시 옛 친구를 본다면서 외출을 했다가 돌아온 상태고, 명선은 시체처럼 늘어져 잠을 자다가 막 일어난 상태다. 두 사람은 피로한 얼굴로 화장을 고쳤다.

왕숙자는 손님 세 사람을 일단 방에 올려 보내고, 먼저 온 두 사람에게 여자들을 올려 보내기로 했다.

"우산 가져 온 청년이 가장 늦었으니 좀 기다려 줘요."

왕숙자가 말하자 양복 청년은 얌전히 고개를 끄덕였다. 그때 노무자로 보이는 사내가 저기, 하고 운을 떼었다.

"고를 수 있는 거요?"

"네?"

왕숙자가 되물었다.

"아가씨, 고를 수 있냐고."

"아, 네. 적당히 원하시는 대로. 누구 찾는 사람 있어요?"

"아니, 처음 와서 이름은 모르고. 얼굴 보고 고르고 싶은데."

노무자는 생활방 쪽에 고개를 뻗고는 기웃거렸다. 신발 벗고 안에까지 들어갈 기세라 왕숙자는 호호 웃으며 슬쩍 몸으로 가렸다.

"오호호, 아가씨들 사생활도 있고. 호호호, 내가 알아서 잘 올려 보내 드릴게."

왕숙자는 살살 달래며 노무자를 밀었다. 노무자는 불만스러운 표정이었지만, 왕숙자가 열쇠를 건네주면서 눈웃음을 치자 군소리 없이 받았다.

"자, 자, 올라가시기 전에 돈부터 내시고."

세 사람은 각각 지폐를 꺼내 왕숙자에게 값을 지불했다. 노무자는 아가씨들의 얼굴을 보고 고르지 못한다는 게 영 아쉬운 듯, 최대한 젊은 아가씨로 보내달라고 부탁했다. 왕숙자는 확답은 하지 않고 유들거리며 웃었다.

세 사람이 받은 방은 외팔이가 206호, 노무자가 201호, 청년이 207호였다. 세 사람은 열쇠를 들고 각자 방에 올라갔다.

2

206호.

방문을 잠근 외팔이는 곰팡이 냄새에 코를 몇 번 씰룩거렸다. 똑같은 왕산장의 곰팡이 냄새라도 어느 날은 유난히 견디기 어려웠다. 벽 전체가 까맣게 변하다시피 한 203호나 207호에 비하면 낫지만.

왕산장의 단골인 외팔이는 털썩 주저앉았다. 그리고 다시 일어나 옷을 벗었다. 아무래도 한 손이니 영 느리다. 집에서는 마누라가 도와주긴 하는데, 마누라는 마누라대로 지적 장애인이라 더 거치적거린다. 외팔이는 마누라가 영 불편했다. 나흘 전에도 그렇다. 요리를 한답시고 주방을 난장판으로 더럽혔다. 외팔이는 홧김에 마누라의 뺨을 쳤다. 때리는 거야 어제 오늘 일이 아니지만 그날은 특히 심했다. 홧김에 집을 뛰쳐나왔다. 물론 돈을 잔뜩 챙겨 나왔다. 그리고 노숙을 했다. 노숙을 하는 와중에도 매일 밤 이곳에 찾아왔다. 그리고 유나를 찾았다.

오늘도 유나가 오려나? 침대에 털썩 앉고 나니 기대감이 생기면서도 마음 한편으로는 마누라한테 미안한 마음이 들었다. 그러자 구역질이 찾아왔다. 마누라 생각은 하지 말자, 하지 말자, 외팔이는 수없이 되뇌었다.

똑똑. 문 두드리는 소리가 났다. 평소보다 훨씬 빨리 여자가 찾아왔다. 외팔이는 웃으며 문을 열었다.

"안녕하세요."

젊은 아가씨의 목소리다. 예쁘장한 얼굴, 보통 체격, 어깨까지 내려오는 갈색 머리카락, 작은 핸드백을 매고 짧은 치마를 입은 그녀는, 이 근방 싸구려 업소의 유일한 30대 초반의 여자다. 예명은 유나.

"으응, 유나구나."

외팔이는 헤벌쭉 웃었다.

"오늘도 왔네요, 오빠."

"그럼. 내가 매일 온다고 했잖아?"

외팔이는 유나에게 오빠라고 불릴 때마다 행복감을 느꼈다. 유나가 옷을 다 벗었다. 그녀의 몸에는 수치심이 없었다. 외팔이의 눈이 그녀의 가슴에 닿았다. 유나의 한쪽 유두는 없다. 언젠가 술에 취한 미친놈이 그녀의 한쪽 유두를 깨물어 끊었다고 했다. 외팔이는 자신의 가슴이 선뜩해졌다. 하지만 그녀는 소녀처럼 밝게 웃으며 외팔이의 한 손을 잡았다. 외팔이는 황홀감에 쌓여 그녀가 이끄는 대로 따라갔다. 외팔이에게는 이 서른넷의 창녀가 여신이나 다름없었다.

"오늘은 같이 씻을래요?"

외팔이는 웬일이냐, 싶으면서도 크게 기뻐했다. 최근 나흘간의 연속 방문 때는 늘 외팔이보고 냄새가 심하니 먼저 씻으라 했다. 그간 노숙을 했으니 어쩔 수 없었다.

샤워를 하면서, 외팔이는 그녀의 가슴을 움켜쥐었다. 유나의 부드러운 가슴 특유의 느낌이 반가웠다. 외팔이는 그녀의 가슴을 만지며 샤워를 했다. 그리고 오늘은 평소보다 더 많은 대화를 할 수 있기를 바랐다.

201호.

"아, 씨발."

명선의 얼굴을 본 노무자는 망가진 얼굴을 더 험악하게 구겼다. 명선은 한쪽 귀가 없었고, 얼굴에는 큰 흉터 자국이 있었다. 게다가 무슨 피부병인지 등짝 곳곳에 빨간 점이 오돌토돌하게 나 있었다.

명선도 짜증이 났다. 여자 사러 온 놈한테서 이렇게 대놓고 씨발 소리를 듣는 것은 처음이었다. 평소라면 욕을 한바탕 퍼부었겠지만, 어째선지 이 노무자에게는 험한 말을 되받아치지 못했다. 노무자의 표정이 심상치 않았기 때문이다. 마치 사람 하나를 반쯤 죽이고 왔거나, 앞으로 그렇게 할 것 같은 표정이었기 때문이다.

명선을 한참 노려보던 노무자가 물었다.

"젊은 년 없어?"

"없어."

명선이 대답했다. 그러자 노무자는 정말로 없느냐, 있는데 오늘만 쉬는 거냐, 자꾸 캐물었다. 명선은 대충대충 대답하다가 짜증이 나서 쏘아 붙였다.

"여관방에 왔으면 그냥 떡이나 칠 것이지 뭐 그리 묻는 게 많아?"

"뭐, 이 썅년아?"

노무자는 본색을 드러냈다. 명선의 얼굴에 따귀를 올려붙이고 침대에 쓰러뜨렸다. 그리고 어디선가 수갑을 꺼내서는 명선의 손을 수갑으로 채웠다. 명선이 놀라서 입을 벌리는 순간 수건으로 재갈을 물렸다. 그리고 그대로 침대로 끌고 가 짓눌렀다.

거칠게 일을 치르는 놈이나 짓눌려서 일을 당하는 년이나 똑같이 기분이 더러웠다. 하지만 둘 중 누구도 멈추지 않았다. 어차피 멈춘다고 기분이 나아질 것도 아니었다.

207호.

"으엑."

방 안에 들어서자마자 청년은 죽는 소리를 했다. 벽이 새까맣다. 양쪽 벽과 문 맞은편 벽까지, 다 새까맣다.

가방을 내려놓고 나서야 까만 벽의 정체를 파악했다. 문을 기준으로 좌측과 정면의 벽은 정말로 곰팡이가 까맣게 슬어서 까만 벽이다. 문 기준의 오른편, 침대가 놓인 벽이 까만 것은 침대 옆에 붙은 큰 거울이다. 정사를 치를 때 더 잘 감상하라고 설치해 둔 거울 같았다. 이 경우엔 쓸데없이 곰팡이가 두 배로 늘어난 것처럼 보이게 했지만.

청년은 벽의 곰팡이를 관찰했다. 공기의 끈적임도 그렇고, 곰팡이도 눈에 거슬렸다. 보아하니 습기에 오래 방치되어 생긴 곰팡이였다. 수도관이 벽 안쪽을 지나는지, 곰팡이가 넓게 슨 벽 안에서 이따금 쉭쉭 소리가 났다. 다른 방에서 물을 쓰면 나는 소리 같았다. 청년은 자기도 모르게 물소리에 집중하다가, 여긴 정말 싸구려구나, 하는 생각을 했다.

"……이거 풍수학상 안 좋은데."

영 안 어울리는 양복을 입은 청년은 혼자 중얼거렸다. 반쯤 체념한 얼굴로 침대에 걸터앉아 TV를 틀었다. 먼지가 리모컨의 버튼 틈새에 잔뜩 껴서, 리모컨 버튼을 누르려면 손가락 힘을 세게 줘야 했다. 그 노력에도 불구하고 TV는 너무 지지직거렸다. 청년은 신경 거슬리는 TV를 껐다. 그리고 빨리 여자 한 명이 비어서 찾아오기를 바랐다.

청년의 아랫배가 살살 아파왔다. 역시 음기가 너무 가득하다고 생각하며 청년은 인상을 찡그렸다. 이런 날에는 꼭 안 좋은 일이 겹쳐 일어난다.

3

"아줌마. 아가씨 아직도 없어요?"

207호에 올려 보냈던 청년이 내려와 물었다. 왕숙자는 무슨 일이냐고 되물었다.

"아니, 먼저 끝난 아가씨 불러주기로 했잖아요?"

"아, 네. 그랬죠."

"그런데 1시간은 된 것 같은데. 왜 안 오죠?"

왕숙자는 쓴웃음을 지었다. 지금 시각은 8시 50분이 안 됐다. 실제로는 45분 정도가 지났을 뿐이다.

"좀 오래 걸리나 보네요. 그냥 방에서 기다려 주시면 좀 이따가…….”

“아, 원래 이렇게 오래 걸려요?”

“보통 50분에서 한 시간 걸리죠. 총각은 처음인가 봐?”

“아, 그게 아니라 소리가.”

“소리?”

청년은 물소리가 이렇다 저렇다 하는 소리를 했다. 자기가 있는 207호에서 귀를 기울이면 옆 방 샤워하는 물소리가 들리는데, 특히 206호의 물소리가 크게 들린다. 207호의 곰팡이 슨 벽이 206호의 샤워실인 것이다. 청년은 달리 할 일도 없어서 옆 방 소리에 귀를 기울였다. 첫 번째 샤워 소리가 있고 40분 뒤에 두 번째 샤워 소리가 있음을 들었다.

“시간상으로 8시에 한 번, 8시 40분에 또 한 번이었을 걸요.”

청년이 말했다.

청년은 옆 방 일이 끝났으니 바로 아가씨를 볼 수 있을 거라고 생각했다. 그런데 기다려도 안 와서, 몸이 달은 청년이 못 참고 내려오니 지금 시각은 8시 50분.

왕숙자는 시계를 가만히 쳐다보다가 생각했다. 단골인 외팔이가 오늘따라 유나를 오래 잡고 있나? 게다가 노무자가 명선을 오래 데리고 있는 것도 이상하다. 단골들이라면 늘 기피하는 여자가 명선인데, 노무자처럼 성격 더럽게 생긴 놈이 명선을 오래 데리고 있는 것도 수상했다.

“한번 연락을 때려 볼게요.”

왕숙자는 앉은 채로 인터폰에 손을 뻗고 206을 눌렀다. 청년은 초조하게 왕숙자를 내려다 봤다.

왕숙자는 수화기 너머의 외팔이와 통화를 했다. 왕숙자는 웃음 지으며 네, 네, 하고 수화기를 내려놨다. 얼굴 표정이 굳어 있다.

"10분 전에 나갔다는데요?"

"네? 제 방에는 안 왔는데요."

"어디, 다시 올라가 봅시다. 끄응……."

왕숙자는 정말로 무릎이 아픈지 인상을 쓰며 일어났다. 두 사람은 느릿느릿 계단을 올라가 207호로 갔다. 청년은 혹시 그녀가 와서 기다리고 있지 않을까 하고 생각하며 열어봤지만 아무도 없었다.

"봐요. 아무도 없지요?"

"으응, 그러네요."

두 사람은 복도를 나갔다. 마침 201호가 문이 열리고 닫히더니 명선이 나왔다. 얼굴은 평소보다 더욱 심각하게 일그러져 있었다. 맞아서 부은 얼굴이다.

"명선아."

왕숙자가 말을 걸었다.

"언니, 왜 올라왔어?"

"혹시 유나 못 봤니?"

"유나? 몰라. 걔는 외팔이 아저씨 방에 들어갔잖아."

"그랬는데 나와서 어딜 갔는지 모르겠어."

"그래? 저번처럼 구석방에 들어가서 울고 있는 거 아냐?"

"어머, 걔가 그러니?"

"응. 언니는 몰랐어? 걔가 벌써 몇 번 그랬는데. 저번 주에도 안 보여서 내가 찾았어. 203호에 틀어박혀서는, 약을 못 끊겠다며 칼로 손목을 긋겠다고 난리를 피웠는데."

"쉿! 손님 앞에서."

왕숙자는 입술을 깨물고 주의를 주더니 청년에게는 호호 웃었다.

"아무래도 애가 어디 틀어박혀 있는 모양이네요. 명선아. 네가 빈 방 돌아다니면서 유나 찾아봐. 나는 무릎이 아파서."

명선은 방금 일 치러서 힘들어 죽겠다고 불평을 하면서도 빈 방을 하나씩 찾기 시작했다.

"저기, 혹시 206호에서 외팔이가 거짓말한 거 아닐까요?"

청년이 말했다. 청년 생각으로는, 외팔이가 아가씨를 여전히 데리고 있으면서 나갔다고 거짓말을 한 게 아닐까 싶은 것이다. 왕숙자도 "어머, 내가 그 생각을 못했네!" 하면서 206호로 갔다.

"손님, 계세요?"

"으응?"

문을 두드리니 피로한 목소리가 들려왔다. 잠깐만 기다리슈, 하더니 문이 열렸다.

"피곤한데 왜?"

외팔이의 표정이며 목소리는 정말로 진이 빠져 곯아떨어진 사람의 것이었다.

"아니, 유나가 없어져서요."

"유나? 아까 나갔대도 그러네. 아까 인터폰 했잖여?"

외팔이는 왕숙자 뒤에 초조하게 서 있는 청년을 보고 사태를 이해한 것 같았다.

"하여간 나는 모르오. 유나는 나와 잘 놀다가 나갔으니까. 설마 내 방에 숨겨 놓기라도 했을까 봐?"

외팔이가 한쪽 팔로 206호 내부를 가리켰다. 불까지 켜고 화장실 안쪽도 보여줬다. 왕숙자가 신발을 벗고 들어가 살폈는데, 어디에도 없었다. 외팔이는 턱을 들어 올리고 왕숙자를 내려다봤다. 이 부당한 의심을 어쩔거냐는 식의 몸짓이다.

"호호, 실례했습니다. 이거 정말 실례를."

"그럼 다음에 서비스 한 번 해줄텨?"

"어머머, 농담도! 호호호."

왕숙자는 웃음으로 얼버무리며 잘 주무시라고 하고 나왔다.

"없어요?"

청년이 짜증스럽게 물었다.

"없어."

왕숙자도 짜증스럽게 대답했다. 짜증이 머리끝까지 솟은 목소리다. 그때 명선이 뛰어왔다.

"언니, 저기 203호 안쪽에서 이상한 소리 들려."

"이상한 소리?"

명선의 얼굴은 피로와 겁에 질려 있었다. 왕숙자의 표정도 그랬다. 청년은 명선이 가리킨 곳을 봤다. 그곳은 복도의 끝에 있는, 207호와 마주보는 방이었다. 203호. 유난히 문패가 지저분했다.

"저 안에서 소리가 난다고요?"

청년이 묻자 명선은 마지못해 고개를 끄덕였다. 청년은 성큼성큼 걸어가서 203호 손잡이를 잡았다. 그런데 문이 잠겨 있었다. 왕숙자가 다가와서 문을 열쇠로 열어줬다. 문을 열고 들어가니 골을 띵하게 만드는 곰팡이 냄새가 엄습했다. 불을 켜려고 스위치를 만졌는데, 형광등은 영 시원찮게 깜박거리기만 했다.

명멸하는 불빛 아래, 203호의 바닥에는 검은 비닐봉지가 있었다.

"응? 이건 뭐지?"

왠지 수상해 보이는 검은 비닐이었다. 청년은 뒤에 있는 두 사람을 불러들였다. 두 사람이 다가왔다.

"이거 뭘까요?"

"글쎄, 이런 게 있을 리가. 낮에 청소를 했는데."

왕숙자가 중얼거리며 봉지를 받아 들고 펼쳤다.

내용물을 본 왕숙자가 넘어졌다. 봉지 안에서 두 개의 물체가 톡 튀어 나왔다. 명선은 선 채로 굳었다. 청년은 휘청거리며 뒷걸음질 쳤다.

"히익."

청년은 뒤로 넘어졌다. 그대로 앉은 채로 복도까지 물러났다. 두 여자는 비명도 지르지 못했다. 왕숙자가 기절하듯이 쓰러지고 그걸 명선이 받아 밖으로 나왔다. 그리고 검은 봉지와 내용물은 그냥 내버려 두고 203호의 문을 닫았다.

검은 비닐봉지 속에 있던 것은 피투성이의 여자 유방이었다.

4

왕숙자가 쇼크 상태에서 벗어나자마자 한 일은 여관 문을 닫는 일이었다. 그리고 명선을 시켜 불필요한 불은 다 껐다. 청년은 2층의 노무자와 외팔이를 데리고 1층 카운터 앞으로 데려왔다.

"모두들 진정하세요."

영 안 어울리는 양복 차림의 청년이 겨우 말했다. 청년은 빠르게 정신을 수습하고, 대책을 세우기로 했다. 청년은 사람들을 불러 모아 방금 있었던 일을 또박또박 말했다.

"그럼 살인 사건이야?"

노무자가 귀를 후비며 물었다.

"세상에 이런 사고가 있겠습니까? 당연히 살인이겠지요."

"유방 두 개?"

외팔이가 물었다. 청년은 그렇다고 했다.

"혹시 유두가 다 붙어 있었수?"

외팔이가 물었다.

"아니, 그런 것까지는 잘 모르겠습니다."

청년이 당혹스러워하며 대답했다.

"확인해 볼까."

외팔이가 일어났다. 모두가 그의 뒤를 따랐다.

외팔이가 2층의 203호를 열었다. 형광등은 여전히 기분 나쁘게 깜박거리고 있었다. 외팔이는 바닥에 놓인 비닐을 살살 치웠다. 그러자 그 안에 덩그러니 놓여 있는 여자의 유방 두 개가 나왔다.

"으음."

외팔이가 신음했다. 비닐 안에 있는 것은 다른 누구보다도 외팔이의 눈에 익숙한, 약간 큰 크기의 유방이었다. 게다가 유방 두 개 중 유두 하나가 없었다.

"이건, 이 눈에 익은 모양은 유나의 것이야."

외팔이가 울먹거렸다.

"유나가 죽었어."

외팔이가 어린애처럼 와앙, 하고 울음을 터뜨렸다. 모두가 표정을 일그러뜨리며 고개를 돌렸다. 도려내진 여자의 유방 두 개를 눈앞에 두고 울음을 터뜨리는 외팔이의 모습이 기이하고도 혐오스럽게 느껴진 것이다.

노무자는 바닥 아무데나 침을 퉤, 뱉었다.

"씨팔, 그럼 시체는? 나머지 시체는 어디가고 유방만 남겨진 거야?"

노무자의 질문에 명쾌한 해답을 줄 수 있는 사람은 이 안에 없었다. 바닥에 침을 뱉은 노무자를 노려보며 구시렁거리는 주인 여자 왕숙자의 목소리만 낮게 깔렸다. 청년은 명선에게 물었다.

"여관의 빈 객실을 모두 확인한 것 맞습니까?"

"응. 다 돌아다녔지. 화장실 안에도 확인하구. 마지막으로 203호로 왔다가……."

"왔다가?"

"이상한 소리가 들려서."

"이상한 소리라면?"

"약간… 끼이이, 하는 소리랄까."

"그렇습니까?"

청년은 끼이이, 하는 소리를 입으로 내보고 고개를 갸우뚱했다.

"일단 눈에 보이는 것부터 정리하죠. 이건, 어느 정도 밀실 살인의 구성을 띠고 있습니다."

"밀실 살인?!"

모두가 경악했다.

"네. 온전한 시체는 아니지만 신체의 일부가 잠긴 방 안에서 발견되었으니까요. 이런 상처를 입은 피해자라면 죽었겠지요. 아마 범인은 어떤 방식으로든 피해자를 죽이고, 그 시체의 유방을 절단했을 겁니다. 그런데 범인도, 시체의 동체 부분도 찾을 수가 없어요. 잠긴 문과 쇠창살 달린 창문의 방 안에서."

청년이 잠겨 있던 문과 쇠창살 달린 창문을 가리켜 보였다.

"아, 잠깐만. 밀실을 만드는 건 어렵지 않아. 문이 똑딱이 잠금장치니까."

왕숙자가 문손잡이를 잡아서 보여줬다. 객실의 문은 버튼으로 잠그는 실린더 록 방식이었다.

"아, 그렇군요. 뭐, 밀실처럼 만든 건 단순히 발견을 늦추기 위한 범인의 공작인가 보군요. 밀실 살인 어쩌고 한 소리는 잊어주십시오. 그보다 여러분. 우리는 지금 선택해야 합니다."

탐정 같은 말투의 청년이 좌중을 둘러봤다.

"경찰에 신고할 겁니까?"

"아니."

노무자가 당연하지 않은가 하는 말투로 말했다.

"씨팔, 여기가 어딘데? 돈 내고 여자와 그거 하는 곳이잖아? 그런데 여기서 여자 유방 발견되었다고 경찰에 신고하자고? 9시 뉴스감이야, 이건. 아마 여기 있는 사람 모두가 구설수에 오르내릴걸."

노숙자가 말하고 나니 왕숙자도 고개를 끄덕였다.

"그건 그러네. 응, 나도 경찰에 신고하는 건 반대예요."

왕숙자가 명선을 보고 동의를 구하자 명선도 고개를 끄덕였다. 왕숙자도 명선도, 왕년에 쓰던 싸구려 필로폰을 아직 완전히 끊지 못한 상태였다. 생활방에는 아직도 주사기가 남아 있는 것이다.

"저도 싫습니다. 잘난 얼굴은 아니지만, 그래도 곤란하니까요."

청년이 쓴웃음을 지었다. 아직 탐정으로서의 이름도, 명성도 알려지지 않은 상태지만 이런 사건의 관계자로 유명해지는 건 사양이다.

"자아, 그럼 경찰에는 신고하지 않는 걸로 하고."

"그럼, 그럼 유나는!"

흐느끼던 외팔이가 휙 뒤돌아서며 물었다.

"유나의 원수는 어쩔 거야! 이렇게, 이렇게 처참하게… 으흐흑!"

서럽게 우는 외팔이의 어깨에 청년이 손을 턱 올렸다.

"우리가 잡으면 됩니다."

청년이 말했다.

"뭐? 범인을 어떻게 찾아?"

노무자가 되물었다.

"범인은, 우리 중에 있습니다."

"뭐?"

"당연한 겁니다. 여기 아줌마가 카운터에 늘 계셨다면, 자리를 안 비웠다면 수상한 사람이 왕산장 안으로 들어오는 것을 봤겠지요."

청년은 이제 왕숙자를 봤다. 왕숙자가 당황한 표정을 지었다.

"입구는 하나지요?"

"응. 정문 하나뿐이야. 후문의 셔터는 자물쇠까지 잠가뒀으니까. 누가 저기로 나가지도, 들어오지도 못해."

"네. 사실 저도 여기 들어오려고 할 때 뒷문으로 들어오려고 했는데 단단히 잠겨 있더군요. 뒷문이 잠긴 건 확실합니다. 즉, 이곳엔 우리뿐입니다."

"잠깐, 창문으로 탈출할 수도 있잖아. 범인이 저 짓을 저지르고, 냅다 창밖으로 몸을 날린다면? 어차피 2층이니까 가능할 것 같은데."

노무자가 이의를 제기했다.

"보시다시피 창문은 어렵습니다. 객실마다 창문은 있지만 객실의 창문은 다 쇠창살이 달려 있는 것 같군요."

청년이 확인을 위해 왕숙자를 돌아보자 왕숙자가 고개를 끄덕였다.

"기왕이면 방범창이라고 해줘."

"그러죠. 그보다, 방범창이 아닌 다른 창문이 있나요?"

"저기 보여? 2층 계단 쪽에 붙어 있는 복도 창문."

왕숙자가 객실을 나가서 서쪽, 계단 쪽의 복도 창문을 가리켰다.

"2층 창문 중에 유일하게 쇠창살이 없지. 하지만 크기가 작아. 어깨가 넓은 남자가 나가는 건 불가능해."

"남자는 불가능하다면, 여자는요?"

청년이 물었다.

"여자는 가능하겠지만, 그래도 무리야."

청년은 왜 무리냐고 물으려다가 건물의 구조를 깨닫고 탄성을 질렀다. 왕산장의 서쪽은 계곡이다. 그것도 무척 가파르고 뾰족한 돌들로 구성된 계곡. 2층 창문에서 뛰어내린다는 것은 목숨을 걸어야 가능할 것이다. 남자는 고개만 겨우 내밀고 살펴봤다. 캄캄한 데다가 비까지 내려서, 손전등 없이는 수색이 어려울 것 같았다.

"이 밤중에 여기를 뛰어내린다면 목숨을 걸어야 하겠는데요? 범인이 여기서 도망치려면 정문뿐이라고 봐야 할 것 같습니다. 범인이 아무도 모르게 빠져나갔을 가능성은 극히 희박하므로 배재한다면, 역시 범인은 우리 중 하나라고 봐야겠지요."

청년은 다시 좌중을 둘러봤다.

"제가 제안할 것은 이 중에 있을 범인을 잡는 겁니다. 그리고 범인을 결박하고, 사라지는 것이지요. 괜찮겠습니까?"

"잠깐, 범인을 결박하고 그냥 도망치자고? 음, 경찰에 신고할 처지는 아니지만 영 개운치가 않은데."

노무자가 물었다.

"그랬다간 여기서 일하시는 두 분이 곤란해질 겁니다. 아마 경찰서로 끌려가 조사를 받겠지요? 조사를 받다보면 아무래도 경찰에게 오늘 있었던 일을 모두 밝히지 않을 수가 없을 겁니다. 그렇게 되면 우리도 경찰에 불려가겠지요."

청년이 대답했다.

"그건 그렇군. 그럴 바에는 그냥 다 함께 도망치는 게 낫지 않나? 어차피 경찰을 부르지 않을 거라면, 굳이 범인이 누군지를 밝힐 필요가 없지 않나."

노숙자가 말하자 명선도 고개를 끄덕끄덕하며 저 무섭게 생긴 유방만 땅에 묻어 처리하자고 했다. 그러자 청년, 명선, 왕숙자, 외팔이가 한목소리로 그럴 수는 없다고 했다. 이유는 제각각이었다.

"그럴 수는 없습니다. 일단 범인을 족쳐서 시체가 어디 있는지 밝혀내야 합니다. 짐작이 가는 곳이 있긴 한데, 새벽에 그것도 처리해야죠. 방치했다가 뒤늦게 동네 주민이 발견, 경찰에 신고하면 어떻게 사태가 커질지 모릅니다."

이것은 청년의 의견.

"그런 미친놈을 그냥 풀어주자고? 재미가 붙어서 자꾸 여기서 살인하면 어쩌려고? 그런 미친놈은 손님으로 못 받아."

이것은 명선의 의견.

"돈을 받아내야지요. 그간 유나가 땡겨 쓴 돈이 얼만데. 범인한테 그 돈을 다시 다 뜯어 내야지."

이것은 왕숙자의 의견.

"원수를 갚아야 해! 내가 마누라보다 귀여워했던 유나를 죽인 놈을 잡아 한 방 먹여주지 않으면 화가 안 풀려!"

이것은 외팔이의 의견.

결국 노무자를 제외한 모두가 범인을 잡아야 한다는 목소리를 낸 것이다. 노무자는 다 알았다면서 고개를 끄덕였다.

"하지만 말이오. 범인을 묶어 놓고 떠나면 그 범인은 어떻게 되는 거지?"

노무자가 물었다.

"아, 그 부분은 맡겨요. 뒤처리는 내가 알아서 할 테니까."

왕숙자가 말했다. 뭘 어떻게 처리한다는 건지는 알 수 없었지만, 왕숙자의 귀신같은 표정을 보니 모르는 게 나을 것 같았다.

"그럼 모두 동의합니까? 우리끼리 일을 끝내는 걸로."

모두가 고개를 끄덕였다.

"그럼 알리바이부터 검증할까요?"

알리바이는 다음과 같다.

노무자, 외팔이, 청년이 각자 201호, 206호, 207호에 들어간 것이 저녁 7시 55분. 아가씨가 201호, 206호에 들어온 것이 8시. 왕숙자는 카운터에 가만히 앉아 있었고, 청년은 멍하니 자기 방에서 기다리고 있었다.

외팔이는 유나와의 정사를 40분간 치르고 유나는 8시 40분에 201호를 나갔다. 그리고 유나가 어디로 사라졌는지는 불명. 201호의 외팔이는 유나가 나간 뒤, 무척 지쳐서 그대로 기절하듯이 침대에 누웠다.

8시 50분 경. 여자를 기다리다가 조바심이 난 청년은 1층의 카운터로 내려간다. 9시에 청년과 왕숙자는 올라와 유나가 어디 있는지 수색을 한다.

노무자와 명선은 조금 오랫동안 즐겼고, 9시 10분쯤 명선을 내보낸다. 명선은 수색 중인 왕숙자와 청년과 합류. 그리고 수상한 소리가 났던 203호로. 명선이 문을 따고, 세 사람은 들어간다. 그리고 9시 15분에서 20분 사이, 검은 비닐을 발견. 그 안에서 유나의 유방 두 개를 발견. 모두를 불러 모아 1층으로 모이게 한다.

"대충 이렇게 되는군요."

청년이 수첩에 끄적거리며 정리했다.

"일단 나랑 명선이랑은 알리바이가 입증된 거지?"

노무자가 물었다. 그는 8시부터 9시 10분까지 201호에서 명선과 함께 있었다고 주장했다.

"명선이한테 물어봐. 우리가 얼마나 열심히 했는지 말해주겠지."

명선은 노무자에게 중지를 펼쳐 보였다.

"사실입니까?"

청년은 고지식하게 명선에게 물었다. 청년은 명선의 얼굴에서 한 대 맞은 자국을 발견했다.

"맞아. 두 번 했어. 아주 징그럽더라."

명선이 짓씹듯이 말했다. 노무자는 싱글싱글 웃었고, 청년은 의심의 표정을 거두지 않은 채로 고개를 끄덕였다.

"하여간 알겠습니다. 두 사람. 8시부터 9시 10분까지 떨어지지 않은 거지요? 아주 잠깐도?"

"우린 샤워도 하지 않고 했으니까. 서로 떨어질 시간이 없었지."

노무자가 말했다.

두 사람이 어떤 이유로 서로에게 위증을 해주기로 계약한 게 아니라면, 두 사람의 알리바이는 완벽하다. 청년은 넘어가기로 했다

"다음으로, 에, 선생님?"

청년이 외팔이에게 말을 걸었다. 외팔이는 붉게 충혈된 눈으로 대답했다.

"그냥 외팔이라고 부르슈……."

청년은 쓴웃음을 지었다. 안 그래도 속으로는 쭉 외팔이라고 부르고 있었네, 이 양반아.

"에, 선생님께서는 8시부터 8시 40분까지 유나와 함께 있었다고 했지요?"

"그래요."

"8시 40분에 유나가 나간 이후로는 보지 못했고요."

"그래요."

"입증은 불가능하지요?"

외팔이는 허탈한 표정을 지었다. 뭐라고 말을 하려 했지만 증인이 없으니 의미가 없었다.

"그래요. 하지만 나는 범인일 수가 없지."

"왜죠?"

"팔이 하나니까."

외팔이의 주장은 이러했다. 여자라곤 해도, 잃을 게 자기 몸밖에 없는 창녀는 강단이 센 법이다. 팔이 하나밖에 없는 사내가 창녀를 죽이고, 가슴을 도려내고, 시체를 숨길 수 있을까?

"불가능은 아니지만 가능은 할걸? 이 사람, 한쪽 팔은 제법 튼튼해 보이는데. 나만큼은 아니지만."

노무자가 외팔이의 팔을 가리키며 말했다. 외팔이의 한쪽뿐인 팔은 확실히 핏줄이 튀어나오고 근육이 빈틈없이 들어찬 팔이다.

"내 말은 이런 거지. 여자를 살살 꼬셔서 침대에 눕히고 눈을 감게 해. 그리고 베개 따위로 한 방에 얼굴을 누르는 거야. 그렇게 질식시킨 다음, 유방을 도려내는 거지. 유방을 도려내는 건 한 손으로도 가능해. 접시 위에서 미끌거리는 푸딩을 한 손으로 자르긴 어려운 법이지만, 사람의 유방은 무거운 사람 몸에 붙어 있는 거니까. 칼질 한다고 표적이 미끌거리면서 빗나가진 않잖아? 그럼 한 손으로도 침착하게 자를 수 있을걸?"

노무자가 실실 웃으며 말하자 외팔이가 펄쩍 뛰었다.

"말도 안 돼! 그럼 201호가 피투성이가 되었겠지!"

"그거야 샤워실에서 가슴을 도려냈다든가."

노무자가 큰 무리가 없다는 듯이 말했다. 외팔이가 한쪽 팔만으로 싸움을 걸 기세여서 청년은 말렸다.

"자자, 어느 정도 일리는 있습니다. 그러나 그 추리를 입증시키려면 한 가지 무리가 생깁니다."

"무리?"

노무자가 되물었다.

"시체는? 당신 말대로 샤워실에서 시체를 훼손시키고, 샤워기의 물로 피를 처리했다고 쳐도, 나머지 시체는 어디로 갔을까요?"

"시체는……? 음, 일단 토막을 내서 곳곳에……."

"무립니다. 사람을 토막 내려면 연장이 필요하죠. 외팔이는 들어올 때 빈손으로 왔습니다. 우산조차도 없이 왔다고요. 그런데 연장을 갖췄을 리가 없지요."

청년도 이제는 아주 자연스럽게 외팔이를 외팔이라고 불렀다.

"아이, 그럼 당신은 시체가 어디 있는지 알아?"

"짐작은 갑니다만, 그건 마지막으로 주인아주머니의 알리바이와 저의 것을 듣고 난 뒤에 말씀드리죠. 자, 주인아주머니?"

왕숙자는 알리바이를 말했다. 8시부터 쭉 멍하니 있다가 8시 50분쯤에 청년이 내려왔다. 그래서 인터폰을 하고, 수색을 시작했다. 다시 말해 8시부터 8시 50분까지의 알리바이는 없다. 혼자 카운터에 앉아 있었을 뿐이다.

청년도 알리바이를 말했다. 8시부터 8시 40분 너머까지 207호에서 혼자 기다리다가 못 참고 카운터에 내려가니 8시 50분이었더라, 라는 것만 빼면 알리바이는 왕숙자와 완전히 일치했다.

"두 사람도 8시부터 8시 50분까지의 약 50분의 알리바이는 없는 건가?"

외팔이가 말하자 청년은 고개를 끄덕였다.

"알리바이는 아무래도 됐어. 그보다 시체가 어딨는지나 가르쳐 줘. 우선 그걸 수습하자고."

"시신은 아마 저기로."

청년은 복도의 서쪽 끝에 난 작은 창문을 가리켰다.

"일단 범인은 시체에서 피가 나오지 않게 시신을 얇은 비닐이나 보자기 따위로 잘 묶었다고 가정한 다음 추리를 진행하겠습니다. 몸에 얇은 비닐이나 보자기, 그리고 묶을 노끈이나 낚싯줄 따위를 숨겨 가지고 들어오는 건 가방이 없는 사람이라도 몸에 숨겨 오는 게 가능하리라는 가정에서 시작한 겁니다. 구체적인 시체 유기 방법은, 뭐, 간단합니다. 범인은 가슴을 도려낸 시체를 숨기고 싶은데, 2층에 남겨 둘 수는 없어요. 사람들이 뒤지다 보면 찾을 테니까요. 그렇다고 1층으로 시체를 옮길 수는 없지요. 카운터에 사람이 있으니까. 애초에 토막 내서 가방과 트렁크에 나눠 담는 것도 무립니다. 토막 낼 연장과 트렁크가 없으므로. 결국, 남는 선택지는 저곳뿐입니다. 여자 시체를 미리 숨겨 온 비닐로 둘둘 말거나 묶어서, 저 쇠창살이 유일하게 없는 복도 끝 창문으로 던지는 거죠. 복도와 계단에 사람이 없을 때 말입니다. 객실에서 사람들은 일을 치르느라 바쁠 테니 돌발 상황만 조심하면 잘 묶은 시체를 복도 끝 창문 너머로 던지는 건 누구라도 가능할 겁니다. 산 사람이 창문 밖으로 뛰어내리기엔 무리지만 시체를 던지기엔 무리가 없다는 거죠. 게다가 피해자가 여자이니, 더더욱 무리가 없습니다. 저 캄캄한 계곡으로 던지면, 적어도 내일 아침까지는 발견되지 않을 거라는 것이 범인의 계산이었겠지요."

"아, 젠장. 시체가 저기 있다고? 그럼 빨리 주우러 가야지."

"아니, 가능하면 그전에 범인을 먼저 색출하고 싶군요. 시체를 주우러 간다고 했다가 어둠을 틈 타 도주할 우려가 있으니까요."

청년이 가리킨 창밖은 가로등 불빛이 전혀 비추지 않는 곳이었다.

"그럼, 이제 이유에 대해 생각해 봐야겠습니다."

청년이 말했다.

"살인을 저지른 이유 말인가?"

노무자가 물었다.

"아뇨. 범행 동기가 아니라, 유방만 도려내서 203호에 방치한 이유 말입니다."

"어? 듣고 보니 이상하네? 토막 낼 거면 다 낼 것이지 왜 가슴만 도려냈을까?"

명선이 말했다.

"그리고 유방만 203호에 가져다 둔 이유는? 우리보고 보라는 거야, 뭐야?"

왕숙자가 말했다.

"확실히, 203호에 도려낸 유방만 남기는 것은 오히려 범인이 스스로를 더 힘들게 하는 부분입니다. 그런 불필요한 공작을 하려면 시간도 걸리고, 복도를 우연히 오가는 한 목격자에게 들킬 가능성이 늘어나지요. 도대체 범인이 그런 공작을 한 이유가 뭘까요?"

청년이 누구에게랄 것도 없이 물었다. 당연히 아무도 알지 못했다.

"그런 이유에 관한 부분은 범인 놈을 직접 족쳐 봐야 알겠구먼!"

노숙자가 하나뿐인 팔로 격렬한 몸짓을 해 보였다. 가상의 범인의 멱살을 쥐고 흔드는 모습이다.

노무자는 쯧, 소리를 내더니, 어느새 탐정이 된 청년에게 말했다.

"내가 보기에 이건 탁상공론이다. 불필요하게 유방을 도려낸 이유는 그렇다 치고, 우리 중에 범인을 어떻게 좁힐 수 있겠어? 나랑 명선이 빼고는 죄다 알리바이가 빈 시간이 존재하잖아. 그냥, 당신들 셋은 서로 감시하면서 여기 있어. 나랑 명선이가 시체 수습해 올 테니까."

"아니, 그럴 수는 없습니다. 마지막으로 한 가지 의심점이 남아 있습니다."

"뭔데?"

"흉기입니다. 범행에 사용된 흉기."

"그거야 범인이 시체랑 같이 버렸겠지."

"그럴까요? 흉기의 종류에 따라서 범인을 특정 지을 수 있는 것이 있습니다. 범인이 흉기에 애착을 갖고 있거나 하는 등의 이유도 있고 하니, 범인이 여전히 흉기를 지니고 있으리라고 생각할 수도 있겠죠. 범인의 동기도 범행 방식도 알 수 없는 이 시점에서 가장 빠른 길은 범인을 직접 잡는 것이라 생각합니다. 그런 의미에서, 저는 여기 있는 손님들 모두가 서로의 소지품 검사를 하기를 바랍니다."

"좆까."

노무자가 으르렁거렸다.

"소지품을 가진 손님이라고 해봐야, 나랑 당신뿐이잖아."

"공교롭게도 그렇군요. 외팔이 씨는 소지품이 없으니."

"내가 의심스러우면 그렇다고 해."

"네. 나는 당신이 의심스럽습니다."

"뭐 이 새끼야?"

"더 반복해서 말하고 싶지 않습니다. 외팔이는 살인을 하기 어려워요. 그리고 내 가방에는 책 한 권과 연습장, 돋보기와 손전등 따위가 전부입니다. 원한다면 직접 가서 확인해 봐도 좋아요. 아, 제 방은 207호입니다."

명선이 정말로 가서 확인을 하고 왔다. 청년의 가방에서 흉기로 쓸 만한 물건은 전혀 없었다.

"그리고 여기 있는 두 여인은 유나를 죽일 이유가 없습니다. 주인아주머니는 돈 때문에라도 죽일 수 없습니다. 유나라고 하는, 비교적 젊은 여자는 오래 굴려야 이득이 남으니까요. 게다가 이 명선이라는 아가씨는 알리바이상 유나를 죽일 수가 없습니다. 외팔이 씨가 의심스럽긴 해도 외팔이라는 이유와 흉기를 지참하지 않았다는 이유 때문에 살인과 시체 유기가 어렵습니다. 나도 알리바이가 없는, 범행 가능 시간이 있기는 하지만 그동안 유나는 외팔이 씨와 함께 있었습니다. 거기다 저는 흉기를 지참하지 않았으므로 불가능합니다. 그러니, 당신의 소지품을 보여 주십시오. 당신의 소지품이 깨끗하다면 의심을 싹 그만두죠."

"잠깐! 명선이가 알리바이상 유나를 죽일 수 없다고? 그럼 나는? 나도 명선이랑 같이 있었는데?"

"단, 그 알리바이가 진짜인 경우에 한에만 맞습니다. 하지만 당신은 이 아가씨를 때리지 않았습니까?"

그 말에 노무자는 말문이 막혔다. 청년은 명선에게 맞지 않았냐고 물었다.

"한 대 맞긴 맞았지. 하지만 거짓 알리바이를 하라든가 하는 협박은 없었어. 이 새끼는 그냥 여자 때리는 게 습관화된 놈인 거야."

"정말인가요? 그럼……."

청년의 눈이 노무자에게 향했다.

"얼마 안 남은 내 의구심을 완전히 떨쳐내기 위해서, 소지품을 검사해 봐도 되는 거죠?"

청년이 물었다. 모두의 눈이 노무자에게 향했다. 노무자는 혀를 찼다.

"이거 완전히 망했네, 망했어."

노무자는 침을 아무 곳에나 찍 뱉었다. 인내심을 잃은 왕숙자가 "아, 씨발 더럽게 진짜!" 하면서 나서려는 걸 명선이 말린다.

"설마, 당신이 정말로 범인인 거유?"

외팔이가 물었다.

"아니. 지금은 뭐라고 해도 변명처럼 들리겠지. 봐봐."

사람들은 201호로 우르르 몰려갔다.

201호의 노무자가 매고 온 가방에서는 온갖 물건들이 나왔다. 먹다 남은 소주병에, 지저분한 속옷, 양말, 그리고 문제의 물건들이 나왔다.

"수갑과 나이프."

청년이 두 물건을 들어 보였다.

노무자는 창문에 얼굴을 대고 담배만 연신 피워댔다.

"나를 덮칠 때도 저 수갑을 썼어. 하지만 나이프까지 가지고 있는 줄은 몰랐네."

명선이 말했다.

"정말로 협박을 한 게 아닙니까?"

청년이 물었다.

"아니야. 그리고 난 협박을 한다고 당할 년도 아니고."

명선이 대답했다.

"그렇군요."

청년은 마지못해 고개를 끄덕였다.

"일단 알리바이는 확실하다고 치고, 가방에 왜 이런 물건이 있는지 설명을 해주시죠."

청년이 싸늘한 목소리로 물었다. 노무자는 새 담배를 꺼내 물고, 자신의 과거사를 설명했다.

5

수년 전, 노무자는 폭력 조직에 있었다. 고등학생 때부터 조폭에 스카우트된 몸이다. 실적도 제법 많이 쌓았다. 그러다 어느 술집에서 한 여자를 만난다. 노무자는 그녀와 장기적으로 만났다.

둘 다 즐거웠다. 그런데 어느 날 그녀가 다른 남자를 만났다. 단지 다른 남자를 만나기만 한 거면 괜찮은데, 그 남자가 술에 취한 미친놈이라, 그녀의 가슴을 깨물었다. 여자는 한쪽 유두를 영영 잃었다.

노무자는 울고 있는 여자에게 화를 냈다. 여자가 우는 모습을 본 노무자는 마치 자기 가슴이 아픈 것 같았다. 자신이 그녀를 사랑한다고 생각했다. 그녀와 결혼을 약속했다. 그리고 여자를 위해 돈을 준비했다.

어느 분위기 좋은 바에서, 두 사람은 결혼과 돈 문제를 이야기했다. 노무자는 그녀가 준 술을 마셨다. 여자가 주는 만큼 모두 마셨고, 잠이 들었다. 깨어났을 때 그녀는 지갑을 가지고 도망쳤다. 지갑만 잃은 게 아니다. 카드는 물론이고, 통장까지도 사라졌다. 통장 안에는 은행에 저금된 결혼 자금뿐만이 아니라 당장 조직에 상납해야 할 상납금까지 들어 있었다. 까먹을까봐 따로 수첩에 적어둔 통장 비밀 번호까지 사라졌다.

사무실로 가서 용서를 빈 노무자는 얼굴이 망가질 정도로 두들겨 맞고 조직에서 퇴출당한다. 그리고 건설업계의 노무자로 활동하게 된다.

노무자는 자기를 배신한 여자를 찾으려 했지만 부질없었다. 합법적으로 모은 돈이 아니라 경찰을 부를 수도 없었다. 과거를 잊고 살아가자고 다짐했다. 하지만 가슴속에 울분은 점점 쌓여갔다. 그러던 어느 날, 어느 지인에게서 유두가 없는 싸구려 창녀의 이야기를 듣게 된다. 그리고 홧김에 전에 알던 사람을 통해 칼과 수갑을 구입하고 찾아온 것. 찾아서 죽일 각오를 한 것은 사실이나, 실제로 칼을 쓰진 않았다.

"그게 다야."

노무자는 어느새 담배를 몇 대나 피웠다. 노무자가 말하는 동안 사람들은 노무자의 칼과 수갑을 확인했다. 확실히 새것이었다. 수갑은 몰라도 칼은 확실히 쓴 적이 없다.

"아직 의심이 다 사라진 것은 아닙니다."

칼에 코를 대고 냄새를 맡은 청년이 말했다. 노무자는 이해한다고 했다.

"그보다, 추리는 어떻게 된 거야? 어쩌면 정말로 이 중에 범인은 없는 것 아닐까?"

노무자의 말에 청년은 생각했다. 여기 있는 사람들의 알리바이에는 정말로 빈틈이 없다. 청년 자신과 왕숙자는 40여 분의 공백이 존재하지만, 그동안 유나는 외팔이와 있었다. 청년도, 왕숙자도, 외팔이와 함께 있는 유나를 죽일 수는 없다.

외팔이가 유나를 죽이는 것은 상당히 무리하다. 그러나 절대 불가능이라고는 말하기도 어렵다. 한쪽 팔만으로 사람을 죽이고, 유방을 도려내고, 시신과 흉기를 창 밖에 밀어 던지는 행위는 불가능에 가까울 정도로 어렵지만, 사람이 작정하면 무슨 일이든 할 수 있지 않느냐는 식으로 파고들면 또 절대 말이 안 된다고는 할 수 없다.

노무자와 명선은 완벽하게 서로를 증명해 준다. 방금 노무자의 과거사도 방금 지어낸 이야기치고는 매끄럽다. 명선이 노무자를 위해 거짓말을 할 이유는 없어 보인다.

청년은 확인을 위해 노무자와 명선이 오늘 정말로 처음 만난 것인지 왕숙자에게 귓속말로 물어보았다. 왕숙자는 그렇다고 했다.

청년은 범인이 누구일지 정말로 알 수가 없어졌다.

"일단… 시체부터. 그래요. 시체부터 회수해 봅시다."

청년이 맥없이 말했다.

"범인 찾기가 우선이라고 하지 않았수?"

외팔이가 물었다.

"지금은 더 이상 단서가 없군요. 시체에 범인이 부주의하게 남긴 흔적, 또는 범인의 정체를 암시하는 단서 따위가 남아 있기를 바라는 수밖에."

"어려울 것 같은데. 지금 비도 오고, 서로 견제하면서 시체를 수거해 오려면."

노무자가 말했다.

"그래서 말인데, 제안할 게 있습니다. 당신과 당신을 감시할 사람을 이곳에 남겨 두고, 나머지 세 사람이 우선 시체를 찾아오는 거죠."

청년은 자신의 생각을 말했다. 이곳에 세 사람 두고, 두 사람이 찾으러 나가는 것보다는 이곳에 두 사람 두고, 세 사람이 찾으러 가는 게 견제 측면에서 용이할 것 같다고.

이곳에 남을 사람은 노무자와 왕숙자로 정했다.

"괜찮겠나? 내가 여기 있는 아줌마를 공격하고 혼자 도망칠지도 모르는데?"

노무자가 도발하듯이 물었다.

"그럼, 한쪽 팔만이라도 수갑을 채워도 되겠지요? 대신에 당신은 자기 방어를 위해 반대쪽 손에 칼을 들고 있어도 됩니다. 그럼 자유롭게 움직이는 주인아주머니와 팔이 묶였지만 칼을 쥔 당신 사이에 균형이 생기겠지요."

"난 불만 없어."

그렇게 노무자는 순순히 한쪽 팔만 수갑을 찼다. 수갑의 나머지 부분은 창문 쇠창살에 채웠다. 자유로운 손에는 칼을 들었다. 왕숙자는 조금 떨어진 침대 한편에 앉아 노무자를 의심스럽게 바라봤다.

나머지 세 사람, 청년, 노무자, 명선은 손전등을 챙겼다. 그리고 왕산장 근처에 사람이 있는지 없는지 기척을 살핀 다음 정문 셔터를 아래만 살짝 열고 빠져 나갔다.

왕산장 서쪽에 있는 계곡은 무척 가파르지만 명선은 익숙하게 길을 안내했다.

"여기에 내리막길이 있어. 조심해."

근처를 지나는 사람은 없겠지만, 혹시 모를 눈을 피하기 위해서라도 가급적 불을 켜지 않고 내려가기로 했다. 불도 없는데 비가 추적추적 내려서 일행은 몇 번이나 넘어질 뻔했다.

"여기다."

물소리가 났다. 위치상으로도 왕산장의 서쪽편이다.

"여기 어디 있을 거야. 이제 손전등 켜자."

명선의 말대로 일행들은 손전등을 켰다. 하지만 시체나 시체를 감싼 비닐 같은 것은 보이지 않았다.

"흩어지지 말고 찾아봅시다."

세 사람은 말없이 손전등으로 방향을 가리켜 가며 유나의 시체를 찾기 시작했다. 하늘에서 내리는 비가 계곡물의 표면을 때렸다. 어둠 속에서 시체가 갑자기 튀어나오면 어쩌나, 하는 걱정은 사라진 지 오래고, 짜증이 치밀었다.

"더 떠내려갔나 봐? 수량이 늘어났으니."

외팔이가 말했다.

"아니, 그럴 리가 없는데?"

명선이 중얼거렸다. 청년도 이상하다고 생각했다. 계곡이 물살이 세다고 해도, 수량 자체가 많은 편이 아니다. 비가 오는 날이므로 운 좋게 물 위에 뜬 시체가 하류로 내려간다고 해도, 뾰족한 돌들이 물살 곳곳을 가리고 있어서 돌에 걸릴 것이다. 이렇게까지 멀리 떠내려갔을 리가 없다.

그렇다면 다른 가능성, 토막을 내서 떨어뜨렸다? 하지만 그것은 도구의 불충분을 이유로 가능성에서 제외되었다. 노무자의 나이프만으로 수십 분 이내에 시체를 토막 내고 몰래 버리는 것은 불가능하다.

세 사람은 비 내리는 계곡에서 멍청히 서서 어쩔 줄 몰라 했다. 그렇다고 그냥 포기하고 갈 수도 없어서 하류까지 걸어갔다가 다시 올라가야 했다. 시체는 없었다.

올라가는 길에 청년이 물었다.

"이게 어찌 된 걸까요?"

"나도 모르지. 그보다 당신이 생각해 낸 거 아냐? 시체를 저 창문으로 던졌을 거라고."

"하지만 그 밖에 다른 가능성은 없습니다. 외팔이 씨. 그럼 시체를 왕산장 어디에 숨긴단 말이죠?"

"그건……."

외팔이는 말이 없었다. 수색하러 간 세 사람은 왕산장에 올라갔다. 시체가 없다는 말에 노무자와 왕숙자는 어이가 없어 했다.

"진짜 미치겠네. 그럼 시체가 아직 왕산장 안에 있단 말이야?"

사람들은 둘, 셋으로 나뉘어 다시 한 번 왕산장 곳곳을 수색했다. 시체는 어디에도 없었다. 그들은 203호로, 혐오스럽게 유방 두 개만 덩그러니 남겨진 곳으로 돌아왔다.

"있을 수 없는 일이야, 이건."

청년은 중얼거렸다.

"도대체 누가 범인이지? 왜 시체가 안 보이는 거야? 범인은 왜 창녀의 유방만 덩그러니 남겨둔 거야?"

사실, 이 문제의 해답은 간단하다. 최초의 관점을 바꾸면 될 뿐이다. 다만 대부분의 골치 아픈 문제가 그렇듯이 그 관점을 바꾸기가 어려웠다. 당시의 경험 부족한 청년 탐정 또한 그러했다. 다만 대부분의 삼류 추리소설이 그러하듯, 이 경우에도 엄청난 우연의 힘이 개입되어 사건 해결의 실마리를 제공한다. 탐정은 그 실마리를 통해 관점을 바꾸게 된다.

청년은 답답한 마음을 못 이기고 주먹으로 203호의 벽을 치려다 참았다. 침대 옆에 붙은, 더 잘 보면서 정사를 치를 수 있도록 설치된 거울이 있었기 때문이다. 세게 쳤다간 거울이 깨질까봐 걱정됐다.

"거 깨면 깨는 거지 뭘 멈춰?"

노무자가 상스런 소리를 내뱉으며 거울을 발로 찼다. 거울이 위태로운 소리를 낸다.

"이 미친 새끼가, 그게 얼만데!"

참다 참다 못 참겠는지, 왕숙자가 핏발 선 눈으로 노무자의 뒤통수를 때렸다. 노무자는 뒤로 회전하면서 왕숙자의 뺨을 쳤다. 그러자 명선이 왕숙자를 구하기 위해 달려들었다. 노무자는 명선을 두들겨 팼다. 바닥에 쓰러진 왕숙자는 아직 가지고 있던 나이프로 노무자의 등을 찌른다. 노무자는 몸을 틀어 피하지만 옷이 찢기고 등짝에 긴 상흔이 생긴다. 이 소란의 와중에 외팔이는 바닥에 떨어진 검은 비닐봉지에 유방을 쓸어 담았다. 그리고 후다닥 도망치기 시작했다. 더 있어봐야 좋을 게 없다는 걸 깨달은 사람 같다. 청년은 그를 잡으려다가 관둔다. 다 틀렸으니 나도 도망쳐야지, 하는 생각을 하면서도 눈앞에서 벌어지는 광경에서 눈을 떼지 못했다.

극도로 팽팽하게 당겨진 밧줄은 케이크 자르는 플라스틱 칼만 가져다 대도 쉽게 끊어진다. 긴장이 극에 달한 상황에서는 거울을 깬다는 멍청하고 과격한 행동 하나만으로도 추악한 파국으로 치닫는다.

왕숙자와 명선과 노무자가 서로의 머리칼을 쥐어뜯더니 그대로 침대 위로 쓰러진다. 두 명의 여자와 한 명의 남자가 침대에서 뒤엉켰다.

"너지! 네가 범인이지! 이 썅년! 그걸 우리한테 뒤집어씌우는 거지!"

노무자는 왕숙자를 깔아뭉개고 목을 졸랐다.

"그만해!"

명선이 노무자를 뒤에서 껴안으며 깨문다. 악, 소리를 내며 노무자가 몸을 뒤로 젖히고, 누군가의 머리통이 거울을 퉁, 친다. 그 순간 거울이 통째로 떨어지고, 침대 위의 사람들을 깔아뭉갠다.

"아, 썅!"

노무자가 거칠게 몸을 뒤흔들자 큰 거울이 그들 위에서 들썩이며 춤을 춘다. 크기에 비해 가벼운 거울 같지만 깔린 채로 싸울 만한 크기도 아니다.

"그만!"

청년이 외쳤다.

"다들 멈춰요! 범인이, 범인이 누군지 알았으니까."

거울의 들썩임이 멈췄다. 청년이 거울을 잡아서 옆에 끌어 내렸다.

"누군데? 이년이지? 이년이 범인이지? 무릎 아프다는 거 다 거짓말이지?"

노무자가 열망에 가득 찬 눈으로 바라봤다.

"닥쳐! 칼 갖고 다니는 놈이 범인이지! 맞지?!"

왕숙자가 물었다.

"둘 다 아닙니다. 아무도 아니에요. 여기 있는 사람들 다 아닙니다."

"그럼? 지금 도망친 외팔이가?"

명선이 물었다.

"그 사람도 아닙니다. 고개를 돌려 보세요."

청년은 큰 거울이 통째로 떨어져 나간 곳을 가리켰다. 거울은 안쪽으로 움푹 패어 있었다. 새로운 가능성을 본 청년은, 그가 세운 최초의 관점, 최초의 가설이 잘못된 것을 깨달았다.

"제가 처음에 말했지요. '……범인이 아무도 모르게 빠져나갔을 가능성은 극히 희박하므로 배제한다면, 역시 범인은 우리 중 하나라고 봐야겠지요.' 라고요. 정말이지, 그렇게 쉽게 가능성을 한정시키다니."

청년이 손바닥으로 이마를 탁 때린다.

청년은 거울의 구멍을 바라보다가 이번엔 거울을 살펴본다. 거울의 틀의 가장자리에 못이 박혀 있다. 일반적인 거울과 달리 접착제로 붙인 거울이 아니다. 거울을 개조해서 못을 박고, 벽에 못 구멍을 미리 내둔다. 그리고 그 못 구멍에 거울을 꽂는다. 그렇게 끼웠다 뺐다 할 수 있는 큰 거울이 만들어진다. 그리고 유나가 203호를 들락거린 이유와 거울 뒤편의 구멍을 보면 모든 진상이 드러난다.

침대에서 기어내려 와 거울 너머로 나타난 구멍을 본 노무자, 명선, 왕숙자는 헛숨을 들이켰다.

구멍은 무척 좁았다. 정면으로 수십 센티미터 가량 들어가고, 거기서부터는 수직통로가 있었다.

그 수직통로는 굴뚝이었다. 창녀들의 생활방 옆, 보일러실과 이어진 굴뚝.

"비밀 통로……?"

명선이 중얼거렸다.

"어떻게?"

"낡은 벽이니까요. 쉽게 구할 수 있는 못이나 식칼 따위만 있어도 어렵잖게 시멘트를 긁고 벽돌을 뽑아낼 수 있었을 겁니다. 이 안에 들어가 볼 생각인데, 내 가방에서 손전등 좀……."

청년은 명선이 건네 준 손전등을 받아 안을 살폈다. 깊이 들어갈 필요는 없었다. 굴뚝 안쪽 곳곳에 손자국, 발자국, 그리고 여자의 갈색 머리카락 따위가 남아 있었다. 청년은 기어코 뭉툭한 굴뚝을 꼭대기까지 기어 올라갔다. 아마 진범은 이곳을 통해 탈출했으리라.

"만화처럼은 안 되는구나."

범인이 우리 중에 있을 거라고 선언했던 청년 탐정은 쓰게 웃을 수밖에 없었다.

〈다시 현재〉

"어떻게 된 거죠? 한 번 들어서는 이해가 잘 안 가는데요."

"결론부터 말할까? 왕산장에서 밀실 살인은 없었어. 밀실 살인의 구성 요건인 밀실과 살인, 둘 다 존재하지 않았으니까."

"아직도 이해가 가지 않습니다."

"이해가 느리군. 왕산장에 남아 있던 사람 중 누구도 범인이 아니라면? 알리바이와 정황상 누구도 살인을 저지르는 게 불가능했다면? 게다가 시체는 발견되지 않았지만 신체의 일부만이 덩그러니 남겨져 있었다면 범인은 누구란 말인가? 어쩌면, 범인은 그곳에 없는 사람일 수도 있겠다. 신체의 일부를 남겨둔 것이 범인의 계획이었을 수도 있겠다, 라는 것. 여기에 생각이 미치는가 아닌가가 핵심이지."

탐정은 커피를 한 모금 마시고 선언했다.

"범인은, 자신의 죽음을 위장한 유나였어."

아아, 역시, 라는 생각이 들지만 왜 그런 것인지, 어떻게 그런 것인지 알 수 없었다.

"먼저 왜 그랬는가에 대해 이야기해 볼까. 유나는 빚이든 마약 중독이든 하여간 왕숙자에게 붙잡힌 신세였지. 평생 몸으로 갚아야 할 처지였어. 당연히 탈출을 꿈꿨겠지. 그냥 빚을 떼어먹고 무작정 탈출을 시도하면 어떻게 될까? 당장 성공한다 쳐도 왕숙자가 아는 어깨들에게 추적을 시킬 거야. 험한 꼴 당할 것은 분명했지. 그래서 그녀는 죽음을 위장하려고 했어. 설마 왕숙자가 경찰에 신고할 리는 없으니, 죽음을 위장하는 데 성공한다면 자유라고 믿은 거야. 하지만 죽음을 위장하긴 쉽지 않지. 하여간 여기까지가 범행 동기다. 다음으로 어떻게 그랬는가에 대해 이야기해 볼까. 그녀는 죽음을 위장하기 위한 방법으로, 자신의 특징인 한쪽 유두가 없는 적당히 큰 유방만 남겨두기로 했어. 그건 그 왕산장에서 자신만이 가지고 있는 특징이니까."

"세상에! 범인이, 유나가 유방을 남긴 이유가 그거였어요?"

"그렇지. 자신의 죽음을 위장하게 하는 방법치곤 최악이지?"

"최악이고 말고요. 그보다 지독하군요. 그 여자, 죽음을 위장하려고 자기 유방을 자른 겁니까? 그런 말도 안 되는!"

"당연히 자기 걸 자른 게 아니지. 타인을 죽이고 그 피해자의 것을 잘라 썼어. 여기서 말한 타인이 누구인지 짐작이 가나?"

"아뇨."

"외팔이의 정신 지체 마누라. 외팔이는 나흘간 집에도 안 들어가고 유나를 매일 찾았지. 외팔이는 유나와 일을 치르기 전후에 지 신세타령을 했다나 봐. 자기의 신상에 관한 정보도 서슴없이 말했다고 하더군. 유나는 외팔이가 집에도 안 들어간다는 걸 듣고 외팔이의 정신 지체 마누라가 가진 가슴을 사용하기로 했어. 외팔이의 집 주소는 외팔이가 샤워하는 동안 바지 주머니에 있는 주민증이나 장애인 등록증 따위를 몰래 보고 미리 알아뒀겠지. 결행 당일, 오전에 유나는 외출해서 외팔이의 집에 갔어. 그리고 외팔이 마누라를 죽이고, 두 개의 유방과 하나의 유두를 잘랐어. 크기와 모양이 좀 다르고, 유두가 제거된 지 얼마 안 되었다는 차이가 있지만, 그걸 자세히 관찰할 사람은 없으리라고 생각한 거지. 실제로 그랬고."

"잠깐, 그 유방 말인데요. 그러고 보면 피해자의 남편인 외팔이조차도 그게 자기 마누라의 것이라는 걸 몰랐던 거네요? 눈앞에서 유방을 유심히 보기까지 했으면서."

"뭐, 그런 거지. 외팔이의 눈에 익은 유방의 모양이었다, 라고 해도 마누라 건지 창녀 건지 분간을 못한 거야. 내가 볼 때는 외팔이 그놈에게 정신 지체 판정을 내려야 하는데. 하여간 마저 말하지. 어, 어디까지 했지? 아, 범인의 범행 준비 과정에 관해 이야기하다 말았나?"

"네, 저는 그 준비 과정 중에서도 벽의 구멍에 대해 의문이 있는데요. 설마 그날 밤중에 단숨에 뚫었을 리는 없고, 언제 뚫은 걸까요?

"물론 결행일 전부터 긴 사전 공작이 필요했지. 그녀는 탈출을 마음먹은 날부터 틈만 나면 203호로 몰래 들어갔어. 가장 곰팡이가 많이 슬고 지저분해서 손님을 받지 않는 방이며, 굴뚝과 가까운 벽이 있기에 탈출 통로를 만들기 좋은 그 방으로. 그녀는 203호 침대 옆의 거울을 뜯어내고, 뽑았다 박았다 할 수 있도록 간단히 개조했지. 그리고 틈만 나면 벽을 뚫었어. 낡아빠진 벽은 못이나 젓가락 따위의 도구만 있어도 가능했겠지. 벽을 뚫고 난 뒤의 잔해는 적당히 화장실이나 창문을 통해 버리면 되고. 몰래몰래 틈만 날 때마다 하던 유나였지만, 언젠가 명선은 그런 유나를 수상한 눈으로 바라보기도 했지. 그럴 때면 유나는 울면서 자해를 하고 마약을 끊지 못해 죽고 싶다는 둥 하는 소리로 자신의 사전 공작을 숨겼지."

탐정은 도넛을 한 입 깨물고 우물거리며 마저 설명했다.

"그런 식으로 모든 준비가 끝난 사건의 밤, 결행의 밤에, 유나는 오전에 외팔이의 마누라를 죽이고 잘라낸 위장용 유방을 늘

지니고 다니는 핸드백에 넣어. 물론 유방은 검은 비닐봉지 안에 꼭 봉해둔 상태고. 그 상태로 아무것도 모르는 얼빠진 외팔이와 마지막 정사를 치렀지."

그 장면을 상상하니 토할 것 같았다. 자기 아내의 유방이 든 핸드백을 방 안에 두고, 자기 아내의 유방을 자른 여자의 유방을 탐하며 행복해하는 외팔이의 모습이라니.

"유나는 외팔이와의 일을 마치고 나오자마자 203호로 들어갔어. 위장용 유방이 든 검은 비닐을 방 안에 던져 뒀지. 그다음 거울을 떼고, 통로로 들어간 다음 거울을 닫았고. 그다음엔 굴뚝으로 탈출하는 거야. 물론 쉽지는 않았을 거야. 손자국이 무척 많았거든. 잡을 곳이 없지는 않지만 온몸을 써서 올라가야 했을 거야. 비가 내리는 날 굴뚝을 기어 올라간다는 건 쉬운 일이 아니니까. 하여간 악에 받쳐서 올라갔겠지. 마침 그때가 내가 왕숙자랑 명선을 데리고 수색하던 때거든? 명선이 들었다는 끼이이, 하는 소리는 사력을 다해 굴뚝을 기어오르는 유나의 목에서 흘러나온 소리였겠지. 203호 근처에 있던 명선이 들은 거고. 지금 생각해 보면 유나 입장에선 아슬아슬했었는지도."

"그렇게 된 거였군요."

전부 듣고 나니, 이번 사건은 정말로 지저분하고, 추악한 사건이었다는 생각이 든다.

"그런데 범인을 잡는 데 20년이 걸렸다는 것은……."

"그래. 외팔이의 마누라를 죽이고 그 가슴을 도려낸 유나를 잡는데 20년이 걸렸다는 의미다."

비극적인 피해자로 보이는 진범, 그녀를 20년이나 추격했다니!

"그래서, 유나를 만났습니까? 어떻던가요?"

"뭐가 어때? 완전히 폐인이 되어 있더군. 시골의 비닐하우스를 전전하면서 몰래 살아가고 있었어. 그 여자, 완전히 필로폰 중독이 되어서 진실을 원하면 돈을 달라고 하더군. 나는 진실을 모두 말하면 돈을 준다고 했고. 여자는 성심껏 진실을 모두 말했어. 당시 청년의 시점에서는 알기 어려웠던 왕숙자와 명선의 필로폰 중독이나 외팔이가 자주 찾아왔던 이야기까지도."

탐정은 고개를 돌려 창밖의 하늘을 바라봤다. 시선을 따라가 보니 비가 올 것 같은 하늘이 보였다. 잿빛 구름으로 빈틈없는 갑갑한 하늘이다.

"긴 세월이 지났지만, 공소시효는 남아 있었지. 나는 그녀를 경찰에 넘길까 고민했어. 하지만 비참하게 살아가는 그녀를 보니 그럴 마음이 생기지 않더군. 내 청년 시절에 관한 명예 문제도 있고."

탐정은 쓴웃음을 지었다.

"얄궂게도, 그로부터 반년 뒤에 그녀는 마약 사범으로 경찰에 잡혀 들어갔어. 기분이 좀 착잡하더군. 그녀는 그런 못할 짓까지 하면서 독하게 살았는데, 정작 다른 죄목으로 교도소에 들어가게 되다니. 나는 내 친구인 기자와 술을 마시며 그것에 대한 이야기를 했어. 자네는 그 기자가 멋대로 블로그에 올린 비공개 기사를 본 것이고… 나로서는 귀찮게 된 거지."

탐정은 한 입 남은 도넛을 입에 넣고 차가워진 커피를 쭉 삼켰다.

“자아, 커피랑 도넛 잘 먹었네. 이야기도 끝났으니 그만 일어날까?”

“잠깐! 마지막으로, 마지막으로 하나만 더요!”

내가 다급하게 그를 붙잡아 앉혔다.

“그 왕산장! 당시 사건 현장이었던 왕산장은 지금 어떻게 되었죠? 어떤 최후를 맞이한 겁니까?”

그러자 탐정은 당연하지 않느냐는 말투로 답했다.

“거기? 지금도 영업해.”

미녀 귀신의 유혹

이상우

소설가이며 언론인. 〈화조 밤에 죽다〉, 〈악녀 두 번 살다〉, 〈안개도시〉, 〈신의 불꽃〉 등 200여 편의 추리소설을 발표, 한국 추리문학 대상을 수상하고, 한국추리작가협회장을 역임했다. 또한 〈김종서는 누가 죽였나〉, 〈대왕 세종〉, 〈정조 대왕 이산〉 등을 발표, 역사 소설가로도 활약하고 있다. 〈권력은 짧고 언론은 영원하다〉 등 언론 비사를 비롯한 많은 언론 관련 저서와 〈추리소설 잘 쓰는 공식〉 등 이론서도 펴냈다. 한국일보, 서울신문, 국민일보, 일간스포츠, 스포츠서울, 굿데이 등에서 편집국장, 대표이사, 회장을 역임했다.

내가 장흥의 카페에서 나설 때는 비가 부슬부슬 내렸다. 뜨겁던 첫 여름이 지나고 장마의 전주곡으로 내리는 부슬비였다.

"시간도 늦고 차편도 없는데 우리 올나이트로 한잔 더 하지요."

일행 중 한 사람인 민속학자 정기훈 박사가 붙들었으나 나는 내일 충주캠퍼스에 가서 특강을 해야 되기 때문에 집에 가야 했다. 파주 연수원에서 열린 학술회의에 참석한 우리 대학 교수 몇 사람이 모여 간단히 포도주 몇 병을 비우고 나왔다.

"한잔 더 했으면 얼마나 좋겠습니까만 오늘은 정말 안 되겠어요."

"내가 우리 와이프 차 가지고 오라고 할게요."

파주시가 집인 정 박사가 내 팔을 잡아끌었다. 술귀신이 별명인 정 박사한테 잡히면 그냥 살아나기 어렵다. 그러나 오늘은 정말 안 된다. 더구나 정 박사가 비까지 내리는 이 밤중에, 마누라에게 차를 몰고 오라고 하면 그냥 넘어가겠는가? 정 박사가 술김에 큰소리를 치지만 공처가라는 것은 다 안다.

"아니오. 택시나 하나 불러주면 되겠어요. 여기서 일산까지는 금방이니까."

다른 일행은 이미 슬금슬금 자취를 감추어 버렸다.

"꼭 가야 한다면 그렇게 하지요."

내가 밖으로 나오자 정 박사가 핸드폰으로 택시를 부르려고 했다. 바로 그때 지붕에 노란 불이 켜진 택시 한 대가 앞에 와서 섰다.

"빈 택시입니다. 이용하세요."

운전석의 유리 창문이 열리고 여자 운전사가 얼굴을 내밀고 말했다. 하얀 여자의 얼굴이 어쩐지 섬뜩한 감이 들었다. 그러나 택시를 부르면 또 얼마나 기다려야 될지 모를 상황이라 그냥 탔다. 나는 보통 운전사 옆자리에 앉지만 기사가 여자이고 또 늦은 밤이라 여자 기사가 불편해 할까 봐 뒷좌석에 앉았다. 아니, 사실은 여자의 새하얀 얼굴이 이 세상 사람 같지 않다는 엉뚱한 생각 때문에 옆자리에 앉기가 두려웠다.

백미러에 비친 여자 기사의 얼굴을 다시 흘깃 보았다.

얼굴이 희고 눈썹이 까만 미인 스타일이었다. 입술은 새빨간 장미색 루즈를 발라 소름이 끼칠 정도로 선명했다. 길게 늘어뜨린 검은 머리는 직업과 잘 어울리지 않는다는 생각이 얼핏 들었다. 거기다가 하얀 블라우스가 실내등에 비쳐 푸르스름한 빛을 띠었다.

어딘지 모르게 으스스한 분위기를 주는 여자였다.

"어디까지 모실까요?"

이제 들어보니 목소리도 이상했다. 저승에서 들려오는 듯했다. 생김새와는 전혀 다른 쇳소리를 냈다.

"일산까지 갑니다. 검찰지청 있는 데……."

"아, 마두동이군요."

여자 기사는 갑자기 핸들을 꺾어 오던 길을 뒤돌아섰다.

"아니, 일산 가려면 저쪽 길로 해서 통일로로 나가는 게 좋지 않은가요?"

내가 제의했다. 내 목소리가 어쩐지 떨리는 것 같았다.

"녜. 그게 보통 손님들이 생각하는 길이지요. 하지만 이 길로 해서 봉일천으로 나가면 훨씬 빠릅니다."

여자 기사는 내 말을 완전히 무시하고 달렸다.

"자유로나 제2자유로로 가면 한가할 텐데……."

어쩐지 내 목소리는 주눅이 들어 기어들어 가는 것 같았다.

빗줄기는 기분 나쁠 정도로 끈질기게 차창을 쉼 없이 적셨다.

"그 길로 가면 미친 폭주족 아이들이 저승사자랍니다."

"옛! 저승사자라니요?"

"매일같이 나오는 폭주족 교통사고 기사 못 보셨어요?"

"하지만 이 길은 미리내……."

나는 말을 더 잇지 못했다.

"네. 미리내 공동묘지로 가는 길입니다. 히히히. 하지만 공동묘지를 지나면 바로 봉일천으로 가는 길이 있습니다. 엄청 빠른 지름길이지요."

여자 기사가 내 말을 싹 무시하는 바람에 나는 더 이상 말을 걸지 않았다.

부슬비 내리는 이 밤중에 꼭 수만 개의 시신이 묻혀 있는 공동묘지 복판을 가로질러 가야 한단 말인가. 그렇다고 여기서 내려달라고 할 수도 없는 노릇이다.

나는 눈을 지그시 감고 밖을 내다보지 않았다. 카페에서 마신 포도주 기운이 이제 돌기 시작해 깜빡 잠이 들었다. 나는 괴로운 일이나 피하고 싶은 일이 생기면 자꾸 눈이 감기는 버릇이 있었다. 심리학자인 인문 대학의 홍 박사는 현실을 기피하고 싶은 심약한 사람에게 일어나는 현상이라고 나를 놀렸다.

얼마나 지났을까? 아마 깜박한 순간이었을 것이다. 잠결에도 차가 이상하게 간다는 느낌이 들어 눈을 떴다.

"악!"

나는 비명을 질렀다. 내 앞 운전사 자리에는 아무도 없었다. 운전석 쪽의 차 문이 열려 있었다. 문 밖으로 부슬비가 내리고 묘지가 수없이 펼쳐져 있는 상황이었다. 캄캄한 밤인데도 공동묘지의 비석들은 도깨비불을 먹은 듯 희미하게 빛을 반사하고 있었다. 마치 저승사자들이 나를 노려보고 있는 것 같았다. 어릴 때 할머니가 나를 놀리려고 해주셨던, 궂은 날이면 발이 없고 하얀 소복 입은 처녀 원귀들이 나와서 돌아다닌다는 오싹한 이야기가 기억났다. 온몸에 소름이 쫙 끼쳤다.

그런데 내가 더 놀란 것은 차가 움직이고 있는 것이었다. 운전사도 없는 자동차가 혼자 슬슬 굴러가다니. 이거 틀림없는 귀신들의 장난이다. 처음부터 그 운전사가 여자 귀신이라는 것을 왜 눈치채지 못했을까?

"사, 사람 살려!"

내 입에서 저절로 비명이 나왔다. 차에서 뛰어내리지도 못하고 벌벌 떨고 있는데, 백미러로 차의 뒤 창문이 희미하게 보였다.

"악!"

다시 비명이 터져 나왔다. 백미러에는 흰 옷을 입고 산발한 여자가 히죽 웃으며 차를 따라 오고 있었다. 빨리 달아나야 한다고 생각하면서도 턱만 덜덜 떨릴 뿐 오금이 얼어붙었다.

그때였다. 운전석 옆 열린 문으로 귀신 얼굴이 쑥 나타났다. 산발한 검은 머리가 비에 젖어 어깨를 덮고 핏물을 바른 듯 붉은 입술에, 백지장같이 창백한 여자 귀신이었다.

"악! 귀신, 여자 귀신……."

나는 까무러칠 듯이 덜덜 떨었다.

"하하하, 손님 정신 차리세요. 저 택시 운전기사예요."

여자 귀신이 웃으며 말했다.

"뭐야? 운전기사?"

나는 고개를 들고 귀신의 얼굴을 자세히 보았다. 맞았다. 비에 흠뻑 젖은 여자 운전 기사였다.

"예. 차가 갑자기 시동이 꺼져서 제가 뒤에서 밀고 있었어요. 이제 내리막길이니 시동을 걸어볼게요."

나는 가슴을 쓸어내렸다. 다시 보니 나이는 지긋해도 예쁜 얼굴의 여자 운전사였다. 진짜 귀신이었다면 남자를 홀릴 만한 미모였다.

"그럼 나보고 밀어달라고 하시지요."

내가 정신을 차리고 말했다. 지레 겁을 먹은 내가 쑥스러웠다.

"손님께서 곤히 잠든 것 같아서요."

여자 기사는 다시 시동을 걸고 빠른 속도로 묘지 길을 빠져나왔다.

불효자는 웁니다

이상우

소설가이며 언론인. 〈화조 밤에 죽다〉, 〈악녀 두 번 살다〉, 〈안개도시〉, 〈신의 불꽃〉 등 200여 편의 추리소설을 발표, 한국 추리문학 대상을 수상하고, 한국추리작가협회장을 역임했다. 또한 〈김종서는 누가 죽였나〉, 〈대왕 세종〉, 〈정조 대왕 이산〉 등을 발표, 역사 소설가로도 활약하고 있다. 〈권력은 짧고 언론은 영원하다〉 등 언론 비사를 비롯한 많은 언론 관련 저서와 〈추리소설 잘 쓰는 공식〉 등 이론서도 펴냈다. 한국일보, 서울신문, 국민일보, 일간스포츠, 스포츠서울, 굿데이 등에서 편집국장, 대표이사, 회장을 역임했다.

1

마음씨 착한 막내딸 세리 외에는 모두 엄마가 죽기를 바란다고 할 정도로 이상한 집안이다. 큰딸 혜리와 맏사위 방준기 부부, 그리고 하나뿐인 아들 전민우도 속셈이 같을 것이다. 이들 삼 남매는 동기는 다르지만 모두 엄마가 빨리 없어졌으면 하는 천하의 불효자식이다. 그렇다고 막내 세리도 어머니한테 애정이 듬뿍 담겨 있는 것은 아니었다.

큰딸 혜리와 결혼 8년차인 사위 방준기는 어머니가 전 재산을 꽉 움켜쥐고 꿈쩍도 않는 것이 미웠다. 핸드폰 대리점을 하다가 전세로 든 가게를 사기당해 전 재산을 몽땅 날린 혜리 부부는 어머니가 티끌만큼도 금전적 도움을 주지 않는 것이 미웠다. 아버지의 뒤를 이어 회사를 움켜쥔 것은 물론이고 어머니 명의로 된 여러 채의 빌딩 중, 광교 9층 빌딩 아래층 30평만 세를 내보내고 그냥 가게를 차리게 해달라고 사정했으나 어머니는 들은 척도 안 했다.

"엄마, 이거 방 서방이 엄마 사다 드리라고 해서 사 온 거야."

큰딸 혜리는 어머니의 마음을 돌릴 속셈으로 가끔 물량 공세를 퍼부었다. 며칠 전만 해도 새로 나온 핸드폰을 내놓으며 한껏 아양을 떨었다.

"얘, 난 이런 스마트폰은 불편해서 쓰지 않는 것 알면서 이런 짓을 해. 일없다."

박풍자 회장은 네 속셈을 내가 모를 줄 아느냐 하는 표정을 지었다.

"엄마, 이건 굉장히 쓰기 편해. 갤럭시S5라는 건데… 뭐든지 그냥 말로 하면 얘가 다 알아들어요. 그뿐 아니라 엄마처럼 노인성 난청 증상이 있는 사람은 오픈으로 해놓으면 말소리가 옆방에서도 잘 들려요."

"말로 해도 된다고?"

어머니가 조금 흥미를 보이자 혜리가 바싹 다가앉았다.

"이것 보세요. 내가 방 서방을 말로 불러볼게요."

혜리가 핸드폰 전원을 켜고 말을 했다.

"방 서방!"

그러자 핸드폰은 즉각 말을 알아듣고 혜리가 미리 입력해 놓은 번호로 방 서방과 연결시켰다.

"예, 장모님. 방 서방입니다."

사위 방준기의 목소리가 커다랗게 들렸다.

어머니가 신기한 듯 핸드폰을 만져 보았다.

"애비도 불러볼까?"

"예, 아들 하고 불러보세요."

혜리는 어머니 가까이 있는 사람들의 단축 번호와 이름을 모두 미리 입력해 놓았다.

어머니가 핸드폰을 입 가까이 대고 말했다.

"아들."

그러자 금방 연결되어 전민우의 목소리가 들렸다.

"전민우인데 누구세요?"

"이 핸드폰 돈은 누가 내냐?"

어머니는 신기한 듯 핸드폰을 이리저리 만지다가 물었다. 구두쇠 회장다운 질문이었다.

"당연히 저희가 내야죠."

"그럴 것 없다. 회사 명의로 돌려놓아라."

어머니는 핸드폰을 핸드백에 넣고는 일어서서 나가 버렸다. 혜리의 이 선물 작전도 돈만 들었을 뿐 되돌아오는 것은 없었다.

2

하나뿐인 아들 전민우는 어머니가 사귄 지 1년도 넘는 애인 고해빈과의 결혼을 허락해 주지 않은 데 앙심을 품고 있었다. 서울에서 일류 대학을 나오고 훤칠하게 큰 키에 인물도 보통은 될 뿐 아니라 성격도 무난한데, 결혼을 절대로 허가하지 않는 이유가 너무나 황당하다. 궁합이 나빠 남편을 잡아먹을 팔자라는 것이다.

"어머니, 신학 대학 나오셨지요?"

"왜? 신학 대학 나온 사람이 그까짓 미신을 왜 믿느냐는 것이냐?"

민우가 어머니에게 이렇게 따진 것이 한두 번이 아니었다. 그러나 그때마다 어머니 대답은 꼭 같았다.

"시중 점쟁이가 하는 말이 아니야. 주역은 통계학을 근거로 한 과학이야."

"주역인가 역술인가 하는 그것이 과학이라는 근거가 있나요? 어머니, 제발 이러시지 마세요. 해빈이가 얼마나 착해요. 인물도 그만하면 괜찮지요. 어머니 모시고 알바하면서 일류 대학, 그것도 가정경영학과를 나왔잖아요."

민우는 어머니 앞에서 언제나 공손히 단정하게 꿇어앉아 이야기를 했다. 요즘 세상에 보기 드문 착한 효자 스타일이었다. 모든 일을 어머니가 시키는 대로 하는 민우였지만 결혼만은 꼭 해빈이와 해야 한다고 고집했다.

"너 혹시 해빈인가 뭔가 하는 아이하고 일 저지른 것 아니니?"

어머니가 갑자기 깨달았다는 듯 민우를 무섭게 내려다보며 말했다.

"일이라뇨?"

잠깐 말을 못 알아듣던 민우가 한참 만에 얼굴을 붉히며 대답했다.

"엄마도 참, 아들을 그렇게 못 믿어요? 그렇게 무책임한 짓 하는 민우 아닙니다."

"하긴, 책임감 하나가 네 장점 아니냐? 아버지도 돌아가실 때 회사는 너에게 맡기면 책임감 있게 잘할 것이라고 했다."

"어머니, 저 회사 같은 것 관심 없어요. 해빈이하고 결혼하면 호주나 뉴질랜드 같은 곳에 가서 살고 싶어요."

"그걸 말이라고 하느냐? 저 욕심 많은 네 누이나 방 서방, 아니, 네 매형한테 회사를 맡기란 말이냐? 고양이한테 생선 가게를 맡기는 게 낫지."

"세리도 있잖아요?"

"걔는 또 어떤 건달 녀석을 데리고 와서 떼를 쓸지 알 수 없잖아?"

"근데 그 맹 도사가 도대체 무엇이라고 했기에 이렇게 반대하세요?"

맹 도사란 어머니의 모든 일을 자문하는 역술가였다.

"네 팔자는 불(火)이 많아. 그런데 해빈이 팔자는 물(水)로 가득 차 있어. 불이 물을 만나면 어떻게 되니? 생명이 위태로워. 궁합이 어지간해야 참지."

"어머니, 그걸 믿으세요?"

"믿는다."

어머니가 더 듣기 싫다는 듯 일어나서 휑하니 나가 버렸다.

'엄마는 정말 못 말려. 없어졌으면 좋겠어.'

머쓱해진 전민우는 어머니 방에서 입술을 깨물고 나오면서 중얼거렸다.

회사 임원도 모두 어머니 박풍자 여사를 냉혹하고 쌀쌀한 회장이라며 고개를 흔들었다. 그런 박풍자 회장이 역술가 맹운학 도사의 말은 맹목적으로 믿었다. 아버지가 갑자기 돌아가신 후로는 더욱 그랬다. 아무리 조그마한 일을 하더라도 사전에 맹 도사에게 물어보았다.

3

속셈이 모두 다른 다섯 가족이 여름휴가를 떠나기로 했다. 매년 사이판이나 필리핀 세부 정도의 해외로 가던 휴가가 올해는 국내로 바뀌었다. 요즘 한창 바람이 불고 있는 오토캠핑을 가자는 큰딸 혜리의 주장을 어머니 박풍자 회장이 들어주었다.

"오토캠핑이 요즘 젊은이들 대세라니까 가긴 간다. 캠핑카는 회사에 7인승이 있으니까 그걸 쓴다. 그러나 나는 차 안에 갇혀 자는 것은 질색이니까, 텐트를 따로 준비하라고 조 팀장에게 일러놓았다."

조 팀장이란 회장 비서실 소속 운전 기사였다.

"그럼 우리도 각자 텐트를 준비하죠."

사위 방준기가 제의했다.

이렇게 해서 운전사까지 여섯 명이 텐트를 싣고 3박 4일의 오토캠핑장으로 여름휴가를 떠났다. 그러나 아무도 이 여름휴가 길이 살인 사건의 비극을 부를 것이란 것은 생각지 못했다.

일행이 도착한 곳은 서울에서 그리 멀지 않은 충주시 근처의 남한강 강변이었다. 비내섬이라는 이 캠핑장은 올해 문을 열어서 그런지 잘 알려지지 않아 다른 캠핑카가 거의 보이지 않았다. 사방이 탁 트이고 갈대가 우거진 강변은 보기만 해도 시원했다. 작은 자갈로 덮인 강변은 물속까지 달리고 싶은 유혹을 느끼게 했다.

"와, 좋다. 이 장소 누가 찍었나?"

"형부가 인터넷 뒤져서 찾았대. 여기는 미군 야외 훈련장이었는데 딴 데로 옮겨가고 비워져 있던 노른자위 휴양지래."

언니 혜리가 남편 방준기를 흘깃흘깃 보면서 설명했다.

방준기가 가져온 대형 텐트와 민우, 세리의 1인용 텐트가 나란히 쳐졌다. 조 팀장이 대형 텐트 옆에 어머니 텐트를 쳤다. 모두 강가에서 조금 떨어진 소나무 숲이었다. 큰딸 혜리 부부의 큰 텐트에서 맥주를 곁들인 점심을 먹고 나자 해가 뉘엿해졌다.

사건이 일어난 것은 그날 밤이었다.

어머니 박풍자 회장과 막내 딸 세리는 일찍 자기 텐트로 들어갔다. 운전사 조 팀장은 캠핑카 안에서 혼자 잠들었다.

민우와 혜리, 그리고 방준기는 큰 텐트에서 고스톱을 치기 시작했다. 시간이 흐르자 세 사람 모두 열기가 오르기 시작했다. 민우가 계속 돈을 따자 혜리와 준기는 약이 올라 점점 얼굴이 달아올랐다. 민우가 한 번 화장실에 가는 동안 혜리와 준기는 여러 차례 텐트 밖을 들락거렸다.

“판돈을 올려요. 점당 2천 원.”

혜리가 잃은 돈을 만회할 생각으로 제의를 했다.

“후회하기 없기. 그리고 둘이서 아까처럼 짜고 치면 가만두지 않는다.”

민우가 다짐을 했다. 시간은 벌써 12시를 넘고 있었다.

그때였다.

불러봐도 울어봐도 못 오실 어머님을
원통해 불러보고 땅을 치고 통곡해요
다시 못 올 어머니여 불초한 이 자식은…….

텐트 밖에서 들릴 듯 말 듯하게 노랫소리가 들렸다. 진방남의 ‘불효자는 웁니다’ 라는 노래였다.

“엇! 저거 어머니 십팔번인데. 어머니가 아직 안 주무시고 노래 듣고 있나 봐. 못 말리는 노친네…….”

민우가 고개를 흔들었다.

“엄마도 참, 늙으면 잠이 없다니까.”

“근데 어머니가 부르는 것은 아닌데?”

“내가 사드린 핸드폰이야. 그게 뮤직 박스 역할도 하거든… 가만, 가만, 투 고.”

혜리가 모처럼 좋은 패를 쥔 모양이었다.

그때였다.

"으악!"

여자의 비명 소리가 들렸다.

"엄마 텐트야."

방준기가 먼저 뛰어나갔다. 두 사람이 뒤따라 어머니 박풍자 회장의 텐트로 달려갔다.

"엄마!"

혜리가 소리쳤다.

"어머니!"

어두워서 잘 보이지 않았으나 어머니가 바닥에 누워 있는 모습이 어렴풋이 보였다. 전민우가 핸드폰 플래시를 켰다. 불빛 아래 드러난 어머니의 모습은 모두를 경악하게 했다.

"아아악!"

어머니 박풍자 회장이 반듯이 누운 채 가슴이 피투성이가 되어 있었다. 가슴에는 칼이 꽂혀 있었다.

"엄마!"

"어머니!"

4

"박풍자 회장은 정확하게 심장에 칼을 맞은 것이 직접적인 사인이었습니다. 급소를 정확하게 찌른 것으로 보아 범인은 만만한 사람이 아닐 것입니다."

현장에 먼저 와 있던 충주 경찰서 조진희 형사가 늦게 도착한 강형철 수사 과장에게 보고했다. 강형철 과장은 왕년에 살인 사건 해결사로 이름을 날린 도사급 형사였다. 지금은 은퇴하여 사립탐정 사무실을 차리고 있는 전설의 명탐정 추병태 경감의 직계 후배였다. 마침 강의를 위해 충주에 내려와 있는 옛 상사 추 경감과 저녁에 만나 한잔하기로 약속을 했다. 오랜만에 명콤비 '추 경감과 강 형사'의 추억을 더듬을 생각에 흐뭇해하고 있던 터였다.

"사건 시각은 언제쯤으로 생각하나?"

"초동 감식 팀의 의견은 어젯밤 12시경이라고 합니다."

"텐트가 이렇게 가까이 두 군데나 있고, 캠핑카도 곁에 있는데 단서가 될 만한 것은 없었나?"

"캠핑카의 운전사 조우종은 잠이 깊이 들어 있어서 아무 소리도 듣지 못했다고 합니다. 옆 텐트에서 자고 있던 막내딸인 전세리 씨는 사건이 난 뒤 주위가 소란스러워 잠에서 깨서 나왔다고 합니다."

"그럼 옆 텐트에 있던 아들 전민우와 큰딸 전혜리, 사위 방준기가 비명을 듣고 달려 나왔단 말이지?"

"그렇습니다."

"제일 먼저 사건 현장을 본 사람은 누구야?"

"사위 방준기 씨라고 합니다."

조진희 형사가 방준기를 데리고 왔다.

"처음에 노랫소리가 나다가 뒤에 여자의 비명 소리가 들렸단 말이지요? 그런데 그 비명이 박풍자 회장 비명이라는 것을 금방 알았습니까?"

"물론이지요. 장모님 목소리를 모르겠습니까? 도대체 어느 놈 짓입니까?"

강 과장이 잠깐 생각하다가 물었다.

"전민우 씨나 전혜리 씨도 그렇게 생각했습니까?"

"예. 아니, 내가 장모님 아니냐고 반문했을 때 두 사람은 그런 것 같다고 했습니다."

"그래서 어떻게 했나요? 자세히 말씀해 보세요."

"제가 제일 먼저 장모님 텐트로 갔습니다. 그러나 어두워서 물체를 구분할 수가 없었습니다. 제가 장모님 하고 불렀지만 아무 반응이 없었습니다. 그때 처남이 핸드폰 플래시를 켜고 들어왔습니다. 장모가 가슴에 칼을 맞고 피투성이가 된 것을 그때야 보았습니다. 도대체 어떤 놈이……."

방준기의 얼굴에 분노가 서렸다.

"혹시 달아나는 범인을 보지는 못했습니까?"

조 형사가 물었다.

"그걸 말이라고 합니까? 보았다면 내가 쫓아가서 잡았지, 그냥 보내겠습니까? 아무것도 보지 못했습니다."

"흉기는 어디 있나요?"

강 과장이 조 형사에게 물었다.

"감식 팀이 증거물로 보관하고 있습니다. 낮에 참외를 깎아 먹던 등산용 칼이었습니다."

그때 주변 수사를 하던 형사들이 돌아왔다.

"주변에서는 단서가 될 만한 것을 아무것도 찾지 못했습니다. CCTV도 없었습니다. 이곳으로 들어오는 국도 입구에도 CCTV는 없어요."

강 과장은 혼자서 캠핑장 주변을 잠깐 돌아보았다. 박 회장 팀 외 다른 캠핑카가 두 대 있었으나 멀리 떨어져 있어서 직접적인 연관이 없는 것처럼 보였다. 강 과장은 두 캠핑카를 모두 찾아가서 몇 마디를 물어보았으나 아무 도움이 되지 않았다. 강 과장은 만약의 경우를 생각해 캠핑객의 신원을 기록해 두었다.

"노래를 부른 사람은 박 회장이라고 생각하나요?"

강 형사가 전민우와 전세리를 향해 물었다.

"아닌 것 같아요."

세리가 대답했다.

"무슨 노래였어요?"

"불효자는 웁니다라는 옛날 노래인데 어머니가 그 노래를 좋아했어요. 하지만 어머니가 부른 것은 아닌 것 같아요. 여자 목소리이기는 한데……."

전민우가 대답했다.

"엄마가 부른 게 아닙니다. 반주 소리가 들렸거든요. 기타 반주였던가."

전세리가 한참 만에 생각난 듯 말했다.

"아마 핸드폰을 틀어놓고 노래를 들었을 거예요."

"핸드폰? 핸드폰 소리가 바깥 텐트까지 들리나요?"

강 과장이 고개를 갸웃했다.

"들릴 수도 있어요. 엄마는 최신 핸드폰을 가지고 계셨는데 오픈으로 누르면 소리가 크게 들려요. 엄마는 귀가 좀 어두웠어요."

세리의 설명을 방준기가 보충했다.

"아마 어느 방송사에서 흘러나오는 노래를 듣고 계셨을 것입니다."

"그 핸드폰은 지금 어디 있나요?"

강 과장이 조 형사를 보고 물었다.

"감식반이 가지고 있을 것입니다."

"핸드폰을 열면 통신법에 저촉되니까 주의하세요."

강 과장이 주의를 주자 조 형사가 고개를 끄덕이며 말했다.

"지문 채취 정도만 했을 것입니다."

5

그날 밤.

강 과장과 추 탐정은 '추 경감과 강 형사'로 다시 만났다. 10여 년 전 두 사람이 자주 가던 홍어 막걸리 집을 찾아갔다.

"자네는 평생 승진 못할 것 같더니 어느 세월에 과장까지 되었네그려."

추 탐정이 칭찬인지 아닌지 모를 말을 하며 강 과장의 손을 덥석 잡았다.

"그래, 무슨 일로 이 시골까지 오셨습니까?"

강 형철 과장도 반가움에 얼굴이 환히 펴졌다.

"한국추리작가협회라고, 탐정소설 쓰는 작가들 모임 있지?"

"알죠. 옛날 우리가 수사가 꽉 막히면 찾아가서 당신이면 어떻게 해결하겠냐고 묻기도 했지요. 나도 작가가 되려고 추리 잡지에 몇 번 응모를 했지만 안 뽑아주더군요. 그런데 그 소설가님들이 여기 오셨나요?"

"여름 추리소설학교라는 걸 20여 년간 하고 있는데 올해는 이곳 어느 연수원에서 열렸어. 나보고 일선에서 날리던 시절 얘기 좀 해달라고 해서 두 시간 강의를 하고 오는 길이야. 강연료 두둑이 받았으니 오늘 술값은 내가 낸다."

추 탐정이 호주머니에서 봉투를 꺼내 흔들어 보이며 큰소리를 쳤다.

"30년 전부터 반장님이 내신 걸요."

"응? 그랬었나."

두 사람은 막걸리 잔을 주고받고 한창 옛날이야기로 꽃을 피웠다. 그러다 문득 낮에 수사하던 캠핑장 살인 사건이 생각나서 강 과장이 추 탐정에게 말을 붙였다.

"낮에 남한강변 비내섬 캠핑장에서 살인 사건이 났는데 도무지 짐작이 가지 않아요. 좀 도와주세요."

"나는 유료 사립 탐정이야. 해결하면 얼마 주는데……."

추 탐정이 농담으로 하는 말을 강 과장은 부담으로 들었다.

"경찰에는 그런 예산이 없어서요. 대신 제가 치맥 살게요."

"하하하, 농담이야. 이 사람, 농담을 진담으로 듣는 숙맥인 줄

이제 알았네. 그래, 사건 내막을 얘기해 보게."

강 과장은 낮에 수사한 내용을 자세하게 이야기했다. 옛날 추 경감에게 보고하던 대로였다.

"음, 범인은 가족 사이에 있겠군. 가족 관계를 좀 알아보았나? 무언가 깊은 갈등이 있을 거야. 어머니가 없어짐으로 해서 득을 보는 사람이 누구누구인가, 뭐 그런 것."

"다섯 가족의 불신과 증오가 보통이 아닙니다. 겉으로는 화목한 것 같지만……."

"원인이 어머니의 회사 경영권 문제와 상속 문제겠군."

"그렇습니다. 그러나 경영권에 대해선 별로 관심이 없고 재산을 빨리 분배해 달라고 목을 매는 형편 같습니다."

두 사람은 밤늦도록 술을 나누고 술집을 나왔다.

"반장님, 오늘은 우리 집에 가서 주무셔야 합니다. 딴 데로 가시면 안 됩니다."

강형필 과장은 옛날로 돌아간 듯 반장이라고 부르며 떼를 썼다.

6

이튿날 아침.

"강 과장, 오늘 나하고 어제 말한 그 살인 사건 현장에 한번 가 보지 않겠나?"

일찍 일어난 추 탐정이 마당에서 줄넘기 운동을 하고 있는 강

형필 과장을 보고 말했다.

"그렇지 않아도 오늘 한 번 더 가볼 생각인데 제가 모시고 가겠습니다."

두 사람은 10시께 시체가 보관돼 있는 대학 병원에 가서 사체를 꼼꼼히 다시 살펴보았다. 그리고 12시께 비내섬 현장에 도착했다. 아직 폴리스 라인이 쳐져 있고 텐트나 캠핑카도 그대로였다. 정복 입은 순경 두 사람이 지키고 있었다.

현장을 꼼꼼하게 둘러본 추 탐정이 강가 넓적한 바위에 앉으며 강 과장에게 물었다.

"박 회장의 핸드폰은 지금 누가 가지고 있나?"

"아마 수사과에 있을 것입니다. 고인의 대리인인 아들 전민우 씨한테 열어보아도 좋다는 허락을 받고 내용물을 조사해 보았답니다. 주고받은 문자가 많아서 조사하고 있습니다. 주로 돈거래에 관계된 내용이라고 합니다."

"어머니의 텐트와 세 사람이 고스톱 치던 텐트는 바로 곁이기는 하지만 5미터 이상 떨어져 있던데 노랫소리가 잘 들렸을까?"

"밤이니까 들릴 수도 있었겠지요."

"불효자는 웁니다라는 노래라고 했지? 그 시간에 그 곡을 방송한 방송국은 찾아보았나?"

"아직… 그게 왜 필요합니까? 노래를 내보내는 방속국은 이 지역 만해도 수십 군데가 됩니다. 공중파 5곳, 라디오 6곳, 종편 4곳, 그리고 케이블이 40개는 넘을걸요."

감 과장이 난감하다는 듯이 얼굴을 찌푸렸다.

"그게 중요하지. 지금부터 알아보라고 하는 게 좋겠는데."

"알겠습니다."

강 과장이 핸드폰으로 본서에 지시를 내렸다.

"과장님."

그때 조 형사가 급히 왔다. 무엇인가를 보고하려다가 추 탐정을 보고 주춤했다.

"괜찮아. 이 어르신이 우리 수사 경찰의 레전드, 추 경감님이야."

강 과장이 추 탐정을 소개했다.

"아, 추 경감님, 이거 영광입니다. 조진희 형사입니다."

조 형사가 허리를 90도 굽혀 인사했다. 그리고 강 과장을 보고 입을 열었다.

"박풍자 회장 핸드폰에서 단서로 볼 만한 대화가 몇 건 있었습니다."

"뭔데?"

"아들 전민우와 통화한 내용인데 이번 주 안에 결혼 승인을 해주지 않으면 몇 명 죽는 꼴 볼 것이라고 협박을 했더군요."

"그리고?"

"사위 방준기는 다음 주 월요일까지 2억이 없으면 회사 부도나고 우리 부부는 도망자 신세가 된다고 하더군요."

"박 회장 답변은 뭐야?"

"죽든지 도망가든지 나는 모른다고 대답했던데요."

"웃기는 집안이군. 그래서 어머니를 확 찔렀나?"

"비명이 들릴 때 세 사람이 함께 있었으니 알리바이가 성립되는 것 아닙니까?"

조 형사가 몇 번이나 되풀이된 상황에 딴소리를 하는 강 과장에게 불평하듯 말했다.

"알리바이는 깨기 위해 있는 거야."

강 과장이 말하면서 추 탐정을 쳐다보았다. 추 경감이 늘 하던 말이었다. 그러나 추 탐정은 아무 말도 하지 않고 그들의 대화를 유심히 듣고 있었다. 갈대숲 너머 넘실거리는 남한강 파도를 바라보며 생각에 잠겨 있던 추 탐정이 입을 열었다.

"강 과장 핸드폰 있지?"

추 탐정이 손을 내밀었다. 강 과장이 호주머니에서 핸드폰을 꺼내주었다. 접이식 피처폰이었다.

"뭐야? 이런 구닥다리를 가지고 수사가 제대로 돼?"

"제 봉급에 이 정도면 쓸 만합니다."

"누구 갤럭시S5나 LTE 가진 사람 없나?"

추 탐정이 사방을 둘러보았다.

"여기 있습니다."

경찰 제복을 입고 폴리스 라인을 지키고 있던 순경이 핸드폰을 들고 왔다.

"불효자는 웁니다를 듣던 상황을 다시 재현하는 거다."

추 탐정의 말대로 화투를 치던 텐트에 여러 수사관이 들어가고 옆 텐트에서 오픈으로 방송을 틀었다.

옆 텐트의 핸드폰 소리가 잘 들리지 않았다. 모두 귀를 기울이자 간신히 소리를 들을 수 있었다

"열을 올려 고스톱을 치고 있는데 저렇게 약한 소리를 듣고 뛰어나갈 수 있을까?"

추 탐정이 이의를 제기했다.

"한밤중이니까 조금 다르겠지요. 그리고 볼륨을 더 높여보면……."

강 과장의 의견대로 핸드폰의 음량을 최고로 올려 다시 들어보았다. 그러나 역시 놀이를 중단할 정도로 크게 들리지는 않았다.

"수사 팀의 추리가 어디선가 맞지 않아요. 그리고 그날 밤 불효자는 웁니다를 방송한 방송국은 찾았나요?"

추 탐정이 조 형사를 보고 물었다.

"찾지 못했습니다. 그 시간에 음악을 내보낸 방송은 라디오가 6개사, TV가 1개사, 케이블이 7개사인데 모두 클래식과 랩이었습니다."

"그러면 라디오나 TV 중계를 들은 것이 아니라고 보아야지. 핸드폰에 녹음된 노래를 듣고 있었을 수 있지. 핸드폰 저장물, 유심이나 메모리 쪽은 조사해 보았나?"

"녹음된 내용은 아무것도 없었습니다. 국과수에서 더 정밀한 조사를 하고 있습니다. 오후에 결과가 나옵니다."

"핸드폰에서 발견된 지문은 누구누구였나?"

추 탐정이 다시 물었다.

"박풍자 회장, 큰딸 전혜리, 사위 방준기, 막내딸 전세리의 지문이 있었습니다."

"박 회장의 지문은 당연하지만 두 딸과 사위의 지문은 왜 생겼지?"

강 과장이 수사 수첩을 넘기며 무엇인가를 들여다보았다.

"그 수첩 10년 전에 쓰던 것 아닌가? 요즘은 노트북이나 아이패드 같은 것으로 기록하지 않나? 자네는 여전히 구닥다리 경찰이야."

추 탐정이 곱게 눈을 흘겼다. 그러나 입가에는 오히려 흐뭇한 미소를 흘렸다.

"그 핸드폰은 큰딸 전혜리 부부가 선물했대요. 막내딸 전세리는 그날 낮에 신호음을 바꿔달라고 박 회장이 부탁해서 만진 적이 있고요."

추 탐정은 살인 현장이었던 텐트로 다시 들어갔다.

"핸드폰은 어디에 있었습니까?"

조 형사를 보고 물었다.

"여기 박 회장의 머리맡에 있었습니다."

추 탐정은 현장을 유심히 살펴보았다. 박 회장의 옷이 들어 있는 륙색과 타월 한 장이 놓여 있었다.

"이건 뭡니까?"

추 탐정이 바닥에 뒹굴고 있는 병 하나를 가리켰다.

"그건 카놀라유 병입니다."

조 형사가 대답했다.

"카놀라유? 식용유 말입니까?"

"예. 이상해서 따님에게 물어보았더니 박 회장은 잠들기 전에 반드시 얼굴에 카놀라유를 바른답니다. 그게 얼굴 주름살을 막아

준다고 믿는답니다. 근거 없는 이야기이지요. 마누라한테 물어보니 말도 안 된다고 했습니다."

7

추 탐정은 서울로 가지 않고 강 과장 집에서 하룻밤을 더 자고 나서 수사 본부가 있는 경찰서로 강 과장을 따라갔다.

강 과장 주재로 수사 회의가 열렸다. 추 탐정은 자문역으로 회의에 참가했다.

"가족 모두가 박 회장을 미워했습니다. 아버지가 돌아가신 후 회사의 전권을 장악하고 아들과 딸을 전혀 믿지 않았습니다. 처음에는 아들딸들의 돈을 달라는 요구를 몇 번 들어주었으나 그것이 밑 빠진 독에 물 붓기라는 것을 알고는 금고문을 꽁꽁 잠가 버렸다고나 할까요? 자녀들은 아버지 시대가 훨씬 좋았다고 늘 불평불만에 가득 차 있었답니다. 따라서 아들, 딸, 사위 모두가 동기는 충분히 있습니다."

조 형사가 먼저 보고를 했다.

"핸드폰 재감식 결과는 어떻게 되었대요?"

추 탐정이 강 과장을 쳐다보았다.

"지문은 박 회장과 전혜리, 방준기, 전세리 것이 맞구요, 녹음한 내용은 없으나 녹음했다가 지운 흔적은 남아 있었습니다."

"무슨 내용인지는 모르고?"

"예, 그것까지는……."

"핸드폰에서 카놀라유 흔적은 찾아냈나요?"

추 탐정이 다시 물었다.

"그게 좀 이상합니다. 그날 밤 박 회장이 카놀라유를 바르고 잠자리에 들어간 것은 틀림없는데 핸드폰에는 카놀라유 흔적이 전혀 없거든요."

강 과장이 대답했다.

"그건 잠자리에 들어간 후에는 핸드폰을 만지지 않았다는 이야기지."

추 탐정이 잠깐 말을 멈추었다. 모두 추 탐정의 입만 쳐다보았다.

"그렇다면 노래를 틀고 다시 핸드폰을 끈 사람이 따로 있다는 이야기지. 그게 누굴까?"

추 탐정이 강 과장의 얼굴을 쳐다보며 빙그레 웃었다.

"가만……."

강 과장이 눈을 한참 깜박였다. 젊은 형사 시절부터 추리를 할 때 하던 버릇이었다.

"그렇군요. 누군가가 불효자는 웁니다를 녹음하고 중간에 비명 소리를 녹음했군요."

"제일 먼저 현장에 간 사람은 누구지?"

"방준기. 부도 위기에 몰린 방준기군요."

조 형사가 고개를 끄덕였다.

"핸드폰에서 지운 녹음 내용을 복원해서 음성을 분석해 본다면 그 비명은 박 회장이 아니라 딸 혜리의 목소리일 거요. 방준기는 고스톱을 치다가 화장실에 가는 척 나가서 박 회장을 살해하고 핸드폰을 들고 나와 녹음 재생키를 누른 뒤 텐트 바로 옆에 두어 노래가 잘 들리게 한 거야. 그리고 녹음된 비명 소리가 재생되자 자기가 제일 먼저 뛰어나가며 핸드폰을 가지고 갔지. 재빨리 녹음을 지우고 현장에 던져두었을 겁니다."

강 과장이 자신 있게 설명했다.

"하지만 그 노래와 비명은 언제 녹음했단 말입니까?"

조 형사가 그럴 리 없다는 투로 이의를 제기했다.

"방준기의 핸드폰을 조사해 봐. 불효자는 웁니다라는 노래와 비명 소리를 박 회장 핸드폰으로 전송했겠지."

8

이튿날 추 탐정은 서울에서 강 과장의 전화를 받았다.

"방준기의 핸드폰에서 박 회장의 핸드폰으로 불효자는 웁니다를 전송한 기록을 이동통신 서버에서 확인했습니다. 추 경감, 아니, 반장님 고맙습니다."

추 탐정은 전화를 끊자 갑자기 배가 고파졌다.

'이럴 때 강 형사하고 막걸리 한잔 쭉 들이켰으면…….'

앙코르와트의 흡혈귀

김재성

2009년 계간 미스터리 신인상. 장편 〈호텔 캘리포니아〉 출간. 살림지식총서, 〈불멸의 탐정, 셜록 홈즈〉, 동화 〈이빨왕국의 헨델과 그레텔〉, 〈마녀 치과의사와 이빨요정〉 등 출간. 〈노끈〉, 〈꿈꾸는 아이비〉, 〈목 없는 인디안〉, 〈사람과 로봇 실종사건〉 등 발표. 2014년 소천아동문학상 신인상 수상.

1. 흡혈귀 살인 사건

열대수림에 덮여 원숭이들이 뛰놀던 앙코르와트를 발견한 것은 프랑스 박물학자 앙리 무어이다. 그는 1860년 식물 채집을 하던 중 톤레샵 호수 남쪽에서 거대한 돌 얼굴을 발견한다. 머리가 일곱 개 달린 뱀이 지키는 웅장한 사원도 그에게 모습을 드러낸다. 그 유적지는 사원의 도시(앙코르와트)라 이름 붙여졌으며 정문이 서쪽을 향하고 있어 죽음의 사원이라고도 불렸다. 죽음의 사원이 내린 저주 때문일까? 사원을 발견한 뒤 몇 달 만에 앙리 무어는 말라리아에 걸려 숨을 거둔다.

900여 년간 사방을 돌아보는 앙코르톰의 사면 관음상, 노란 진흙과 같은 라테라이트 뼈대 위에 사암을 붙여 조각한 수십 킬

로미터의 부조상들, 노출된 젖가슴 아래 하늘거리는 사롱(캄보디아 여인의 치마)이 풍만한 허벅지 위로 미끄러질 듯 살아 있는 조각상들. 이 모든 것이 녹아내릴 듯한 열기에 지친 관광객의 탄성을 자아낸다. 태양이 물엿처럼 지평선 너머로 녹아내리면 앙코르와트에서 멀지 않은 유러피안 거리가 불을 밝힌다. 유적도시 시엠립을 방문하는 관광객들을 위해 서구의 밤이 이식된 거리이다.

유러피안 거리의 양 입구는 몸체에 'POLICE'라고 쓰인 경찰 오토바이 두 대가 맞대어 세워져 차량의 출입을 막는다. 헬멧으로 자아를 숨긴 캄보디아 경찰이 오토바이 한 대에 부조처럼 앉아 있다. 정절을 증명하기 위해 장작불로 뛰어드는 아내를 바라보는 라마 왕자처럼 굳은 표정이다. 자신의 존재 자체가 명백한 경고임을 인식시키듯 미동도 없다. 부조상 같은 그를 지나치면 거리는 밝은 조명과 관광객의 소음으로 외부와 대조를 이룬다. 열대의 밤공기 속으로 경쾌한 팝송이 울리고 수족관에 발을 담근 백인 여자가 소프라노 톤의 비명을 질러댄다. 옆에 앉은 백인 남자들도 카운터테너 톤으로 소리를 지른다. 수족관의 '닥터 피시'들이 관광객들의 발에서 황토를 쪼아댄다. 유러피안 거리 우측 입구에 자리 잡은 '레드 피아노' 레스토랑 발코니에서 두 명의 동양 남자가 거리를 내려 본다.

"잠시 후면 회춘하겠군."

반백의 머리를 포니테일로 묶은 50대 남자가 나직이 속삭였다.

"밤 10시에 만나기로 했으니 20분밖에 남지 않았네요."

거간꾼으로 보이는 30대 남자가 테두리가 벗겨진 모조 로렉스를 들여다보았다. 얼굴이 검게 그을린, 캄보디아에 오래 거주한 한국 교민이었다.

"박 과장, 프로필을 말해보게."

반백의 남자는 캔디를 빨듯 단침을 삼켰다.

"네, 백 사장님. 나이는 14살, 지난달 초경을 했습니다. 키는 160센티미터. 나이에 비해 성숙해 보이는 중국계 캄보디아 소녀입니다."

그는 잠시 눈알을 돌리며 뜸을 들였다.

"물론 혈액검사를 통해 질병도 확인했습니다."

박 과장은 파란 봉투 안의 서류를 백 사장에게 건넸다. 백 사장은 봉투에서 서류 한 장을 꺼내 여러 항목이 명시된 검사 결과를 읽어 내렸다. 순간 그의 입가에 미소가 떠올랐다.

"박 과장. 5,000불이면 처녀를 살 수 있는 나라 캄보디아, 너무 매력적이지 않나? 그런데 내가 처녀를 사게 될 줄은 몰랐어."

두드러진 목울대가 울리며 굵은 목소리의 끝이 살며시 떨렸다.

"백 사장님, 사업도 안정되셨으니 인생을 즐기셔야죠."

안젤리나 졸리의 사진이 붙여진 '레드 피아노'에서 백 사장은 짧은 구레나룻을 쓰다듬으며 관광객들을 바라보았다. 서너 개의 바와 레스토랑, 두세 군데의 기념품 가게와 서점이 들어선 유러피안 거리는 관광객으로 가득 붐볐다. 그 순간 백 사장에게 어둠 속 빛나는 1,000개의 눈동자가 떠올랐다. 섬세한 사암 속에서 부릅뜬 눈동자들. 해저에서 융기해 낮은 평야로 펼쳐진 캄보디아를 내려다보는 앙코르톰 사원의 200여 개 사면 관음상 눈동자였다. 그 위로 날아온 판야나무 씨앗이 사암을 비집고 노란 다공암 속으로 뿌리를 내린다. 수백 년 된 뿌리들로 많은 사원이 붕괴되었지만 방금 날아온 씨앗은 시간을 상대로 힘든 승부를 시작한다. 닥터 피시가 백인 여자의 각질을 쪼아대듯 앙코르와트의 밤이 남자의 욕망에 입질한다.

자정이 지난 거리는 숙소로 돌아간 관광객들로 한산하다. 수족관에 잠겼던 다리들도 어디론가 사라졌다. 한두 테이블을 빼곤 거리에 술을 마시는 관광객도 뜸했다. 레드 피아노 발코니에서는 두 남자가 아랑곳하지 않고 계속 맥주를 비웠다. 레몬 슬라이스가 들어 있는 맥주를 여섯 병째 비운 두 사람은 자정이 넘어서며 신경질적으로 눈알을 굴렸다. 박 과장은 핸드폰을 연신 눌러대다가 얼굴을 붉혔다.

“마음을 바꿨나? 두 시간 동안 전화도 안 받는군요.”

“됐네, 됐어. 오늘만 날이 아니야.”

태연하게 말을 내뱉었지만 백 사장 역시 얼굴이 상기되었다. 다음 순간 백 사장의 다중 초점 안경알에 젊은 여성들이 나타났다. 캄보디아 전통 의상으로 곱게 단장한 20대 초반 여성들이었다. 그녀들은 유러피안 거리를 거닐며 남성들에게 미소를 던졌다. 그중 검은 피부에 큰 눈, 둥글고 오뚝한 코, 육감적인 입술을 가진 소녀 하나가 레드 피아노 베란다 아래로 다가왔다.

‘제법 쓸 만한데. 키도 늘씬하고 중국과 유럽, 원주민들의 혈통이 섞인 묘한 매력도 있어.’

백 사장은 소녀를 위아래로 훑어보았다.

"꿩 대신 닭이라는 말을 이럴 때 하는 건가?"

박 과장에게 손을 흔들며 일어선 백 사장은 소녀에게 추파를 보내며 레드 피아노의 계단을 걸어 내려왔다. 강한 호기심과 기대감이 실린, 보폭이 큰 걸음이었다. 항공기 계단을 내려오는 애인을 맞는 것처럼 소녀는 남자의 팔에 주저 없이 팔짱을 꼈다. 두 사람은 오토바이 위에 무표정하게 앉아 있는 경찰을 지나쳐 어두운 거리로 들어섰다. 한 블록 지나 세워진 낡은 벤츠의 문이 열리자 두 사람은 차 안으로 흡입되듯 올라탔다. 낮은 짐승의 신음 소리를 내며 헤드라이트를 밝힌 차가 흙먼지 길을 달려갔다. 20여 분 달린 뒤 차가 멈춘 곳은 앙코르톰 사원 앞이었다.

어둠 속에서 아발로키테스바라 두상들이 두 사람을 내려다보았다. 12세기에 지어진 수백 개의 사면상이 관음보살의 미소를 띠고 네 방향을 바라보았다. 백 사장은 이곳에 오면 마음이 편해졌다. 장구한 사원은 필멸의 존재에게 위안을 주기 때문이다

'살고 싶다. 영원히 살고 싶다', 그 욕망이 그를 소녀들에게 매달리게 하는지도 모른다. 사원 암석 속으로 수백 년간 파고드는 판야 뿌리처럼 그도 여인의 가랑이를 비집고 굳건히 뿌리내리고 싶은 것이다.

멈춘 자동차 안에서 남자가 소녀의 입술을 빨기 시작했다. 달콤한 망고 향이다. 소녀의 작은 몸이 부르르 전율하더니 촉촉한 입술이 갈증을 느끼듯 남자의 혀를 애무했다. 억세고 주름진 남자의 손이 소녀의 드레스 안으로 파고들어 도톰한 가슴을 움켜쥐

었다. 한 손으로 쥐기에 딱 알맞은 탄력 있는 가슴이었다. 만족한 미소를 지으며 남자는 소녀의 하체를 더듬었다.

"아앗. 이건 뭐야?"

손에 잡힌 것은 발기된 남자의 성기였다. 남자 밑에 깔려 있던 것은 말로만 듣던 캄보디아의 여장남성 '끄떠이' 였다. 자정에 배회하며 호객 행위를 한다던 끄떠이, 그들은 여성이 되기 위해 호르몬 주사를 맞았지만 아직 성전환 수술을 받지 못한 남성이었다.

급히 차문을 열고 나오려는 백 사장을 갈고리 같은 손아귀가 붙잡았다. 달아오른 끄떠이는 상대를 포기하지 않았다.

"이 손 놓지 못해? 으악!"

'끄떠이' 의 날카로운 송곳니가 번뜩이자 백 사장의 비명이 어둠 속으로 울려 퍼졌다.

2. 뱀파이어 의뢰인

"왓슨. 현대와 중세, 사실과 거친 환상이 뒤범벅되어 정말 참고 읽어줄 수가 없군."

안락의자에 파묻힌 월셔 홈즈가 두꺼운 책 한 권을 펼쳐 들고 말했다. 대낮인데도 어둑한 창밖에서는 번개가 번뜩이며 소나기가 쏟아졌다. 열대 스콜처럼 요란한 빗소리에 그의 목소리가 녹아들었다.

"1924년 1월 《스트랜드 매거진》에 발표된 〈서식스의 뱀파이어〉

서두군요."

셜록 홈즈 마니아인 라왓슨 원장이 치과 원장실에 들어서며 말했다. 그는 한 문장만 듣고도 출처가 되는 홈즈 작품과 발표 연도까지 정확히 알아맞혔다. 라 원장은 셜록 홈즈 해설서를 썼으며 홈즈가 실존 인물이라고 믿고 싶어 하는 셜로키언 중의 하나이다.

미국 월셔가의 명탐정 월셔 홈즈가 법무부 초청으로 한국에 온 지 석 달이 되었다. 국과수 자문위원이며 법치의학 강사인 라동식 원장을 라왓슨이라 부르는 그는 치과 원장실을 사립 탐정 사무소로 접수했다. 홈즈는 라왓슨 치과 원장과 파트너가 된 이후 매주 한두 건 이상의 미제 사건을 해결해 나갔다.

"이렇게 소나기가 쏟아지는 날에 범인들은 뭘 하는지 몰라? 경찰도 순찰 나가길 꺼릴걸. 빗속의 범죄자는 밀림의 야수와 같지."

장마철 때문에 의뢰인들이 뜸해지자 월셔 홈즈가 무료함으로 온몸을 비틀었다.

"홈즈 선생님이 범죄자가 안 된 게 법무부에 커다란 행운입니다. 선생님 같은 범죄자를 당해낼 사람은 아무도 없을 테니까요."

라왓슨은 홈즈 앞에 놓인 의자에 걸터앉으며 말했다. 궂은 날씨 탓인지 환자들도 나타나지 않았다.

"이렇게 음산한 날이면 뱀파이어 얘기를 읽는 것이 제격이야."

"그래서 〈서식스의 뱀파이어〉를 읽고 계셨군요. 혹시 괴물에게 잡혀간 사람을 찾아달라는 편지라도 받았나요?"

라왓슨의 질문에 홈즈는 빙그레 웃었다.

번갯불이 번뜩이며 창백하고 독수리 같은 그의 얼굴에 빛의 실루엣을 던졌다. 홈즈는 피아니스트처럼 섬세한 손가락으로 읽고 있던 《셜록 홈즈의 사건집》을 다시 펼쳤다. 유난히 두꺼운 책의 뒤표지가 열리자 비밀 공간에서 7퍼센트 용액을 머금은 주사기가 나타났다. 홈즈가 떨리는 손으로 셔츠 소매를 올리자 정맥으로 파고든 주사 바늘 자국들이 촘촘히 드러났다. 그는 유령 같은 눈빛으로 주사기를 바라보다가 고개를 내저으며 책을 덮었다. 그것을 책장 깊숙이 숨긴 뒤 굽은 해포석 파이프로 독한 담배를 피웠다.

"다행히 나의 무료함을 치료해 줄 편지가 도착했어. 파이프 담배를 세 대 피우는 시간이면 편지를 보낸 사람에 대해 알아낼 수 있어."

윌셔 홈즈는 의뭉한 표정을 지으며 라왓슨의 안색이 변하는 것을 즐겼다.

홈즈는 페르시아 슬리퍼 안에서 봉투 하나를 꺼내 라왓슨 원장에게 건네주었다.

"라왓슨 원장이 진료하는 동안 집배원이 가져온 편지야. 한국에 온 지 얼마 되지 않았는데 내 소문이 동남아에까지 퍼진 모양이야."

영어 주소가 적혀 있고 캄보디아 시엠립 소인이 찍힌 봉투였다. 수신인 주소에는 'Wilshire Holmes' 라고만 되어 있고 발신인 주소는 아예 없었다.

"'윌셔 홈즈' 라는 이름만으로 선생님께 편지가 배달되었군요."

"최근 해결한 미제 사건들이 언론에 보도된 탓이겠지."

"소인이 찍힌 시엠립이라면 앙코르와트 사원으로 유명한 도시예요."

"앙코르와트에서 온 편지라? 어쩐지 구미가 당기는군. 먼저 영어 필적으로 추리를 해볼까?"

윌셔 홈즈는 둥근 돋보기를 들고 겉봉에 적힌 영어 알파벳을 찬찬히 살폈다. 첫 번째 파이프 담배가 절반쯤 타들어갔다.

"편지를 쓴 사람은 영어에 익숙하지 않아. '홈즈' 라는 내 이름을 발음 나는 대로 'Homes' 라고 썼다가 나중에 묵음인 'l' 을 더 했거든. 'o' 와 'l' 자, 'm' 자 사이의 간격이 매우 좁다는 것으로 추리할 수 있어."

윌셔 홈즈가 첫 번째 실마리를 풀어냈다.

"긴 글자와 짧은 글자의 차이가 명확한 것으로 보아 성격이 올곧고 실무에 능한 사람입니다. 필기체 'e' 와 'l' 의 차이가 분명하거든요. 대문자가 소문자보다 화려하고 크게 쓰인 것으로 보아 자존심이 강한 사람입니다. 이 추리는 1890년 발표된 「네 사람의 서명」에 나온 필체 추리입니다."

셜록 홈즈 마니아인 라왓슨은 백과사전적인 홈즈 지식을 이용해 두 번째 실마리를 풀었다.

"자, 이제 봉투에 있는 미세 증거를 수집하세."

홈즈는 봉투에서 지문과 특이한 얼룩을 채취한 뒤 편지를 꺼냈다.

"먼저 편지지가 만들어진 곳을 추리해 보세. 편지의 종이 질이 떨어지고 인쇄 상태도 조잡하군. 후진국에서 제조된 편지지 같은

데, 하단에 한글이 적혔어. '백두산업' 이라고 인쇄된 걸 보니 북한에서 만들어진 거야."

윌셔 홈즈가 편지를 펼쳐 들고 탄성을 질렀다.

"사건이 흥미로워지는군요. 앙코르와트에서 북한 사람이 보낸 편지라! 홈즈 선생님, 빨리 내용을 보고 싶군요."

라왓슨이 재촉하자 홈즈가 편지를 읽어 내렸다.

존경하는 윌셔 홈즈 선생님께.

아무리 어려운 사건이라도 척척 해결해 낸다는 선생님의 명성을 듣고 편지를 드립니다. 얼마 전 제가 아는 분이 수수께끼와 같은 죽음을 당했습니다. 그는 앙코르와트에서 관광 안내원을 하던 남자였습니다. 그는 관광객들을 모두 숙소에 보낸 뒤 밤늦게 누군가의 연락을 받고 로얄 파크에 갔습니다. 어두워지면 '끄떠이'들과 범죄자들이 배회하는 그곳에 왜 갔는지는 아직도 의문입니다. 어쨌든 그 남자는 그날 밤 시체로 발견되었습니다. 목에 날카로운 이빨 자국이 나 있었다고 하더군요. 최근 이곳에서는 목에 이빨 자국이 난 시체가 계속 발견됩니다. 밤마다 흡혈귀가 돌아다닌다는 소문이 돌아서 사람들이 밤에는 밖에 나가기를 꺼린답니다. 지역 경찰들은 누가 저지른 범죄인지 전혀 단서도 잡지 못하고 있습니다. 세계적인 명탐정 홈즈 선생님이 이곳에 오셔서 억울한 피해자들의 사연을 밝혀주시기 바랍니다.

두 사람은 번갈아 편지를 들여다보았다.

"강한 필체지만 여성적인 곡선미가 있는 글씨군요."

라왓슨이 글자를 쳐다보며 말했다.

"작고, 정사각형처럼 반듯하며, 힘찬 글자야. 강직하고 올곧은 성격을 가진 사람의 필체야."

월셔 홈즈가 말했다.

"글자 간격은 좁고, 규칙성이 두드러져요. 기차처럼 정해진 궤도를 살아가는 사람 같군요. 글씨의 획이 곧고 긴 것으로 봐서 주관이 뚜렷하고 실행력이 강한 사람이에요."

라왓슨이 자신의 필체 분석을 덧붙였다.

"나는 10년 단위로 글 쓴 사람의 나이를 맞출 수 있어. 이 편지의 글은 10대의 발랄함을 뛰어넘은 20대의 힘이 있는 필체야. 아직 30대의 원숙함은 갖추지 못했군. 자신의 이름이나 연락처는 물론, 아무것도 밝히지 않은 것을 볼 때 신분을 밝히기 힘든 사정에 처했을 거야. 그런데 이 편지의 첫 문장은 바른 글자체로 적혀 있어. 그리고 중간의 대여섯 줄은 알아보기 힘들게 흘려 쓴 문장이야. 마지막은 다시 바른 글자체로 돌아왔어. 왓슨, 이것은 무엇을 의미하는 걸까?"

월셔 홈즈가 미간을 모으며 질문을 던졌다.

"자동차 안에서 편지를 쓴 것은 아닐까요? 첫 문장은 차가 출발하기 전에 쓴 것이고, 흘려 쓴 중간 문장들은 달리는 차 안에서 쓴 것이며 마지막 문장은 우체국에 멈춰 선 뒤에 쓴 글이라고 하면 설명되지 않을까요?"

잠시 생각하던 라왓슨이 명쾌한 추리를 쏟아놓았다.

"나도 그렇게 생각하네. 그렇다면 편지를 흘려 쓴 시간을 통해 발신인이 시엠립 우체국에서 얼마나 떨어져 있는가도 추리할 수 있어. 대여섯 문장을 깊은 생각 없이 흘려 쓰는 데는 10분 정도밖에 걸리지 않아. 그렇다면 편지를 쓴 사람은 우체국에서 자동차로 10분 거리 이내에 거주한다고 생각할 수 있어. 그런데 이 편지의 냄새를 맡아보게."

"석유 냄새가 많이 나는군요. 그리고 술 냄새도 섞여 있어요."

라왓슨이 편지에 코를 대고 사냥개처럼 킁킁댔다.

"우리가 후각을 통해 알아낼 수 있는 것은 상상할 수 없을 만큼 많지. 석유 냄새가 많이 나는 것으로 미루어 보아 오토바이를 개조한 택시인 툭툭이를 탔을 거야. 편지에 술 냄새가 배어 있는 것으로 글 쓴 여자가 술집이나 음식점에서 일한다고 할 수 있어. 이 모든 것을 종합해 볼 때 시엠립 우체국에서 10분 거리에 있는 식당에서 일하는 20대 북한 여성이 쓴 편지라고 생각할 수 있어. 라왓슨 원장, 주말에 앙코르와트에 다녀오는 것은 어때?"

월셔 홈즈의 해포석 파이프에서 세 대째의 담배가 타들어가고 있었다.

3. 춘실이

시엠립 공항은 시골 정거장처럼 작고 소박했다. 캄보디아 분위기를 물씬 풍기는, 경사가 급한 목조 지붕 아래로 작은 도마뱀들이 기어 다녔다. 겨울에도 30도를 넘는 아열대 기후여서인지 전등불 아래로 수많은 나방과 하루살이가 몰려들었다. 시골 고등학교 운동장처럼 손질되지 않은 공항 활주로에서 작은 공항까지 걸어가는 데는 1분도 걸리지 않았다. 서너 명의 직원이 데스크에 앉아 캄보디아 비자를 발행하고 있었다. 비자 비용은 20불이었는데 직원들은 1불을 더 요구했다.

"1불 더 주고 마세요. 그렇지 않으면 불이익을 받는대요."

라왓슨 원장의 뒤에서 할머니가 한마디 거들었다.

입국하면서부터 뇌물을 증여한 월셔 홈즈와 라왓슨이 공항을 나섰다. 출구에서 정 사장이 '월셔 홈즈 선생님'이라 쓰인 종이를 들고 기다리고 있었다. 앞머리가 벗겨진 반백의 남자로, 얼굴이 그을리고 아랫배가 처진 전형적인 중년 남성이었다. 시엠립 교민회 회장이었는데 한국에서 월셔 홈즈에게 사건을 의뢰한 뒤 그의 숭배자가 되었다.

"먼 길에 수고 많으셨습니다. 선생님을 다시 뵙게 되어 영광입니다."

정 사장의 손은 따뜻했다. 그는 대기 중인 렉서스에 홈즈와 라왓슨을 태우고 공항을 출발했다.

"먼저 제 마사지 샵에 가셔서 여독을 푸시죠."

200여 명의 마사지사가 일하는 대형 마사지 빌딩을 소유한 정 사장이 여유로운 음성으로 말했다.

"감사합니다만 먼저 사체를 보고 싶군요. 경찰 시체 안치실에서 자료를 공개해 줄까요?"

"걱정 마십시오. 입국하면서 보셨듯이 캄보디아는 돈이면 다 되는 나라입니다. 5만 불이면 즉시 영주권을 주는 나라, 5,000불이면 딸의 처녀를 파는 나라지요. 캄보디아 경찰에 정기적으로 기름칠을 하고 있습니다."

"다행이군요."

"자정이 넘었습니다. 시신은 내일 보시고 옥류관에서 한잔하시죠. 북한 식당에 가보고 싶다고 하셨죠?"

월셔 홈즈가 가볍게 고개를 끄덕였다.

정 사장은 검은 피부의 기사에게 캄보디아어로 지시를 내렸다. 자동차는 10분 동안 시엠립 국도를 달려 대로변의 식당에 도착했다. 옥류관이라는 한글 간판이 달린 기와집이었다.

"오라버니들, 빨리 오시라요."

날렵한 분홍 한복을 입은 여자가 살갑게 맞았다. 20대 초반으로 보이는 앳된 얼굴이었다.

"그래, 아가야. 잘 있었나. 여기 귀한 손님 모셔왔다."

"귀한 손님이요? 우리한테 손님은 다 귀한 손님인데."

아가씨가 심드렁하게 대답했다.

"이 미련한 것아. 이분은 세계적인 명탐정 월셔 홈즈 선생님이야. 그리고 이분은 치과의사 탐정이신 라왓슨 원장님이시다."

"네? 월셔 홈즈 선생님, 라왓슨 원장님요?"

그제야 아가씨는 눈을 크게 굴리며 두 탐정에게 넙죽 인사를 했다. 백 사장은 이 식당의 VIP 단골이었다.

"우리 춘실이 불러오렴."

"춘실이는 남 사장님이 돌아가신 뒤로 줄곧 눈물 바람이지요."

명화란 이름표를 단 아가씨는 식당 뒤쪽으로 달려갔다. 잠시 후 그녀는 똑같은 분홍 한복을 입은 젊은 여자를 데리고 왔다.

"춘실아, 이분들이 백 사장님이 항상 말씀하시던 탐정이시다. 월셔 홈즈 선생님과 라왓슨 선생님이야. 남반부에서 범죄자에게 족쇄를 채우는 분이시지."

명화는 굵은 침방울을 튀겨가며 말했다. 순간 춘실의 두 눈에 놀라움이 가득했다.

"반갑습네다, 탐정님들. 오라버니한테 말씀 많이 들었습네다."

"반가와요, 춘실 씨. 여기 좀 앉으시죠."

"아니에요. 우리는 손님께 술은 따라 드릴 순 있어도 함께 앉을 순 없어요."

그녀는 북한산 고량주를 손님들의 잔에 따랐다. 자세히 보니 갸름하고 흰 얼굴이 매력적이었다. 날씬한 몸매는 한복과 고무신보다는 미니스커트와 하이힐에서 더 돋보일 것 같았다. 그녀의 커다란 눈은 슬픔으로 얼룩져 있었다.

"오라버니는 지난 3년간 저를 누이처럼 아껴주셨드랬어요. 오실 때마다 선물도 가져오시고 일본어도 가르쳐 주셨지요."

그녀는 계속 눈시울을 붉히며 말끝을 흐렸다.

"남 사장이 캄보디아에서 가장 아끼던 사람이 이 북한 처녀 춘실 씨예요. 춘실 씨를 탈출시키자는 이야기를 해서 한 달 동안 출입 금지를 당한 적도 있었어요. 그러니 춘실이의 상심이 크겠지요."

정 사장이 춘실이에게 측은한 눈길을 보내며 말했다.
"오라버니를 죽인 범인을 꼭 잡아주세요. 두 분처럼 훌륭하신 형사라면 충분이 잡을 수 있을 거라요."
춘실이가 확신에 찬 어조로 말했다.
"혹시 남 사장이 원한을 살 만한 사람이 있습니까?"
윌셔 홈즈가 조심스레 물었다.
"사실은……."
그녀는 주위를 조심스레 돌아보았다.
"우리 접대 아가씨들을 감시하는 박 동무가 오라버니에게 반감을 가지고 있어요. 만약 저를 탈출시키려 하면 머리에 총알을 먹여 버리겠다고 수없이 말하곤 했어요. 특히 제가 북한으로 소환되는 날이 2주밖에 남지 않아서 더욱 신경을 곤두세우고 있어요."
그녀는 목소리를 죽여 소곤거렸다. 그녀가 슬쩍 턱으로 가리키는 남자를 보니 살모사 같은 머리를 가진 남자였다. 그는 식당 안의 손님과 직원들을 끊임없이 감시하고 있었다.
"그런데 왜 남 사장이 춘실이를 납치하려 한 줄 압니까?"
정 사장이 너털웃음을 웃었다.
"오라버니, 부끄러워요. 말씀하지 마세요."
춘실이가 얼굴을 붉혔다.
"남 사장이 춘실이에게 청혼하려 했어요."
정 사장이 말을 마치자 무거운 침묵이 뒤따랐다. 잠시 고개를 숙이고 있던 춘실이가 작은 봉투를 윌셔 홈즈에게 내밀었다.
"혹시 선생님을 만나면 전해 드리라고 했어요."

"남 사장이 제게요?"

홈즈는 하얀 봉투를 열어보았다. 안에서 작은 흑백사진 하나가 나왔다. 한 캄보디아 여인이 아이를 안고 있는 사진이었다. 수척한 여인의 무표정한 얼굴에서 한줄기 눈물이 흘러내렸다.

"사진 뒷면에 아가씨 이름과 전화번호를 적어주세요."

월셔 홈즈가 부탁했다. 춘실이는 잠시 주위를 둘러보다가 서둘러 사진에 글씨를 적었다.

4. 시체 안치소

시엠립의 호텔에서 눈을 뜨자 대기는 열대의 태양으로 끓고 있었다. 샤워를 마치고 옷을 갈아입을 무렵 전화벨이 울렸다.

"홈즈 선생님, 안녕히 주무셨어요? 정 사장입니다. 30분 후 호텔 입구에서 기다리겠습니다."

정 사장의 쾌활한 음성을 들은 후 홈즈는 지갑에서 사진 한 장을 꺼냈다. 어제 춘실에게서 받은 슬픈 여인의 사진이었다. 눈물을 흘리는 어머니의 사진은 어떤 의미일까? 죽은 남 사장이 춘실을 통해 사진을 전달하려 한 이유는 무엇일까?

"라왓슨, 이 사진에 적힌 필체를 보게."

"어제 춘실 씨가 적은 연락처 말인가요? 그런데 이 필체는 어디선가 본 것 같은데. 작고, 정사각형처럼 반듯하며, 각지고 힘찬 글자. 앙코르와트에서 온 편지의 필체예요."

"맞아. 나는 시엠립에 있는 북한 식당에 20대의 북한 여자가 많을 거라 생각했어. 그래서 정 사장에게 북한 식당에 가보자고 했던 거야."

"최근 사망한 남 사장과 친했던 춘실 씨가 편지를 보냈다고 생각했군요. 필체를 확인하기 위해 사진에 연락처를 적어달라고 하셨죠?"

윌셔 홈즈는 대답 대신 고개만 끄덕였다.

잠시 후 두 사람은 정 사장이 기다리는 호텔 로비로 나갔다. 오늘부터 춘실이에 관련된 실마리들을 풀어나가야 한다.

"시엠립 국과수에 연락해 놓았습니다. 선생님들께 모든 자료를 공유해 달라고 했습니다."

정 사장이 두 탐정을 보며 말했다.

"정말 감사합니다. 흔쾌히 응하던가요?"

"처음에는 곤란하다고 했지만 서장의 친구라고 하자 태도가 바뀌더군요."

차를 타고 10분 정도 국과수로 달렸다. 창밖 정경은 한국의 60~70년대 농촌 풍경을 연상케 했다. 많은 오토바이가 지나고 간간이 소달구지도 한가로이 지나갔다. 캄보디아의 가장 중요한 도로인데도 2차선의 좁은 길이었다. 길 양쪽으로 펼쳐진 논과 밭, 작은 오두막집들이 열대 야자수 나무들에 뒤섞여 있었다. 언뜻 보면 평화로운 정경이었지만 답답하고 낙후된 풍경이기도 했다. 오토바이를 개조해서 만든 툭툭이라는 삼륜차들이 좁은 거리를 헤집고 다녔다. 길가에서는 원숭이들이 달리는 차량들을 물끄러미 구경했다. 작은 판잣집 앞에 노점을 만들어 과일과 잡화를 파는 집들이 자주 눈에 띄었다. 손수레에서 벌레를 튀겨 팔거나 톤레샵 호수에서 잡은 물고기를 팔기도 했다.

"자, 여기가 캄보디아의 국과수입니다."

한국의 국과수에 비교가 되지 않는 열악한 시설이었다. 차에서 내린 정 사장이 경호원에게 이야기를 나누고 세 개의 방문자 패스를 받아 왔다. 하얀 가운을 걸친 검시관 하나가 그들을 맞이했다. 닥터 라마라는 명찰을 붙인 검시관은 방문자들을 냉동보관소 안으로 안내했다.

그는 여러 서랍 중에서 백승재라는 이름이 적힌 서랍 하나를 힘겹게 뽑았다. 엄지발가락에 이름표가 달린 50대 남자가 서랍 안에 누워 있었다.

"흡혈귀의 첫 번째 피해자인 백승재입니다. 이틀 후에 검시가 있을 예정입니다. 사인은 자상에 의한 경동맥 파열입니다."

검시관 닥터 라마가 서툰 영어로 띄엄띄엄 말했다.

목에 두 개의 깊은 이빨 자국이 나 있고 등에는 야쿠자처럼 큰 문신이 있었다.

"청부 살인업계에서 잔혹한 인물로 알려져 있지."

월셔 홈즈가 시체를 내려다보며 말했다.

"다른 희생자도 볼 수 있을까요?"

검시관이 옆 칸의 서랍을 끌어당겼다. 내용물이 가벼운 듯 수월하게 당겨졌다. 서랍 안에는 백 사장보다 체구가 작고 부드러운 인상의 남자가 누워 있었다.

"두 번째 흡혈귀 피해자, 남형식입니다."

검시관이 서랍 안을 들여다보며 말했다.

"목에 난 이빨 자국의 모양과 크기가 백승재와 정확히 일치하는군요."

라왓슨이 남자의 목에 난 이빨 자국을 자세히 살폈다.

"시엠립 경찰에서도 동일범의 소행으로 보고 있습니다. 그런데 범인이 진짜 흡혈귀일까요?"

검시관이 누런 이를 드러내며 웃었다.

"이번에는 재미있는 케이스를 보여드리죠."

검시관이 다른 냉동 서랍을 열며 말했다. 서랍 안에 들어 있는 것은 긴 생머리를 가진 아름다운 여인이었다. 부드러운 어깨선과 탐스러운 유방, 풍만한 히프선이 인상적이었다. 그 여인의 목에도 두 개의 깊은 이빨 자국이 있었다. 그런데 그녀의 사타구니에는 잘 발달된 페니스가 달려 있었다.

"박쥐와 같은 존재입니다. 새도 아닌 것이 쥐도 아닌 이상한 존재. 그래서 박쥐가 많이 날아다니는 로얄 파크에 주로 나타난답니다. 유러피안 거리에도 나타나 색다른 즐거움을 찾는 외국인들을 유혹하죠. 흡혈귀도 색다른 매력에 넘어간 걸까요?"

정 사장이 씁쓰름한 표정으로 말했다.

"잠깐만요."

라왓슨이 '끄떠이' 시체에게 다가섰다. 두 손으로 아름다운 시체의 입을 벌리자 'U' 자처럼 생긴 검붉은 잇몸이 드러났다. 노인처럼 치아가 하나도 남아 있지 않았다.

두 탐정은 시체들을 향해 묵념을 올린 뒤 국과수를 나왔다.

"지금 경찰에서 용의자로 지목하는 사람은 누구입니까?"

라왓슨이 차에 오르면서 물었다.

"박 과장이라는 친구가 있는데 백승재와 마지막까지 함께 있었던 사람입니다. 백승재는 유러피안 거리에서 처녀를 사기 위해 소녀를 기다리다 바람을 맞았다고 합니다. 하지만 경찰에서는 박 과장이 처녀 거래를 빌미로 백 사장을 유러피안 거리로 유인한 다음 사원 앞에서 살해한 것으로 생각하고 있습니다. 또한 남형식을 로얄 파크로 유인해서 살해했다고 의심하고 있어요."

"정 사장님, 박 과장이 있는 곳으로 데려다 주시겠습니까?"

"그렇지 않아도 박 과장이 구금된 경찰서로 가려던 참입니다."

5. 길티(guilty)

국과수에서 경찰서까지는 5분여 거리였다. 국과수에서 많은 시간을 보냈기에 그들이 경찰서 유치장에 도착했을 때는 정오가 되었다. 정 사장은 앞장서서 경찰서로 걸어갔다. 입구에서 한 경찰과 잠시 대화를 나누던 그의 표정이 돌처럼 굳어졌다.

"우리가 늦었어요. 어젯밤 박 과장이 유치장에서 목을 맸다는군요."

정 사장은 월셔 홈즈에게 나직이 말했다.

"네? 자살을요?"

라왓슨의 질문에 정 사장이 천천히 머리를 끄덕였다.

"그럼 유서는요?"

정 사장은 고개를 절레절레 흔들었다.

"캄보디아 경찰에게 부탁하면 보여는 주겠지만, 굳이 볼 필요가 없을 것 같군요. 길티(guilty)라는 단어 하나만 적혀 있다니까요."

정 사장이 어깨를 으쓱했다. 할 수 있는 노력은 다 해보았다는 몸짓이었다. 수사가 미궁에 도달했음을 뜻하기도 했다.

홈즈는 순간 아무 말도 할 수 없었다. 범인이 너무 쉽게 밝혀졌고 그에 대한 응징도 끝난 셈이다. 하지만 그의 마음속에 뭔가 미진한 감정이 떠돌았다.

정 사장은 두 탐정을 이끌고 옥류관으로 갔다. 그에게는 더위를 식혀줄 평양냉면 생각이 간절했다. 옥류관에서는 이미 직원들도 살인범의 자살 소식을 알고 있었다.

"오라버니, 범인이 밝혀졌다면서요?"

"목을 매어 자살했다고 하지요?"

젊은 아가씨들이 달려와 질문을 퍼부었다. 그중에는 눈두덩이가 부은 춘실이도 섞여 있었다.

"자, 여성 동무들. 관광차가 두 대 더 도착했소. 날래 공연 준비하기요."

몰려드는 아가씨들을 밀어내며 지배인이 소리쳤다. 그는 경계의 눈빛을 희번덕거리며 월셔 홈즈에게 다가왔다.

"탐정 동무, 이제 살인 사건도 종결되었으니 남반부로 갈 준비해야 하지 않겠슴?"

"이 동무들은 제가 모실 거라요."

그때 춘실이가 지배인의 말을 자르며 나섰다. 그녀는 단체 관광객들의 테이블에서 떨어진 구석으로 두 사람을 인도했다. 곧 두 대의 단체 관광버스가 식당 주차장에 도착했다. 버스에서 쏟아져 내린 100여 명의 한국 관광객이 식당으로 몰려들었다. 왁자지껄 소음 속에 관광객들이 자리를 잡자 식당 좌측 구석에 마련된 무대에서 공연이 시작되었다. 명화는 키보드를, 춘실이는 아코디언을 연주했다. 다른 두 명의 아가씨가 키보드와 드럼을 연주했고 턱이 길게 엇물린 아가씨 하나가 노래를 불렀다.

"반갑습니다, 반갑습니다."

환영의 노래 뒤로 '고향의 봄'과 '휘파람' 등 남북한 가요들을 섞어 불렀다. 저녁때와는 다른 흥겨운 분위기가 형성되었다. 북한산 고량주에 취기가 오른 관광객들이 북한 아가씨들에게 호기심 어린 질문들을 던져 댔다. 북한 정부가 캄보디아에서 식당을 운영한다는 사실 자체가 남한 사람들의 호기심을 자아냈다. 캄보디아에 파견 나온 아가씨들은 어떤 사람일까? 그들의 꿈은 무엇이고 북한에 돌아가면 어떤 삶을 살아갈 것인가? 모든 것이 다 질문의 대상이었다. 그들은 3년을 기간으로 캄보디아에서 일을 한다. 그들은 북한에서 예술단에 들어가는 것이 꿈인데 이곳에서 3년간 일하면 그 가능성이 높아진다고 한다. 그들은 한 달 내내 식당에 갇혀 숙식을 해결한다. 한 달에 단 하루 시내로 관광이 허용된다. 그들은 모두 재능이 있고 출신이 좋은 19세에서 23세 사이의 아가씨다.

단체 관광객들이 썰물처럼 빠져나가자 한쪽 구석에서 두 탐정과 정 사장이 맥주잔을 주고받았다.

"남자끼리 마시면 술맛이 남네까?"

어느새 춘실이가 그들 앞에 서 있었다. 그녀는 감당하기 힘든 시련을 겪은 듯한 표정을 짓고 있었다. 파리하게 얇은 피부가 턱으로 흐르는 푸른 정맥을 비춰냈다.

"같이 한잔하시죠."

그녀는 그의 술잔을 받았으나 예의상 입술만 축일 뿐 마시지는 않았다. 그런 그녀를 보며 문득 생각이 난 듯 라왓슨이 지갑에서 흑백사진을 꺼냈다. 어제 그녀에게서 받은 아이를 안은 여인의 사진이었다.

"이 사진에 대해 남 사장이 한 말은 없었나요?"

순간 춘실은 겁에 질린 표정으로 마른침을 삼켰다.

"남 사장님은 그 사진을 '캄보디아의 눈물' 이라고 하셨어요."

춘실의 말에 따르면 사진의 여인은 캄보디아 내무장관 부인이었다고 했다. 그녀는 1975년 폴 포트의 공산화 과정에서 처형당했다고 한다. 당시 캄보디아의 공산당원들은 혁명의 업적을 남기기 위해 처형 전후 사진을 남겨두었다. 죽음을 앞두고 모든 것을 체험한 무표정한 여인. 하지만 그녀의 볼을 타고 내리는 한줄기 눈물의 의미는 무엇인가?

6. 폴 포트

라왓슨이 치과 진료를 위해 한국으로 떠난 뒤, 월셔 홈즈는 두 번째 밤을 백 사장 집에서 보내게 되었다. 백 사장에 대한 조사를 심화하기 위해 정 사장에게 부탁한 것이다.

백 사장의 저택은 옥류관에서 15분 거리에 있는 이 층 양옥집이었다. 미리 연락을 받았는지 집에 있는 모든 전등이 밝혀져 있었다. 현관에서 기다리던 세 명의 젊은 여인이 홈즈를 안내했다. 하나같이 작은 키에 둥근 얼굴을 한 캄보디아 원주민들이 생글생글 미소 지었다. 거실에 들어서자 일제 마사지 체어와 넓은 소파 세트가 눈에 띄었다. 가장 어려 보이는 여자가 홈즈의 손을 끌어 마사지 의자에 앉히고 양말을 벗겼다. 다른 여자가 따뜻한 물이 담긴 족욕기를 들고 와 그의 양발을 담갔다. 이국에서 살인 용의자를 쫓으면서 누적되었던 피로가 녹기 시작했다. 잠시 후 어린 여자가 다가와 그의 앞에 무릎을 꿇었다. 자신의 무릎 위에 라벤더 향이 나는 수건을 깔더니 족욕기에서 그의 발을 꺼내 마사지를 시작했다. 부드럽고 여린 손끝에서 나온 강한 손놀림이 그를 움찔대게 했다. 일본에서 적군파 계열의 야쿠자로 일하던 백승재. 한국에서 원룸 빌라에서 기거하며 청부 살인업을 했다던 그가 이곳에서 행복을 찾았을까? 홈즈의 생각을 읽었다는 듯 정 사장이 건너편 소파에 앉아 고개를 끄덕였다.

“평소에 백 사장에게 하던 대로 선생님께 해드리라고 했습니다. 백 사장의 생활을 이해하는 데 도움이 되실 겁니다.”

"백승재 씨는 이곳 생활에 만족했나요?"

홈즈는 소녀의 엄지가 발바닥을 훑어 내리자 한쪽 몸을 움찔거렸다.

"백 사장은 이곳에 애착이 많았죠. 결혼은 하지 않았지만 세 명의 가정부가 어머니요, 부인이며 딸이라고 행복해했어요."

정 사장은 세 명의 캄보디아 여자를 찬찬히 둘러보며 말했다. 30여 분의 발 마사지가 끝나자 정 사장이 집을 나섰다.

"내일 아침 10시쯤 찾아뵙지요."

정 사장이 떠나가자 어린 여자가 홈즈의 손을 이끌고 이 층 욕조로 안내했다. 대형 거품 욕조 안에 허브향이 나는 거품이 끓어올랐다. 여인은 거품 속에 장미 꽃잎을 한 움큼 던져 넣었다. 그녀는 앙코르와트 사원이 황금실로 수놓아진 검은 가운을 건네준 뒤 방을 나갔다. 따뜻한 거품 속에 몸을 담근 윌셔 홈즈는 백 사장이 된 듯한 착각에 빠졌다. 백승재가 떠나간 집에서 그의 가정부에게 마사지를 받고 욕조에서 거품욕을 즐기고 있다. 목욕이 끝나면 백승재의 가운을 입고 그의 침대에서 잠이 들 것이다.

피부를 두드리며 터져 대는 물방울이 따가웠다. 욕조에서 일어나는 순간 현기증이 일었다. 부드러운 터키산 타월에 거품을 닦고 백 사장의 검은 가운을 걸쳤다. 검은 왕국의 제왕이 된 듯한 기분이었다. 침실 문을 열자 거대한 원목 침대가 위압적이었다. 백 사장이 운영하는 라텍스 전시관에서 옮겨온 라텍스 매트리스와 두 개의 베개가 놓여 있었다. 거리가 내려다보이는 큰 창문으로 파리한 달빛이 흘러들어 왔다. 홈즈는 침대에 쓰러져 제왕처럼 잠들었다.

잠결에 뒤척이다 보니 손끝에 따뜻한 피부가 와 닿았다. 고양이처럼 부드럽고 포근한 존재가 안겨 들었다. 타인의 존재에 생소한 홈즈는 화들짝 침대에서 일어났다. 달빛에 빛나는 나신이 앉아 있었다. 자신의 발을 씻겨주던 어린 가정부였다. 그녀는 싱긋 웃으며 고개를 끄덕였다.

"괜차나요, 주인님."

윌셔 홈즈는 그녀를 차갑게 침대 밖으로 밀쳤다. 하지만 그녀는 양팔과 하체로 버티며 나가려 하지 않았다. 침대의 한쪽이 자기 소유임을 주장하듯 태연히 자리에 드러눕더니 이내 코를 골았다.

"굿 나이트."

홈즈가 침대에서 일어서는 수밖에 없었다. 안방 문을 잠그고 반대쪽 서재로 들어섰다. 책상에 앉아 스탠드의 불을 밝혔다. 책상 위에 놓인 사진은 춘실에게서 받은 사진과 같았다. 캄보디아의 눈물이라 불린다는 사진. 처형당하기 직전 찍힌 내무장관 부인과 아기의 사진이었다. 사진 속 여인은 여전히 한줄기 눈물을 흘린다. 이 여인의 눈물에 뭔가 큰 비밀이 있다는 것이 확실하다. 그 단서가 될 것을 찾아야 한다. 잘 정돈된 서재를 둘러보았다. 묘하게도 창문이 없는 방이다. 서재의 네 벽을 장식하는 수많은 책 사이에 대학 노트 세 권이 꽂혀 있다. 그는 직감이 시키는 대로 노트를 뽑아 들었다. 노란색 표지에 스프링 철이 된 노트에는 사업 제안서라는 타이틀이 고딕체로 새겨져 있었다. 금장 인쇄가 품위를 더했다. 이해를 돕기 위해서인 듯 간단한 도표와 그림이 많이 실려 있었다. 사업의 내용은 앙코르와트 관광 유산 보존 사업이었다. 사업의 주체는 네 사람이었다. 백 사장, 남 사장, 정 사장, 그리고 아직 만나보지 못한 최 사장이었다. 사업 개요서에는 다음과 같이 기록되어 있었다.

"본 사업의 목적은 12세기에 건설된 세계적인 문화유산인 앙코르와트 유적지를 보호하는 데 있다. 앙코르와트의 외벽은 모래가 퇴적되어 형성된 부드러운 사암으로 형성되어 있어 훼손될 위험이 매우 크다. 특히 많은 관광객이 사암으로 된 유적을 밟고 다니기에 여기에 대한 대책이 시급하다. 본 사업의 개요는 유적지에 들어가기 전 모든 관광객에게 유적 보호용 덧신을 판매하여 수입을 창출하는 것이다. 이를 위해서 관광을 하는 경우 반드시 덧신을 착용하도록 관광법령을 개정하는 것이 선행 요건이다."

사업의 채산성은 90프로 이상으로 예상되고 있었다. 제조 원가가 1불이 안 되는 덧신을 10불에 판매하는 사업이다. 연중 앙코르와트를 찾는 어마어마한 수의 관광객을 생각하면 이 사업은 황금 알을 낳는 거위이다. 이 정도 사업이면 범죄 집단이 연루될 수밖에 없다. 범죄 집단이 연루되면 살인이 발생한다.

'이 사업의 파트너였던 백 사장이 살해된 것을 개인적 원한 관계로만 볼 수는 없어.'

홈즈는 영어와 캄보디아어로 된 사업 제안서의 마지막 페이지를 들춰보았다. 시엠립 시장의 승인 도장이 찍혀 있었다. 승인이 난 날짜는 일주일 전. 백 사장과 남 사장이 살해당하기 3일 전의 일이었다.

그는 동업 계약서라 쓰인 녹색 스프링 노트를 읽어 내려갔다. 별칙 중의 하나에 붉은 밑줄이 그어져 있었다.

“투자자가 사망할 시 계약에 명시된 투자자의 권리나 사업 참여 기회는 제3자에게 이전되지 못한다. 단, 투자 당시 투자금만 법정 상속인에게 환불된다.”

홈즈의 머릿속은 분노로 가득 찼다. 백 사장과 남 사장 살인 사건은 다른 파트너가 꾸민 사건일 가능성이 높다. 파트너 하나가 줄어드는 만큼 그들에게 돌아가는 이익은 증가하기 때문이다. 그는 분노를 억누르며 마지막 노트를 펼쳤다. 그 노트에는 ‘폴 포트’라는 제목이 쓰여 있었다.

폴 포트는 1975년부터 4년 동안 150만 명을 살해했다. 평등하고 부유한 사회를 꿈꾼 이상주의자였던 그가 어떻게 캄보디아를 킬링필드로 만들었을까? 앙코르와트 영광의 부활을 꿈꾸며 프랑스 유학까지 다녀온 그가 인류 최악의 참사를 일으켰다. 나는 그의 전기를 섭렵하며 악과 선, 그리고 유토피아와 디스토피아가 공존하는 세계를 보았다. 나의 삶을 돌아보는 좋은 계기였다. 그의 삶과 나의 과거를 대비하며 인간의 야수성을 들여다보려 한다.

전직 청부 살인업자의 독백이었다. 폴 포트에 견준 자전적 에세이이기도 했다.

나는 고등학교 때 가출한 뒤 밀항을 해서 일본으로 갔다. 나를 맞이해 준 것은 〈소련 공산당의 역사〉였다. 좌익계 야쿠자 조직이 내게 던져 준 책이었다. 그들은 신분을 추적하기 힘든 불법 체류자 킬러가 필요했고 나는 그들의 양육이 필요했다. 서로의 이해관계가 놀라울 만큼 맞아떨어졌다. 몇 년간 동네 상권을 관리하며 일본어와 살인 기술을 익혔다. 배울수록 과학적이고 합리적인 마르크스주의가 나의 사고를 재편성했다. 젊은 폴 포트가 파리 유학 시절 마르크스 클럽에 가입해 공산주의자가 되었듯, 나도 좌파 야쿠자 조직에서 공산주의자 킬러가 되었다. 킬러의 첫걸음은 자신을 가공할 만한 살인 무기로 만드는 것이다. 나는 검도와 합기도를 통해 혹독하게 몸을 단련했다. 두 번째 단계는 상대의 약점을 파악하는 것이다. 인체 해부학까지 청강하면서 살해 대상의 몸에 대해 배웠다. 셋째는 다양한 살인 도구를 익히는 것이다. 사격과 검을 쓰는 법은 기본이었다. 독침과 독극물 사용법, 적당한 시간 뒤 파열되도록 브레이크를 조작하는 법까지 익혔다. 마지막은 조직을 보호하는 것이다. 자신을 희생시켜서라도 조직의 비밀을 지키는 법을 익히자 나는 직업적인 킬러로 탄생하게 되었다.

하지만 내게 한 가지 핸디캡이 있었다. 그것은 양심이라는 아킬레스건이었다. 이 때문에 첫 번째 임무가 좌초될 뻔했다. 나의 첫 번째 살인 대상은 미모의 20대 여성이었다. 노령의 모 기업 회장 부인이었는데, 회장이 사망하자 전 재산을 상속받았다. 그러자 부인보다 나이 많은 전처 아들이 야쿠자에게 청부 살인을 의뢰했다. 매뉴얼대로만 했다면 쉬운 상대였다. 그 부인은 아침마다 뒷산을 산책했다. 나는 며칠간 일정을 파악한 다음 인적이 드문 장소에서 그녀를 막아섰다.

"목숨만 살려주세요. 죽은 듯이 숨어 지낼게요."

애원하는 여인의 얼굴은 너무 아름다웠다. 나는 차마 그녀의 가슴에 피스톨을 당길 수 없었다. 잠시 머뭇거리는 동안 다른 등산객들의 인기척이 났다. 순간 여인은 큰 소리로 비명을 지르기 시작했다. 나도 모르게 여인을 향해 방아쇠를 당긴 후 언덕을 굴렀다. 산비탈을 굴러 내린 뒤 돌아보니 두세 명의 사람이 멀리서 나를 지켜보고 있었다. 순간 마음의 동요로 나의 정체가 노출될 뻔했다. 게다가 팔목과 가슴뼈에 금이 가는 상처를 입어 한동안 숨어 지내야 했다. 살인이 거듭될수록 마음속 동요는 사라지리라 생각했다. 하지만 내 양심의 가책은 심해지기만 했다.

그는 타고난 킬러가 아니었다. 자신의 생존을 위해 어쩔 수 없이 살인을 하는 직업 킬러였을 뿐이다.

나에 대한 살인 의뢰는 줄어들었다. 나는 총 세 건의 임무 수행을 한 뒤 금욕적인 삶을 살아갔다. 그리던 중 나의 킬러 생활을 마감할 수 있는 마지막 제안이 들어왔다. K회장을 살해하면 캄보디아 영주권과 정착 자금을 준다는 조건이었다. 제의를 받아들였지만 나는 K회장을 살해한 후 지금까지 죄의식을 버릴 수 없다. 수십 개로 조각난 그의 얼굴을 지워 버릴 수 없다. 한편으로는 폴 포트가 부럽다. 150만의 인민을 살해하고도 양심의 가책이 없이 천수를 누린 그가 부럽다. 나도 때로는 야수가 되고 싶다. 사람의 냄새가 하나도 섞이지 않은, 잔혹함으로만 빚어진 철저한 야수성을 갖고 싶다. 하지만 나는 그렇지 못하다. 그래서 두렵다. 캄보디아의 밀림 속에서 야수의 눈을 부릅뜨고 있을 그가 두렵다. '캄보디아의 눈물'이 두렵다.

글의 마지막 부분에 이르러서는 필체가 격정적으로 흔들렸다. 그가 그토록 두려워한 존재는 무엇이었을까?

서재의 시계는 새벽 5시를 가리키고 있었다. 홈즈는 3권의 노트를 들고 서재를 나섰다. 서재와 이어진 침실에는 나신의 여인이 잠들어 있었다. 부드러운 윤곽선이 달빛에 푸르게 빛났다. 그녀의 어깨에 손을 얹고 가볍게 흔들어도 보았다. 하지만 그녀는 한 토막 목재처럼 저항했다. 생명이 떠난 신체의 강직성이 느껴졌다.

그녀의 몸은 차갑게 식었고 경동맥에서는 아무 움직임도 감지되지 않았다. 코끝에서는 숨결이 느껴지지 않았고 다갈색 눈동자는 확장되어 있었다. 스탠드 등을 들고 그녀를 구석구석 살펴보았다. 출혈도 없고 외상도 없었다. 단지 일그러진 얼굴 표정과 뒤틀린 몸으로 보아 수면 중 고통을 느끼며 죽어간 것 같았다. 안방문은 잠겨 있었고 창문은 바깥쪽에 금속 창살이 쳐져 있었다. 아무도 들어올 수 없는 방 안에서 일어난 살인 사건이었다. 누군가가 소녀를 자신으로 오인하고 살해했을 것이다. 아프간을 누비던 명탐정 월셔 홈즈의 등에도 식은땀이 흘러내렸다.

"백 사장은 항상 적을 의식했어. 어딘가에 무기가 있을 거야."

매트리스 아래에 침대 서랍이 있었다. 홈즈가 만능열쇠로 자물쇠를 열자 검은 권총이 모습을 드러냈다. 권총을 안주머니에 넣고 밖으로 달려 나왔다.

7. 밀실 살인 사건

잠시 후 정 사장이 도착했다. 그는 검은색 정장에 검은 중절모를 쓰고 벤츠에서 내렸다. 뒤를 따라 서류 가방을 든 운전사가 차에서 내렸다. 마치 상갓집에 문상 가는 사람들 같은 복장이었다. 응접실에 들어서며 소파에 앉아있는 홈즈를 본 정 사장은 소스라쳤다.

"선생님, 무사하셨군요."

"죽어 있기를 바란 건 아니겠죠?"

홈즈는 잠바 안주머니에 손을 넣으며 말했다. 그의 손에 차가운 바레타가 느껴졌다.

"사, 사실은 선생님이 일을 당했을지 모른다는 생각에 부리나케 달려왔습니다."

"당신이 간밤에 킬러를 보냈지? 그렇지 않다면 내가 일을 당할 줄 어떻게 알았어? 말해보란 말야."

권총을 꺼내며 홈즈가 소리쳤다. 두 명의 가정부가 비명을 지르고, 정 사장은 선 자리에 얼어붙었다.

"자, 잠깐만, 진정하세요. 아침에 일어나니 제 침대에 이 종이가 놓여 있었어요."

홈즈는 경계를 풀지 않고 정 사장이 건네는 종이를 받았다. 여러 번 접힌 흔적이 있는 손바닥만 한 노란 종이였다. 종이에는 영어로 다음과 같이 쓰여 있었다.

"남 사장이 죽었다. 다음은 네 차례다. 오늘 안으로 캄보디아를 떠나라. 그렇지 않으면 캄보디아의 눈물이 너를 방문할 것이다."

홈즈는 쪽지를 읽고 난 후 권총을 주머니에 넣었다. 정 사장을 동지로 받아들이기로 결정한 것이다.

"남 사장도 죽기 전 협박을 받았다고 했죠."

"그런 협박을 할 만한 유일한 사람은 최 사장입니다."

홈즈가 탁자 위의 사업 제안서를 턱으로 가리켰다. 그 제안서에 사인한 네 번째 파트너가 바로 최 사장이었다. 정 사장의 얼굴이 순간 잿빛으로 변했다.

"설마, 그럴 리가? 그게 사실이라면 그를 막을 사람은 없어요."

한동안 정적이 흘렀다. 가정부가 가져온 시원한 상황버섯 차를 들이키며 다시 대화가 시작되었다.

"홈즈 선생님, 오늘 출국하세요. 여기 계시면 목숨이 위험해요."

"정 사장님도 마찬가지입니다."

"저는 사업을 위해 위험을 감수해야지만 선생님은 그러실 필요가 없어요."

정 사장은 간곡한 어조로 말했다.

"살인범을 잡기 전에는 이곳을 떠나지 않을 겁니다."

"하지만 홈즈 선생님이 위험해요."

"우리는 같은 배를 타고 있어요. 제가 한국에 간다고 해도 킬러가 따라오지 않는다는 보장이 없어요. 참, 침실에서 가정부 시체를 옮겨야 해요."

"네? 가정부 시체요?"

정 사장의 얼굴이 계속된 놀라움으로 뒤틀렸다.

"어제 가정부가 제 침대에서 잠들었어요. 침실 문을 잠그고 서재에서 머물다 나와보니 가정부가 죽어 있더군요."

"잠긴 방 안에서 가정부가 죽었다? 밀실 살인이군요."

정 사장의 갈색 동공이 놀라움으로 펼쳐졌다.

"킬러가 가정부를 저로 착각하고 살해한 것이겠죠."

"하지만 어떻게 잠긴 방 안에서 살인을 했을까요?"

"지금부터 풀어야 할 수수께끼입니다. 다른 가정부들 입단속을 해야 합니다. 살인자는 내가 죽은 걸로 알고 있을 테니까요."

정 사장의 연락을 받고 경찰서장이 두 명의 경찰을 데리고 나타났다.

"누가 이런 짓을. 아까운 아가씨군."

경찰서장은 그녀의 얼굴을 가련한 듯 토닥였다. 봉긋한 젖가슴을 쓰다듬다가 가랑이를 벌려보기도 했다. 옆에 선 두 경찰이 킥킥대며 웃었다.

"장갑을 끼지 않은 손으로 만지면 증거가 훼손되는데."

"여기는 캄보디아입니다."

안타까움에 발을 구르는 홈즈를 향해 정 사장이 웃으며 말했다.

"증거 보존 수칙도 없는 모양이군요."

홈즈가 깊은 신음 소리를 냈다.

"시체가 아주 깨끗하군요."

백화점에 진열된 상품을 보고 난 듯 경찰서장이 만족한 미소를 지었다. 시체에는 아무 상처도 나지 않았고 어떤 살인 무기도 발견되지 않았다. 두 명의 경찰이 시체를 바디백에 집어넣었다. 자신을 마사지해 주던 여인이 차가운 시체가 되어 검은 가방에 넣어지는 것을 보며 홈즈는 입술을 깨물었다. 경찰서장은 그 자리에서 정 사장의 집에 경호 인력을 파견할 것을 지시했다.

그날 저녁 12시, 시엠립의 하늘을 찢는 폭음이 울렸다. 정 사장의 마사지 건물이 폭발하는 소리였다. 이 사고로 수십 명의 사상자가 발생했고 건물이 전소했다.

“안 돼, 이럴 수는 없어.”

불타는 건물을 바라보며 정 사장은 망연자실했다. 옆에 선 홈즈도 눈앞에 펼쳐진 모습을 믿을 수 없었다. 캄보디아의 눈물, 그의 경고를 무시한 대가는 신속하고 무자비했다. 다음 보복은 어떤 모습일까? 두 사람은 등골이 오싹했다. 그때 정 사장의 핸드폰이 울렸다.

“여보세요.”

그의 목소리는 갈라져 있었다.

“네? 선물이 배달되었다고요?”

통화를 마친 정 사장은 홈즈를 바라보았다.

“우리 집으로 상자가 배달되었다는군요.”

“네? 상자가요?”

두 사람은 차를 달려 정 사장의 집으로 갔다. 서너 명의 경찰이 집 앞에서 경호를 서고 있었다. 그들은 나무 상자 하나를 앞에 두고 고개를 저어댔다. 마치 끔찍한 물건이 안에 있다는 듯 상자를 가리키며 손사래를 치기까지 했다. 홈즈가 상자 안을 들여다보자 피비린내가 코를 찔렀다. 상자 안에는 사람 머리가 담겨 있었다. 손전등으로 상자 안을 비춰 보던 정 사장이 소리쳤다.

"이럴 수가! 이건 최 사장 머리야!"

홈즈는 상자에 담긴 용의자의 머리를 보고 고개를 내저었다.

8. 캄보디아의 눈물

다음 날 오후, 홈즈는 시엠립 공항으로 가기 위해 호텔을 나왔다. 홈즈를 태운 정 사장의 차는 공항으로 향하는 길에 앙코르와트에 들렀다. 앙코르와트를 꼭 보고 가라는 정 사장의 호의 때문이었다. 거대한 앙코르와트 사원은 해자로 둘러싸여 있었다. 사원을 방문하기 전 물이 가득한 해자를 건너며 자신을 정화하라는 의미라고 했다. 오직 왕만이 해자를 가로지르는 다리를 건너갔다고 한다. 정 사장과 홈즈는 왕이 건너던 다리를 지나 사원으로 들어갔다. 두 사람은 푸른 하늘을 배경으로 연꽃 모양으로 치솟은 사원에 올랐다. 가파른 사암 계단을 오르기 위해서는 몸을 숙여 두 팔과 다리를 사용해야 했다. 그런데 계단을 오르던 홈즈가 갑자기 권총을 꺼냈다.

"정 사장, 그동안 수고했어요."

"아니, 홈즈 선생님. 왜 이러세요."

정 사장이 양팔을 허우적거리며 소리쳤다.

"왜 이러냐고? 당신이 더 잘 알 텐데."

순간 홈즈의 팔목에 굵은 힘줄이 돋았다.

"당신이 모든 것을 계획했어. 협박장의 필체는 당신 것이었어. 당신이 바로 캄보디아의 눈물이야. 최 사장을 죽인 것도 당신이야."

홈즈의 권총이 불을 뿜었다. 한 방, 두 방, 그리고 세 방.

정 사장이 가슴에서 붉은 피를 흘리며 굴러떨어졌다. 의식을 잃은 정 사장은 앰뷸런스에 실려 경찰병원으로 이송되었다.

한국에서 온 탐정이 정 사장에게 총격을 가했다는 뉴스가 시엠립 티비에서 방송되었다.

그 다음 날 새벽 한 시경, 어둠 속에서 경찰병원의 담을 오르는 사람이 있었다. 윤기 나는 검은 피부에 머리카락이 긴 사내였다. 그는 가벼운 몸짓으로 이 층 창틀에 올라섰다. 창틀에 의지한 그는 배낭에서 대나무 파이프를 꺼냈다. 창문을 약간 밀어 생긴 공간으로 파이프를 살며시 밀어 넣었다. 그리고는 파이프의 한쪽에 입을 대고 힘껏 불었다. 발사된 독화살은 병실 침대에 누운 환자의 어깨에 깊이 박혔다. 얼굴과 가슴에 붕대를 한 환자는 잠시 움찔대다가 몸을 비틀며 숨을 멈추었다. 창틀의 남자는 대나무 파이프를 병실로 밀어 넣었다. 파이프 끝에 달린 집게가 환자 몸에 박힌 독화살을 뽑아냈다. 증거를 없애는 과정이었다. 그가 대나무를 수습하는 순간 귀를 찢는 사이렌이 울렸다. 동시에 병원 옥상에서 남자를 향해 그물이 펼쳐졌다. 원숭이보다 날랜 남자였지만 그물에 얽혀 바닥에 떨어졌다. 버둥거릴수록 그물은 더욱더 옭아맸다.

“정 사장님, 유인 작전이 성공했군요. 저자가 캄보디아의 눈물입니까?”

옥상에서 홈즈가 남자를 향해 피스톨을 겨누었다.

“네, 맞습니다. 밀림의 살인 기계, 캄보디아의 눈물이 바로 저 사람입니다.”

정 사장이 파이프 담배 연기를 내뿜으며 흐뭇하게 말했다.

“저자가 가정부에게 독화살을 쐈군요.”

“오늘은 저로 위장한 환자에게 독화살을 발사했어요. 우리가 조금 늦었어요. 비록 불치병 환자였지만 안타깝습니다.”

다음 날 시엠립 신문에는 ‘캄보디아의 눈물이 체포되다’ 라는 기사가 실렸다. 취조 결과 미스터리에 싸였던 비밀이 밝혀졌다.

1975년 당시 한 살배기 아기였던 그는 부모가 처형당한 뒤 폴포트 정권에 의해 키워졌다. 어려서부터 철저한 고문 기계이자 살인 기계로 양성된 것이다. 공산정권은 인간의 심리를 너무나도 잘 이용했다. 자아가 형성되기 전, 유아기에 학습된 고문과 살인은 인간의 뇌에 양심의 가책 없이 주입된다. 그들은 걸음마를 시작한 아이들을 시켜 사람에게 황산을 붓게 했다. 팔에 힘이 생기면 포로의 가슴에 칼질을 시켰다. 아이들의 뇌 속에 살인 기술이 여과 없이 주입된 것이다. 그 피해자 중의 하나가 캄보디아의 눈물이었다.

그는 청소년기를 거치며 수많은 사람을 고문하고 죽였다. 그가 하는 고문은 너무나도 잔인하고 전문적이었기에 같은 동료들도 혀를 내둘렀다. 그의 능력을 인정한 공산정권은 그를 전문적인 청부 살인업자로 만들었다. 그는 삼엄한 경계를 뚫고 들어가 적군의 요원을 암살했다. 크메르 정권에 반대하거나 적군에 협조하는 사람들은 그의 독화살의 희생자가 되었다.

그는 크메르 루즈 정권이 북부 캄보디아로 쫓겨나자 그들을 따라 밀림으로 들어갔다. 10여 년 전 폴 포트가 잡히고 일당이 모두 투항했지만 캄보디아의 눈물은 밀림에 남아 청부 살인을 계속해 왔다. 철이 들기 전부터 배운 고문과 살인은 그의 존재 자체가 되었기 때문이었다.

민간 정부가 들어서면서 그의 고객은 더욱 늘어났다. 부패한 캄보디아 정부의 정치인들은 정적을 제거하기 위해 밀림으로 달러 가방을 날랐다. 경쟁 기업 사장을 없애기 위해 그를 고용한 사장도 있었다. 그는 어느새 캄보디아 지하세계의 해결사가 되어 있었다.

그런 그를 찾아간 것은 최 사장이었다. 최 사장은 그를 이용해 앙코르와트 덧신 사업의 이권을 독차지하려 했다. 먼저 그를 이용해 백 사장 살해 계획을 세웠다. 백 사장 역시 전직 킬러였기에 그를 살인하는 데는 신중을 기해야 했다. 백 사장이 여자를 좋아한다는 것을 알고 박 과장을 시켜 처녀 알선을 하게 했다. 계획한 대로 크리스마스이브에 처녀 거래를 위해 두 사람이 유러피안 거리에 나타났다. 매력적인 끄떠이를 시켜 백 사장을 유혹한 뒤 둘을 사원 앞으로 오게 했다. 그가 주로 여자를 사는 장소였다. 끄떠이는 이를 모두 빼고 틀니를 끼고 있었는데, 사람을 물면 송곳니에서 니코틴 독이 나오도록 제작되어 있었다. 그 끄떠이가 독 틀니로 백 사장의 목을 문 것이다.

춘실이를 탈출시켜 준다는 편지를 보내 남 사장을 로얄 파크로 나오게 한 것도 최 사장 짓이었다. 이번에도 끄떠이가 어둠 속에서 남 사장을 물어 살해했다. 그리고 최 사장은 비밀을 유지하기 위해 임무를 완수한 끄떠이를 살해했다.

백 사장과 남 사장을 살해한 뒤 최 사장은 박 과장에게 모든 혐의를 덮어씌우려 했다. 경찰을 매수하여 박 과장을 살해한 다음 유치장에서 자살한 것으로 꾸미고, 독 틀니를 박 과장의 집에 남겨두었다.

그때 방해자가 나타났다. 월셔 홈즈와 라왓슨 탐정이 나타난 것이다. 홈즈를 미행하던 캄보디아의 눈물은 그가 백 사장의 집에서 잔다는 것을 알고 독화살을 쏘았다. 하지만 화살에 맞은 것은 가정부였다. 홈즈는 그날 밤 서실에 있었기에 죽음을 모면했다. 정 사장이 캄보디아를 떠나라는 경고에 응하지 않자 캄보디아의 눈물은 마사지 건물을 폭발시켰다. 캄보디아의 눈물은 살인의 범위가 점점 더 확대되는 반면 자신의 보수가 많지 않다는 것을 알아차리고 최 사장을 살해한다. 이로써 사업의 독점권은 최 사장이 아닌 캄보디아의 눈물이 노리게 되었다.

홈즈와 정 사장은 신출귀몰하는 살인자를 잡으려면 덫을 놓는 방법밖에 없음을 깨닫는다. 세계적인 관광지 앙코르와트에서 홈즈가 공포탄을 쏘자 정 사장은 양복 주머니에서 붉은 물감을 터뜨렸다. 그러자 숨어 있던 경찰과 앰뷸런스 요원들이 정 사장을 경찰병원으로 후송했다. 캄보디아의 눈물은 정 사장이 입원했다는 뉴스를 듣고 그를 살해하려 하지만 현장에 잠복했던 홈즈와 경찰들에게 체포되었다. 홈즈는 캄보디아의 눈물 역시 역사의 희생물이라며 재판부에 선처를 부탁했다.

화창한 주말 아침, 윌셔 홈즈와 라왓슨 원장은 앙코르와트 사원을 올랐다. 앙코르와트를 둘러싼 울창한 푸른 숲은 생명력으로 가득했다. 그들의 신발에도 초록색 덧신이 씌워져 있었다.

"결국 흡혈귀와 같은 탐욕이 많은 사람을 해쳤군요."

진료를 마치고 주말 비행기로 도착한 라왓슨이 홈즈를 바라보며 말했다.

"이 사건의 제보자인 춘실이는 지금 한국대사관에 있어. 귀순 절차를 밟고 있지."

윌셔 홈즈가 말했다.

"정말 다행이군요. 다음 주면 북으로 소환된다기에 걱정했어요."

"죽은 남 사장이 인맥을 통해 주선해 두었더군. 나는 춘실이가 식당에서 나올 때 툭툭이 운전을 해준 것밖에 없다네. 참, 이번 사건에서 얻은 기념품이야. 이걸 자네에게 주겠네."

홈즈는 주머니에서 비닐로 싼 물건을 꺼냈다. 두 개의 날카로운 송곳니가 달린 틀니였다.

"끄떠이가 사용하던 틀니군요. '믿거나 말거나(Believe It Or Not)' 박물관에 전시하는 것은 어떨까요?"

라왓슨이 소리 내어 웃으며 틀니를 받아 들었다.

"이제 한국으로 돌아가세. 수많은 사냥감이 기다리는 곳으로."

월셔 홈즈는 동쪽 하늘을 바라보며 소리쳤다.

해골 술잔

조동신

2010년 제12회 여수 해양문학상 소설 부문에서 단편 〈칼송곳〉으로 대상을 수상하며 정식 등단하였다. 그 뒤 한국추리작가협회에 가입하여 〈포인트〉, 〈프레첼 독사〉, 〈클루 게임〉, 〈오를라〉, 〈철다방〉, 〈보화도〉, 〈크리스마스의 왕〉, 〈금남의 구역〉, 〈불이 필요해〉 등의 단편을 꾸준히 발표하였으며 2014년 첫 장편 〈내시귀〉를 냈다.

희정은 창문을 열어보았다. 시원한 바람이 밖에서 훤히 불어 들어왔다.

"시원해서 좋네."

"와, 여기 정말 멋지다."

친구 중 한 명이 말했다. 밖을 보자, 온통 초록색이 눈에 들어왔다. 봄이면 분홍빛이, 가을에는 진한 붉은색이, 겨울에는 흰색이 눈에 들어올 것이다.

"세상에, 여기가 네 거라니 대단한데? 여기 머물면서 글쓰기엔 딱 좋겠다."

내가 말했다. 이렇게 크고 녹음이 빼어난 산에 그것도 산장까지 소유하고 있다면 이곳은 글쓰기는 물론, 예술을 하는 사람들에게는 작업하기 딱 좋은 장소일 것이다.

"오빤 여기가 좋아요?"

"왜, 마음에 안 들면 나 줄래?"

내가 농담을 했다. 희정은 이곳이 그리 마음에 들지 않는 눈치였다. 하지만 이곳에서 추억을 만드는 일은 결코 나쁘지 않을 것이다. 그녀는 이제 대학을 졸업하고 본격적으로 경영 수업을 받기 시작했는데, 이렇게 친구들과 함께하는 MT도 기회가 적을 테니 이런 일은 그녀에게 매우 소중한 추억이 될 것이다.

희정의 할아버지는 얼마 전에 죽었다. 한때는 유통 및 무역업으로 재벌은 아니어도 준재벌 정도는 되는 기업을 경영하던 사업가였다. 하지만 그는 한때 예술가 지망생이었기 때문에 은퇴한 후 창작보다는 수집에 열성을 보이기 시작했고, 그 결과는 이 별장에 나타나 있었다. 차 회장이 세계 각국에서 모은 온갖 그림, 공예품, 화석 등은 이곳을 작은 박물관이나 다름없이 만들었으며, 미술이나 박물관 관계자들이라면 누구든 이 집에 한 번 들어가 보기를 바란다는 말이 있을 정도였다. 그 때문에 차 회장이 죽었을 때 조문객 중에는 예술 관련 종사자도 재계 관계자만큼이나 많았다.

희정은 자신의 할아버지에게서 이 별장과 그 많은 골동품을 물려받았지만, 그녀의 취향은 미술품보다는 명품에, 도자기보다는 브랜드 있는 옷과 향수 쪽에 더 있었다.

사람들이 짐을 푸는 동안, 희정과 나는 별장 뒤편으로 돌아가 보았다. 산 정상에 있는 이 별장은 정면은 경사가 완만한 편이지만 뒤쪽은 가팔랐다. 뒷문에서 밑으로 내려갈 수 있는 계단은 있었지만 거의 이용하지 않았다. 이곳이 바로 그녀의 할아버지가 죽은 장소다. 계단에서 발을 헛디뎌 굴러떨어져 죽었다고 했다.

"들어가자."

내가 말했다. 희정은 카드를 뒷문에 댔지만 문이 열리지 않았다. 그러고 보니 도난 방지용 쇠사슬을 뒷문에 걸어뒀다. 별수 없이 정문으로 갔다.

"히익!"

그녀의 입에서 자신도 모르게 짧은 비명이 나왔다. 소리도 없이 나타난 검은 옷의 노인은 혐오스런 얼굴로 그녀를 보고 있었다.

"아가씬 누군가?"

"이 별장 주인인데, 영감님은 누구세요?"

희정은 놀란 나머지 그렇게 말하고 말았다. 하긴 그녀가 이곳을 상속받았으니 이 별장의 주인임은 맞는 말이다.

"이 별장 주인? 아, 차 회장님 손녀가?"

노인은 퉁명스러운 말투로 말했다.

"누구세요?"

"난 김만열이라는 금속공예가야, 차 회장님이랑은 이웃사촌이지."

노인은 별장 밑을 가리키며 말했다. 1층에서는 보이지 않았지만 2층으로 가면 저편에 비닐하우스처럼 생긴 모양의 건물이 하나 있었다.

"저기 밑이 내 작업실이야. 듣자 하니 이 별장, 아가씨가 상속받은 거야? 그래서 친구들이랑 놀러왔고?"

노인은 취조하듯 물었다. 별장 정원 한쪽에는 그녀와 나를 비롯한 일행이 타고 온, 빨간 외제 차 한 대가 날렵한 차체를 뽐내듯 붉게 빛나고 있었다.

"그건 왜 물으세요?"

"그렇다면 그 사람도 일행이야?"

"그 사람이라니요? 일행은 지금 이 안에 다 있는데요."

내가 물었다.

"키가 작고 벙거지 모자 쓴 사람이 아까부터 이 별장 저편에서 여길 보고 있어서 이상하다 했는데, 별장 뒷문을 보니 아가씨가 서 있지 뭐야? 그래서 누군가 해서 와봤어."

"어디요?"

"아까까지 저기 있었는데, 어디 갔지? 사실 그 회장님 돌아가시고 얼마 안 있어서 여기에 도둑이 들었어."

"저, 정말이에요? 뭐가 없어졌나요?"

희정은 놀랐다. 자신은 그런 이야기를 들은 적이 없다.

"그걸 내가 어떻게 아나? 그리고 나도 누가 여기 오는 걸 보기만 했지, 뭐가 없어졌는지는 모른다고! 좌우간, 이 안의 비싼 미술품들 조심해."

노인은 그녀가 경계하고 있음을 알아차렸는지, 별다른 말을 하지 않고 휙 돌아섰다. 나는 그가 이상해서 스마트폰으로 김만열이란 이름을 검색해 보려 했다.

"뭐래요? 보자마자 반말부터 하고."

"희정이 너 여기 있었냐?"

"어머!"

김승진이 나왔다. 그는 희정의 학교 선배였다.

"여기 경치 진짜 좋네. 그런데 방금 그 영감님은 누구야?"

"할아버지 친구분이시래요."

희정은 간단히 대답하고는 안으로 들어갔다. 승진은 아까부터 나를 영 못마땅한 눈으로 보고 있었다. 내가 희정과 함께 모임에 나갔을 때, 친구들은 모두 놀랐다. 희정이에게 남자친구가 생겼다니, 그 도도한 애가 남자친구를 만나다니, 하면서. 그런데 승진이라는 남자는 나를 보고 매우 경계하였다. 희정은 나를 단지 아는 오빠고, 별장의 골동품에 관심이 있어서 왔을 뿐이라고 했지만.

"우와, 정말 별게 다 있네요!"

후배 하나가 거실을 가득 메운 그림, 도자기, 미술품들을 보며 말했다.

"꺅!"

부엌 쪽에서 갑자기 비명 소리가 들렸다. 희정은 놀라며 그리로 달려갔다.

"세상에, 이, 이게 뭐야?"

희정의 친구 한 명이 거의 넘어질 듯 놀라며 말했다.

"왜 그래?"

"찬장 안에 해골이 있어!"

찬장을 보자 희정의 눈도 커졌다. 찬장 안에 있던 것은 여러 종류의 술잔이었지만, 이상한 것이 하나 눈에 띄었다.

"어머, 이, 이게 뭐야?"

쇠로 만든 좌대 위에는 뒤집어진 해골이 놓여 있었다. 척 보니 눈과 콧구멍은 막았고 겉에는 옻을 칠했으며 이빨과 뼈의 틈새는 은이나 금속으로 때운 것 같았다.

"이게 뭐야? 왜 술잔 놓는 자리에 이게 있어?"

희정이 물었다.

"스컬컵(Skullcup)이네."

내가 말했다.

"스컬컵이요?"

"바이킹들은 적의 두개골로 술잔을 만들었다고 하잖아. 이것도 그런 건가 봐."

내 말에 사람들은 다 놀랐다.

"그럼 이거 진짜 해골이야?"

"세상에."

"할아버님 취미가 골동품 수집이었다고 했지? 어디서 사신 거야? 그러면 그냥 저기 미술품 놓는 곳에 진열해 놓으시지, 이걸로 정말 술을 마시진 않으셨겠지?"

희정의 친구 몇 명이 말했다. 하긴 그녀들로서는 기분 나쁜 물건일 것이다. 하지만 나는 그것을 보자 호기심이 동했다.

"그러게 말이야."

진짜 해골인지 아닌지, 그녀로서는 알 수 없었다. 앞서 언급했듯 차 회장은 열렬한 골동품 수집가로서 그녀에게도 온갖 것을 다 보여주곤 했다. 특히 중앙아시아의 유물들을 좋아하였다.

"그럴지도 모르겠네요. 할아버지가 별걸 다 수집하셨네. 아, 참! 지하실에 할아버지 와인 컬렉션도 있는데 같이 보자!"

희정이 사람들에게 말했다. 나도 따라갔다. 지하실은 습도도 낮고 어두워 포도주 저장하기에 좋았다. 차 회장은 말년에 포도주 공부에도 힘을 쏟았기 때문에 지하실에는 꽤 많은 술이 저장되어 있었다.

"야, 대단한데?"

"할아버님이 와인에도 조예가 깊으셨구나!"

친구들도 모두 그 포도주들을 보고 감탄하며 말했다. 실제로는 이런 기회 아니면 이 비싼 걸 언제 마셔보겠느냐 하는 기대감이 얼굴에 나타난 사람이 대부분이었지만.

저녁 식사는 즐거웠다. 승진의 스테이크 굽는 솜씨는 아주 훌륭했다. 희정이 평소에 먹던 고기보다는 질이 나빴지만 그의 솜씨는 고기 맛을 최대한 이끌어냈다. 거기다 보통 사람들이라면 쉽게 볼 수 없는 고급 포도주도 분위기를 한껏 올려놓았다.

식사가 끝나고, 희정은 밖을 보았다. 서울 같은 대도시의 경우 네온사인 때문에 하늘 대신 땅에 별이 빛나는 것처럼 보이지만, 이곳은 여전히 별이 제자리를 지키고 있었다. 대신 땅에 아무런 불빛이 보이지 않아 조금 무섭기도 했다.

그때, 별장 초인종이 울렸다.

"어머, 누구야? 올 사람도 없는데."

별장에 오기로 한 사람은 전부 도착한 다음이었다. 이 근처에 다른 사람은 없고 그 작가라던 기분 나쁜 노인뿐이다.

"이 별장 주인이시죠?"

문을 열자, 키도 훤칠하게 크고 잘생긴, 세련되어 보이는 남자가 현관문 앞에 서 있었다. 여자라면 보자마자 눈이 크게 떠질 것 같았다.

"어머, 누구세요?"

"아, 저는 저기 밑의 작업실에 사는, 김만열 작가님 제잡니다. 전에 그쪽 분 할아버님 장례식 때 조문도 갔는데요. 아! 선생님이 이 별장에 이걸 좀 드리라고 해서요."

남자가 긴 봉투를 내밀었다. 척 봐도 고급 포도주임이 확실했다.

"이걸 왜요?"

"선생님이 원래 할아버님 드리려고 오래전에 사두신 건데, 돌아가셨고 드릴 분도 없어서 별장 상속인에게 드리라고 하셔서요."

"아니에요."

그 남자는 손만 흔들고 돌아가려 했다. 희정은 별수 없다는 듯 포도주를 받아 들고 부엌에 갔다.

"저, 잠깐만요!"

"네?"

남자가 돌아섰다.

"혹시 이게 뭔지 아세요?"

희정이 갑자기 그 해골 모양의 술잔을 내밀며 묻자, 그는 잠시 그것을 보더니 대답했다.

"이거, 지백의 두개골이군요? 차 회장님이 그렇게 부르시던데요."

"어머, 아시는군요?"

"당연하죠. 이 해골을 받치는 좌대를 우리 선생님이 만드셨거든요."

"지백의 두개골이요? 지백이 사람 이름인가요?"

희정이 물었다.

"지백은 고대 중국 진나라 사람입니다."

"이거 바이킹의 유물 아닌가요?"

내가 물었다.

"바이킹들이 적의 두개골로 술잔 만들긴 했지만 그 사람들이 이렇게 옻칠을 하지는 않았겠죠."

남자는 검게 칠한 두개골을 보며 말했다. 순간 나는 얼굴이 약간 붉어졌다. 그러고 보니 두개골 술잔에 칠해진 옻은 생각하지 못했다.

"지백의 두개골이 뭔지 잠시 설명해 주셔도 되나요?"

희정은 들어오라며 물었다.

"춘추 시대 중원의 초강대국이었던 나라 중에 진(晋)나라가 있어요, 진시황의 진(秦)나라랑 우리식 발음은 같지만 다른 나라입니다. 그런데 이 나라에서 왕권이 약해지고 유력한 귀족 여섯 가문이 자기 땅에서 거의 독립 국가나 다름없이 굴기 시작했죠. 특히 가장 강한 일족은 지(智)씨였는데, 지백은 그 당시 지씨의 우두머리 이름입니다."

"어머나."

"지백은 진나라 조정을 장악하고 왕의 명령이라는 명목으로 다른 세력가 가문 둘을 제거한 뒤 한(韓)씨, 위(魏)씨와 힘을 합쳐 조(趙)씨를 공격했어요. 이긴 다음에는 조씨의 땅을 나눠 갖기로 하고요."

다른 사람들도 모두 그의 말에 귀를 기울였다.

"그런데 한씨랑 위씨는 자신들이 이긴다고 해도 지백의 세력만 늘려줄 것 같아서 오히려 조씨랑 연합해서 지백을 무찔렀죠. 그게 기원전 453년의 일입니다."

"저런."

"지씨 일족은 몰살당하고 결국 그 세 가문, 그러니 조씨, 위씨, 한씨가 진나라를 셋이서 나눴죠. 그래서 그 셋을 합쳐 삼진(三晋)이라고도 부릅니다."

"그런데 그게 이 해골 술잔이랑 상관이 있나요?"

희정이 물었다.

"조씨의 우두머리였던 조양자는 지백을 죽인 다음에도 분이 풀리지 않아서, 그 두개골에 옻칠을 해서 술잔을 만들었어요. 요강으로 만들었다는 기록도 있고요."

"요강으로 만드는 편이 분풀이하기에는 더 좋겠네요."

내가 말하자, 다들 웃었다.

"할아버지가 언제, 어떻게 이걸 얻으셨는지 아세요?"

"그건 저도 모릅니다. 실크로드에서 얻으셨다고는 들었는데, 연도 검사를 하지 않았으니 언젯적 건지는 모르죠. 정말로 지백의 두개골인지 아닌지는 모르지만요. 적의 두개골로 술잔을 만드는 일은 유목민이나 바이킹에게서는 흔한 일이었어요. 러시아 지역에 살고 있던 스키타이 인들은 거기에 적의 피를 타서 마시기도 했죠. 차 회장님은 가끔 선생님이랑 같이 그 잔으로 한잔하시곤 했어요."

"저, 정말요?"

희정은 물론 그 친구들도 놀랐다.

"저도 한 번 동석한 적 있는데, 스키타이 인처럼 공격적으로 사업을 확장해야 원하는 걸 손에 넣는다고 하시더군요. 그런데 제가 보기에 그건 스키타이풍은 아닌 것 같아요. 헤로도토스의 〈역사〉에 보면 스키타이 인들은 해골 안쪽은 금박을 입히고 겉은 가죽으로 싸서 만든다는 말이 있으니까요. 옻칠을 했으니 역시 중국 쪽이겠죠."

남자는 웃으며 말했다.

"그런데 왜 그런 짓을 했을까요?"

일행 중 한 명이 그에게 물었다.

"뼈에 혼이 담겨 있다는 믿음 때문이겠죠. 가톨릭에서 성자의 유골을 성당에 보관하는 풍습도 거기에서 비롯되었을 겁니다. 정몽주의 단심가, '이 몸이 죽고 죽어 일백 번 고쳐 죽어 백골이 진토 되어 넋이라도 있고 없고, 임 향한 일편단심이야 가실 줄이 있으랴' 에서 '백골이 진토 되어 넋이라도 있고 없고' 라는 구절은, 뼈에 혼이 있다는 믿음과 관련이 있다고 할 수 있죠."

"모르시는 게 없군요."

마침 저녁 식사도 끝나고 다 같이 한잔하는 중이었기 때문에, 그 남자 역시 자리에 자연스럽게 끼게 되었다. 그의 이름은 최근준이고 서울의 모 대학원에서 경영학을 전공하고 있었다. 그런데 언제부터 금속공예에 빠져 방학 동안에는 김만열에게서 금속공예를 배우고 있으며 예술경영 쪽으로 장래를 생각하고 있다고 했다.

"그런데, 그쪽 분은 희정이랑 '아는 오빠' 시라고 했는데, 어디서 알게 되었나요?"

승진이 문득 내게 물었다. 그러자 주변의 여자들 사이에서 뭔가 재미있다는 표정이 올라왔다. 아마 승진이 희정에게 마음이 있는 모양이었다.

"희정이가 미국 어학연수 갔을 때 만났습니다. 어렸을 때였죠."

"그때 내가 경식이 오빠한테서 신세를 많이 졌어요."

희정이 눈을 찡긋하며 말했다.

"저, 제가 좀 궁금해서 하나만 더 묻고 싶은데요."

희정이 다시 그에게 물었다.

"네?"

"혹시 어젯밤에 키 작은 사람이 이 주변을 오가는 거 보셨어요?"

"키 작은 사람이요? 혹시 긴 옷을 입고, 벙거지 모자 쓴 사람을 말씀하시는 건가요?"

"네, 아세요?"

희정이 놀라며 물었다.

"요즘 주변에 나타나긴 한 것 같은데 전 모릅니다. 잠깐? 그러고 보니 그 사람이 선생님 작업실도 기웃거렸어요. 제가 무슨 일로 왔냐고 물으니까 금방 도망가더라고요."

“네?”

“그러고 보니 할아버님 돌아가셨을 때에도 그 키 작은 사람이 나타났던 것 같아요.”

“어머, 정말요?”

사람들의 눈이 모두 근준을 향했다.

“하지만 할아버지는 사고로 돌아가셨는걸요. 그 사람이 할아버지를 뒤에서 밀기라도 했다는 말인가요?”

“아니오, 그렇지 않을 겁니다. 할아버님이 얼마나 체구가 장대하셨는지 기억하시죠? 그렇게 조그만 사람에게 당하지는 않으시겠죠. 제가 봤는데 키가 150센티미터 정도밖에 되지 않던데요.”

근준이 말했다.

“아유, 무서운 이야기 하지 마세요! 그럼 할아버지가 여기서 살해된 거잖아요!”

희정의 친구 한 명이 말했다.

“희정이 너, 뭣하면 내가 사람 한 명 소개시켜 줄까?”

승진이 말을 끊듯 물었다.

“누구요?”

“이름이 조대현이지, 아마? 일종의 사립탐정이라던데?”

“탐정이라고요?”

나는 흠칫 놀랐다.

“경찰에서도 손을 뗄 정도로 미궁에 빠진 사건을 해결해 낸 사람인데, 경찰의 비공식 민간 자문이라고 해야 되나, 암암리에 경찰이나 변호사들을 돕고 있다고 합니다.”

"정말요? 그런 사람은 소설에나 나올 줄 알았는데 진짜 있어요?"

희정의 눈이 휘둥그레졌다.

"아는 변호사님이 있는데 그분에게서 들었어. 경찰이나 법조계에서는 꽤 알려진 사람이라고 해. 그 변호사님을 통해 부탁하면 될 거야. 그런데… 그 변호사님이 그러더라, 겉만 보고 사람을 판단하면 안 된다고."

"비용을 생각해야죠. 아, 차 회장님 손녀라고 했죠?"

근준이 끼어들었다.

순간, 희정의 눈에 뭔가가 들어왔다. 현관 쪽에는 사람이 있으면 자동으로 불이 켜지게 되어 있었는데, 현관에 불이 들어온 것이다. 누군가가 이 근처에 왔다는 말이다. 희정은 놀라서 그대로 현관으로 갔다. 구멍으로 밖을 보자 아무도 보이지 않았다. 혹시나 해서 창문도 살펴보았다. 다행히 별 이상은 없었다. 이 별장에는 값비싼 물건이 많은 만큼 방범도 잘 되어 있다.

자정이 다 지났을 무렵, 근준은 자신의 숙소로 돌아갔다. 다른 사람들도 다 슬슬 잠들었다. 나는 술을 그리 많이 마시지 않았고 호기심이 생겨 차 회장의 서재로 갔다. 희정은 이 서재에 차 회장이 직접 기록한 골동품 목록이 있다고 했다. 컴퓨터가 아닌 공책에 기록했기에 알 수 있었다.

그 문제의 해골 술잔에 대한 기록도 있었다. 2000년 실크로드 여행 중에 구했다는 말만 있었을 뿐 자세한 내용은 없었다. 사실 문화재 수집가 중에는 떳떳하지 못한 방법으로 물건을 구하는 이도 많다. 그러니 그럴 수도 있었다. 해골 술잔을 찾은 후 쇠로 만든 좌대는 작가 김만열에게 부탁해서 만들었다고 적혀 있었다.

"응?"

"왜 그러세요?"

희정이 물었다.

"저기 좀 봐봐!"

서재 창문을 보니, 뭔가가 창밖에서 반짝였다. 밖을 보니 할로윈의 호박 등 같은 게 보였다. 호박 속을 얼굴 모양으로 파고 안에 촛불을 넣어 밝히는 장식품, 그런데 이번에는 호박이 아니고 해골, 그것도 거꾸로 뒤집어진 해골 같았다.

"어머, 저, 저게, 뭔가요?"

"헉!"

나는 창문을 열려 했지만 창에는 쇠창살이 달려 있어서 밖으로 몸을 내밀 수 없었다. 거기다 그 해골은 금방 사라지고 말았다.

"저, 저게 뭘까?"

나는 1층으로 내려가 거실 불을 켰다. 그러자 밖에 뭔가가 보였다. 틀림없이 벙거지를 쓰고 있었다.

"누구야!"

승진의 목소리가 들렸다. 그는 화장실이라도 가려고 깬 모양이었다.

"밖에 누가 있어요!"

나는 서둘러 달려나갔다. 승진과 희정도 쫓아왔다.

"희정이 넌 남아 있어! 위험해!"

내가 말했지만 희정은 같이 나왔다. 나는 더 말리지 않고 서둘러 핸드폰 불빛으로 주변을 비춰 보았다. 하지만 어디에도 사람의 흔적을 찾을 수 없었다. 하지만 벙거지를 쓰고 긴 옷을 입은, 키가 매우 작은 사람이었다.

"아니, 그 사람 누구지? 설마 이 별장에서 물건이라도 훔치려고 엿보는 거 아닌가?"

승진이 말했다.

"아니요. 못 봤어요."

"저기, 무슨 일 있습니까?"

저편에서 갑자기 다른 목소리가 들렸다. 누군가 하니 근준이었다. 그 역시 자다가 달려 나왔는지 러닝셔츠 바람이었다.

"무슨 일인가요? 혹시 그 키 작은 남자가 또 나타난 겁니까?"

내가 묻자, 근준은 숨을 헐떡이며 대답했다.

"그런 것 같아요! 놀라서 쫓아 나왔습니다. 작업실 쪽을 엿보고 있었어요!"

"세상에, 대체 어떻게 된 거죠?"

희정이 벌벌 떨며 말했다. 근준은 주변을 둘러보았다.

"저기, 별장 별채가 있죠? 혹시 거기에 숨었을지도 모르는데, 한 번 볼까요?"

"아니, 숲으로 도망쳤을 수도 있어요. 숲으로 가면 잡지 못할 겁니다."

내가 말했다.

"이상합니다. 그 사람이 이리로 도망치는 걸 봤는데, 선생님 작업실에서 여기까지 올라오는 길은 하나뿐이거든요."

"저기 별장 뒤 가파른 계단으로 가지 않았을까요?"

승진이 그쪽을 가리켰다. 우리 넷은 모두 그쪽으로 달려갔지만 주변을 살펴보아도 아무도 없었다.

"꺄아아악!"

그때였다. 별장에서 갑작스러운 비명 소리가 터져 나왔다. 틈을 봐서 그 사람이 안으로 들어간 게 아닐까? 우리 넷은 재빠르게 별장 안으로 들어갔다. 그러자 여자들이 완전히 공포에 빠진 얼굴로 달려 나왔다.

"해골, 해골이 나타났어!"

"해골이라니? 어디!"

승진이 먼저 물었다.

"저기, 부엌에서 그 해골에서 빛이 났어요! 꺄아아악!"

"뭐라고?"

"우, 우리 빨리 도망가자!"

그다음은 길게 서술하지 않겠다. 희정의 친구들과 선후배들은 전부 차를 타고 그 새벽에 서울로 가고 말았다. 나, 승진, 희정만 남았다.

"이상하군요. 부엌에서 그 해골에서 빛이 났다고?"

나는 부엌의 불을 켜고 그 해골 술잔을 다시 보았다. 척 봐도 아주 오래된 해골일 뿐 아무것도 아니었다. 결국 우리는 모두 그날 밤 뜬눈으로 새우고 말았다. 승진은 물론 근준까지 별장에 앉아서 희정을 지키기로 했으니까. 그 안은 오히려 불편했다. 첫눈에 봐도 근준도, 승진도 그녀에게 마음이 있음을 알 수 있었다.

다음 날 아침, 우리 네 사람은 김만열 작가의 작업실로 갔다. 김 작가는 퉁명스러웠지만 들어오라고는 했다. 나는 그 해골 술잔과 그 키 작은 사람에 대해 물어볼 게 있었다.

"그래서 거기서 밤을 새웠어?"

김 작가가 근준과 희정을 번갈아 보며 말했다. 작업실에는 망치와 집게, 그 외에도 금속의 불순물을 제거하는 장치, 선반을 비롯한 작업 기계까지 매우 생소한 물건들이 공방을 가득 채우고 있었다. 그런데 내 눈에는 다른 것이 많이 들어왔다.

"유독성 약이 굉장히 많네요!"

내가 말했다. 김 작가는 당연한 거라는 듯 말했다.

"금속을 다루는 물건들은 매우 유독한 법이지. 그런데 여기에는 웬일인가?"

"이 술잔에 대해서 알고 싶습니다. 이 좌대 선생님이 만드신 거라고 했죠?"

내가 두개골 술잔을 내밀며 물었다.

"그거? 차 회장이 실크로드에서 가져온 거야. 맞아, 한국에 온 다음에 내가 그 잔의 좌대를 만들어줬네. 나름 실크로드 양식을 덧붙여서 말일세. 그래서 그걸로 와인도 한두 잔 했네. 그런데 그게 뭐 이상해?"

"사실, 이 술잔이 들어온 다음에 차 회장님이 건강이 매우 나빠졌고 얼마 못 가서 돌아가셨다고 해서요. 혹시 이걸 차 회장님이 얻게 된 데 무슨 문제 있었습니까?"

내가 말했다. 김 작가는 고개를 갸우뚱하며 나를 보았다.

"자네 경찰인가? 차 회장을 안내했던 실크로드 전문가 최 교수가 사고로 절벽에 떨어져 죽었거든. 그 때문에 조금 문제가 생기긴 했지만 이걸 가져오는 데에 성공했네."

"어떻게 가져왔죠?"

나는 놀라며 물었다.

"현지인에게 돈을 주고 한국까지 화물로 위장해서 부쳐 달라고 했다네. 이런 유골은 매우 중요한 유물이라 중국에서 빼 오기도 힘들어서."

나는 희정을 보았다. 그녀로서는 할아버지가 떳떳하지 못한 일을 했다는 사실을 듣기가 불편했을 것이다. 하지만 그녀는 보기보다 덤덤했다.

"저런."

"뭣하시면, 차 회장님 돌아가셨을 때 이야기를 좀 해주셔도 될까요?"

내가 물었다. 승진도 이상한 눈으로 나를 보았다.

"별건 아닐세, 한밤중에 차 회장이 그 별장 뒤에 있는 계단에서 구르는 모습을 보고 나랑 여기 근준이가 둘이서 달려가 보았어. 그런데 나는 핸드폰이 없어서 근준이가 가서 119를 불렀는데, 이미 죽은 다음이었네."

김 작가는 담담히 말했다. 그러고 보니 내가 그 불타는 해골 비슷한 걸 본 장소도 별장 뒤편이었다. 혹시 차 회장이 뭔가를 보고 놀라서 계단에 구른 게 아닐까.

"혹시, 여기서 도깨비불이나 그런 걸 보신 적은 있나요?"

내가 다시 물었다.

"도깨비불? 지금 농담하나?"

"아, 아닙니다. 그러면 누구더라, 그 키 작은 사람이 차 회장님 돌아가셨을 때도, 거기다 요즘도 이 주변에서 돌아다닌다고 했는데 그 사람이 누군지는 아십니까?"

"그걸 내가 어떻게 아나? 나도 궁금하네."

"차 회장님 건강이 어떻게 나빠지셨나요?"

내가 다시 물었다.

"현기증이 있고, 불면증이 좀 있다고 그랬지, 아마?"

"그렇다면 혹시 포도주 때문이 아닐까?"

내가 말했다. 희정이 놀라며 물었다.

"어머, 뭐라고요?"

"포도주 때문에 할아버님 건강 나빠진 거 아니냐고. 예전에는 포도주 캡실에 납 화합물이 포함되어 있었거든. 1980년대 이후에 납 캡실은 쓰지 않지만 여기 보니까 1980년대 전 것도 몇 개 있네. 중세 유럽에서만 해도 맛이 좀 변한 포도주에 납 화합물을 감미료로 썼어. 로마 때에도 '사파' 라는 포도주 시럽이 있었는데 말이야. 로마 제국 시절에는 설탕이 유럽에 전해지기 전이니까 꿀 외에는 당분 보충할 게 없었거든. '사파' 는 포도주를 끓여 만든, 단맛 나는 시럽인데 반드시 납으로 만든 냄비로 끓이라는 말이 있어."

내가 설명하자 근준은 물론 승진까지 나를 보고 심히 경계하는 얼굴을 했다.

“납 화합물이요?”

“그래, 빈혈에 불면증, 현기증이면 납중독 증상일 수도 있거든. 할아버님이 언제부터 와인을 즐겨 마시기 시작했는데?”

“돌아가시기 1년쯤 전부터 그러셨어요.”

“그렇다면 초보셨구나.”

“그런데 캡실이 와인이랑 직접 닿지는 않을 테니 그 정도는 큰 문제가 없을 겁니다.”

희정이 대답하자 승진이 고개를 흔들며 말했다. 그런데 근준은 나를 보는 얼굴이 조금 달라졌다.

“이 두개골 술잔에 무슨 저주 같은 게 걸려 있다고 차 회장님이 말씀하시지는 않았나요? 지백의 저주라든가.”

내가 물었다.

“저주라니, 엉뚱한 소리만 하는군그래. 하긴 뭐, 유물에는 그런 전설이 많지. 저주받은 다이아몬드, 투탕카멘 무덤, 그런 이야기를 다 대자면 한도 없을 거야. 그리고 차 회장이 그 술잔을 보고 지백의 두개골이라고 부르기는 했지만 그게 언젯적 유물인지는 모르지. 학자가 와서 연도 검사라도 한다면 모를까. 지백은 기원전 5세기 사람이잖아? 솔직히 지백이나 예양이 저주를 내렸다면 내렸을 수도 있지. 조양자처럼. 지백을 알면 조양자도 알겠지?”

김 작가가 말했다. 사마천이 쓴 〈사기(史記)〉의 자객열전 편을 보면 지백의 충복이었던 예양은 원수를 갚기 위해 두 번에 걸쳐 조양자를 암살하려고 했다. 첫 번째 시도에서는 조양자가 예양의 충성심을 기특하게 여겨 살려줬지만, 두 번째에는 죽일 수밖에 없었다. 그러자 예양은 조양자의 옷을 벗어 달라고 한 뒤 그 옷을 칼로 찌르고 자살했다. 그런데 그 옷에서 피가 흘렀고 이에 놀란 조양자는 앓다가 일 년 만에 죽었다.

"그런데, 그 저주가 이 두개골이랑 관련이 있나요?"

"지백의 두개골을 아직도 술잔으로 쓴다면 예양이 저주를 내릴 수도 있다고 차 회장이 그랬거든."

김 작가가 말했다.

"농담이셨겠죠. 그런데 그런 식으로 하면 저도 저주를 받을지 모르겠군요. 저도 가끔 뼈를 모티브로 한 작품을 만들거든요."

근준이 웃으며 말했다. 하지만 나는 조금 마음에 걸렸다.

친구들이 모두 서울로 도망치고, 별장에 남자 둘에 여자 하나만 남으니 희정이 조금 어려워할 것 같았지만, 그녀는 묵묵히 참고 별장에 있는 골동품 목록을 체크하였다. 다행히 골동품들은 목록과 차이가 없었다. 이 중에는 가치 있는 유물이 많아 관리를 엄격히 해야 했다. 그런데 나는 좀 이상하다는 생각이 들었다. 무엇 때문에 그 사람들이 그렇게 놀라서 달아났을까.

"경식이 오빠!"

밤이 깊어갈 무렵, 희정이 내게 달려왔다.

"그, 그 이상한 사람이 또 나타났어요! 벙거지 쓴 사람이요!"

"뭐야?"

"저기 뒷문 쪽으로 갔어요!"

나는 서둘러 그리로 달려갔다. 뒷문 쪽이라면 차 회장이 죽은 자리다. 희정이 따라오려 했지만 나는 승진에게 그녀와 함께 있으라고 한 뒤 뒷문으로 나갔다. 곧장 차 회장이 죽은 계단으로 갈 수 있었다. 어두운 곳에서 발을 헛디디기라도 하면 정말 큰 사고가 날 것 같았다. 나는 한쪽 무릎을 꿇고 계단을 보았다. 만약에 여기서 낚싯대 같은 것에 해골을 매달아서 2층 서재 창문 앞으로 돌리기라도 한다면 어떨까, 그 키 작은 사람이 한 짓인가? 하지만 요즘 그런 유치한 행동에 넘어갈 사람이 있겠는가.

그때였다. 갑자기 공기의 흐름이 거칠어졌다.

"거기 서랏!"

목소리가 그 흐름을 멈추고 말았다. 나는 서둘러 뒤를 돌아보았다. 강한 불빛이 내 뒤를 비추고 있었다.

"누구요?"

내 바로 뒤에서 각목을 들고 있던 이는 바로 근준이었다. 그리고 그 키 작은 사람이 그의 눈에 손전등을 비추고 있었다.

"어, 어머나?"

"당신 누구야!"

별장에서 승진과 희정이 달려 나왔다. 승진은 당장 그 낯선 남자를 잡으려 했으나 내가 막았다.

"아닙니다. 이 사람이 나를 각목으로 때리려 했어요!"

나는 근준을 붙잡으며 말했다. 근준은 몸부림치며 소리쳤다.

"무슨 소립니까! 이 벙거지 쓴 사람이 당신을 공격하려고 해서 내가 각목으로 막으려 했던 것뿐입니다!"

"그럴 리가 없습니다. 이 벙거지 쓴 사람은 내 동료거든요!"

내가 말하자, 근준은 물론 승진도 어안이 벙벙하였다. 조금 있다가 숲 속에서 여러 명의 사람이 달려 나왔다. 그들은 형사들이었다.

"당신은 누굽니까?"

승진이 벙거지의 남자에게 물었다.

"처음 뵙겠습니다. 조대현이라고 합니다."

자신의 이름을 밝힌 남자는 곧장 긴 옷을 벗었다. 그러자 그 밑에서 바바리코트 비슷한 옷이 나타났고 그는 그 코트 안에서 헌팅캡을 하나 꺼내서 썼다.

"조대현이면, 설마?"

승진이 말했다. 그가 앞서 언급한 대로, 경찰도 비밀리에 협력을 구하는, 강력사건이나 미제 사건 풀이의 전문가였다. 거기다 내가 그와 동료라는 말에 놀란 승진은 나와 조대현을 번갈아가며 보았다.

"최근준 씨, 당신을 조사해 보았는데 당신은 차 회장님이 실크로드에서 그 두개골을 도굴했을 때 안내했던 교수님의 아들이죠? 차 회장은 그 두개골을 몰래 들여왔고 그 사실을 알아차린 당신의 아버지를 절벽에서 밀어 죽이기까지 했습니다. 그래서 당신은 복수를 꿈꿨죠. 일부러 김만열 씨에게 접근하여 금속공예를 배우기까지 하면서요."

"내, 내가 차 회장님을 죽였다고요? 어떤 방법으로요?"

"아주 간단했습니다. 당신은 금속공예가니까 일부러 이 두개골 술잔과 똑같은 걸 만들었죠. 차 회장님이 자리를 비우거나 했을 때를 노려 사진을 찍거나 틀을 뜨면 되니까요. 요즘은 사진을 합성해서 3D로 만들 수도 있지요. 해골에 옻칠을 했으니 겉보기나 잡는 느낌은 비슷할 겁니다. 똑같이 옻을 칠했으니까요. 다른 점이 있다면, 금속이죠."

다들 조대현의 입에 집중했다.

"두개골 술잔 진품은 눈과 콧구멍을 비롯한 각 틈을 은으로 메웠습니다. 하지만 근준 씨는 복제 술잔을 만들 때 은 대신 납을 써서 메웠죠. 납은 산성용액에 녹아서 나오기 때문에 포도주에 녹으면 은근한 단맛이 날 겁니다. 추리소설에서 흔히 쓰이는 방법입니다."

"뭐라고요?"

"차 회장님이 돌아가시기 전 현기증이나 빈혈 증상을 보였다는데, 그건 납중독 현상입니다. 범인은 서서히 죽이려고 했지만 현기증 때문에 그만 별장 뒷문 계단에서 넘어져서 계획보다 일찍 죽었죠. 현장의 첫 발견자였던 근준 씨는 119를 부르러 가는 척하면서 차 회장님의 주머니에서 열쇠를 빼내서 별장으로 들어갔고, 틈을 봐서 자기가 훔친 진짜 술잔과 가짜 술잔을 다시 바꿨죠. 그러니 별장 골동품 목록에는 이상이 없었던 겁니다. 가짜를 놓고 진짜를 가져간 게 아니라 그 반대였으니까요."

"잠깐만요, 만약에 내가 두개골 술잔을 얻는 게 목적이었다면, 그대로 두지 왜 진짜 술잔을 도로 갖다 놓습니까?"

근준이 물었다.

"당신의 계획대로라면 차 회장님은 납중독으로 서서히 죽게 될 겁니다. 만약에 이때 경찰이 와서 납이 들어갈 만한 물건을 검사하다 보면 그 술잔을 조사할 것이고 그것이 가짜 해골임이 밝혀질 겁니다. 그렇게 되면 누가 먼저 용의선상에 오를까요? 당연히 당신이나 김만열 선생님이죠. 금속공예를 하는 분들이니까. 그래서 당신은 더 확실한 복수의 길을 택했죠. 금속공예 전문가이자 촉망받는 학자가 되어서요. 그를 통하여 희정 씨에게 접근하려고 했죠. 그렇게 되면 그 두개골 술잔도 당신 게 되겠죠. 거기다 차 회장님이 예정보다도 일찍, 그것도 납중독으로 인한 현기증으로 계단에서 굴러서 죽었으니 오히려 더 좋았겠죠. 그분의 몸에서 납이 조금 검출된다고 해도, 어제 경식이가 말한 대로 포도주 병 캡실 때문에 그렇게 됐을 거라 여겨질 수도 있으니까요."

"……."

"아까 말했지만 여기 있는 윤경식은 사실 제 동료입니다."

조대현이 나를 보며 말했다.

"차희정 씨가 우리에게 할아버님의 죽음에 의문점이 있다고 의뢰하였죠. 조사하다 보니 당신에까지 이르더군요. 하지만 당신이 범인이라는 물증이 없어서 이번에 별장에서 친구들을 모아 파티를 하면서 희정 씨의 남자친구인 척하라고 보냈죠. 당신이 무슨 행동을 할지 몰랐거든요. 그리고 나는 별장 밖을, 이 친구는 안을 감시했죠."

"뭐라고요?"

이렇게 외친 이는 근준이 아니고 승진이었다. 그리고 동시에 안도의 눈빛이 그에게 살짝 오갔다. 역시 그는 희정에게 마음이 있었던 모양이다.

"그리고 경식이더러 일부러 납중독이다, 뭐다 하고 말하도록 해서 당신이 경식이를 다음 표적으로 삼도록 했죠. 그리고 당신은 적당히 때를 봐서 이 친구까지 없애고, 그 '키 작은 사람'이 그랬다고 위장하려 했죠? 수상한 키 작은 사람이 이 주변을 오가고 있다는 건 김 작가님을 비롯해 다들 알고 있으니까요. 그 함정에 당신이 걸린 겁니다."

"그러면, 나는 뭔가요?"

승진이 불쾌함을 감추지 못하고 물었다.

"댁은 아무것도 아니죠."

풋, 나는 웃음이 나왔다. 나는 그 승진이라는 남자가 희정을 좋아한다는 사실을 짐작하고 있었다. 그 때문에 근준보다도 그가 더 강한 질투심을 보이고 있었다.

사건은 일단락되었다. 최근준은 자신의 아버지를 죽인 자가 차 회장임을 알고, 그에게 복수를 하기 위해 주변 인물들에게 접근했다가 이 별장 주변 사람이자 회장의 친구인 김 작가의 제자가 되었다. 그리고 차 회장을 죽여서 복수하고는 제대로 된 복수를 위해 아예 그 별장을 자신이 가지려고 일부러 장래 유망한 경영대학원생이자 예술가로서 희정에게 접근하여 그녀와 결혼할 계획까지 짰다. '키 작은 사람'이 나타났을 때 적극적으로 그녀를 보호하는 척했던 이유도 그녀에게 호감을 사기 위해서였다. 그러나 할아버지의 죽음을 수상히 여긴 희정이 남모르게 나와 조대현에게 도움을 청하면서 그의 범행이 들통 나고 말았다.

"저, 그런데 이건 정말 지백의 두개골일까요? 조금 걸리는

데요."

근준이 연행된 뒤 희정이 말하자, 조대현은 그 해골 술잔을 잠시 훑어보았다.

"이상합니다. 적장의 두개골로 술잔을 만들었다면, 남자 해골일 확률이 높은데 이건 여자의 해골 같은데요? 아무래도 지백의 술잔은 아닌 것 같습니다."

"두개골 보고도 남녀 차이를 알 수 있나요?"

희정의 눈이 커졌다.

"남자의 두개골은 여자의 것보다 전체적으로 울퉁불퉁하거든요. 이 여자가 무슨 큰 죄라도 지었는지도 모르겠습니다. 아니면 원수든지요."

"정말 고맙습니다. 부모님께 말씀드려서 반드시 보답할게요."

희정은 우리에게 인사했다. 나는 조대현과 함께 서울로 올라가는 차를 탔다.

"남의 남자친구 역할도 괜찮지 않아? 보니까 그 승진이라는 사람, 희정 씨를 좋아하는 것 같던데. 너한테 질투 많이 했지?"

조대현이 농담하듯 물었다.

"뭐, 이 기회에 둘이 잘되면 좋지. 참, 그런데 말이야."

"뭐가?"

"왜 그렇게 사람들을 놀라게 해서 다 쫓아버렸어?"

"응?"

"그 별장에 갔던 첫날에, 별장 2층 서재에 해골에 불 달아서 올린 건 잘한 거였는데 말이야. 나중에 부엌에서 그 해골 술잔에서 붉은빛이 났다고 사람들이 다 놀라서 뛰어나가 버렸거든? 그런데 너 그때 다른 데 숨지 않고 별장 부엌에 갔었어?"

내가 물었다.

"무슨 소리야? 난 해골에 불 달아서 올리긴 했지만, 부엌 근처에는 가지도 않았는데?"

조대현이 되물었다. 순간, 내 등에서는 뭔가 차가운 기운이 올라오는 듯했다.

"자, 잠깐, 그렇다면!"

황천 황해

장근양(장량)

1989년 영화진흥공사 시나리오 공모전 당선.

1990년 스포츠서울 신춘문예 추리 부문 당선. 장편소설 〈대통령의 밀사〉, 〈예술가의 연인〉, 〈핵심〉, 〈사랑특급〉, 〈자살궁전〉.

인천 선적 외끌이 저인망 어선 해룡호의 그물에 시체가 걸려 올라왔다.

어청도 서쪽 15마일 해상. 음력 9월 보름사리. 한밤중이었다.

당연히 한가위 버금가는 보름달이 휘영청 떠올라 있어야 했으나. 바다와 맞닿을 듯 낮고 두텁게 깔린, 검은 구름이 달을 삼켜버린 칠흑 같은 밤바다였다. 하늘도 어둡고 바다도 어두운 망망대해. 오직 돛대에 달려 있는 작업등만이 그 바다 한구석에 외롭게 떠 있는 어선의 갑판을 을씨년스럽게 비추고 있었다.

준수가 스물세 해 동안 살아왔던 이 지구상의 그 어떤 곳, 그 어떤 분위기와도 사뭇 다른, 스산하고 오싹한 공간이었다. 아마도 저승과 이승의 중간쯤 되는 삼도천이 있다면, 아케론 강이 있다면 이런 곳일까. 싸늘한 가을바람이 갑판을 휩쓸었다.

어제, 꼭두새벽에 인천에서 출항하여 만 하루를 꼬박 배질해 다다른 어장에서의 세 번째 양망이었다.

처음 어선에 오른 초보 중의 초보인 김준수는 첫 그물이 올라왔을 때, 고기잡이가 결코 만만한 일이 아니라는 것을 단번에 깨달아야 했다. 데릭으로 끌어 올려진 그물 끝 자루 속에 든 어획물은 어마어마했다. 그러나 상갑판에 쏟아부어진 산더미 같은 내용물은 준수가 상상했던 물고기가 아니었다. 폐타이어와 폐그물, 통발 등 버려진 선구, 장화, 비옷 등의 선원 용품, 찌그러진 양푼과 깨진 접시 조각, 소주병, 비닐봉지 등의 생활 쓰레기와 유령멍게, 불가사리, 해저 진흙과 돌멩이가 대부분이었다. 그 쓰레기 더미를 헤쳐 고기를 찾아내는 것이 바로 '고기잡이' 였다.

고기를 풀어놓고 다시 그물을 정리해 바다에 투망해 배가 후릿줄로 그물을 끌어 바다 밑을 훑는 동안 선원 모두 갑판을 기어 다니며 고기를 종류별로 골라 바구니에 담아 물에 씻고, 크기별로 나누어 나무상자에 가지런히 담아야 했다. 나무상자에 고기를 담는 일도 단순노동이 아니었다. 숙련된 선원이 해야 제값을 받을 수 있는 모양새가 나는 것이다.

준수는 흔들거리는 배 위에서 수없이 넘어지거나 미끄러지고, 멀미를 참아가며 이를 악물고 고기를 골라 담고 물에 씻어 고참 선원들이 상자를 채울 수 있도록 가져 날랐다.

고기가 담긴 상자는 곧바로 어창을 열고 얼음을 채워 차곡차곡 쌓아 넣었다. 어창의 한쪽에는 출항할 때 받아 담은 얼음이 가득 들어 있었다. 고기 상자를 받아 어창에 쌓는 것도 숙련된 솜씨가 필요했다. 준수가 할 수 있는 일은 고기 상자를 들어 어창에 넣어주는 단순노동에 불과했다.

어창에 고기를 넣고 나면 갑판 가득 남은 쓰레기를 삽으로 퍼서 바다에 버리고 갑판을 청소해야 했다. 물을 부어가며 대솔로 박박 문질러 닦지 않으면 갑판이 미끄러워 큰 사고로 이어지기 십상이었다. 이 또한 초보인 준수와 중국인 선원의 몫이었다. 당초 출항할 때 두 명의 중국인 선원도 함께 탔다. 해룡호에서 몇 항차 작업을 한 중고참 '리쓰'가 '짱싼'이라는 초보를 한 명 데려온 것이다.

그냥 서 있기도 어렵게 흔들리는 갑판 위에서 겨우 한 방을 끝내면, 다시 그물이 올라왔다. 쉴 틈이 없는 무한 반복이었다. 그렇게 두 번째 그물이 올라오고 허겁지겁 선걸음에 저녁을 먹고 던져 넣었던 세 번째 그물이 한밤중에 올라온 것이다.

배에 처음 오를 때 다져 먹은 마음이 있었기에 준수는 커다란 플라스틱 컨테이너를 들고 야무지게 쓰레기 더미에 덤벼들어 고기를 골라냈다. 가자미, 넙치, 가오리, 오징어 등 저서층 어류가 주종이었고, 그 외 아귀, 삼치, 새우 등 온갖 잡고기가 섞여 있었다.

준수가 쓰레기 더미 속에 손을 넣어 고기를 잡았다고 생각한 순간, 속을 뒤집는, 어떻게 말로 표현할 수 없는 역겨운 냄새가 피어오르며 사람의 팔이 들려 올라왔다. 그리고 눈구멍에 낙지가 붙어 있는 사람의 머리가 보였다.

"으, 으악!"

준수는 비명을 지르며 사체의 손을 놓았으나 이미 사체의 손 껍질이 훌러덩 벗겨져 준수의 손안에 들어 있었다. 손을 휘저어 살갗과 살점을 털어내는 준수를 보고 다른 선원들이 달려왔다. 선원들이 모여들자 준수는 앉은 채 엉덩이를 밀며 뒤로 물러났다. 뱃전에 등이 닿아 멈춘 준수는 치밀어 오르는 토악질을 참지 못하고 뱃전을 잡고 일어나 바다에 토했다. 창자까지 토해낼 듯, 눈알이 빠져나올 듯, 숨을 헐떡거리며, 온몸을 부들부들 떨며 토하고 또 토했다. 겨우 숨을 고르고 입을 훔치고 갑판을 돌아보았다.

시체는 쓰레기 더미에서 끌려 나와 갑판 가운데 놓여 있었다. 바로 준수의 눈앞 삼 미터였다. 사체는 반쯤 썩어 군데군데 백골이 드러나 있었고 배는 움푹 꺼져 있었다. 모든 선원이 시체를 지켜보고 있는 가운데 '리쓰'가 뱃머리의 창고에서 도끼를 꺼내와 시체 옆에 섰다. 부채처럼 넓은 날이 시퍼렇게 선 긴 자루 도끼였다.

순간, 갑판에 유리로 만든 거대한 종이 씌워진 것처럼 모든 소리가 사라졌다. 엔진 소리도, 파도 소리도, 바람 소리도 순간에 증발해 버린 듯 귀가 멍멍했다. 쏟아지는 서치라이트의 날카로운 불빛을 받아 리쓰의 눈이 기괴하게 빛났다. 어둠 속에 숨어 있는 고양이과 동물의 눈처럼 리쓰의 눈에 불이 켜졌다.

리쓰가 짐승의 소리처럼 낮고 깊게 말했다.

"니지거고우자이즈 종자오워먼더마판. 잔먼바타뚜어청로우콸바!"

높이 쳐들린 도끼날에 반사된 빛이 동그랗게 선을 그리며 시체를 내려찍었다.

서해 바다 한가운데, 한밤중, 고깃배 갑판, 작업등이 내리 쏘는 동그란 공간이 그 순간만큼은 진공이 되어버린 듯했다.

도끼날은 정확하게 시체의 목에 내리찍혀 단번에 목이 잘려 떨어졌다. 시체라서 피가 튀지는 않았다. 그냥 댕강 목이 몸체와 분리되었다. 리쓰는 떨어져 나온 목을 뱃전 한쪽에 열려 있는 현문으로 차 바다에 빠뜨렸다.

준수는 자신도 모르게 손을 통째로 입에 넣어 터져 나오는 비명을 막아내었다. 무릎이 후들거리고 오줌이 새어 나와 바지를 적셨다.

곧이어 팔다리가 잘려 나가 바다로 던져지고 마지막으로 몸통이 발길에 채여 바다로 들어갔다. 다리에 힘이 풀리며 눈앞이 까마득해진 준수는 그대로 무너져 내려 정신을 잃었다.

육군 보병으로 병역을 마친 준수는 구월 말에 전역했다. 돌아오는 삼월 복학까지 오 개월 동안의 공백이 생긴 것이다. 오 개월 동안 어떻게든 돈을 모아야 학교생활이 넉넉할 터였다. 하지만 시급 몇천 원의 아르바이트 자리도 쉽게 구할 수 없었고, 막노동 일용 잡부도 팀을 이루지 못하면 어쩌다 하루 일거리나 얻어 걸릴까, 며칠씩 허탕이었다.

그러나 정작 준수를 힘들게 하는 것은 일당 몇 푼이 아니었다. 삶에 대한 의욕 상실이었다. 입대하기 전까지만 해도 준수는 스스로의 삶에 대해서 심각하게 생각해 본 적이 없었다. 부모가 노점을 하여 어렵게 생계를 꾸려가는 집안의 외동아들이기는 했지만, 그 정도 어려운 환경에서 공부하는 친구들이 적지 않았고, 부모도 어떻게든 준수를 가르치려고 했기에 큰 어려움 없이 대학까지 진학했다.

학업성적이 남다르게 뛰어나지도, 그렇다고 열등생도 아니었다. 그냥 평범하게, 착실하게 모범생으로 눈에 띄지 않게 지극히 평균적으로 이십 년을 살다가 가장 평범한 육군 보병으로 입대해 총 들고 뛰고 기다가 전역을 했다. 당초 초등학생 시절부터 준수는 큰 포부가 없었다. 친구들이 판사, 의사, 교수, 국회의원, 심지어 대통령까지 장래 희망을 밝힐 때도 준수는 아무 생각 없이 '선생님' 이라 적었다. 그렇게 특별한 재능을 보이지 못하고 자라서 이류 대학의 합격 가능한 학과를 찾다 보니 영문학과를 다니게 되었을 뿐이었다.

영문학과를 지원할 때만 해도, '영어만 잘해도 먹고산다' 는 선생님과 부모님의 말을 따랐고, 열심히 하면 영어 선생은 물론 무역회사, 출판사, 하다못해 학원 강사, 과외를 해서라도 밥벌이는 할 것 같았던 것이다. 그러나 막상 전역을 하고 복학을 앞두고 보니 먹고살 일이 캄캄했다. 영어쯤이야 초등생들도 기본이었고, 유학파를 넘어 이민 2, 3세대들이 대거 귀국해 준수 정도의 스펙으로 먹고산다는 건 까마득한 옛이야기였다.

아직도 부모님들은 준수가 졸업하기만 하면 짐을 벗어놓는다고 부부간에 몇 년만 더 고생하자고 열심이었다. 그런 부모를 지켜보는 준수의 마음이 편할 수는 없었다.

준수는 성취동기를 잃었다. 복학도 시들했다. 뭔가 심장을 뛰게 할, 생명력을 불태워 이루고 싶은 그런 뭔가가 준수에게는 없었다. 준수는 집구석에 들어박혀 뒹구는 게으름과 무기력의 함정에 빠지지 않으려고 가능하면 집밖으로 나돌았다.

고등학교 은사를 찾아 허심탄회하게 현재의 심정을 토로해 자문을 구하기도 했다. 비슷한 처지의 전역 동기를 만나 세상을 논하기도 했다. 세상을 경험한답시고 이 일, 저 일을 찾아 막노동, 심부름 잡역, 핸드폰 외판, 외국인 관광 가이드 등등도 해보려 했다. 그러나 하루 벌이 한 끼 물고기일 뿐, 준수에게 평생 먹고살 낚시질과 낚시터는 보이지 않았다.

그러던 중, 고등학교 은사의 권유대로 해외 배낭여행을 해보기로 마음먹었다. 영어회화와 제2외국어로 배웠던 중국어가 여행을 할 정도는 되니까 혼자서 돌아다닐 수 있을 것 같았다. 일단 세상을 한 바퀴 돌아보면 뭔가 해보고 싶은 일이 생길지도 몰랐다.

문제는 여행 경비였다. 단기간에 돈을 좀 모아야 했다.

그래서 수소문 끝에 고깃배를 타기로 했다. 아무런 기술도 필요 없이 건강한 몸으로 줄만 당기면 목돈을 벌 수 있다는 것이었다. 고기를 잘 잡는 배를 만나면 한 항차에도 몇십만 원 나눠 받는다는 것이었다. 돈에 더하여, 모험이라는 짜릿한 유혹이 있었다. 아직까지 준수가 한 번도 해보지 못한 모험!

그리하여 준수는 인천의 어선 부두에 섰다. 길가에 즐비한 선원 용품 가게마다 '선원 급구' 라는 표찰이 붙어 있었고, 전봇대

마다 선원 구함 전단이 도배되어 있어서 맘만 먹으면 금방이라도 배를 탈 수 있을 것 같았다. 그래도 일단 어떤 배를 타게 될지 먼저 보고 싶어서 부두로 나왔다. 하지만, 어찌 된 일인지 막상 부두에는 배가 몇 척 없었고, 지나다니는 사람도 별로 없었다. 알량한 귀동냥으로는 선원을 구하지 못해 달아맨 배들이 천지라 했는데…….

망연히 바다를 바라보다가 준수는 부둣가 담배 가게에서 담배를 한 갑 샀다. 군대에서 담배를 배웠지만, 전역하면서 어떻게든 끊어보려 했는데… 담배를 반쯤 피웠을 때 머리카락이 반쯤 허옇게 센 중늙은이가 다가와 담배를 한 개비 청했다. 검게 그은 얼굴, 까마귀 발처럼 거친 손을 보니, 안쓰러운 생각이 들어 준수는 아무 말 없이 담배를 꺼내주고 라이터를 켜주었다. 그 사람은 곧바로 자리를 뜨지 않고 담배를 깊숙이 들이 피며 준수 곁에 서서 혼잣말을 중얼거렸다.

"뱃놈이 배를 달아매 놓고 있으니 살맛이 안 나는구먼. 바다에 나가 고기를 잡아야 돈을 버는데 말이야."

준수는 한 걸음 물러서 그 사람을 다시 살펴보았다. 억세게 뻗쳐 오른 머리카락이나마 빗질한 흔적이 있고 얼굴도 면도를 해 말끔했다. 허름한 작업복도 깨끗하게 빨아 입어 나름 깔끔했고, 운동화도 더럽지 않은 사람이었다. 준수는 용기를 내어 말을 붙였다.

"어선들이 다 어디 갔나요?"

어이가 없다는 표정으로 중늙은이가 준수를 위아래로 훑어보더니 친절하고 부드러운 목소리로 대답했다.

"고기 잡으러 나갔지. 이제부터 가을철 성어기라네. 고기가 많이 들기도 하고 맛도 좋고 금사도 좋아서 다들 엊그제 새벽밥 먹고 출항했어. 추석에 철망하고 결산 봐서 집에 갔다 와 다시 배를 잡아 나간 거지. 여보게, 젊은이. 고기는 음력 보름과 그믐 때인 사리 물에 잡는다네. 물살이 세서 고기가 많이 들기 때문이지. 사리 물에 고기를 잡아 조금 들어와 파는데 내일 모레가 구월 보름 사리 물이야. 추석 때보다도 더 물발이 좋은 만선 기회를 놓칠 선장이 어디 있겠나."

준수는 조심스럽게 말을 넣었다.

"어르신은 왜 바다에 나가시지 않았어요?"

중늙은이가 손을 들어 부두 한편에서 흔들거리고 있는 어선을 가리켰다.

"저기 저 해룡호가 내가 십 년째 타고 있는 밴데, 손을 맞출 선원이 없어서 못 나가고 있어. 추석 물에 셋이 내렸는데, 어지간한 사람이면 싣고 나가자고 해도 선장이 둘이 다시 오기로 했다고 기다리고 있어. 말로는 오늘까지 오기로 했다나."

"그럼 곧바로 나가시겠네요."

"둘이 온다고 해도 하나가 부족해. 절대적으로 맞춰야 작업이 될 손이 있거든."

"뱃일을 잘 아시는 걸 보니 어부 생활을 오래 하셨나 봅니다."

"사십 년 넘었지. 조금새끼로 바닷가에 태어나서 지금까지 못 떠나고 있다네."

"조금새끼라니요?"

생각 없이 말을 바로 받아버린 것 같아 준수는 민망한 표정을 지었다. 그 사람은 미소를 얼굴에 슬쩍 흘리며 스스럼없이 대꾸해 주었다.

"뱃사람의 자식이란 말이라네. 사리 물에 바다에 나갔다가 조금 물에 들어와 마누라와 만든 새끼란 말일세."

"아, 예……."

허물없는 말에 준수는 마음을 놓았다.

"고깃배를 타면 정말로 돈을 벌 수 있습니까?"

중늙은이가 다시 한 번 준수를 이슥한 눈길로 쓸어보았다.

"옛날에는 좋았지. 아무리 육지에 흉년이 들어도 뱃사람은 쌀밥에 고깃국이었으니까. 하지만 지금은 고기가 많이 줄고 출어경비도 늘어나 옛날처럼 돈을 벌 수는 없어."

"그래도 육지 막노동보다는 일당이 더 많다던데요."

"옛날이나 지금이나 서양이든 동양이든 고깃배는 잡는 만큼 나누어 먹어. 잡은 고기 팔아서 출어경비 빼고 선주 몫 제하고 나머지 돈을 선장, 기관장, 갑판장, 중짜, 초짜 차례로 나누어 먹거든. 그래서 고기 잘 잡는 선장 만나고 운이 좋아 만선되면 제법 돈을 받을 수는 있어. 무엇보다도 배만 오르면 먹고 자는 것 다 해결되잖아. 육지에 닿을 때까지는 돈도 못 쓰니까 막노동보다는 더 돈을 모을 수 있지."

"많이 위험한 일입니까?"

"육지에서 자동차 운전을 해도 사고 나면 죽잖아. 바다도 마찬가지지. 그래도 옛날보다는 많이 안전해졌어. 무엇을 하든 사고는 저할 나름이지."

"해룡호는 어떻습니까? 어르신이 오랫동안 타시는 걸 보니 고기를 잘 잡는가 봅니다."

"선장이 독하니까 일은 힘들어도 몇 년 동안 인천 외대구리 중에서는 일등이지."

"외대구리라뇨?"

"외끌이 기선 저인망이란 말이야. 배 한 척으로 바다 밑에 그물을 집어넣어 끌고 다니며 싹쓸이하는 거지. 고기잡이 중에서는 제일 짭잘한 방법이긴 한데, 대구리 땜에 고기 멸종한다고 욕을 먹기도 해. 젊은이, 고기잡이에 관심이 있나봐?"

그 사람이 실눈을 뜨고 준수의 얼굴을 살폈다. 축 처진 눈초리와 물기 어린 듯 촉촉한 눈동자가 선량해 보여 준수는 솔직히 말했다.

"배를 한번 타보려고요."

중늙은이가 준수를 새삼스런 눈빛으로 훑어보더니 고개를 내저었다.

"뱃전에 함부로 발을 딛는 게 아녀. 배에 발을 올리면 그 순간 먹는 것, 자는 것 다 해결되고 술과 안주가 무진장일세. 그라고 한 고까이 고생하고 와서 받은 돈, 이삼 일 사이에 술집 여자 밑에 다 바쳐도 다시 배로 오르기만 하면 먹고 사는 건 걱정이 없으니까 한번 배를 타면 헤어나질 못해 평생 뱃놈 되기 십상이야. 나처럼 신세 조진다고."

"저는 돈을 벌 목적이 있으니까 몇 달만 타려고요."

"그럼, 뱃사람들 속에서 겉돌아 더 힘들다고. 금방 내릴 놈을 누가 동료 취급해 주겠어. 자네도 금방 내릴 뱃일 열심히 배울 생각도 없을 거고."

"그래도 꼭 한번 타보고 싶습니다. 한 번 나가면 며칠 만에 들어옵니까?"

"한 고까이, 일 항차가 보통 십이삼 일이야. 고기 풀고 이틀 정도 정비하고 식료품과 소모품 싣고 나가거든. 어장까지 하루 정도 배질해 들고 나니까 바다에서는 십 일 정도 작업한다고 보면 되야. 목돈을 쥐려면 돌아올 설날까지 한철 타서 한꺼번에 결산 보면 몇백 쥘 수도 있지만 한 고까이씩 계산 받으면 제몫도 다 못 찾고 푼돈이 되어 헛방이야."

"한 항차 타보고 견딜 만하면 계속 타려고요."

"몸은 건강해 뵈는구만. 올해 몇 살이야."

"스물셋입니다."

"스물셋이라……."

중늙은이가 말을 멈추고 허공을 바라보다가 내뱉었다.

"내 새끼도 안 죽었으면 자네 나이가 되었겠지. 내가 사무장에게 한번 물어볼까."

부둣가의 공중전화 박스가 가까운 곳에 있었다. 전화를 거는 사이에 준수는 그 사람이 들고 있던 비닐봉지를 대신 들어주었다. 팔팔 담배 한 보루와 네 홉들이 소주가 몇 병 들어 묵직했다.

"배로 가자. 마침 온다던 놈들이 와서 사무장이 데리고 온다는 구먼."

중늙은이를 따라 탄 배는 물 위에 떠 있는 것이 신기할 정도 벌겋게 녹이 난 철선이었다.

"사십 살 먹었어도 일본에서 지어진 배라서 철판이 달라. 이래 봬도 이 바닥에서는 제일 강골이라고. 배 밑도 깊어서 절대 안 넘어갈 테니까 뒤집어져 죽을 걱정은 안 해도 돼야."

그는 배에 오르자마자 봉지에서 새우깡을 꺼내 안주 삼으며 네 홉들이 소주병을 나발 불었다. 배의 이곳저곳을 둘러보던 준수가 물었다.

"화장실은 어디 있습니까?"

"화장실이 있기는 있었는데 지금 창고로 쓰고 있어. 작업선에서는 화장실보다는 그냥 바다에 싸는 게 편해. 파도가 치면 똥이 거꾸로 올라와 뒤집어쓰거든. 그래서 화장실이 있어도 안 쓰는 거야."

"오줌은 그냥 서서 바다에 눈다고 해도 대변은 어떡합니까?"

"뒷갑판 바닥에 구멍이 나 있기는 해. 그러지만, 보통은 그냥 뱃전에 걸터앉아 똥구멍을 뒤로 내밀어 바다에 깔기는 거야."

"그래도 오줌은 배 안에 떨어지잖아요."

중늙은이가 나이답잖게 낄낄 웃었다.

"고추를 뒤에서 잡아당겨 배 밖으로 내놓고 싸지. 그래서 뱃놈 좆은 뒤에 붙어 있다는 말이 생긴 거야. 바다 쪽에서 내밀어진 궁둥이와 그 밑에 달린 물건을 보면 얼마나 가관이겠어. 낄낄낄."

부둣가에서 여러 사람의 말소리가 들려오더니 예닐곱 사람이 해룡호로 내려섰다. 그들 중에서 일반 선원들과는 달리 제법 무게와 카리스마가 있어 보이고 옷도 갖춰 입은 오십대 대머리가 중늙은이에게 대뜸 소리 질렀다.

"영자! 낮부터 또 술타령이요! 이번 항차에도 저번처럼 술 쳐먹고 뒤집어지면 정말로 바다에 던져 버릴 거요!"

중늙은이가 머쓱해진 얼굴로 준수를 대머리 앞에 세웠다.

"선장님! 애가 한번 타보겠답니다요."

선장이 준수를 힐끗 보고 물었다.

"이름이 뭐요?"

"김준수입니다."

"그럼 김 군으로 부르지. 사무장. 싣고 가자고. 나갔다 와보면 탈 놈인지 내릴 놈인지 알겠지."

허연 얼굴에 서류 가방을 든 남자가 준수의 주소와 이름, 주민등록 번호를 받아 적었다.

"어지간하면 초짜를 안 실으려 했는데 작업 최소 인원을 맞추지 않으면 선주가 출항을 허가하지 않는단 말이야. 고기도 못 잡고 사고만 낼게 뻔하거든. 김 군, 우선 한 항차 끝나고 와서 정식으로 계약하지. 일단은 일당으로 타. 일당은 선장이 일하는 거 봐서 정할 거야. 허우대가 멀쩡한 걸 보니 일당도 받지 않고 도망갈 정도는 아니겠구만."

선장이 무게를 잡고 말했다.

"모두 모였으니까 내일 새벽에 출항한다. 세 시까지 배에 집합해. 김 군은 영자하고 갑판장이 다치지 않도록 잘 가르쳐."

세모꼴 얼굴에 몸집은 작았으나 쇠구슬처럼 단단해 뵈는 삼십대 후반 사내가 준수를 대놓고 뜯어봤다.

"내가 갑판장이야. 갑판에서 내 말 듣지 않으면 죽는다. 진짜로 죽는단 말이야. 첫째, 줄을 조심해. 특히 사려진 줄 가운데 발을 디뎠다간 그대로 바다로 끌려 들어간다. 그러니까 그물 끌어올릴 때보다 그물 넣을 때 긴장하라고. 팽팽한 줄도 조심해야 해. 끊어지거나 튕겨 맞으면 그냥 사망이야. 그리고 조심해야 할 것이 바로 이거 사이드 드럼이야."

갑판장이 선교 양옆에 장구통처럼 붙어 있는 쇠뭉치를 가리켰다.

"그물을 올릴 때 이게 돌아가는데 돌아가는 힘이 장난이 아니야. 여기에 후릿줄을 감아 마찰력으로 끌어 올리는데 줄에 감겨 들어가면 손이고 발이고 그대로 잘라진다. 양쪽에서 기관 조수와 내가 다루니까 김 군은 이게 돌아갈 때는 절대 옆에 오지 마. 저 앞에 선수 롤러에 걸어 올린 후릿줄을 여기 사이드 드럼에 감아 당기면 드럼에서 나온 줄을 저기 매달려 있는 로프 와인더에 걸쳐서 받아 사려서 정리하는 게 초짜 첫 번째 일이여. 김 군은 우현에서 내 뒤 줄을 받고, 오늘 온 중국사람 짱싼이 좌현에서 기관 조수 줄을 받을 거야."

그러고 보니 배 양옆 통로에 팔뚝 굵기의 동아줄이 억눌린 스프링처럼 동글동글 잘 사려져 가득 놓여 있었다.

준수를 데리고 온 중늙은이가 끼어들었다.

"갑판장. 대학 댕기다 왔다는데 눈으로 한번 보면 알것지. 그냥 오목가지, 도로가지, 오모대, 고모대, 아시당, 고시당만 가르치면 되지."

갑판장이 콧방귀를 소리 내어 뀌었다.

"영자, 벌써 취했소? 대낮부터 뭔 헛소리여."

갑판장이 팔을 들어 사방을 가리키며 말했다.

"김 군, 우현, 좌현, 선수, 선미, 전진, 후진. 이거 말 안 해도 알지? 영자 헛소리는 옛날 일제 때 쓰던 좆같은 일본말이야. 우리 배에서는 영자 말고 쓰는 사람도 없어."

"어르신 성함이 영자입니까?"

갑판장이 피식 웃었다.

"배에서 가장 나이 많이 먹은 고참 선원을 그냥 영자라고 부르는 거야. 옛날 같으면 명령하는 사람, 그러니까 갑판장이라는 말이었겠지만 요즘엔 그냥 나이든 사람대접해주는 말로 그렇게 부르는 거지. 또 조심해야 할 것이 있어. 저기 저 마스트 꼭지를 봐봐."

돛대 끝에 도르래가 몇 개 걸려 있었다.

"저게 그물을 끌어 올리는 데릭 장치라는 건데 크레인 줄이라고 생각하면 돼. 저 쇠줄로 그물을 감아 후크를 걸고 기계로 당겨 그물을 올리는 거야. 그러니까 그물을 끄는 후릿줄을 다 올려 그물이 수면에 올라오면 그때부터 데릭으로 한 마디씩 감아 드는 거야. 저 후크를 봐라. 무시무시한 쇳덩어리 아냐? 저게 풀려 흔들거리면 다 죽는다고. 그러니까 갑판에 나올 때는 일단 사방을 한번 둘러봐야 해."

"네, 알겠습니다."

"흐흥. 군바리 물이 아직 덜 빠진 걸 보니 배 내려달라고 울지는 않겠구만. 바다에 나가 일도 못하고 벌벌 떨다가 고기 풀러 들어오면 배가 육지에 닿기도 전에 튀어 도망가는 녀석들 숱하게 봤어. 그러니까 김 군 같은 애들 다른 선원들이 쳐다보지 않는 거야. 한 항차만 잘해내도 곧바로 사람대접 받을 테니까 잘해봐. 겉보기보다 그렇게 위험하지도, 힘들지도 않아."

실제로 기관장이란 사람은 준수의 인사를 받지도 않고 기관 조수를 데리고 기관실로 내려가 버렸다.

"기관장은 신경 쓰지 마. 밥 먹을 때나 기관실에서 나오지, 아예 갑판에는 나오지도 않아. 세상에 저렇게 게으른 인간은 처음 봤어. 다른 기관장들은 고기가 많이 올라오면 고기도 골라주고, 식사도 챙겨주는데 저 인간은 그냥 기관방에 들어박혀 잠만 자고 술만 마신다고. 그래도 기관 잘 다루는 거 보면 용치. 영자가 좀 있으면 잔소리깨나 할 거야. 그 소리도 개소리야. 사십 년 배 탄 돈 전부 술하고 뽕으로 날린 알코올 중독에 약쟁이라고."

승선인원은 선장, 갑판장, 갑판원 영자와 중국인 리쓰, 갑판보조 준수와 짱싼, 그리고 기관장과 기관 조수 총 여덟 명이었다.

"원래 열 명은 되어야 하는데, 여덟이면 톱니바퀴밖에 안 돼야. 한 사람이라도 멈추면 작업 전체가 멈추게 된다고. 그러니까 김 군도 한몫 제대로 해야 해. 그러면 육지 노가다 두 배로 일당 받아줄게. 그리고……."

갑판장이 잠시 뜸을 들였다가 뱀눈을 뜨며 준수를 쏘아 보았다. 말 그대로 싸늘하고 냉정한 뱀눈이었다. 비수처럼 눈빛이 번

득였다.

"우리는 한배를 탄 거야. 뭔 말인지 알아? 이 배에서 일어난 일은 이 배 안에 내려놓아야 한단 말이야."

이튿날, 첫 새벽 해룡호는 얼음과 식수, 연료를 채우고 김치와 라면, 쌀, 술 등의 식료품과 비옷, 장화, 고기상자 등의 소모품을 받아 싣고 출항했다.

"이봐! 이봐! 김 군! 김 군! 정신 차려."

영자의 목소리가 아득하게 들려왔다. 정신이 돌아오자 도막 난 시체가 곧바로 떠올라 준수는 몸서리쳤다. 깨어나는 것이 두려웠다. 이때, 영자가 준수의 귀를 잡아당기며 귓속말로 속삭였다.

"너 정신 차리지 않으면 바다로 던져진다. 죽기 싫음 눈떠."

번갯불이 뇌 속에 번쩍였다. 준수는 정신을 가다듬고 이를 악물며 몸을 일으켰다.

눈앞에 영자와 갑판장이 서 있었다. 어느새 갑판이 깨끗하게 치워져 있었고 서치라이트도 꺼져 있었다. 돛대 끝에 켜진 정박등이 갑판을 희미하게 비추며 깜박거리고 있을 뿐이었다. 엔진 소리도 들리지 않았다.

"좆 달린 놈이 간댕이가 쥐 불알만 해가지고! 쯧쯧쯧."

갑판장은 혀를 차다가,

"깨난 걸 보니 죽지는 않겠구만. 영자가 뭐 좀 먹여서 재우쇼."

하고는 선교로 올라가 버렸다.

준수는 영자가 내민 양푼에 담긴 물을 벌컥벌컥 들이켰다. 정신없이 반 양푼이나 들이켜고 나서야 물이 아닌 소주란 것을 알아챘다. 모든 것을 다 토해낸 뱃속에 들어간 25도 소주의 위력은 대단했다. 대번에 장작불을 지핀 것처럼 뱃속에 불이 일었다. 손발 끝까지 전류처럼 술기운이 휘돌아 온몸이 순식간에 덥혀졌다. 몸의 떨림이 멈추고 살아야겠다는 생존 본능이 불꽃처럼 피어올랐다. 준수는 양푼에 남은 소주를 다 마셔 버렸다. 영자가 말없이 곁에 앉아 양푼 가득 소주를 따라서 단숨에 마셔 버리고 다시 가득 채워 준수 앞에 놓아주었다.

여태껏 마시던 소주와는 사뭇 달랐다. 깡소주를 물처럼 들이켰는데도 치받쳐 오르기는커녕 뱃속이 편안해지며 기분이 상쾌해져 조금 전의 지옥도가 책 속의 이야기나 영화 속의 한 장면처럼 아득히 멀어졌다.

조금 전까지 시체가 도막 쳐지던 그 자리에 퍼질러 앉아 영자와 준수는 말없이 소주를 들이켰다.

파도도 바람도 잠을 자는지 사방이 고요하고 갑판도 움직이지 않아 육지의 바위 위에 앉아 있는 것 같았다. 술기운과 함께 한 번도 느껴보지 못했던 이상한 기분이 준수의 머릿속에 슬금슬금 기어들어 왔다. 앞이 흔들리며 귓속이 윙윙거렸다. 그리고는 정박등이 꺼진 것처럼 갑판에 갑작스런 어둠이 내렸다. 이어서 냉장고 속에 들어선 것 같은 싸늘한 냉기가 준수을 휘감았다. 등골이 서늘해지며 다시금 간이 오그라들 것 같은 공포감이 폭풍처럼 들이닥쳤다. 어둠 속에서 파란 불덩이들이 피어올랐다. 바다에서 수소 풍선처럼 파란 빛덩이가 춤을 추며 솟아올라 갑판 위에 내려앉았다. 이글거리는 푸른 빛덩이들이 갑판을 굴러 다녔다.

겁에 질려 굳어버린 목을 겨우 돌려 옆에 앉아 있는 영자를 보았다. 영자는 입을 반쯤 벌린 채 눈을 희번덕거리고 있었다.

"이, 이게, 뭐, 뭡니까?"

영자가 메마른 목소리로 담담하게 대꾸했다.

"혼불이야, 혼불……. 이 바다에서 죽은 사람들의 혼불……. 자네와 나도 이 바다에서 죽는다면 저런 혼불이 되어 떠돌겠지……. 저기, 저기 난간을 기어가는 혼불을 봐봐."

영자의 목소리가 이어졌다.

"갓난아이야. 막 기어 다니기 시작한 갓난아이. 저 애가 아직도 엄마를 찾아 기어 다니고 있구나."

영자의 이야기를 들으며 불덩이에 초점을 모으니 정말로 갓난아이가 엉금엉금 기어가는 것처럼 보였다.

"옛날 어느 여객선에서 속없는 엄마가 오줌을 누인다고 뱃전에 아이를 내밀었다가 배가 출렁이는 바람에 놓쳐 버렸다지. 기어가는 아이 뒤쪽에 앉아 있는 뱃사람도 보이지?"

조금 큰 불덩이가 난간 위에 올라앉아 있었다.

"잘 봐. 똥을 누려고 바지를 내리고 고추를 뒤로 빼고 앉아 있잖아. 그렇게 똥을 누고 있는데 원수를 산 같은 배 선원이 이마를 쳐 올려 그대로 뒤로 발라당 뒤집어지며 바다에 빠져 죽은 뱃놈이 아직도 똥을 싸고 있는 거야."

숨을 쉴 수도 말을 할 수도 없었다. 아직까지 준수는 귀신을 믿어본 적이 없었다. 그런데 귀신이 실제로 있다니! 준수의 윗니와 아랫니가 부딪치며 소리를 냈다.

"아, 저기 뱃머리에 오늘도 해골이 어김없이 올라왔네. 저 해골을 보지 않았다면 진짜 뱃놈이 아니지. 고개를 이리저리 돌려 퀭한 눈구멍으로 자네와 나를 번갈아 보고 있잖아."

과연 뱃머리 우뚝한 곳에 유난히 밝게 이글거리는 파란 불덩어리가 달랑 내려 앉아 있었다.

"해적 두목의 해골이야. 해골 속에 문어가 들어가 지금까지 기어 다니고 있지."

'그만, 그만!'

영자의 목을 졸라서라도 말을 막고 싶었지만, 가위에 짓눌린 것처럼 손가락 하나 까닥일 수 없었다.

"저기 돛대 끝에 달랑거리는 시체는 뱃놈들이 목매달아 죽인 악종 선장이고. 그 아래 갑판에서 떨어진 오른팔을 왼팔로 들고 다니는 외팔이는 사이드 드럼에 팔이 뜯겨 죽은 갑판장이고……. 에고, 아까 토막 난 시체가 벌써 기어올랐네. 손발이 따로따로 굴러다니고 있잖아."

준수는 눈을 감고 귀를 막고 싶었다. 하지만, 눈이 감기지 않았고 영자의 말도 그치지 않았다.

"아, 아들아! 아이고, 내 아들! 네가 아빠를 찾아왔구나. 불쌍한 내 새끼. 바다에 나간 아비 찾아 갯가에 나왔다가 바다에 빠져 죽은 내 아들이 일곱 살 때 그대로 아빠를 찾아왔구나. 아이고! 내 새끼야!"

준수는 다시금 까무룩 정신 줄을 놓아버렸다.

몸이 데굴데굴 굴러 선실 벽에 부딪쳤다가 다시 반대편으로 굴러 처박히는 통에 준수는 눈을 떴다. 겨우 앉아 있을 만큼 천장이 낮은 침실 안이었다. 엔진이 최고 출력을 내는지 비명을 지르며 쿵쾅거려 귀가 멍멍했다. 배가 미친 듯이 날뛰고 있었다. 발이 눈 위로 쑥 올라갔다가 내려오고, 일어선 듯 머리가 쳐들리기도 했다. 좌우로 구르는 것을 막기 위해 양팔을 펴 바닥에 붙었다. 의당 같이 누워 있어야 할 중국 선원과 영자가 곁에 없었다. 갑판장은 선교의 선장실에서 함께 자고, 기관장과 조수는 기관실에서 자기 때문에 짱싼과 리쓰, 영자와 준수 넷이서 배 밑의 평상처럼 커다란 침실을 함께 쓰고 있었다. 그런데 준수 혼자서 이리저리 구르고 있었다.

겨우겨우 몸을 뒤집어 기어서 침상에서 내려 식당으로 올라가는 통로로 가서 허리를 폈다. 침실에서 일어설 수 있는 유일한 공간이었다. 넘어지지 않도록 계단 엎드려 기듯이 식당으로 올라갔다.

그 와중에도 선장을 뺀 모든 선원이 식당에 모여 식사를 하고 있었다. 선장의 식사는 언제나 따로 차려서 쟁반에 담아 선장실로 먼저 올려 보내고, 그 뒤 선원들이 숟가락을 드는 것이 불문율인 모양이었다. 널뛰는 배 안에서 식사를 하는 법은 어렵지 않았다. 압력 밥솥은 흔들려도 밥이 되었고, 국은 커다란 솥에 조금 끓여서 흔들려도 넘치지 않도록 하면 되었다. 국물도 반찬도 양푼

바닥에 조금씩 담아 놓고 먹고 술도 양푼에 따라 마시는 것이다.

영자가 국을 뜨고 밥을 담아 준수에게 주었다. 생선국이었다. 모두들 생선국에 밥을 말아 먹고 있었다. 무심코 숟가락을 국물 속에 넣었다가 그 생선이 시체 속에서 골라낸 것이 아닐까 생각되어 숟가락을 빼버렸다. 배가 몹시 고프기도 했고, 김치가 그런대로 간이 맞아 밥 한 공기를 겨우 비웠다. 그사이에 다른 선원들은 식사를 마치고 벗어두었던 비옷을 단단히 챙겨 입고 장화를 신은 다음 밖으로 나갔다. 갑판장과 영자, 준수만 식당에 남았다. 밥을 다 먹은 준수가 담배를 피우고 있는 갑판장에게 물었다.

"저도 나갈까요?"

"김 군하고 영자는 비옷 입고 대기하고 있다가 배 속도가 줄어들면 나와."

"이런 날씨에도 고기를 잡습니까?"

"배 넘어갈까 무섭냐?"

준수는 솔직하게 고개를 끄덕였다.

"걱정하지 마라. 배 중에서 고깃배가 가장 튼튼하다. 악천후 속에서도 작업을 할 수 있도록 지어졌거든. 특히 배 중심이 깊어서 어지간해서는 넘어가지 않아. 어창도, 기관실도, 침실까지 전부 물속에 있잖아. 물 위에 솟은 건 껍데기뿐인 조타실뿐이라서 어지간히 기울어도 다시 일어난다고."

배가 공중으로 뜨는 것처럼 들렸다가 다시 털썩 내려앉았다. 새파랗게 질린 준수의 얼굴을 보며 갑판장이 비웃음을 날렸다.

"너, 뱃놈 되기는 애저녁에 글렀다. 들어가면 육지 일 찾아라.

이런 악천후에 배질 하는 것을 황천 항해라고 하는데 황천 항해술을 보면 선장 실력을 알 수 있지. 김 군, 맘 놓아도 돼. 우리 선장 배질 하나는 귀신이야. 올라가서 어떻게 하는지 배워야겠어."

갑판장이 나가자 영자가 뇌까렸다.

"황천 배질 좋아하네. 거칠 황, 하늘 천이 누르 황, 샘 천, 황천길, 죽음 길 배질이 되는 거야."

황천(荒天)이 황천(黃泉)이 된다는 말이었다.

"제가 얼마나 잠들었어요?"

"꼬박 하루 넘기고도 몇 시간 더 잤어."

"항해는 언제부터 했어요?"

"어제 오후에 닻을 뽑았으니까 스무 시간 남짓 되었어."

"날씨가 사나워 고기잡이 포기하고 들어가는 겁니까?"

"아니야. 거꾸로 서쪽으로 배질해 큰 바다로 나가고 있어."

"먼 바다 어장에 가서 고기 잡으려고요?"

영자는 바로 대답하지 않고 준수를 물끄러미 보다가 입을 열었다.

"너 갑판장 말 잊지 않았지? 이 배 안에서의 일은 이 배 안에다 둔다고."

"예."

"무슨 말인지 알지?"

"예, 비밀을 지키라는 거지요. 하지만, 꼭 시체를 그렇게 버려야 했는지는 모르겠어요."

"시체 건졌다고 신고하면 그 순간 고기잡이는 끝이야. 몇천만

원 출어경비 들여 나왔는데 돈 한 푼 못 건지고 들어갈 수는 없지. 또 네가 육지에 들어가 본 것을 말한들 증거가 어디 있어? 입 잘못 놀리면 너도 그 시체 꼴 된다이. 조심해. 너 바다에 던지고 사고로 죽었다고 하면 어쩔 거야? 그렇게 죽은 뱃놈이 한둘이겠어?"

영자가 담배를 꺼내 권했다. 준수는 아버지 같은 사람 앞에서 담배를 피우기가 거북했다.

"괜찮아. 배에서는 어쩔 수 없어. 육지에 들어가면 조심해."

담배를 반쯤 말없이 피운 후 영자가 말해주었다.

"지금 우리 배는 고기를 잡으러 가는 것이 아니라, 고기를 사러 가는 거야."

"예? 고기를 사요?"

"그래. 처음부터 그럴 계획으로 나와서 첫날은 주변 선단 눈이 있으니까 고기 잡는 시늉만 했지. 이대로 쭉 서쪽으로 가서 공해상에서 중국어선 만나 고기를 청바지나 화장품, 여자 속옷 등 중국에서 비싸게 팔리는 것들과 바꾸려는 거야. 리쓰가 추석 때 중국에 가서 미리 그렇게 짜고 짱싼을 데려온 거야. 양쪽 정 가운데서 만나기로 했으니까 얼마 남지 않았어. 그래서 모두 밖에 나간 거지. 너도 본 것을 입 다물면 몇 푼 더 얹어줄 거야. 내가 따로 부탁한 것도 있고."

기관실에서 벨 소리가 나더니 엔진 소리가 바뀌며 몸에 느껴지도록 배의 속도가 줄어들었다.

"우리도 나가보자. 너 뱃전 꼭 붙잡고 있어야 한다."

문 밖의 풍경은 끔찍하면서도 살벌했다. 산더미 같은 파도의 머리가 하얗게 부서져 날뛰고 있어서 눈보라가 치는 듯했다. 준수가 이제껏 영화나 티브이에서 보았던 파도는 파도도 아니었다. 배가 통째로 들렸다가 툭 떨어지곤 했다. 그 파도의 산 사이 골짜기 틈으로 작은 배 한 척이 보였다. 갑판에 어로 장비가 없는 어획물 운반선이었다. 해룡호가 조심조심 그 배로 다가갔다. 하얀 칠이 군데군데 벗겨진 낡은 목선이었다. 뱃머리 쓰인 청도(靑島)라는 배 이름을 겨우 읽을 수 있을 만큼 접근했을 때 두 배가 서로 멈추었다. 이런 날씨에 배를 붙였다가는 부딪쳐 깨질 것이 뻔했다.

해룡호가 청도호를 어렵게 빙 돌아 바람을 등지고 섰다. 리쓰가 가는 줄 끝에 무거운 추가 달린 히빙라인을 힘껏 빙빙 돌리다가 청도호를 향해 던졌다. 바람을 타고 히빙라인에 놀랄 만큼 멀리 날아가 청도호의 갑판에 떨어졌다. 청도호의 선원들이 히빙라인을 당겼다. 히빙라인 끝에는 굵은 줄이 묶여 있어서 청도호와 해룡호가 밧줄로 연결되었다.

청도호의 선원들이 갑판에 두었던 상자를 밧줄 끝에 묶고 커다란 스티로폼 공을 달았다. 그리고 공에 달린 줄을 잡고 중국 선원 두 사람이 바다에 뛰어들었다.

준수를 비롯한 해룡호의 선원들이 줄을 당겼다. 결코 쉬운 일이 아니었다. 파도가 배의 좌우현을 넘나들어 마치 폭포 속을 헤엄치는 것 같았고 갑판이 사십오 도 가까이 좌우현으로 시계추처럼 기울기를 반복해서. 아차 순간에 바다로 미끄러져 들어갈 판이었다. 벌써 바닷물이 차가워진 시월 말이었다. 바다에 빠지면 한 시간도 되기 전에 체온 저하로 죽을 것이었다. 아니, 체온이 저하되기도 전에 이런 파도 속에서는 구명조끼를 입었다 해도 곧바로 익사할 터였다.

이윽고, 상자와 중국 선원 두 사람이 해룡호의 갑판에 올라왔다. 두 사람은 흠뻑 젖은 것도 아랑곳하지 않고 곧바로 스티로폼 공에 매달고 온 자그마한 나무 상자를 열었다. 나무 상자 안에는 에어 캡이 빈틈없이 채워져 있었다. 보고 있던 짱싼이 달려들어 에어 캡을 칼로 죽죽 그어 벌렸다. 그 속에는 누렇게 빛나는 황금괴가 들어 있었다.

어느 틈에 갑판으로 나왔는지 선장과 기관장도 금괴를 들여다보고 있었다. 선장이 금괴를 하나 들고 주머니에서 꺼낸 줄칼에 금괴 모서리를 그어 보았다. 그리곤 고개를 끄덕였다. 선장을 지켜보고 있던 갑판장이 기관 조수와 함께 어창 뚜껑을 열고 들어가 상자들을 올려 보냈다. 리쓰와 짱싼, 준수와 영자가 상자를 들어 중국인들 앞에 쌓았다. 중국인들은 상자를 헤쳐 보지 않았다. 이미 짱싼과 리쯔가 검증을 한 모양이었다. 상자가 다 올라오고 갑판장과 기관 조수까지 갑판으로 나왔을 때!

청도호 선원 둘과 리쓰, 짱싼이 품속에서 시퍼렇게 날이 선 생선회 칼을 꺼내 각기 한 명씩 선장, 기관장, 갑판장, 기관 조수의 목을 찔렀다. 어떻게 방어할 시간도, 도망갈 틈새도 없는 눈 깜박할 사이였다. 도대체 무슨 일이 일어났는지도 모를 만큼, 마치 한 사람이 무방비 상태의 한 사람을 찌르는 것처럼 네 사람이 동시에 칼을 휘둘렀고 네 사람이 목에서 피를 뿜으며 동시에 쓰러졌다.

그리고! 피 맛을 본 짐승의 눈빛을 한 네 사람이 뒤쪽에 서 있던 준수와 영자를 향해 돌아섰다. 선혈이 뚝뚝 떨어지는 네 자루의 생선회칼이 준수와 영자의 목을 겨누고 다가왔다.

여전히 파도가 갑판을 넘나들며 배를 통째로 뒤흔들고 있어서 네 사람은 곧바로 준수와 영자에게 달려들지 못했다. 더구나 조타수인 선장이 없는 배는 제멋대로 바람을 따라 빙빙 돌아 서 있을 수도 없었다. 돛대를 껴안고 부들부들 떨며 죽을 순간을 기다리고 있는 두 사람에게 짱싼과 리쯔가 한 걸음, 한 걸음 다가왔다. 이때 영자가 돛대에 걸려 있는 후크의 걸쇠를 풀었다. 묵직한 후크가 기울어진 배의 각도대로 휙 날아가 짱싼의 머리통을 수박 쪼개듯 부쉈다. 시계추처럼 돌아온 후크가 다시금 날아들자 리쓰가 뱃바닥에 납작 엎드렸다. 그 틈을 타 영자가 준수를 잡아끌고 배 뒤 끝으로 냅다 뛰었다. 사려진 후릿줄 위라서 미끄럽지 않았다. 리쓰도 가만있지 않았다. 엎드린 자세에서 날렵하게 몸을 날려 영자의 등에 칼을 꼽았다. 영자는 칼을 맞고도 주춤하지 않고 준수와 함께 배꼬리로 달아났다.

그사이에 배가 벌떡 일어섰다. 고개를 꺾어 쳐다보아야 할 만큼 커다란 파도가 밀려왔다. 배의 옆구리로 달려드는, 뱃사람들이 가장 무서워하는 요꼬나미(よこなみ), 횡파(橫波)였다. 선장이 조타를 하고 있었다면 미리 뱃머리를 파도를 향해 돌려 정면으로 파도를 받아 갈랐을 것이었으나, 선장을 잃어버린 배는 무기력하기만 했다. 배가 옆으로 구십 도로 들려 갑판이 수직이 되었다.

리쓰가 수직이 된 갑판에 붙어 있지 못하고 바다로 떨어졌다. 배가 다시 중심을 잡으려고 안간힘을 쓰는 사이에 영자가 배꼬리에 있는 구명벌을 떨어뜨렸다. 기적처럼 구명벌이 바다에 펼쳐졌다. 펼쳐진 구명벌이 바람을 받아 돛을 단 배처럼 해룡호에서 멀어지려 했다. 미리 짐작하고 있었던 듯 영자는 구명벌과 함께 준수를 붙잡고 뛰어내려 구명벌에 준수를 태웠다.

바람이 구명벌을 파도의 꼭대기로 밀어 올렸다. 준수는 산꼭대기에서 내려 보듯 해룡호가 파도에 떠밀려 청도호를 들이받아 박살을 내는 것을 보았다. 놀이공원의 롤러코스터처럼 구명벌이 파도의 골 사이를 미끄러져 내려 준수는 파란 파도의 장벽 속에 갇혔다가 다시 솟구쳤다. 그때 준수가 본 것은 침몰하는 청도호와 해룡호였다. 바다에 뛰어든 중국 선원들이 허우적거리는 모습도 보였다. 하지만, 구명벌이 바람을 타고 쾌속선처럼 동쪽을 향해 밀려가는 통에 선원들의 모습도 이내 눈앞에서 사라져 버렸다.

준수는 영자를 구명벌 안쪽에 엎드려 눕혔다. 영자의 등 뒤 칼집은 바닷물에 씻겨 지혈되어 있었다. 준수는 영자가 죽었는지 살았는지 알 수 없어서 심장 소리를 들어보려고 영자의 뒤집어 윗도리를 열었다. 바다 추위의 무서움을 익히 아는 고참 선원인지라, 비옷 아래 추리닝과 내복을 겹겹이 챙겨 입고 있었다. 옷의 지퍼를 차근차근 내리던 준수는 영자가 심장 위 가슴에 따로 품고 있던 주머니를 발견했다. 무심히 주머니를 떼어놓고 심장에 귀를 대어 보았다. 심장은 이미 정지해 몸이 식어 얼음덩이 같았다.

허탈했다. 세탁기 속에 내던져진 빨래처럼 휘도는 구명벌 속에 시체와 함께 앉아서 준수는 끝없는 상념에 잠겼다. 준수는 며칠 사이에 일어났던 일을 처음부터 곰곰이 곱씹어 보았다. 준수는 평범한 사람의 평범한 눈으로 애써 냉정하게 돌아보려 했다. 이처럼 무서운 일이 우연일 수는 없었다. 어디서부터 일이 꼬이기 시작했을까?

처음부터 차근차근 회상하며 순간순간을 정지 화면처럼 멈춰두고 뜯어보았다. 사건의 시작은 영자가 담배를 빌려달라던 그때부터였다. 영자와의 만남이 우연이었을까? 준수는 영자가 들고 있던 봉지 속에 팔팔 담배가 한 보루 들어 있었다는 사실을 생각해 냈다. 담배가 없어서 준수에게 빌린 것이 아닌 것이다. 아마도 멀리서 준수를 지켜보다가 접근한 모양이었다. 계속해서 한 장면, 한 장면 평범하지 않은 순간을 찾아 나갔다. 다음에 짚히는 것은 갑판장이 출항하기 전에 배에서 일어난 일에 대한 입막음 협박이었다. 처음부터 금괴 밀수를 계획하고 있었기 때문에 그랬을 것이다. 그러면 왜 그들끼리 출항하지 않았을까. 답은 사무장에게 있었다. 해룡호의 선주가 금괴 밀수를 용납할 리 없었다. 선장의 흉계를 몰랐기 때문에 최소 작업 인원을 채워서 내보내려 한 것이다. 그렇다면 준수는 영자의 덫에 걸린 일회용품일 수도 있었다.

그리고… 어떻게 반쯤 썩은 시체가 우연처럼 그물에 걸려 올라올 수 있을까.

리쓰가 사체를 토막 내면서 내뱉었던 중국어를 기억해 내려고 준수는 무진 애를 썼다. 저속한 욕설이었다. 홍콩 느와르 영화에서 깡패들이 내뱉는 그런 말이었다. 준수는 자신의 짧은 중국어 실력을 저주하며 정신을 집중한 끝에 그 말을 조립해 냈다.

니지거고우자이즈 종자오워먼더마판. 잔먼바타뚜어청로우콸바(你这个狗崽子 总找我们的麻烦。咱们把他剁成肉块吧)!

이 개새끼가 끝까지 애를 먹이네. 아주 토막을 내서 버리자구!

준수의 머릿속에 불이 반짝했다. 왜 그걸 몰랐을까. 반쯤 썩은 시체라면 물 위에 떠있을 터. 바다 밑을 훑는 저인망에 걸려 올라올 수 없었다. 그렇다면! 멀리 생각할 필요도 없었다. 그 시체는 세 번째 그물과 함께 바다에 버려졌다가 그물 입구로 흘러 들어간 것이 분명했다. 그렇다면 아마도 추석 물 입항 때 리쓰가 죽여서 어창에 숨겨 놓았으리라. 셋이 내리고 둘이 돌아왔다 했다. 그렇다면 셋이 내린 게 아니라 둘이 내렸다가 그대로 돌아온 것이고 한 명은 시체가 되어 어창에 들어 있었던 것이다. 그 시체가 배를 내렸다는 리쓰의 중국인 동료일 것이다. 왜 죽였을까? 금괴 밀수에 협조하지 않아서였을까? 비밀을 누설하려 했을까? 혼자서 독차지하려 욕심을 내었을까? 아니면 다른 비밀이 있는 것일까?

또 하나, 영자가 보여준 귀신 열전이 있었다. 과연 귀신이 그렇게 배에 올랐을까? 귀신이 실제로 있단 말인가. 아니다. 있을 수 없는 상식 밖의 일이다. 그러면, 영자가 환상을 보여주었다는 말인가! 영자에게 그 정도의 최면 능력이 있단 말인가! 준수는 시퍼렇게 식어 귀신의 모습이 되어가는 영자의 시체를 내려다보았다.

불쌍했다. 생전에 그렇게도 좋아하던 소주라도 한 잔 저승길에 부어주고 싶었다.

술! 설마! 준수는 영자의 품 안에서 꺼낸 주머니를 열어 보았다. 물이 들지 않도록 단단히 봉해진 하얀 가루가 든 봉지가 도자기 접시와 함께 들어 있었다. 허탈했다. 이것이란 말인가. 알코올 중독에 약쟁이라더니……. 영자가 히로뽕을 소주에 타 먹인 모양이었다. 준수는 약봉지를 미련 없이 바다에 던져 버렸다. 파도도 바람도 점점 약해지고 있었다.

준수는 도자기 접시를 들고 생각에 잠겼다. 히로뽕을 투약하는데 쓰는 약 접시일까? 이토록 소중하게 가슴에 품고 있다니…….

바람이 잦아들자 준수는 사방을 살펴본 다음 영자의 시체를 바다에 내려넣었다.

원점으로 돌아왔다. 준수의 구명벌은 어청도 서쪽 15마일 해상에서 조업하던 어선에게 발견되었다.

준수가 진술한 사건 경위는 간단했다. 큰 바람을 만나 배가 뒤집어졌는데 다행히 구명벌을 발견해 살아났다는 것이었다. 초짜라서 배가 흔들리니까 무서워 밖을 내다볼 생각도 못했다. 식당 구석에 머리를 처박고 벌벌 떨고 있다가 배가 기울어서 놀라 뛰쳐나온 뒤 바다로 뛰어들었기 때문에 침몰 지점이 어디인지, 다른 선원들이 어찌 되었는지 아무것도 모른다는 것이었다.

집으로 돌아온 준수는 며칠간 홍역을 앓듯 앓아누웠다가 자리를 박차고 일어났다. 예전의 준수가 아니었다. 눈빛이 살아나고 새벽부터 밤중까지 쉴 새 없이 뛰어다니고, 무슨 일이든 탱크처럼 덤벼들었다. 무언가 삶의 목적을, 이루고 싶은 꿈이 생긴 모양이었다. 미친 사람처럼 공부에 매진해 복학 후 전체 수석을 거머쥐고 미국 유학 자격을 따냈다.

하지만, 미국에서의 준수의 행보는 예상 밖이었다. 준수는 미국에서 전공을 해양탐사학으로 바꾸고 고학으로 학위를 받았다. 인간이라 할 수 없을 정도의 인내와 노력, 성실로 준수는 보통의 지능으로도 미국에서 인정받을 수 있다는 인간 승리의 산증인이 되었다.

십여 년 후.

미국 캘리포니아 선적의 해양탐사선 블랙 씨(Black Sea)호가 중국과 한국 사이의 공해를 따라 황해를 거슬러 올라가고 있었다.

그 배의 선임 연구원이며 거액의 투자를 이끌어내어 이번 탐사를 이끈 주인공은 김준수였다.

블랙 씨호는 칭따오(靑島)와 인천 사이, 한가운데 공해상에 닻을 내렸다. 바로 해룡호와 청도호가 침몰한 곳이었다.

카리브해에서의 중세 스페인 보물선 인양으로 유명해진 블랙 씨호의 수중 탐사 로봇이 황해 바다로 들어갔다.

갑판에서 로봇이 투하되는 것을 지켜보던 준수는 손에 들고 있는 작은 접시를 높이 쳐들었다. 영자의 품속에서 나온 접시였다. 햇빛을 받은 접시가 파르스름하게 빛났다. 신비의 비취색, 천 년의 꿈이었다.

준수가 찾고자 하는 것은 금괴 몇 덩이가 아니었다.

해룡호가 십여 년 전에 서해 바다에서 긁어 올린 것은 고려청자를 가득 싣고 원나라로 조공을 가다 난파한 조공선이 바다 밑에 쏟아놓은 고려청자 더미였다. 해룡호의 선원들은 신안 해저 유물의 발굴 사례처럼 국가에 신고할 경우 아무런 보상도 받지 못하고, 오히려 빼돌리지 않았나 의심을 받고 감옥에 갈 수도 있는 사태를 피하려 했다. 그리고 그 보물로 인생 역전을 꿈꾸며 리쓰를 보내 중국 암흑가와 거래를 했던 것이었다.

그리고 예외는 없다

양수련

추리단편 〈14시30분의 도둑〉, 〈뱅여〉, 〈결혼의 두 얼굴〉 등을 《계간 미스터리》에 발표했으며 장편 〈하얀 심장을 가진 사람들〉과 어른동화 〈용화에서 숨바꼭질하다〉, 영화 〈버스를 타다〉, 〈마이 굿 파트너〉 각본을 썼다. 〈시나리오 초보작법〉, 〈시나리오 Oh! 시나리오〉 저서가 있다. SK텔레콤 시나리오공모 대상과 제6회 대한민국영상대전 및 제2회 추계시나리오공모전 우수상을 수상했다.

나를 강탈당했다. 이게 무슨 냉수 마시다 이 부러지는 소리냐고 하겠지만 당장은 다른 말로 표현할 재간이 내겐 없다. 남의 일이었다면 나 역시 코웃음을 쳐줄 일이다. 하지만 막상 당사자가 되자 나는 웃음도 나오지 않았다. 소름 돋는 전율이 나를 압도한다. 누군가 나를 노렸고 야금야금 먹어치웠으며 급기야 더는 세상에 존재하지 않는 사람으로 만들어버렸다.

가진 것이라고는 고작 몸뚱이 하나에 나를 나로 있게 하는, 내 부모가 남겨준 이름 석 자가 전부였는데. 내 몸이, 내 이름이 나를 버렸다. 징조는 이미 6개월 전부터 있어왔다. 내 자신이 투명인간처럼 조금씩 사라지고 있었음에도 나는 너무 무심했고 방관했다. 은밀한 장난처럼 찾아온 징조였다. 어찌 상상이나 했을 것인가. 누군가 내게 눈독을 들이고 있어서 그런 것임을.

내가 미처 깨닫지 못한 징조가 내 곁으로 다가오던 6개월 전의 어느 날. 분명 며칠 전에도 만났던 이들이었다. 이상했다. 인사를 주고받고, 일상적인 말 몇 마디 나눴던 것이 또렷이 기억난다. 아무렇지 않게 나를 대하던 그들이 그날따라 몹시도 나를 낯설어했다. 다 아는데, 새삼스레 무슨 내숭이냐고 은근한 야유를 퍼부었다.

그들과 나는 일주일이면 두세 번은 만나는 관계다. 며칠 사이 특별하게 달라질 만한 것이 뭐가 있을까. 길게 생각하지 않아도 없다. 오늘도. 어제도. 그제도. 그전에도 나는 똑같았다고 홀로 고개를 주억거린다. 그들이 수영을 배우는 수영교실의 나이 많은 학생들이고 보면, 나로서는 최대한의 예의를 갖춰 대할 수밖에 없다.

장난기 어리거나 농이 섞인 대화를 그들과 일삼지는 않는다. 더 엄격하게 거리를 두려고 애쓴다. 눈치챘겠지만 나는 수영교실의 수영강사다. 반 누드로 만나는 사이. 그래도 선생은 선생이니까 내 나름의 선은 지키려고 노력한다.

그날은 수업이 없는 날이었다. 단골집에서 모처럼 나 홀로 조용한 식사를 즐기고 싶었다. 대여섯 명이 함께인 그들은 내가 그곳에 있다는 것을 알아채고 찾아온 듯했다. 혼자 먹자면 맛이 없으니 함께 어울려 먹자는 것이다. 언제부터 내가 그들과 함께인 식사를 즐겼다고? 나는 적잖이 불편했고 마뜩찮았다. 그렇다고 정색하고 껄끄러운 내색을 할 수는 없는 일이다. 살짝 웃음을 머금어 주었다. 그들과의 억지 시간에 나는 어색하게도 절어 있었다.

"어제와는 사뭇 다르시네요. 훨씬 정감 가고 좋았는데……."

그중의 하나가 수줍은 아니, 아쉬운 눈빛을 날리며 말했다.

'어제와는'이라니? 내가 그들을 만났던가. 평소와 다른 행동을 그들에게 하기라도 했다는 건가. 의아했다. 하지만 별다른 토를 달지 않았다. 오해를 한 거겠지, 했다. 밥공기를 다 비우지도 않은 채 나는 숟가락을 내려놓았다. 불청객이 있으니 편안한 식사는 글렀고 이제 그만 끝낼 요량이었다.

내게 호의적이고 나를 따르는 그들이긴 하지만 사석에 오래 함께 있으면 수영센터 운영자들에게 어떤 말이 들어갈지 모른다. 수영강사는 교습시간 외에 수강생을 따로 만나거나 시간을 보내서는 안 된다는 암묵의 규칙이 작용했다. 중년 부인이 많은 수영교실에서 젊은 남자강사가 한번 입에 오르내리기 시작하면 질투와 시기 어린 분란은 삽시간에 퍼진다. 모든 책임은 강사에게 지워졌다. 그러면 수영센터는 관둬야 한다. 인기가 많은 강사일수록 수강생과 단둘이 만난 것이 누군가에 의해 목격이라도 된다면 다른 수강생들의 시기와 질투는 수영센터에 대한 공분으로까지 이어졌다. 건잡을 수 없게 된다. 비록 여러 명이 함께 있기는 하지만 말썽의 소지는 초반에 잡아야 상책이다. 여럿이 어울리다가 나중에는 숫자가 줄고 그러다 단둘의 만남이 되기 십상이었다.

"어제는 막내 동생처럼 재롱도 떨더니 오늘은 쌀쌀맞기가 그지없어."

누군가의 볼멘소리가 또다시 새어나온 건 그때였다. 내가 먼저 자리를 박차고 일어서려고 할 때. 그들이 낯설기는 나 또한 마찬가지다. 수영교실에서 내가 만나왔던 그들이 맞나 싶다. 내가 모르는 나에 대해 떠들고 추파를 던지며 서운한 감정을 노골적으로 내비친다. 영문을 모르는 나로서는 난감해질 수밖에. 곤혹스럽다. 눈앞에 버젓이 있는 나를 내가 아니라고 부인하고 있는 것만 같아서. 확대해서 해석하는 것이라고 조언할지 모른다. 나 역시 그랬기에 무심한 남자처럼 자리를 털고 일어났다.

그땐 그것이 엄청난 파장을 몰고 올 것이란 사실을 전혀 몰랐으니까.

하루에 열두 번도 더 바뀔 수 있는 게 사람의 마음이라지만 삼십 년을 이어온 내 언행이 남들 앞에서 그렇게 쉽게 바뀔 리 만무다. 그럼에도 그들은 전혀 딴 사람이 된 나를 보고 있는 듯 대했다.

나를 닮은 누군가가 장난을 좀 친 거겠지.

나보다 나이가 많은 그들이기는 하나 아직 치매가 올 나이는 아니지 않은가 말이다. 고작 4~50대의 주부들인 것이다. 젊은 사람들 중에서도 가끔 이른 치매가 발병된다고는 하지만 그런 사람이 나일 리 없다. 나는 멀쩡하다. 그들이 진실로 멀쩡한 것인지는 잘 모르겠다. 나보다 건망증과 치매의 위험에 더 노출되어 있는 쪽이 그들인 것만은 사실이다.

그날의 일은 그렇게 어영부영한 상태로 지나갔다. 그러나 의뭉스럽고 껄끄러운 상황은 그날의 것으로 끝나지 않았다. 날이 겹쳐지고 쌓이면서 점점 내 기억이 이상한가 하고 나 자신을 의심해야만 하는 사건은 하나씩 늘어났다.

오전 10시와 오후 4시. 월요일부터 금요일까지 나는 매일 그 시각이면 수영센터에서 수강생들에게 수영을 전수한다. 주말에 가끔 나가기도 하지만 그 외의 시간은 대부분 나 홀로 지낸다. 오전 수영수업을 마치고 오후 타임이 될 때까지 한낮의 시간은 나의 오피스텔에서 주식을 사고파는 일로 채워진다. 이상한 일은 이 와중에 일어났다. 내가 주문하지도 않은 주식이 내 관리계좌에 들어와 있는가 하면 매도하지 않은 주식이 어느 순간 팔려 버리는 것이다.

내게는 보이지 않는 손이 절로 움직였다. 그 일로 손해가 났다면 증권사로 당장에 전화를 걸었을지 모른다. 내 허락도 없이 누군가 내 계좌를 들락거린다고 조치를 강권했을 것이다. 내 의지를 떠난 주식의 매도와 매수임에도 내게 매번 이익을 안겨주었다. 손해나지 않게 증권회사 차원에서 보이지 않는 손이 움직이고 있는 것이라고 나는 편리하게 내 멋대로 생각했다. 증권회사에 근무하던 시절을 떠올리자면 그런 일은 절대 없다는 사실을 빤히 알면서도.

그것이 내 일상에서 일어나는 수상한 일의 전부였다면 나는 근심조차 하지 않고 그대로 또 넘어갔을 것이다. 나 자신의 이익 앞에서 나는 약자니까. 그러나 내 물건이 사라지고 있다면 상황은 다르다. 수영교실의 아줌마 학생들이 챙겨다 준 보약이 내가 먹지도 않았는데 없어지곤 했다. 신경이 안 갈 수가 없다. 룸메이트가 따로 있어 먹어치운다면 또 모를까.

수상쩍은 일은 반복되고 내 기억력을 의심해야 할 상황은 코앞에 있었다. 맡기지도 않은 양복이 세탁소에서 배달되어 오는 일이 있는가 하면 주문하지도 않은 중국집 요리가 현관 앞에 놓여 있던 적도 있었다. 두려움은 목덜미의 솜털을 세우고 사타구니 사이로 흘러들었다. 그리고 섬뜩함이 나를 관통했다.

나와 만나기로 약속한 고객. 수영교실의 수강생이면서 내게 투자한 그녀를 나는 '고객'이라 칭한다. 내 수강생이면서 다른 수강생들과는 구분되는 사람임에 쓰는 표현이라는 것을 말해둔다.

무한정의 기다림에도 나타나지 않았던 고객은 다음 날에 나를 보고도 미안하다는 한마디를 하지 않았다. 약속을 못 지킬 사정이 있었다거나 무슨 변명이라도 내게 늘어놓아야 했다. 수영교실에서 만난 고객은 다른 수강생들의 눈길을 피해 내 엉덩이를 잽싸게 움켜쥐었다가 놓았다. 격렬하고도 격정적인 순간이 지나고 만족감을 드러내듯 황홀한 여운을 머금은 듯한 표정으로.

나는 뜨악한 얼굴이 된다. 그러나 이상한 사람이 되어버리는 쪽은 우습게도 나다. 능글맞게 간밤의 일을 모른 척한다고. 고객은 선정적인 몸짓을 은밀하게도 내게 날린다. 물속의 나를 자극한다. 그러고는 말한다.

"우리 주인님이 또 미국 출장이라네."

고객의 주인님은 남편을 말하는 것이고 출장이란 말은 곧 고객이 자유라는 것을 의미했다. 나의 고객이 자유를 얻으면 나의 자유는 사라진다. 낮에만 찾아오는 고객은 밤이 되어도 갈 생각을 하지 않는다. 아니, 한밤에도 불쑥 찾아온다. 나의 문을 소리 없이 열고 들어와 잠을 헤집는다. 고객은 이미 어디서 한잔 걸친 모양새로 긴 머리를 풀어헤치고 내 간담을 서늘하게 만든다.

고객과의 관계가 시작된 것은 7개월 전쯤부터였다. 내가 증권회사에 근무했었다는 것을 어떻게 알았는지 나로서는 알 도리가 없다. 증권회사를 관둔 것이 그리 오래된 일은 아니었고 또한 비밀도 아니었다. 나에 대해 조금의 관심만 있어도 어떻게든 알 수 있는 일이다. 하지만 나는 큰 비밀이라도 들킨 듯 움찔했다.

"증권회사에 근무했다지?"

증권회사 근무시절의 나에 대해 알았다면 통장을 내미는 일 따위는 하지 말았어야 했다. 내 과거를 조심스럽게 들먹이는 고객은 그렇지 않았다. 1억 원이 들어 있는 통장을 내게 선뜻 내밀고는 조련사처럼 말했다.

"마음껏 불려봐. 원금만 돌려주면 돼. 기분에 따라 그 생각도 얼마든지 달라질 수 있겠지만."

달라질 수 있다는 건 내가 고객을 어떻게 대하느냐에 따라 그 큰돈이 온전하게 내 것이 될 수도 있다는 뜻이었다. 현혹되지 않아야 했다. 나는 거리를 두고 시니컬하게 말했다.

"증권회사를 내가 왜 관뒀는지도 알겠군요?"

"그걸 꼭 알아야 해? 난 상관없을 것 같은데."

"내가 고객의 돈을 갖고 튀거나 다 날린다고 해도 말입니까?"

그녀가 고개를 주억거린 순간 나는 화가 났다. 솔직히 고백하자면 증권회사에서의 내 근무실적은 형편없었다. 돈놀이에 있어서 내 배포는 그리 크지 못했다. 수동적인 태도로 일관했고 증권사의 내 고객들은 불만을 터뜨렸다. 어쩌다 한 번 크게 베팅하고 나면 고객들의 돈이 뭉텅이로 날아갔다. 꽁지에 불이 붙은 새처럼 나는 안달했다. 고객들과 마주해야 하는 순간은 미리부터 진땀나고 겁났다.

세상이 온통 빨강 아니면 파랑으로 이뤄진 곳에서 매수를 하고 나면 손은 파랗게 돌변했다. 나의 매수는 빨강색을 파란색으로 변화시키는 리트머스종이였다. 고객들의 부채질로 이뤄졌음에도 그들의 손해는 고스란히 내 책임이 되어 목을 조여 왔다.

여자들 앞에서 증권사 직원 명함을 내밀면 그녀들은 그 즉시 내게 호감을 보였다. 돈을 벌기는커녕 빚이 늘어나지 않으면 다행인 생활이라는 것을 모른 채. 꼬박 2년을 근무했지만 내 수중에 남은 것은 빚이 전부였다. 악순환의 고리에서 벗어나고 싶었다. 끝내 관두지 않았다면 빚과 고객들의 욕더미에 깔려 죽었거나 한강 다리에서 뛰어내렸을지 모를 일이다.

"숨 쉴 곳이 필요해."

무엇을 의미하는지 선뜻 이해하지 못했다. 나중에야 알았다. 내 고객이 주인님이 없는 공간을 원한다는 것을. 실로 자극적인 제안이었고 나는 아무런 대꾸도 하지 않았다. 그 짧은 순간 머리를 굴리고 있었는지도 모르겠다.

수영선수로 활동하던 당시에 내 미래는 찬란하다고 믿었다. 수영실력은 제법 뛰어났지만, 내 업이 되지는 못했다. 모종의 음모가 나를 선수의 자리에서 쫓아낸 것이라고 울분을 머금었다. 증권회사는 그 대신에 얻은 일자리였다. 오래 버티지 못했다. 나는 고객들의 돈을 축내는 마이너스의 손을 가졌다. 내 적성에도 맞지 않는 일이었다. 미련하게 한탕을 꿈꾸며 관두지 않고 머물렀다면 지금의 나는 없었을지 모른다.

증권회사를 나왔어도 나의 생활은 굴러가야 했다. 급한 대로 구한 수영강사직은 천직처럼 내게 잘 맞았다. 머리 쓰는 일보다 수영을 전수하는 일은 수월하고 마음도 한결 가벼웠다. 내 능력과 매력은 수영교실에서 유감없이 발휘되었다.

내가 맡고 있는 클래스에 들어오려면 대기를 걸어야 할 만큼 내 수영교실의 인기는 급격히 높아졌다. 그렇더라도 젊은 아가씨나 남자 수강생은 내 클래스에서는 보기 힘들다. 젊은 아가씨는 아줌마 수강생들의 시샘을 사서 나가떨어졌고, 남자 수강생은 나를 탐탁지 않게 여겼다. 내 클래스의 수강생들은 유부녀이거나 이혼녀다. 경제적으로 풍요를 누리는 이들이 대부분이다. 덕분에 내 생활고의 궁핍함은 빠르게 안정되어 갔다.

나의 전직을 배경으로 돈이 오가고 있다는 소문은 근거도 없이 퍼져 나갔다. 나의 수강생 몇몇은 하나씩 조용히 나를 찾아왔고 긴장감 넘치는 투자를 의뢰했다.

"그건 그냥 근거 없는 소문일 뿐입니다. 설령 사실이라고 해도 큰돈을 믿고 맡길 만한 사람이 못 됩니다."

그들의 조건은 돈을 불리는 것에 있지 않았다. 그들에게 가끔씩 내 시간을 온전히 맡기는 것. 그렇더라도 칼자루는 내가 쥐고 있었다. 나는 거절했다. 돈만 맡기는 것이라면 승낙했을지 모른다. 사적인 내 시간을 차지한 고객은 한 사람으로 충분했다.

지난날에 절치부심이라도 하듯 주식에 열을 올리기 시작했다.

수영강사만으로 목돈을 만진다는 것은 어림없는 일이다. 가끔 못 이기는 척 수강생을 내 고객으로 입적시킨 적도 있다. 그들과는 길게 거래하지 않았다. 수익을 내고 원금은 한두 달 사이로 돌려주었다. 내 첫 번째 고객은 전혀 모르는 일.

주식시장의 흐름을 읽어내는 일에 도통 감이라고는 없던 나였다. 내가 사면 주식은 정점을 찍었고 팔면 그것이 저점이었다. 정점에서 사고 저점에서 되파는 일이 계속됐다. 주식을 사고파는 일은 나와 맞지 않았고 증권사의 내 고객들은 항의할 만했다. 그때의 기억이 떠오를라 치면 매수와 매입을 완결 짓는 내 손끝은 부르르 떨렸다. 하늘이 주저앉고 지축이 흔들릴 것 같은 그들의 협박이 아직도 귀에 쟁쟁한 것을 느낀다.

실로 경이로운 일이 일어났다. 증권회사를 다닐 때에는 없던 능력이 관두고 나서 새롭게 생긴 듯했다. 수영강사로 전업하고 나선 지금에 와서야 말이다. 주식시장의 돈이 보이기 시작했다. 돈의 흐름을 감지해 내는 나의 촉은 예리하고 적확했다. 분과 초를 다투는 일. 내 느낌대로 내 판단대로 예측은 딱딱 들어맞았다. 주식시장의 신이라도 된 것 같았다. 주식시장이 나의 손아귀에서 놀아나는 것 같은 착각마저 들었다. 짜릿한 쾌감의 전율이 내 온몸을 휘감았다. 진즉에 이런 실력을 왜 발휘하지 못했을까. 억울한 생각마저 든다. 하지만 모든 일에는 자신의 때가 있다는 말이 실감났다.

적당한 여자를 만나 데이트를 하거나 결혼 운운하는 과정을 거쳐야 하는 만남은 성가셨다. 수영강사로서의 내 인기는 절정을 이루었고 조금은 거만해졌다. 내 인기를 확인하기 위해서라도 수영교실은 이어가야 했다. 다 알고 있다며 나의 고객이 되고자 찾아오는 수강생들을 나는 우직하게 돌려보냈다. 소문은 소문일 뿐이라며. 그들과 적당한 거리를 두었고 거래를 해야만 할 때는 비밀이 새나가지 않도록 철저하게 관리했다.

거래가 어그러진 수강생들은 몸이 달았다. 수영교실에서라도 그들은 자신의 손을 한 번이라도 잡아주기를 바라는 눈치였지만 나는 모른 척했다. 그렇더라도 주인님을 섬기는 나의 고객은 내 집을 자신의 집처럼 자유롭게 드나들었다.

고객은 나의 일과를 꿰고 있었고 나에 대한 고객의 생각은 간단했다. 나와 섹스를 나눌 뿐 감정에 얽매이는 일은 없었다. 쿨한 고객. 내가 아는 한 여자들은 섹스를 하고 나면 마치 내가 자신의 소유물이라도 된 양 쓸데없는 잔소리가 부풀었다. 좋아하냐고 물었고 그렇다고 하면 사랑하느냐고 또 물었다. 집착처럼 느껴져 부담스러웠다. 내가 아직 덜 된 인간이어서 그럴 수도 있고 뭔가를 책임지기에는 부족한 인간이어서 그런 것인지도 모른다. 그래도 섹스를 사랑으로 오해하는 건 아니지 않나. 여자를 이해한다는 것은 참으로 어려운 일이다.

그런 점에서 나의 고객은 빼어난 장점을 갖고 있다. 사랑 따위를 운운하지도 않고 내 생각이나 감정을 확인하려 들지도 않는다. 거래는 감정이 아니라 내게 이익이 되는가가 우선이다. 내게 다른 고객이 있다는 것을 눈치채더라도 나의 처음 고객은 상관하지 않을 것이다. 그렇다고 내가 호색한이란 것은 아니다. 그것은 단지 서로에게 이익이 되는 거래일 뿐이다.

"자기는 결혼 안 해?"

막 섹스를 마친 고객이 뜬금없이 내게 물었다.

"하면 좋을까요?"

나는 되도록 무심한 얼굴로 되물었다. 상대방의 마음이 어떤 것인지 시험하고 알고 싶어 하는 쪽은 나인지도 모르겠다.

"글쎄? 자기가 결혼한 다음에도 우리의 비즈니스가 변함없을 것인가에 대해서는 한번 생각해 볼 문제이기는 하지. 어쩌면 더 짜릿한 관계가 될 수 있겠다는 생각이 들기도 해. 그리 오래 갈 것 같지는 않지만… 들키지 말아야 할 비즈니스라면 그것도 스릴 만점일 테지."

나와의 섹스가 비즈니스인 고객은 위험한 사업을 구상 중에 있었다.

"그러다 들키면요?"

고객은 대답 대신 자신의 입술로 내 입술을 틀어막았다. 고객의 비즈니스는 손해를 용납하지 않는다. 신데렐라처럼 돌아가야 할 시간이 내 고객에게 있다는 사실이 다행이라고 여긴다. 꼬리가 길면 밟히게 마련이고 나의 비즈니스 또한 끝장일지 모른다. 그래 봐야 수영강사를 못하게 되는 것뿐이지 않느냐고 코웃음 칠지 모른다. 그건 당신이 모르고 하는 소리다. 그 이상의 문제가 야기될 것임을 나는 직감한다.

고객과 위태로운 줄타기를 하면서도 들키지 않을 자신이 있었다. 그만큼 철두철미하게 감정을 통제했고 내 자신의 이미지와 시간을 관리했다. 수강생을 관리하고 자금을 관리하고 고객을 관리했다.

그리고 조만간 내 고객과의 비즈니스를 관둘 생각이었다. 생활이 숨을 쉴 수 있게 되고 고객의 원금 또한 돌려주었으니. 무엇보다 주식시장을 보는 내 눈이 다시 침침해지고 있었다. 보이지 않는 손이 돕고 있으니 그나마 다행이다. 주식은 적당한 때에 손을 떼고 나오는 것이 옳다고 판단한다.

이상한 일은 그 무렵에 더 자주 일어났다. 내가 모르는 나에 대해 수강생들은 더 자주 이야기하기 시작했고, 나와의 약속을 깬 이들은 다시 만났을 때 아무렇지 않아 했다. 왜 못 나왔냐고 물을라 치면, 그들은 술 먹고 정신을 잃은 거냐고 나를 향해 고개를 갸우뚱했다.

수강생이 넣어놓고 간 냉장고 안의 간장게장이 먹지 않았음에도 바닥을 드러냈다. 나는 분명 한 사람인데 내가 모르는 내가 돌아다니고 있는 것만 같다. 내가 기억하지 못하는 것일까. 내가 갑자기 로버트 루이스 스티븐슨의 소설에 등장하는 지킬 박사와 하이드라도 된 것일까. 자신에 대한 의구심은 오싹하게도 내 중심을 관통해 흘렀다.

과한 음주로 정신을 잃어서 카드를 긁고도 기억하지 못하는 것이리라. 체념도 해본다. 그러나 나의 주식 계좌를 마음대로 들락거리고 나의 신용카드를 멋대로 사용하는 또 다른 내가 있다는 의구심은 지울 수 없게 되었다. 누군가 내 집에 들어온 흔적이 있다. 간장게장이 바닥났고 고객이 선물한 명품시계가 사라졌다.

도둑이 들었다고 경찰에 신고했지만 그들은 고개를 내저으며 말했다.

"도둑의 흔적은 어디에도 없습니다. 그보다는 병원에 한번 가 보는 게 좋겠습니다."

경찰은 싱거운 표정을 지으며 돌아갔고 명품시계는 어느 순간 내 침대 맡으로 돌아와 있었다.

누군가 내 주식계좌를 마음대로 들락거리고 신용카드를 사용하고 다닌다고 말해야 했다. 그러나 그것까지는 말하지 못했다. 경찰이 깊숙이 개입하고 나면 내 고객들에게 어떤 피해를 줄지 알 수 없었다. 나 홀로 사건 해결에 나설 수밖에 없었다. 그러나 증권회사도 신용카드회사도 특별히 이상한 점이 없다고 확인해 주었다. 할 수 없이 내가 사용한 신용카드의 흔적을 따라나섰다.

"요즘 자주 오십니다."

카드 사용 내역을 따라온 내가 여기를 자주 온다고? 나는 카드 사용 내역을 보여주고 확실히 내가 결제한 것이 맞는지를 확인했다. 그들은 되레 나를 이상한 시선으로 쳐다보았다. 대놓고 내색하지는 않았지만 분명 느낄 수 있었다. 나를 정신 나간 놈 취급했다. 내가 모르는 나의 행동들. 그들은 한결같이 그것이 나라고 주장했다. 미치고 팔짝 뛸 노릇이다.

누군가 나를 대신하면서 나를 밀어낼 작정인 것이다. 터무니없는 생각이라고 나를 책망할지 모른다. 나만의 망상이라고 몰아붙일지 모른다. 그러나 내 입장이 되고 보면 허무맹랑한 생각만은 아니라는 것을 당신도 분명 알게 되겠지. 누군가 쥐도 새도 모르게 나를 처리할 작정인 것이다.

정체를 알 수 없는 가짜 '나'가 진짜 '나'로 둔갑하게 된다면 나는 한순간에 설 자리를 잃게 되는 것이다. 내가 아는 사람들과 어울리고 그들이 나로 착각할 수 있는 놈이라면 충분히 나를 없애고 내가 될 수 있는 놈이다.

도대체 누가? 내게 왜 그런 짓을? 내 존재가 사회적으로 사라질지 모른다는 생각이 들자, 두려움은 작은 세포 하나하나에까지 날카롭게도 침투했다. 그 두려움이 나를 한 입에 꿀꺽 삼켜 암흑으로 인도한다.

수영교실을 마치고 하는 샤워로 집에 와서의 몸 씻기는 보통 생략한다. 그날도 마찬가지였다. 나만 의식하고 있는 또 다른 나의 등장으로 인해 통 잠을 이루지 못하는 날들이 이어졌다. 한편으로 신경쇠약 증세까지 동반하고 있었다.

나의 고객은 일주일째 모습을 보이지 않고 있다. 출장이 없는 주인님에게 잡혀 있을 것이다. 사우나 생각은 그때에 났다. 땀을 흠뻑 빼고 나면 머리도 맑아지고 잠도 잘 오지 않을까. 사우나 안으로 들어서자 노란색 때타월을 팔에 길게 두른 남자가 아는 척을 한다.

또 분명 누군가와 나를 헷갈려 하는 거겠지.

사우나는 처음이다. 서른 평생에 한 번도 사우나를 이용하지 않았냐고 묻는다면 물론 아니다. 증권회사에 근무할 당시 자주 갔다. 그때는 도망칠 곳이 필요했기에. 관둔 이후로는 우리 동네 사우나뿐 아니라 그 어느 곳도 가지 않았다. 오늘이 처음이다. 남자는 나와 눈이 마주칠 때마다 뭐가 좋은지 실실 웃어댔다. 어쩌면 나를 비웃고 있는 것인지도.

"이번에도 시원하게 밀어드리겠습니다."

남자는 때밀이다. 목욕관리사라고 불러줘야 할까. 나는 때를 밀고 싶은 생각이 전혀 없었다. 사우나에서 한숨 푹 잘 수 있다면 그것으로 족하다. 우습게도 그런 내 의지와는 상관없이 몸을 때밀이에게 맡긴 채 평상에 누워 있었다. 나를 아는 때밀이라면 내가 모르는 나에 대해서도 알고 있지 않을까.

"내가 여길 자주 옵니까?"

질문이 이상하다. 내가 나에 대해 묻다니. 때밀이도 그것을 눈치챘던 모양이다.

"나보다야 손님이 더 잘 아는 일을 왜 내게 묻습니까?"

때밀이는 내가 농담을 하고 있는 것이라고 여기는 모양이다.

"이상한 질문인줄은 알지만 언제부터 내가 여길 왔습니까?"

"진짜 이상합니다."

그러면서도 때밀이는 자신의 말을 이어갔다.

"내가 여기서 일한 게 3개월쯤 됐으니까… 그전에도 이용하지 않았을까 싶습니다만. 첫날에 나를 보고 손님이 그랬잖아요. '어라, 바뀌었네' 그 말은 곧 내가 오기 전에도 여기 사우나를 이용했다는 뜻이잖아요."

때밀이는 나를 자신의 단골이라고 믿는 눈치였다. 이틀 전에도 오고 일주일 전에도 온. 얼굴만이 아니라 다부진 내 육체도 닮았다는 건가. 어쨌거나 한 가지는 확실해졌다. 나를 대신하는 놈이 이곳 사우나를 즐겨 이용한다는 것. 알몸임에도 나와 놈의 다른 점을 때밀이가 전혀 발견하지 못하는 걸 보면 만만한 놈은 절대 아니라는 것.

놈은 왜 내 흉내를 내고 다니는 걸까. 잘생긴 유명 스타도 아닌 일개 수영강사인 나를? 내 고객이 탐나서 그런 것인가. 그런 이유라면 너무 위험천만한 일을 벌이고 있는 것이 아닌가. 고작 나를 흉내 내고 그러다 내가 된다고 해도 놈이 얻을 수 있는 것은 그다지 없지 않은가 말이다.

사우나에서 숙면을 취하고 난 다음이어서 그런 것인지 모르지만 사우나에 다녀온 이후로 석연치 않던 것이 조금은 확실해졌다. 나를 복제하면서 내 목을 서서히 조르고 있는 놈이 내 주변 가까이 어딘가에 분명히 살고 있다는 것. 도플갱어? 헛웃음이 나를 한입에 꿀꺽 삼켰다. 그런 건 영화나 소설에서나 나오는 존재 아닌가. 현실에도 존재한다면? 놈과 나 둘 중의 하나는 사라져야 이 싸움이 끝날 수 있다는 건가.

좀 더 현실적으로 접근할 필요성이 있다. 내가 다중인격이라거나 나와 똑같은 생물체인 도플갱어가 나타났다는 것 말고. 이 세상에 육체의 외양이 나와 똑같은 사람이 과연 존재할 수 있을까. 성형술이 발달했으니 얼굴은 수술했다치고. 그럼 몸도? 전신 성형수술을 해서라도 내가 되고 싶어 하는 놈이 과연 누구일까. 나의 상념은 밑도 끝도 없이 펼쳐졌다.

언제부터인가 나를 미행하는 발걸음과 감시하는 눈초리를 나조차도 확실하게 느끼게 된 순간이 다가왔다. 내가 이용하는 음식점 옆자리에서. 수영교실의 어딘가에서. 새벽이면 들르는 편의점에서. 주인에게 돌아가는 나의 고객을 지켜보는 와중에도 놈이 내 어딘가에서 지켜보고 있다는 게 감지됐다. 그랬음에도 놈과 정면으로 마주치게 되는 일만은 쉽게 일어나지 않았다.

놈이 나를 노리는 게 분명하다면 목적이 있을 터였다. 놈이 내 흉내를 내고 다닌다면 내가 흘리고 다닌 무엇이 있을 터였다. 놈과 나 사이의 구체적인 상황들이 늘어갈수록 나는 조금씩 놈을 읽을 수 있게 되었다. 그것은 나 자신을 읽어내는 것과 다르지 않았다. 그리고 놈의 움직임을 볼 수 있게 되었다.

어디에서 나에 관한 정보를 얻었을까. 내가 가입한 인터넷 사이트도 있고 통장을 만든 은행에도 있고 신용카드를 만든 회사에도 있고 휴대전화를 개통한 곳에도 있다. 내가 근무했던 증권회사에도 있고 휴대전화를 개통한 대리점에도 있고 수영교실에도 있다. 또 내가 자주 이용하는 24시간 편의점에서도 놈은 얼마든지 나를 읽어낼 수 있다.

수영교실에 가기 전, 나는 편의점에서 컵라면과 어묵 등을 사 먹는다. 양말이나 팬티 같은 간단한 옷과 콘돔, 그리고 주말이면 맥주와 마른안주 등을 그곳에서 구입한다. 이것만으로도 언제 끼니를 때우고 언제 섹스를 하며 언제 고객이 다녀가는지 가늠할 수 있을 것이다. 나를 대신하고자 하는 놈이라면 실낱같은 정보 하나에서조차 나에 관해 터무니없이 많은 것을 읽어낼 것이다. 마음만 먹는다면 나의 일상을 복제하는 일쯤은 식은 죽 먹기만큼이나 쉬운 일이지 않을까.

두려움은 생명력 질긴 바퀴벌레처럼 번식했다. 특별한 일이 없으면 외출도 하지 않고 자주 가던 편의점도 이제는 웬만하면 사양이다. 나의 은둔이 길면 나를 코스프레 하는 놈의 활동도 덜하지 않을까. 틀렸다. 나 아닌 내가 활개치고 다녀도 모를 판이다. 놈이 자신을 '김윤' 이라고 말한다면 다들 믿을 것이다.

과연 나를 복제해서 얻을 수 있는 이익이 뭔지 궁금했다. 고작 나 따위를? 아니다. 내가 마냥 쓸모없거나 매력 없는 인간은 아니지 않나. 수영교실의 인기강사고 큰돈을 투자라는 이름으로 내게 맡기는 고객도 있다. 내 명의로 된 오피스텔도 한 채 갖고 있다. 하지만 과연 그것들이 나를 복제하면서까지 탐낼 만한 것들인가라는 자문에는 역시 아니란 생각이 든다. 드러나지 않는 나의 상황까지 모두 꿰뚫어야 하는 귀찮은 일을 하고자 하는 이는 없을 테니까.

내가 누군가의 원한을 깊이 산 적이 있었던가. 이 사회에서 내가 영원히 사라지기를 바랄 만큼. 글쎄다. 이유 없이 내가 되고 싶어 한다면 미친놈이다. 확실한 이유가 분명히 있을 것이다. 나를 훔쳐서라도 내가 되고 싶어 하는 그놈을 알아봐야겠다. 시간을 거꾸로 되짚었다. 가까운 곳에서부터 출발해야 할 것 같았다.

"김 선생이 오고 나서 우리 반 학생이 부쩍 줄었어. 내가 모르는 비결이라도 있는 거야?"

내게 수강생을 빼앗긴 최 선생은 나를 부러워하기는 해도 내가 되기를 원할 만큼은 아니다. 내가 아는 한 그는 자신에 대한 자긍심 하나는 대단하다. 내게 하는 말은 그저 지나는 말에 불과하다.

그렇다면 내 오피스텔을 드나드는 고객 주인의 사주를 받은 이는 아닐까. 그럴 리 없다. 고객은 물론이거니와 나 역시 들키지 않았다고 자부한다. 고객이 뜸한 게 마음에 걸리기는 한다. 조신하게 주인님의 시중을 들고 있다면 뭔가 약점을 잡혀서인지도 모를 일이다. 나를 유치장에 처넣으면 넣었지, 내 복제품 따위를 만들어 고객의 주인님이 뭐에 쓴단 말인가. 꼬리에 꼬리를 무는 생각들이 폭탄을 연속으로 머리에 터뜨리고 있는 기분이다.

은둔하는 나는 컴퓨터 앞에 앉아 있는 시간이 길어졌다. 주식에 대한 나의 촉은 전처럼 살아서 꿈틀대지 않는다. 외출하는 일도 드물었고 고객은 여전히 함흥차사다. 어쩌다 수영교실에서 만났던 수강생들과 밖에서 마주치기라도 하면 딴 세계에 사는 이들처럼 거리감이 느껴졌다. 그들에게 나는 여전히 지킬과 하이드였고 나는 그들이 내가 아닌 나와 만나고 다닌다는 것을 충분히 알 수 있다.

수영교실을 관뒀음에도 어쩌다 부딪히는 그들은 내게 하루가 다르게 변화무상한 모습을 보여준다고 야단이다. 사람이 영 이상해졌다고 내가 들을 수 있게 수군거린다. 대체 무슨 소리를 하고 있는 것인지 모를 사람은 나다. 수영교실이라면 관둔지 한 달이나 됐는데. 아직도 내게 수영을 배우고 있다는 건가. 아차 싶었다. 내 눈을 피해 지금까지 잘도 내 노릇을 해온 놈이다. 내가 집 안에만 있으니 놈은 거칠 것이 없는 것이다. 활동영역이 오히려 확대됐다.

순전히 나의 계산 착오였다. 어떻게든 나를 복제하고 나를 대신하는 그놈을 찾아야 한다. 담판을 지어야 한다. 내 노릇을 하는 이유가 뭔지 알아야 한다. 평소엔 입고 다니지도 않는 아저씨들이나 입는 통바지를 장만했다. 챙이 있는 모자를 구입했고 수염을 길렀다. 걸음걸이마저 어기적어기적이다. 최대한 나를 알아볼 수 없도록 변장했다. 반 누드로 만나던 수영교실의 수강생일지라도 나를 김윤으로 보지 않을 터였다.

내가 자주 다니던 편의점 인근에 숨어서 '가짜 나'가 나타나길 기다렸다. 나를 만나는 일임에도 그것은 수월하지 않았다. 몇 날 며칠을 내가 자주 다니던 곳에 숨어서 놈을 기다려야 했다. 이런 기막힌 일이 어쩌다가 내게 일어났단 말인가. 놈과 마주하게 되면 무엇을 먼저 말해야 할지를 고민하면서 인고의 시간을 버텼다. 그리고 수영교실을 마치고 나오는 놈과 마주했다.

헉! 하마터면 숨이 멎을 뻔했다. 거울 속의 나처럼 놈은 나조차도 다른 점을 찾기 어려웠다. 그리고 놈과 나의 시선이 마주쳤다. 놈은 희희낙락이었다. 나를 보고도 전혀 쫄지 않았고 한때는 나의 수강생이었던 그녀들과 온갖 잡스런 수다를 떨었다. 놈은 보란 듯이 수강생들과 어울렸고 놈의 가까이에 나는 접근할 수 없었다.

나는 당황스러웠고 당혹감에 빠졌다. 놈이 혼자 남을 때까지 기다렸다. 놈은 절대로 혼자 있지 않았다. 내가 지켜보고 있다는 것을 알았고 그 시선을 오히려 즐겼다. 그렇게 가슴 졸이며 놈의 뒤를 쫓던 어느 날이었다.

내가 자주 이용하던 편의점에 놈이 나타났다. 놈은 컵라면에 불을 부어놓고 편의점 점원과 날씨에 관한 사소한 몇 마디를 나눴다. 컵라면이 익기를 기다리는 동안 어묵꼬치 세 개를 연속으로 먹었다. 내 방식 그대로였다. 컵라면에 삶은 계란을 넣어 먹는 것도. 컵라면을 먹기 전에 어묵꼬치를 먹는 것도.

점원과 쓸데없는 말을 주고받는다는 것만 빼면 영락없는 나다. 의심할 사람은 없다. 편의점을 나서는 놈을 뒤쫓았다. 이번에는 놓치지 않으리라. 놈의 목덜미를 낚아채려던 순간이었다. 내 단골집 앞에서 내 수강생이었던 이들과 마주한 놈은 햇살 웃음을 무작위로 날렸다. 다가와 안기는 유부녀 학생을 거리낌 없이 포옹해 주는가 하면 내가 하지 않는 실없는 농담을 너무도 자연스럽게 해댔다.

“누님 피부는 요즘 너무 고와졌어요. 연하남이라도 사귀는 중인가요? 솔직히 말씀해 보세요. 혼자만 드시는 뭔가가 있죠? 젊음의 묘약 말입니다.”

“선생님도 좀 드릴까요?”

놈은 그녀들 앞에서 봄바람보다 더 부드럽게 살랑거렸다. 나라면 절대 하지 않았을 말과 행동들. 저것은 내가 아니다. 남들은 속을지 몰라도 나만은 아니다. 나야말로 뼛속까지 내가 아닌가.

놈은 여전히 내 시선을 즐기고 있었다. 봐라. 내가 바로 너, 김윤이다. 남들도 김윤이라 믿어 의심치 않는 김윤. 울화통이 치밀었다. 참았다. 지금 그들 앞에 나선다면 모든 게 엉망진창이 될 터였다.

어서 놈과 둘만 남게 되기를 기다렸다. 그리고 그 틈은 왔다.

놈이 수강생들을 돌려보내고 나를 기다렸다는 듯 건물 뒤편 주차장에 서 있었다. 놈은 여전히 웃고 있었지만 나는 웃지 못했다. 나보다 더 진짜 나 같은 놈의 모습에 섬뜩함을 거둘 수 없었다. 확실히 둘 중 하나는 사라져야 했다. 내 입장에서야 당연히 가짜인 놈이 사라져야 마땅한 일이다. 그것이 정의라고.

"나를 쫓아다녀 본 소감이 어떻던가?"

내가 말했다. 아니, 놈이 말했다.

"넌 누구지? 대체 내게 왜 이러는 거지?"

나는 조금은 울분 섞인 그리고 항의조로 말했다.

"난 김윤인데… 그러는 당신은 누구지?"

놈은 뻔뻔스러웠다. 김윤은 난데. 버젓이 내가 놈의 눈앞에 있음에도 자신이 김윤이라고 말하는 저 당당함은 어디서 오는 것일까.

"내가 진짜 김윤이야. 나를 똑똑히 보라고."

나는 놈의 코앞으로 바짝 다가섰다. 놈은 놀라지도 그렇다고 당황하는 기색도 전연 보이지 않았다.

"그럼 당신이 진짜 김윤이란 것을 증명해야 한다는 사실도 알겠군."

말도 안 되는 소리. 가짜가 내게 진짜인 나를 증명하라니. 입씨름만으로 끝날 일이 아니라는 것을 처음부터 알아야 했다. 그래도 그렇지. 가짜한테 진짜 김윤이란 사실을 증명하라는 말이나 들어야 하다니. 참으로 어처구니가 없다. 내가 김윤이란 것보다 놈이 김윤이 아니라는 사실을 증명하는 게 더 쉬울 것 같았다. 그리고 그것조차 쉽지 않다는 것을 깨닫기까지 긴 시간이 걸리지 않았다.

놈이 김윤이 아니란 증거를 어디서부터 어떻게 찾아내야 할지 난감했다. 된통 당했다는 생각에 나는 한마디도 할 수 없었다. 삼십 년을 살아오면서 내가 남긴 서류들이 나를 증명해 줄 수 없다는 사실만을 깨달아야 했다. 내 눈앞의 놈은 나와 쌍둥이라고 할 만큼 똑같지 않은가. 병원의 수술 기록이라도 찾아내서 내가 진짜 김윤이라는 사실을 밝혀야 할까. 내 몸 안의 흔적까지 복제할 수는 없을 것이다. 안타깝게도 내가 받은 병원 수술은 치질 수술이 전부다. 치질 수술의 흔적으로 나를 입증하기란 곤란하지 않은가.

그리고 알았다. 놈이야말로 서류상으로는 진짜 김윤일 수밖에 없다는 것을. 놈은 내 이름으로 몸에 짙은 흔적을 남긴 수술 기록을 갖고 있었다. 눈과 코를 내 이름으로 수술했다. 나와 같아지기 위해 한 것이지만 김윤의 수술이 되어 최종의 내가 되었다는 사실. 사람에 대한 호의마저 타고나서 놈과 나를 두고 누가 과연 진짜 김윤이냐고 묻는다면 사람들은 놈의 편에 설 것이 틀림없었다. 내 주변의 사람들을 이미 제 편으로 만들어놓은 영악한 놈이 아니던가.

학창시절, 우리 반에는 서로 닮은 친구가 있었다. 교내에서 그들은 쌍둥이로 통했다. 같은 교복을 입고 같은 헤어스타일을 하고 같은 가방을 둘러메고 같은 운동화를 신고. 다른 친구들은 그들을 구분하지 못해 헷갈려 했다. 그때마다 그들은 자신이 누구인지 밝히기보다는 혼란을 가져오는 그 상황을 은근히 즐겼다.

누가, 누구를 흉내 낸 것은 아니다. 처음부터 외모는 물론 생각마저 흡사한 그들은 애초부터 그렇게 생겨먹은 녀석들이었다.

그러던 어느 날, 둘 중의 하나가 학교에서 사라졌다. 온 가족이 야반도주했다는 소문이 교내에 나돌았지만 우리는 두 사람 중 누가 사라진 것인지에 대해서는 예민하게 따져 묻지 않았다. 누가 야반도주를 하고 누가 학교에 남았는지에 대한 관심이 없었다. 모이면 다들 도플갱어가 사라졌다고 농담인 양 진담을 부려놓았다. 몇 년이 더 흘러 둘 중의 하나가 살인을 저지르고 교도소에 수감되었지만 우리는 둘 중의 누가 교도소에 간 것인지 정확히 알지 못했다. 그들은 마치 한 사람처럼 혼동되었고 나중엔 둘 중의 누구인지 가릴 것도 없이 그들의 말이 나오면 "아, 그 살인자"라고 통일해 버렸다. 살인을 저지르지 않은 친구는 두고두고 억울할 일인 것이다.

내가 사라진다고 해도 결과는 마찬가지일 것이다. 신고는 엄두도 내지 못했다. 이미 한 차례 호되게 당한 전적이 있다. 놈이 나보다 한발 앞서 나를 신고했다. 경비실에 고객이 맡겨둔 물건을 누군가 자신을 자처하고 가져갔다고. 놈의 배려로 경찰서까지 가는 일만은 피했지만 그때의 나는 김윤이 아니라 도둑이었다.

내가 되겠다고 작정한 놈을 상대로 나를 증명하는 일은 그야말로 미치고 팔짝 뛰는 일이었다. 왕자와 거지의 뒤바뀐 옷차림만큼이나 사람들은 나를 김윤으로 봐주지 않았다. 원래 가짜가 더 진짜 같은 법이니까. 사람들은 놈을 김윤이라 믿었고 나를 자처하는 그놈 때문에 내가 설 자리는 점이 되어가고 있었다.

고객이 사면초가인 나를 찾아왔다. 놈에게 아직 강탈당하지 않은 것이 있다면 나의 고객이었다. 그녀라면 나를 입증해 줄 수 있지 않을까. 내 당면 과제에 불구하고 고객은 오피스텔로 들어서기가 무섭게 주인에 대한 욕설을 배변하듯 쏟아놓았다. 고객의 기분에 맞춰 맞장구를 쳐줄 여유가 없음에도 고객과 한편이 되어 나 또한 고객의 주인님을 마구 욕해주었다.

고객의 경직된 침묵을 느낀 것은 한참이 지나고 나서였다.

"내 주인을 욕할 수 있는 건 나뿐이야. 자기가 내 주인을 욕하는 건 용납할 수 없어."

나 역시 본 적도 없는 고객의 주인님을 욕하고 싶은 마음은 없었다. 고객의 기분을 핑계 삼은 내 욕설은 놈에 대한 분풀이였다. 나의 욕설이 누구를 향해 있는지 고객은 모르는 일이다. 그러나 나는 사과했다. 비굴한 사람처럼, 무소불위의 힘 앞에 목숨을 내놓은 사람처럼. 그리고 말했다.

"누군가가 자기를 닮은 사람이 있어서 자기를 대신한다면 자기는 기분이 어떨 것 같아?"

"그딴 건 왜 묻는 거야?"

고객의 기분은 풀리지 않았다. 날카로운 그녀의 말들이 나를 향했다.

"내가 나타났어."

"그게 무슨 뚱딴지같은 소리야."

내게는 뭐가 아쉬워서 당신 같은 사람을 대신하겠냐는 말처럼 들렸다. 내가 되어서 득이 될 만한 게 하나도 없다는 뜻이기도 했다.

“나도 믿기지 않아. 놈이 나를 대신하고 어느 정도는 확실히 내가 되어버렸지. 놈과 나, 둘 중의 하나는 분명 김윤이 아니야.”

“그거 재밌는데…….”

순간 머리가 띵했다. 고객에게 내 이야기는 그저 흥밋거리였다. 김윤이 둘이라는 말에 고객의 욕정만 동했다. 내게 바짝 달라붙었다. 놈이 원하는 게 이런 건가. 그렇다면 굳이 내가 되지 않아도 되지 않나.

“김윤이라고 했나?”

고객이 처음으로 내 이름을 입에 담았다. 눈앞의 ‘김윤’이 다른 ‘김윤’이기를 바란다고 농담처럼 말했지만 내게는 등골이 송연해지는 일인 것이다. 온몸이 오싹하니 움츠러들었다. 다리 사이의 물건까지 바짝 쪼그라들었다. 고객의 사심을 채워주기는 글렀다. 섹스를 원하는 고객은 나 ‘김윤’이든 나를 가장한 ‘김윤’이든 상관이 없는 모양이다. 우리가 처음부터 쿨한 관계였다는 것을 잠시 망각했다.

나를 입증해 줄 사람은 역시 부모뿐이란 말인가. 그러나 더는 이 세상 분들이 아님에 안타까운 것은 나뿐이다. 그리고 놈이 어떻게 내가 될 수 있었는지, 나는 어렴풋이 알게 되었다. 집밖으로 나가지 않던 날, 우연히 텔레비전 리모컨의 전원을 눌렀을 때였다.

고객 정보를 유출한 혐의로 검찰이 은행직원에게 징역 3년형을 구형했다는. 은행직원이 불법 대출 모집인에게 고객정보를 팔아넘겼다는. 돈이 된다면 남의 물건도 자신의 것인 양 팔아치운단 말인가. 신뢰를 생명으로 해야 할 신용을 다루는 은행에서?

내 신상정보가 시장의 물건처럼 흥정되고 헐값에 팔렸다. 누구든 내 신용정보를 마음대로 사용할 수 있다. 마음먹기에 따라 진짜를 생매장시키고 가짜가 진짜가 될 수도 있는 일. 솜털이 쭈뼛쭈뼛 곤두서는 것을 느꼈다.

놈이 어떻게 내 정보를 손에 넣게 되었는지 알게 되었지만 처음부터 작정하고 나를 목표 삼지는 않았다는 것 또한 알 수 있었다. 어쩌다 보니 내가 표적이 되었을 것이다. 은행권에서 인터넷에서 나의 정보가 놈에게 흘러들어 갔고 놈 안에 내 정보가 다른 이들 것보다 월등하게 많이 쌓이게 되어서였을 것이다.

나와 만나기 전부터 놈은 나로 신분을 위장하고 지냈을 것이다. 내 신원서류와 나의 신용거래 뒤에 숨어서. 흉내가 먹힌다는 것을 알게 되자 내가 되기를 작정한 것은 아닐까. 놈과 대화를 하고 있자면 내가 진짜 김윤이 맞는지조차 헷갈렸다.

놈이 진짜 김윤이고 내가 가짜는 아닐까. 놈의 존재를 깨닫기 전까지만 해도 나는 내가 아니었으면 싶을 때가 많았다. 무엇 하나 잘하는 것도 없고 남들의 주목을 받지도 못했으니까. 조금씩 내 자신이 좋아지고 있던 차였다. 그런데 나를 빼앗기다니. 내가 나일 수 있게 놈만 사라져 준다면 당장 다른 소원은, 아니, 죽을 때까지 없을 것이다.

"어떻게 내가 될 수 있었지?"

놈과 단둘이 마주한 나는 이미 알고 있는 사실들을 확인했다.

"처음부터 당신을 노렸던 건 아냐. 당신도 알 테지. 세상에 믿을 놈이 하나도 없다는 거. 당신의 정보를 누군가에게 내줄 때는 한 번쯤 더 생각해 보는 게 좋아. 그게 개인이든 기업이든 단체든. 처음 시작은 스팸문자를 통해서였어."

"스팸문자라니?"

"아직도 몰라? 휴대전화에 찍힌 인터넷 주소를 클릭한 순간 당신의 정보가 하나씩 내게로 건너왔다는 걸?"

놈의 말대로 가짜가 진짜가 되는 일은 사소한 것에서 출발했다. 언젠가 내게 온 스팸문자를 클릭한 순간, 내 통장에서 돈이 빠져나갔다. 그리 큰 액수는 아니었지만 기분이 좋지는 않았다. 그 뒤로 스팸문자라면 무조건 삭제했다. 그때만 해도 내게 문자를 보내거나 전화를 걸어 안부를 챙겨주는 사람은 하나도 없었다. 삭제하지 못하고 반가움에 누른 그것이 내 발목을 잡았다. 나를 찾아온 스팸마저 반겨야 하는 측은한 상황. 그것이 나였다. 스팸문자는 놈과 나를 연결했고 내 악운은 소리도 없이 조용히 시작되고 있었던 셈이다.

그런 게 실제로 가능하다는 건가? 믿기 어려웠다.

"그것 하나로 설마 내가 당신이 될 수 있었다고 생각하는 건 아니겠지? 내가 다른 누군가가 된다는 건 그보다 더 많이 복잡하고 치밀한 계획이 뒤따라야 하는 일이거든. 막상 알고 보면 아무것도 아니지만."

놈은 내 정보를 활용해 서류상의 내가 되고 현실에서의 나를 대신함으로써 내가 되는 일을 완성했다. 놈은 자기 자신이 그토록 마음에 들지 않았던 것일까. 내가 되어야만 했던 무슨 절박한 사연이라도 있었던 것일까.

"왜 나지? 이왕에 다른 사람이 될 작정이었다면 나보다는 여건이 더 좋은 사람을 선택할 수도 있었을 텐데."

"내게는 당신이 적격이었어. 적당히 속되고 적당히 어리석고. 당신이 만만해 보였다고나 할까. 당신이 그리 훌륭한 사람은 아니지만 이 정도 내 신분을 세탁한 걸로도 난 대만족이야. 이제부터 그동안의 나를 버리고 김윤이란 사람으로 새로운 삶을 사는 일만 남았으니까."

"당신을 누가 김윤이라고 믿어줄 것 같아?"

나는 발악했다.

"그거야 내가 증명할 일이 아니지. 난 이미 김윤이니까."

놈은 여유로웠다.

"네 녀석은 김윤이 아냐. 누구보다 내가 잘 아는 일이지."

놈의 입꼬리가 서늘하게도 올라갔다. 놈은 비웃고 있었다. 멍청하게 자신의 존재를 빼앗긴 나를. 그리고 나를 향해 말했다.

"누가 당신을 김윤이라고 믿겠어. 자신을 한번 잘 들여다보라고."

놈은 그렇게 나를 자신의 껍질처럼 취급했고 뒤도 돌아보지 않았다. 내 고객과 함께 지금 막, 내 오피스텔 안으로 나보다 먼저 발을 들여놓았다. 영원히 사라지라는 인사처럼 손끝으로 한일자를 허공에 대고 빠르게 내갈긴 다음이었다.

그렇게 나를 도둑맞았다. 나 자신을 잃어버렸다. 그러나 누가 믿어줄 것인가. 놈은 내가 봐도 김윤이 분명한데.

나는 이제 진짜가 되어버린 가짜 김윤의 주변을 맴돌고 있다. 내 관계들을 되찾고 내 일상을 되찾고 내 존재와 내 삶을 되찾기 위해 무한 궁리 중이다. 놈이 했던 방법을 나 역시 되풀이해야 될까. 처음의 김윤보다 나은 김윤을 물색해야 할까. 아니면 이대로 나란 존재가 사라지게 놔둬야 할까. 족적도 흔적도 없이 사람들 사이를 어슬렁거리며 유령처럼 살아야 하는 걸까. 좋은 방법이 어딘가에 분명 있을 것이다.

나는 생각한다. 고객이 돌아간 틈을 타거나 놈이 혼자 있는 시간을 노려 오피스텔 안으로 들어간다. 그리고 놈을 처리하는 것이다. 내가 김윤이니 가짜 김윤이 사라졌다고 신고할 사람은 없을 것이다. 놈이 내 자리를 꿰차고 들어왔으니 밀어내면 그뿐.

궁금한 것은 따로 있다. 내가 놈의 목숨을 빼앗을 수 있는가 하는 것. 진짜 김윤이라고 믿는 나는 과연 그럴 수 있는 놈일까. 가짜 김윤보다 더 악랄해질 수 있을까, 나는?

초판 1쇄 찍은 날 2014년 7월 16일
초판 1쇄 펴낸 날 2014년 7월 23일

지 은 이 | 김범석 외
엮 은 이 | 한국추리작가협회
펴 낸 이 | 서경석
편 집 장 | 권태완

펴 낸 곳 | 도서출판 청어람
등록번호 | 제387-1999-000006호
등록일자 | 1999. 5. 31
어람번호 | 제10-0020호

주소 | 경기도 부천시 원미구 부일로 483번길 40 서경B/D 3F (우) 420-822
전화 | 032-656-4452 팩스 | 032-656-4453
http://www.chungeoram.com
E-mail | chungeorambook@daum.net
NAVER CAFE | http://cafe.naver.com/goldpenclub

ISBN 979-11-316-9117-5 03810